Dan Davis

REVOLUTION, BABY!

DIE WELT WAR EINE ANDERE

Science Fiction Roman

Band 1

1. Auflage, 5. März 2021

© All-Stern-Verlag

Wolf 8

88430 Rot/Ellwangen

Tel. +49 (0) 7568 29 89 98 2

http://www.all-stern-verlag.com

info@all-stern-verlag.com

Satz/Umbruch: All-Stern-Verlag

Titelbild Buchumschlag: Wendy aka Sabercore 23 M.E., boy&moon

mit freundlicher Genehmigung

ISBN 978-3-947048-18-2

Die Zeit ist nahe

Inhaltsverzeichnis Band 1

Inhaltsverzeichnis Band 2

Vorwort

★★★

Es gibt Geschichten, die über das allgemein Bekannte derart weit hinausgehen, daß man zuerst dazu tendiert, diese als Fantasterei zu verwerfen. Einfach schon deshalb, weil sie das persönliche Weltbild, das man sich über die Jahrzehnte hinweg mühsam aufgebaut hat, ins Wanken bringen, würde man sie als Realität anerkennen.

Bei dem vorliegenden Buch liegt es an Ihnen, es als Roman zu lesen, als Tatsachenbericht oder als eine Verquickung beider Komponenten. Diese Freiheit läßt Ihnen der Autor durch die Wahl der Romanform.

Aufgrund meiner Erfahrungen als Autor diverser Bücher zum Thema Hintergrundpolitik, Geheim- als auch der Grenzwissenschaften und den Erkenntnissen, zu denen ich aufgrund meiner kritischen Sichtweise des Weltgeschehens gekommen bin, möchte ich jedoch bemerken, daß vieles von dem Geschilderten einen durchaus reellen Hintergrund hat…

Bleiben Sie jedoch kritisch! Denn nur der Autor selbst weiß, was er selbst erlebt hat, was recherchiert ist und was dem Bereich der Fiktion zuzuordnen ist.

Dennoch hat dieses Buch das Potential, einige fest verankerte Erkenntnisse zu hinterfragen, oder gar auf den Kopf zu stellen, sollte es sich hierbei wirklich um Tatsachen handeln.

Lassen Sie sich überraschen, wohin Sie diese Geschichte führt.

Vielleicht sagen Sie am Ende auch: die Welt ist eine andere ...

Jan Udo Holey,

besser bekannt als Jan van Helsing

Hinweis: Auszug aus dem Vorwort zu "Und die Welt war eine andere" von Autor Dan Davis, einst in mehreren Auflagen veröffentlicht unter dem Pseudonym *David Simon*, seit Jahren vergriffen, der Bestandteil dieser unheimlichen Geschichte wurde, die weit mehr als nur ein rein fiktiver Roman ist, wie dem Leser im Verlauf des Buches aufgezeigt werden wird. Einschließliches eines in der Geschichte verborgenen geheimes Codes, den es zu entschlüsseln gilt...

1. An Mr. Hoper

***

Monsieur,

vielen Dank für Ihren Brief, der mich am vergangenen Mittwoch erreicht hat. Was Sie erlebt haben, übersteigt die Fantasie der meisten Menschen um ein Vielfaches. Trotz allem ist es die uns umgebende Realität, mein lieber Freund, egal, ob wir daran zu glauben vermögen oder nicht. Eines Tages aber, und dass kann ich Ihnen versprechen, wird dieses Wissen auch in den letzten Winkeln und den tiefsten Abgründen der dunkelsten Seelen zu finden sein. Niemand wird es mehr leugnen können. Die Schleier werden sich auflösen, so sehr sie das Licht auch noch verfinstern in diesen düsteren Tagen. Es wird geschehen, dass kann ich Ihnen versprechen. Wie ein Dieb in der Nacht wird es kommen, das verborgene Wissen. Vielen wird es alles nehmen, an das sie jemals geglaubt haben.

Zeitreisen, andere Dimensionen und sich überlagernde Realitäten, noch ist es viel zu kompliziert für den einfachen Mann von nebenan, der zuweilen dabei überfordert ist, die Entscheidung zu treffen, was zu abendlicher Stunde für die Familie auf den Tisch kommt. Ich selbst war Teil der Organisation, die dieses Wissen über viele Generationen vor der Menschheit verborgen hat. Denn die sich daraus ergebende Macht über die Unwissenden ist und war verlockend für die geheimen Herrscher dieser Welt. Sie kontrollieren die Medien, die Regierungen, die Wirtschaft und alles andere, was für sie von Bedeutung ist. Und somit auch das Bild über die Wahrnehmung der Realität. Doch der Tag, an dem dieses alte System aus Lügen und Unwissenheit in sich zusammenstürzen wird, ist nicht mehr fern. Auch wenn es mächtige Gruppierungen gibt, die dies mit allen Mitteln zu verhindern gedenken, denn sie werden nicht nur ihre Macht an diesem Tage ver-

lieren, sondern auch die dunklen Schleier, die ihr schäbiges Handeln seit Jahren vor den Augen der Bevölkerung verbergen. Dann werden sich die Dimensionen und Zeiten verbinden, um die Menschheit in ein neues Zeitalter zu führen. Und letztlich wird sich auch das Mysterium um meine eigene Person lüften.

Niemand wird die Wahrheit finden, wenn er an eine Lüge glaubt. Doch glauben Sie mir, der Tag wird kommen, an dem sich alles verändern wird. Einige Teile aus diesem Brief an Sie werden eines Tages an die Öffentlichkeit gelangen. Man wird sie nicht Ernst nehmen, bis zum Morgen des 12. Januar eines Jahres deren Zeitrechnung, welches ich hier nicht nennen darf. Aber dieses genaue Datum wird verschlüsselt in dem Buch zu finden sein, sowie viele weitere geheime Botschaften für jene, die zwischen den Zeilen lesen können oder denen man es auf doch zuweilen sehr ungewöhnlichen Wegen zukommen ließ, wenn ich mir erlauben darf, dies anzumerken, mein lieber Freund.

Einige Botschaften sind für alle Leser gedacht, andere wiederum nur für sehr wenige oder eine einzelne Person. Und dies wird das geheimnisvolle Buch von allen anderen unterscheiden, so unscheinbar es auch auf den ersten Blick wirken mag. Bis dahin wird es für jene, die es gelesen haben, eine fiktive Geschichte bleiben, als Teil eines Romans vielleicht, wie auch immer, Monsieur.

Diese haben gedacht, alles wäre in trockenen Tüchern, die finsteren Schergen, denen wir uns zuweilen selbst anschlossen, um das Werk zu vollenden. So viele Jahre, Jahrhunderte und Jahrtausende hat es gedauert, bis sich das Puzzle letztlich zusammensetzen wird. Halbwahrheiten erfüllten den Zweck, um die Menschheit auf das Kommende vorzubereiten und gleichzeitig das Überleben jener zu sichern, die getötet worden wären, hätten sie die ganze Wahrheit vor dem Tage X zutage gebracht. Doch aus unsere Sicht waren es nur 7 Tage, wenn Sie verstehen, um alles dort zu platzieren, damit in den `Letzten Tagen` in naher oder ferner Zukunft die Wahrheit für alle ersichtlich werden wird.

Die Bibel ist eine Sammlung aus verfälschtem Wissen. Und dieses Wissen ist der katholischen Kirche und vielen anderen bekannt, aber sie werden damit nicht an die Öffentlichkeit gehen, damit ihre Schäfchen im Stall und auf der Weide bleiben. Unsere Bruderschaft ist seit Jahrtausenden im Besitz der Wahrheit, welche wohlweislich an die Menschheit nicht weitergegeben wurde.

Auch das Geheimnis der Tempelritter wurde nur wenigen zugänglich gemacht. Doch lassen Sie mich Ihnen gegenüber offen sein: jene Mächte, welche die Bruderschaft der Schlange zum Erliegen brachte, sind allgegenwärtig und behüten die Wahrheit wie einen Schatz. Es ist tatsächlich der vielseits erwähnte ominöse „Schatz der Tempelritter," von dem ich hier spreche. Auch ich kann nicht über diese Ereignisse reden, ohne um mein Leben zu fürchten. Trotzdem will ich Ihnen, als getreuen Freund und Wegbegleiter, nach all den Schwierigkeiten, die Ihnen auferlegt wurden und von denen Sie mir gegenüber sprachen, helfen, die Wahrheit zu finden.

Wie Sie wissen, habe ich mich einst für einige Zeit in die Region um Freiburg zurückgezogen. Bedenken Sie: Ebenso wie der heilige Gral in Wirklichkeit kein Gefäß aus Ton, Holz, Stein, Glas oder einem anderen Material ist, sondern der fleischliche Körper, der die Seele beinhaltet, ebenso könnte auch der Schatz der Templer kein Schatz in der Form sein, wie viele es vermuten. Mehr kann ich hier an jener Stelle nicht verraten. Wichtig soll für Sie sein, dass das große Geheimnis der Templer mit den Heiligen Schriften zusammenhängt. Die Wahrheit ist so unglaublich, dass Sie diese niemanden gegenüber erwähnen könnten, ohne als wirrer Geist oder Verräter – je nachdem, aus wessen Sicht betrachtet, angesehen würden. Vieles steht auf dem Kopf, mein lieber Freund. Nehmen Sie mich beim Worte! Nur in einer fiktiv wirkenden Geschichte würde sie womöglich ungesühnt eine nicht erwähnte Daseinsberechtigung finden, die Wahrheit. Entdecken Sie den wirklichen Ursprung. Die Quelle. So werden sich die Tore öffnen. Erst wenn Sie bereit sind, alles abzulegen, auf was Sie Ihren Glauben bauen, wird die Wahrheit bereit für Sie, mein lieber Freund, sein.

Ich bin der Verräter! Doch Verrat ist keine Sünde. Verrat ist Licht!

Das werden Sie eines Tages zu verstehen lernen.

Finden Sie die Wahrheit, Monsieur. Wenn dieser Brief eines Tages in einer Form abgedruckt vor den Augen eines Dritten liegt, ohne dass dieser Leser darin inhaltlich wahrheitsgetreue Details zu unserem gemeinsamen Essen, der Speisekarte und der genauen Summe, die wir bezahlt haben, vorfindet, Details, die nur Sie und ich und Mister X kennen, auf welche ich hier heute nochmals eingegangen bin, dann wurde das Buch veröffentlicht. In diesem Fall wende ich mich zum Abschluss an den „unbekannten" Leser:

FINDE, WAS VOR DIR VERBORGEN WURDE. FINDE, WAS FÜR DICH VERBORGEN WURDE. ES LIEGT NUN IN DEINEN HÄN-DEN.

Verzeihen Sie, Monsieur, meine Ausdrucksform, aber das „Du" schien mir hier für jene kurze Botschaft als angemessen. Denn die Zeiten werden sich ändern, mein lieber Freund.

Mit diesen Worten verbleibe ich, bis zum nächsten Mal, als einer der letzten auf dieser Welt, der die Wahrheit noch in sich trägt.

Ihr Graf von St. Germain

2. Der Späher

★★★

Die Gestalt war in der Dunkelheit kaum zu erkennen. Ihr schwarzer langer Umhang hob sich nur ab und zu vom dunklen Hintergrund der Nacht ab, wenn das Mondlicht seine Schatten über die unbewohnte Landschaft warf. Es wirkte, als hätte das Wesen die Kapuze seines Gewandes tief ins Gesicht gezogen, denn selbst im fahlen Mondlicht waren seine Gesichtszüge nicht zu erkennen. Es war ein Späher des Imperiums. Regungslos verharrte er in der Nacht. Plötzlich geriet sein Umhang in Wallungen und ein paar kojotenhafte Laute durchdrangen die Nacht. Seine schwarze Hand legte sich an die nicht zu erkennende Stirn unter der Kapuze. Wieder verharrte er, als würden seine Sinne alles wahrnehmen, was sich im Umkreis von fünfzig Kilometern bewegte. Nach wenigen Minuten machte er auf dem Absatz kehrt und wurde von der Dunkelheit der Nacht verschluckt.

Rückblick:

`Die Welt würde eine andere sein`, prophezeiten einige für diese Tage, und es schien sich zu bewahrheiten. Ein sogenannter Elias sprach davon, der Sohn Gottes würde auf die Erde kommen und vieles würde sich ändern. Geschichten dieser Art erzählte man sich von Damaskus bis Judäa. Merkwürdige Dinge schienen sich zu ereignen von Katarnaum bis Nazareth, in den Regionen des Jordan bis tief hinein nach Jerusalem. Und selbst die Araber jenseits dem Toten Meer schienen die Berichte über ein Kind in Bethlehem in ihren Erzählungen zu kennen, sowie den Zeitpunkt dessen Geburt.

Es war ein heißer Tag. Die junge Frau war in ein rubinfarbenes Gewand gekleidet. Ihr Gesicht war durch den Schleier nur schemenhaft zu erkennen, doch man konnte erahnen, dass sie sehr schön war. Als der heiße Wind den Stoff an ihrem makellosen Körper zu einem berauschenden Spiel in der sengenden Sonne verleitete, konnte man den fraulichen, schon konkurrenzlos anmutenden Körper unter diesem erkennen. Ein Streit mit ihrem Stiefvater hatte sie an jenen einsamen Ort geführt. Manchmal fragte sich Salome, ob Herodes nur ihrer Anwesenheit wegen mit ihrer Mutter zusammen war. Gerade heute hatte er sie wieder behandelt, als würde er um ihre Gunst buhlen, ohne dabei seine Gemahlin eines Blickes zu würdigen. Herodias schien dies nicht zu stören. Diese war ohnehin nur wegen des Geldes und ihrer Machtbesessenheit mit ihrem Stiefvater zusammen. Fast jede Nacht holte sie sich junge, wohlgewachsene Sklaven in ihre Gemächer, wenn Herodes, wie allzu oft, nicht im Palast weilte, um sich mit den hochgestellten Persönlichkeiten seines Reiches zu beraten.

Salome mochte Männer. Sie entledigte sich deren wie alter Gewänder. Es gab Tage, da schmeichelte ihr die Macht, die sie auf Herodes ausübte. Letztlich obsiegte allerdings meist eine angewiderte Herablassung gegenüber dem, der sich als der mächtigste Mann in ihrem Land ausgab und vor dem das ganze Reich in die Knie ging. Dieser dickbäuchige Lüstling, dieser geifernde alte `König`. Für sie war er nichts weiter als jemand, der seine Macht gebrauchte, um sich jene Dinge zu beschaffen, die er ohne diese nie bekommen würde. Ihre Mutter gehörte zu diesen Dingen. Eigentlich war sie eine ansehnliche Frau. Doch diesem Protz im Alter lange nicht mehr jung genug, um dessen Phantasien dauerhaft zu befriedigen. Sie sah in ihm keinen Mann, sondern eine durch dessen Geschlecht steuerbare Karikatur für jede Frau, welche sich seiner Phantasien annahm. So wie die meisten Männer. Salome hatte dieses Spiel von klein auf bei ihrer Mutter abgeschaut und bis zur Perfektion verinnerlicht. Als sie ein junges Mädchen war, lehrte ihre Mutter diese bereits, dass man jeden Mann dazu bringen könne, einer Frau zu verfallen, wenn man nur seine persönlichsten Gedanken und Träume kannte. Ihre Mutter war es, die ihr bereits früh zu verstehen gab, dass hinter jedem starken Mann eine noch stärkere Frau stecken sollte, welche zwar äußerlich das schwache Geschlecht verkörperte, aber eigentlich die Fäden der Macht in den Händen hielt. Die Kunst bestand darin, es nach außen nicht zu offensichtlich zu zeigen, da ansonsten die Macht des Mannes im Angesicht des Volkes verblasste und somit auch die ihre.

Sie mochte dieses Spiel. Es gab ihr ungemeine Befriedigung, auf diese Art zum anderen Geschlecht herabzublicken. Sie liebte es, sich zur Schau zu stellen. Sich und ihren Reichtum. Kostspielige Gewänder und Stoffe, Gold und Edelsteine aus aller Welt waren neben prunkvollen Gemächern und Habseligkeiten jene Dinge, welche sie benötigte, damit sie sich wohlfühlen konnte. So hatte sie Kleider für jeden neuen Tag und Anlass, Schmuck und Gold, um sich von Kopf bis Fuß damit einzudecken. Und sie genoss es. Sie genoss es, damit noch mehr aufzufallen, als sie es ohnehin schon durch ihre Schönheit tat. Wem es nicht gefiel und wer dies offenkundig zeigte, der würde seinen Tribut zollen. Sie war nicht umsonst die `Tochter` des Herodes! Sie hatte schon Männer und Frauen in den Kerker werfen lassen, nur weil diese dem zur Schau gestellten Luxus mit Kopfschütteln begegneten, wenn sie nicht in Stimmung war. Auch hier stand sie ihrer Mutter in nichts nach. Nicht zuletzt diese Charaktereigenschaft war es, weshalb viele Ängste vor ihr zeigten und sich niemand in ihrer Gegenwart zu trauen wagte, sich zu äußern, außer ihr nach dem Mund zu reden.

Sie besaß lange schwarze Haare, welche ihre Hüften umschmeichelten, wenn sie diese offen trug. Ihr dunkelbrauner Teint ließ eine ägyptische Abstammung vermuten. Ihre Augen waren tief und dunkel, die Hände geschmeidig und glatt, ihre Brüste fest und nicht zu groß. Ihr Mund schien etwas Verruchtes und Überhebliches zu haben, was sich auf ihr gesamtes Gesicht und ihre Ausstrahlung übertrug. Ihr Körper war etwas kleiner als das Gardemaß, aber immer noch groß genug, um den meisten Männern aufrecht in die Augen zu schauen mit der nötigen Besohlung. Einladend war die karge Landschaft um sie nicht, wirkte diese doch noch staubiger durch die hochstehende, stechende Sonne. In der Ferne waren einige Bergrücken zu erkennen. Ansonsten war der mannshohe Stein, auf dem sie sich niedergelassen hatte, der einzige Blickfang in näherer Umgebung, der erwähnenswert schien. Hinter ihr war die Silhouette der großen Stadt zu erkennen, vor deren Toren weit ab sie sich niedergelassen hatte.

Herodes Antipas. Salome konnte den Namen nicht mehr hören! Hier war für sie die einzige Möglichkeit, dem Treiben im Palast und ihrer Umgebung wenigstens für einige Zeit zu entfliehen. Sowie dem künstlichen Trubel um seine Majestät. Die Hitze war unerträglich. Doch bereits nach wenigen Minuten schien es, als würde das Leben hinter ihrem Rücken nicht mehr existieren. Einzig allein der Blick auf die karge Landschaft vor ihr und die staubige Leere wurde von ihr verinnerlicht, um auf andere Gedanken zu kommen. Eine Seite, die niemand an Salome kannte und wahrzunehmen schien. Vielleicht, weil sie nicht in das Bild der starken Tyrannin passten, welches andere in ihr sahen und die sie zu kennen glaubten. Kein Wunder. War es doch jene Seite an ihr, welche die Prinzessin aus freien Stücken am weitesten von sich weisen würde, käme jemand auf den Gedanken, sie darauf anzusprechen. Sie war ein Kopfmensch, kein Gefühlsmensch. Sie dachte logisch und nicht emotional. Wenn sie jemanden kennenlernte, war ihr erster Gedanke, ob dieser für sie von Nutzen sein würde, und wenn ja, auf welche Art sie ihn für ihre Zwecke beeinflussen könnte. Der zweite Gedanke galt, wie sie ihn später wieder loswerden würde, wenn sie ihm überdrüssig war und dieser seine Aufgabe erfüllt hatte. Gefühle standen da nur im Wege. Sie wusste, wo sie Männer anzufassen hatte, damit sie ihr Nutzen brachten. Trotzdem merkte sie heute, wie ihre Gedanken abzuschweifen begannen. Im Palast des Königs häuften sich die Gespräche über einen Nazarener, welcher in Bethlehem geboren sein und der Kranke heilen und Wunder vollbringen solle. Für Salome waren dies zu Beginn nur Ammenmärchen der Armen, bis vor kurzem ein Hofbekannter ihres Vaters, welcher halbseitig gelähmt und blind war, völlig geheilt und aufrechtgehend in den Palast von Antipas eindrang und diesem davon erzählte, wie der Nazarener ihn durch Handauflegen binnen Sekunden geheilt habe.

Am Hof wurde schon fast eine Art ʼStaatsgeheimnisʼ aus dem Vorfall gemacht. Man wollte nicht, dass zu viel von dem nach außen drang. Zumindest nicht, bis sichergestellt war, was von der Sache zu halten sei. Salome wurde zum ersten Mal unterschwellig betrübt. Da gab es doch tatsächlich jemanden, der von sich behauptete, mehr Macht als ihresgleichen zu haben und sie vorführte vor dem eigenen Volk! Ihr Vater war schon immer der Ansicht, dass es Dinge gab, die mit dem Verständnis ihrer Kenntnisse nicht zu erklären waren. So ließ er sich regelmäßig seine Träume deuten und die Zukunft voraussagen von irgendwelchen Trampeln, die auf diese Weise meinten, sich mit ihresgleichen abgeben zu können. Doch sie konnten diese nicht hinters Licht führen. Diese Dorftrottel und Idioten! Diese abergläubigen Kranken! Ginge es nach ihr, würden diese allesamt gekreuzigt und bei lebendigem Leibe wie Schlangen gehäutet! Diese falschen Propheten und Tagediebe! Ausräuchern sollte man sie. Steinigen. Ja! Das würde ihr gefallen! Dann würde sie sich vor jene stellen und ihnen ins Gesicht spucken! Ihnen die Zunge heraus und die Eingeweide aus ihnen schneiden! Sie schüttelte den Kopf. Trotz allem behagte es ihr nicht, dass sie zugeben musste, diesen Mann geheilt zu sehen.

Und wenn es doch stimmen sollte? Niemals! Salome stieß ein abwertendes Geräusch aus, welches in der Umgebung verhallte. Sie würde dies erst glauben, wenn sie es selbst miterleben würde. Vor ihren Augen! Den Leuten schien die Hitze in den Kopf zu steigen! Für sie eine persönliche Anmaßung, diese Herumtreiber ernst genommen zu sehen. Auf diese Weise ihre Person und die ihrer Mutter abzuwerten! Diese Viehdiebe und Pharisäer! Nicht nur dies. So erzählten sich schon seit geraumer Zeit die Leute Geschichten über einen sogenannten Elias, der Geschehnisse angekündigt habe, die größtenteils nachweißlich eingetroffen seien. Man sagte sogar, er habe den Nazarener angekündigt, lange bevor er in Erscheinung trat. War das ein Beweiß? Nur weil irgendein jüdischer Aufsässiger auf die Idee kam, dessen Rolle zu übernehmen? So wie dieser Elias es prophezeit hatte? Der Aberglaube der Leute bereitete Salome Übelkeit. Vielleicht sollte man die Abgaben erhöhen, damit die Leute keine Zeit mehr haben würden, auf solch dumme Gedanken zu kommen. Besonders wütend machte es sie, dass ihr Stiefvater diesen Glauben schenkte. Gerade er sollte doch nach all den falschen Propheten um sich gemerkt haben, dass diese nur lügen, um Anerkennung zu gewinnen. Heute hatte sie es nicht mehr ausgehalten und sich aus dem Palast zurückgezogen. Seine patschigen Finger auf ihr, welche Salome von seiner Meinung überzeugen sollten, bereiteten ihr Ekel und stießen sie ab! Kein Wunder, machte sich der gesamte Hofstaat hinter seinem Rücken über ihn lustig. Wer sollte ihn noch ernst nehmen? Oder hatte der Geheilte die Wahrheit gesagt? Was wäre wenn? Salome verdrängte den Gedanken. Sie hatte keine Zeit für sentimentale Gefühlsausbrüche und schon gar nicht für das Geschwätz der Leute. „Salome?" Salome drehte ihren Kopf in Richtung des Palastes. Ihre Mutter.

„Was willst du?", rief sie kurz angebunden zurück. „Was machst du denn dort? Du solltest in den Palast kommen! Die Hitze ist nicht gut für dich! Wir haben einen Händler hier, der Geschmeide anbietet, das dir sicherlich zusagen wird! Komm! Damit sich Herodes nicht wieder Sorgen um deine Gesundheit macht!" Salome verdrehte die Augen. Anschließend stand sie auf und lief in Richtung der angrenzenden Stadt. Dort angekommen trat sie in die große Halle des Palastes ein und durchquerte mit erhobenem Haupt die teuren, anmutigen Flure. Jeden könnte sie hier haben. Doch wenn sie es sich recht überlegte, war ihr keiner gut genug. Nicht für sie! Der Mann musste erst noch geboren werden. Der halbe Hofstaat hing ihr am teuren Saum. Besonders die Wachsoldaten verfolgten sie mit ihren Blicken, als hätten sie seit drei Wochen keine Nahrung erhalten. Auch deren Hauptmann, Narraboth! Er hätte wohl alles getan, um nur eine Nacht an ihrer Seite zu verbringen.

Salome hatte dies wohl bemerkt. Aber was wollte sie mit einem solchen Versager? Er war gerade gut genug, um sich die Füße an ihm abzutreten. Als sie die riesige Marmortreppe empor lief, hörte sie hinter sich die Stimme ihres Stiefvaters. „Salome! Willst du nicht die Händler mit ihrer Ware begrüßen? Sie haben wegen dir sämtliche Stücke in die Eingangsräumlichkeiten getragen und ausgelegt! Was ist, mein schönstes aller Besitztümer?" „Ich bin nicht dein Besitz! Schick sie weg! Wenn sie einmal wegen mir gekommen sind, werden sie es wieder tun!" „Sie haben mehrere Tagesreisen..." „Rede ich so undeutlich? Ich sagte, du sollst sie rausschmeißen! Sie werden kommen, wenn ich es sage, und nicht wenn diese meinen, sie müssten mir die Zeit mit ihren paar Unzen Gold und Geschmeide rauben! Oder lass den Rest des Hofstaates deren billige Ware begutachten!", sprach sie und verschwand im oberen Bereich des Palastes, um sich durch eine Vielzahl von Räumlichkeiten den Weg in ihre Gemächer zu suchen. Herodes Palast war eines der größten und monumentalsten Bauwerke seiner Zeit. Es war kaum möglich, sich nicht zu verlaufen, wenn man nicht längere Zeit dem Hofstaat angehörte und sich tagelang aufmerksam den unzähligen Zimmern, Hallen und inneren Gärten widmete. Hier wurde ein Großteil der vom Volke erarbeiteten Zahlungsmittel verprasst in geradezu atemberaubender Architektur und Größenwahn, während das Volk vor seinen Toren im Staub um ein paar Lebensmittel betteln musste.

Herodes schüttelte den Kopf. Salomes Sturheit war ihm nur allzu oft zuwider. Aber ihre anmutige Ausstrahlung und Schönheit raubten ihm stets den Verstand. Sie kam ganz nach der Mutter. Herodes war ein Mann, der durchaus menschliche Eigenschaften in sich verkörperte. Er war ein überaus umgänglicher Charakter, welcher sich aber allzu leicht von den äußerlichen Reizen des anderen Geschlechts um den Finger wickeln ließ. Nur allzu gerne saß er mit seinen engsten Vertrauten abends bei Wein und Brot zusammen, um über die Gestirne, seine Träume und all die wundersamen Dinge in der Welt zu reden, die ihm zu Ohren kamen. So hatte er bereits einige äußerst merkwürdige Träume gehabt, für dessen Deutung er immer wieder gerne Männer in seinen Palast beorderte, die Salome als Quacksalber und

Vasallen bezeichnete. War dies tatsächlich möglich, was man sich über den Nazarener erzählte? Doch wie hätten ansonsten all die Kranken geheilt werden können, welche ihm begegnet waren nach deren Erzählungen? Der Nazarener wurde Jesus genannt und nach den Erzählungen der Leute, war er ein überdurchschnittlich schöner, attraktiver Mann. Schlank von Gestalt, mit langen dunklen Haaren und anmutigem Gesicht. Er redete mit den Menschen, als wären es schon immer seine Freunde, auch wenn er diesen zum ersten Mal begegnete. Und die meisten verspürten eine geradezu atemberaubende Anziehungskraft, die jener durch seine Anwesenheit verbreitete. Er solle schon eine ganze Schar an Jüngern um sich versammelt haben, die mit ihm gingen. Er predigte für Gewaltlosigkeit, Frieden und Liebe. Und aus seinem Mund, so sagte man, klänge es nicht lächerlich, sondern dieser verbreite tatsächlich eine Aura, als wäre er Gottes Sohn. Herodes Vater, Herodes der Große, hatte damals einige seiner Getreuen ausgeschickt, um den angekündigten Messias zu finden. Man erzählte sich, er habe versucht, das Jesuskind zu ermorden. Und nicht nur dieses.

Salome hatte sich in ihren Gemächern auf einem der großen Schlaf- und Beischlafplätzen niedergelassen. Die hohen Decken und Fresken waren durchzogen von einem blauen Himmel. Mehrere hohe Marmorstatuen verbreiteten den für sie gewohnten, anmutigen Charakter, welcher durch platzierte Dattelpalmen und goldene Ornamente noch verstärkt wurde. Blau war ihre Lieblingsfarbe! Dies konnte nur jemand verstehen, der den dunkelblauen, klaren Himmel in ihrem Land zu sehen bekommen hatte, wie er sich strahlend von dem brauen Stein der oftmals kargen Landschaft abhob. Es war ein tiefes Blau. Es verschlang einem den Atem, wenn man wie sie sich gerne dieser Betrachtung hingab. Sie legte sich mit dem Rücken in die großen, weichen Kissen, während sie mit den goldberingten Händen durch ihre schwarzen langen Haare fuhr. Es war ihr egal, ob es auf andere protzig wirkte, aber sie liebte viele Ringe und Schmuck an sich, trug diesen selbst nachts! So zierten jeden der zehn geschmeidigen Finger ihrer

Hände einen oder mehrere Ringe. Ihre dunkelbraunen Arme, glatt und makellos, waren von mehreren breiten goldenen Armreifen im Oberarmbereich und am linken Handgelenk geschmückt. Um ihren Bauch hatte sie zwei schmückende, goldene Ketten, welche sich sanft in Höhe ihres Nabels platzierten. Um den Hals trug sie mehrere Ketten, welche zwischen ihren festen Brüsten zu verschwinden schienen. Sie hatte sich den Schleier vom Gesicht genommen, sodass man ihre ebenmäßigen Gesichtszüge in voller Pracht genießen konnte. Sie blickte in den blauen `Himmel` über ihrer Schlafstelle und schloss die Augen. Ab und zu war ein leises Plätschern zu hören, das von den künstlich angelegten Teichen in ihren Räumlichkeiten herüberklang, durch die schwimmenden Bewegungen der Fische in ihnen. Ihre Mutter war ihr in vielen Dingen sehr ähnlich, was nicht immer von Vorteil war und öfters Anlass zu Streit und Spannungen gab. Bevor sie sich mit Herodes vermählte, war diese mit seinem Bruder verheiratet! Herodias war einzig und alleine der Macht und dem nun gewonnenen Reichtum zuliebe eine Ehe mit Herodes eingegangen. Doch das schien diesen nicht zu stören. Ihm waren die äußeren gewonnenen Reize wichtiger, denn jene konnten ihn anfassen. Und Salome genoss es, so Teil der mächtigsten Familie im Land geworden zu sein und ihren Luxus ausleben zu können. Besonders, da sie den optischen Mittelpunkt verkörperte, um den sich alles drehte. Sie hatte es geschafft, die Gedanken, die sie vor dem Palast geplagt hatten, gänzlich zu verdrängen. Sie hatte es geschafft, wieder in ihre Welt zurückzufinden. Sie hatte es wieder geschafft, ihre größten Sehnsüchte vor allen anderen zu verstecken: den Mann zu finden, der ihr gewachsen und ebenbürtig war, welcher sich traute, ihr nicht nach dem Mund zu reden und der die Sehnsüchte in ihr auslösen würde, die sie bisweilen so vergeblich gesucht hatte! Mit diesen Gefühlen in sich schlief sie ein und versank im Meer der Träume, in denen sie ihn schon gefunden hatte. Salome sah ihn dort so deutlich, dass sie ihn unter tausenden auf der Straße wiedererkennen würde.

3. Das Telefon

★★★

„Freddy Krüger! Hör mir auf mit Freddy Krüger!" Bea schlug ihre Hände vor dem Gesicht zusammen. Vor ihr saß ein Mann Ende dreißig mit langen, dunklen Haaren, der schallend anfing zu lachen. Er hatte einen Drei-Tagebart und wirkte nicht sonderlich gepflegt. Im Gegensatz zu ihr. Sie trug das schulterlange, blonde Haar streng zurückgekämmt. An ihren Fingern befanden sich edle, goldene Ringe. Am kaffeebraunen Handgelenk blitzte eine ebenso teuer wirkende, goldene Uhr. Das Kleine Schwarze ließ genügend von dem erkennen, was sie als Schönheit auszeichnete. An den Füßen trug sie edle, schwarze Pumps mit annehmbar hohen Absätzen. Sie war Mitte Zwanzig und saß dem schlanken, langhaarigen Mann gegenüber. Beide waren in einem Fastfood-Lokal eingekehrt, obwohl Bea immer wieder betonte, dies sei nicht ihr Stil. Vor ihnen standen einige halb leere Schachteln gefüllt mit Essensresten, sowie zwei Getränkebecher.

„Warum? Was hast du gegen Freddy Krüger? Ich liebe diese Filme! Dieser Typ, der in die Träume der Menschen eindringt, um sie kalt zu machen. Genial!". Er lachte. „Hör mir auf!", erwiderte Bea ebenfalls lachend, „Der ist total out! Außerdem hat mal so ein scheiß Arschloch damit fast einen Herzinfarkt bei mir ausgelöst!" Der langhaarige Gesprächspartner fing noch lauter an zu grölen. „Hör auf!", kam es aus dem Mund der schönen Frau. „Es war auf einer Party. Ich saß dort auf so einem beschissenen Sofa, und diesem Typ fällt nichts besseres ein, wie sich mit einem rot-weiß gestreiften Pullover, Freddy-Maske und Krallenhand neben mich zu setzen, ohne das ich es mitbekomme! Als ich mich zu dem Typ umdrehe, ist mir schier das Herz stehen geblieben! Wirklich!" Ein nervtötendes Piepsen störte die Unterhaltung. Bea griff nach dem schwarzen Nokia-Handy zwischen den Essensresten. „Ja?" Sie hörte einige Momente der Person am anderen

Ende der Leitung zu und sagte dann zu dieser: „Bin in einer halben Stunde da!"

Sie verstaute das Handy in ihrer schwarzen Handtasche. Dann sagte sie zu ihrem Gegenüber: „Tut mir leid! Ich muss los. Sei mir nicht böse." Der langhaarige Mann zuckte die Schultern: „Familie geht vor!" Die Frau verzog das Gesicht, als habe ihr Gegenüber einen schlechten Witz gemacht. „Danke. Wir holen das nach, Cousin! Ich melde mich!" Dann stand sie auf und verließ das Lokal.

4. In God we Trust

★★★

`Wir schreiben das Jahr 2010. Seit das Dritte Reich Mitte des Zwanzigsten Jahrhunderts den Zweiten Weltkrieg gewonnen hatte, sind viele Jahre ins Land gezogen. Damals begann die Welt den verzweifelten Versuch zu unternehmen, Deutschland aus den Klauen des Nationalsozialismus zu befreien. Es endete in einem Diseaster! Nachdem es zuerst den Anschein hatte, dass die Alliierten den Krieg gewinnen würden, scheiterte dies durch den Einsatz Hitlers sogenannter `Wunderwaffe`, welche buchstäblich in letzter Sekunde zum Einsatz kam, nachdem Hitler bereits offiziell ermordet und sich auf dem Weg nach Argentinien befand. Die Alliierten Streitkräfte fielen mit ihren Bombern vom Himmel wie Vögel, denen der Lebenssaft ausgesogen worden war. Ihre Motoren verstummten im Flug, die Bordmaschinen fielen aus und die Piloten stürzten in den sicheren Tod.

Ich heiße Todd Hoper. Bin einer der wenigen Überlebenden der amerikanischen Streitkräfte. Nachdem wir Dresden und Hamburg dem Erdboden gleichgemacht hatten, begannen unsere Piloten von sogenannten `Krautballs` zu berichten, die den Luftkampf verfolgten, indem sie neben uns herflogen, ohne in die Kampfhandlungen einzugreifen. Nur wenige Zentimeter neben unseren Tragflächen. Die Aufnahmen darüber verschwanden in den Panzerschränken unserer Regierung. `Krautballs`, weil wir sie unseren Feinden, den Deutschen, zuordneten und jene Flugobjekte die Größe und Form eines Basketballs hatten.

In unseren Tageszeitungen tauchten sie unter dem Begriff `Foo-Fighter` auf. Als über dem skandinavischen Luftraum sich zudem Berichte und Sichtungen über sogenannte `Ghost-Rockets` mehrten, welche verdächtig einer deutschen V-2 (Rakete) zu ähneln schienen, Hit-

27

ler vermehrt von einer noch zum Einsatz kommenden `Wunderwaffe` sprach, die den Kriegsverlauf kippen solle, vermuteten unsere Verantwortlichen einen Geheimplan der Deutschen. Dachte man zu Beginn noch, die sogenannte `Wunderwaffe` sei nichts anderes als die Technologie der V-1 und V-2 Raketen, so änderte sich diese Einstellung bei einigen durch das Auftauchen der ersten `Foo-Fighter`-Nahaufnahmen in den Archiven der Alliierten.

Nach sechs Jahren Entwicklungsarbeit gelang den Deutschen im Oktober 1942 in Peenemünde der erste Start einer V-2 (A4). Ebenso arbeiteten diese an sogenannten `Nurflügelkonstruktionen`, wie die HVb, die ab 1941 eingesetzt wurde. Die deutsche Weiterentwicklung hieß HVc und löste bei den Betrachtern ungläubiges Staunen aus. Wir gingen den Deutschen auf den Leim, in dem wir all unsere geheimdienstlichen Tätigkeiten auf diese Entwicklungen richteten. Wir gingen davon aus, dass die sogenannten Wunderwaffen eine Technik war, die gerade entwickelt wurde und fanden sie deshalb nicht. Keiner unserer Strategen kam auf den Gedanken, diese Technik würde bereits existieren. Während die Deutschen bereits all unsere Funksprüche und Pläne entschlüsselt hatten, wie wir erfahren mussten, und `Enigma` am Ende nur ein Ablenkungsmanöver war, um uns von `Troja` abzulenken.

Unsere Militärs horchten nicht einmal auf, als im Frühjahr 1945 die Hamburger Zeitung `Welt am Sonntag` vom 26. April mit folgender Schlagzeile aufmachte: `Erste „Flugscheibe" flog 1945 in Prag – enthüllt Speers Beauftragter`. Viel zu spät erfuhren wir von einem großen deutschen Forschungszentrum in Pilsen, in welchem bereits Antriebstechniken von Flugzeugen entwickelt wurden, sogar auf atomarer Basis! Weitere Aufgabenbereiche befassten sich mit neuen Techniken von Strahlantrieben, dem Einsatz von Lasern für Waffensteuerungen und sogenannte `Todesstrahlwaffen` sowie Projekten, die Tarnungszwecken dienen sollten. Waren wir so blind, dass wir die heraufkommende Gefahr nicht bemerkten? Und woher kamen diese technischen

Meisterleistungen – angefangen von der Lasertechnik bis hin zu den Flugscheiben?

Viel zu spät entdeckten wir, dass der Tod Hitlers und Eva Maria Brauns im Führerbunker nur inszeniert war. Der wahre Hitler sich bereits auf dem Weg nach Argentinien befand. Um weit genug entfernt zu sein von dem sich anbahnenden Endszenario, das im Deutschen Reich seinen Anfang nahm.

Inzwischen hat sich ein Überwachungsstaat etabliert. Es ist nicht mehr möglich, private Nachrichten zu übermitteln, ohne dass diese abgehört werden. Politisch Andersdenkende werden verfolgt, vor Gericht gestellt und inhaftiert. Einige Bevölkerungsgruppen sind gänzlich ausradiert, nur wenige von diesen leben in sogenannten Reservaten noch ein unsägliches Dasein. Ähnlich wie zuvor die Ausrottung der Indianer in Amerika durch deren Besatzer, wie unsere Geschichtsbücher verraten, so hat es nun die Juden getroffen und ihre damaligen Verbündeten. Einige von uns träumen davon, was geschehen wäre, wenn die Alliierten den Krieg gewonnen hätten.

Vielleicht wäre vieles besser. Heute bannt das Hakenkreuz überall auf unserem Planeten. An jedem Ärmel eines Beamten und Staatsdieners. Wir haben eine `Eine-Welt-Regierung`.

Die Währungen der Nationen wurden eingezogen und ersetzt durch eine neue, einheitliche Weltwährung: Der Reichsmark. Abgerechnet durch Plastikkarten, welche dem Staat alles über deren Benutzer verrät. Seine Vorstrafen, seine Liquidität und wo er in den letzten 24 Stunden seine Schäferstündchen verbracht hat. Ich gehöre einer Untergrundbewegung an, die den Widerstand gegen diese Siegermacht am Leben erhält. Wir haben herausgefunden, dass hinter dem Großdeutschen Reich eine religiöse Sekte arbeitet: die Thule-Gesellschaft. Sie brachte Adolf Hitler damals an die Macht. Machte ihn zu ihrem Sprecher und politischen Führer.

Inzwischen können wir nirgends mehr hingehen, ohne dass ein elektronisches Überwachungssystem unsere Identität prüft und uns notfalls aus dem Verkehr zieht. Es begann mit der Überwachung von öffentlichen Plätzen und Tunnels unter dem Vorwand, diese sicherer zu machen für das Volk – sowie dem Chipen von Kindern. Unter dem Vorwand, so Kindesentführungen schneller aufklären zu können durch das Aufspüren der Vermissten.

Inzwischen gibt es keinen Platz, keine Straße und keinen Privathaushalt mehr, der nicht an das elektronische Überwachungssystem angeschlossen ist. Nach der Geburt wird den Säuglingen ein bioverträgliches Implantat in die rechte Hand und im Stirnhöhlenbereich eingepflanzt. Für den Fall, dass einige Widerstandskämpfer sich die eigene Hand abschneiden. Dem deutschen Siegervolk ist die Macht zu Kopf gestiegen. Immer noch huldigen sie die Führerdynastie wie in den Anfangstagen des Dritten Reiches unter Adolf Hitler, der 1986 verstarb. Der Hitlergruß ist das weltliche Ritual, sowie Jahrtausende zuvor bereits derselbe Gruß das Großrömische Reich huldigte. Hier sollen die Ursprünge des Nationalsozialismus liegen, sagt unsere Untergrundbewegung.

Ich habe mehrere Mordanschläge überlebt durch die SS, die seit dem Jahr 2000 umbenannt wurde in SS-E20, um das neue Jahrtausend mit einzubeziehen. Diese kranken Wichser.

Ich wurde 70 Jahre in die Zukunft geschickt durch eine Technologie, welche das Reisen in der Zeit ermöglicht und nicht durch das Dritte Reich erbaut wurde, sondern durch eine Zivilisation, die sie `Unsere Vorfahren`nennen. Deshalb konnte ich ihnen entkommen. Ich habe sehr viel über die Zeit und die dimensionalen Ebenen, in welchen wir leben, gelernt. Wie dicht sie beieinander liegen. Wir leben in einer Matrix, die an bestimmten Punkten unserer Erde natürliche Zeit- und Dimensionstore aufweist. Berge und Meerestiefen, an denen der Kompass verrückt spielt und das natürliche Erdgitternetz gestört ist. Unsere Vorfahren haben diese Technik und das Reisen in der Zeit in

Jahrmillion auf technischem Wege umgesetzt, um so andere Galaxien, Dimensionen und Zeiten zu bereisen. Sie werden die `Aufgestiegenen Meister`, oder die `Anunaki` genannt. Doch sie haben fast nie mit uns Kontakt aufgenommen. Gerüchte besagen, dass diese Technologie missbraucht wurde von der NSDAP, als diese ihnen bei einem friedlichen Kontakt zur Verfügung gestellt wurde. Zu Testzwecken. Ich kann bis heute nicht sagen, warum diese `Aufgestiegenen Meister` das zugelassen haben und den Sieg der Deutschen nicht verhinderten. Und somit die Versklavung der Menschheit. Irgendewtas kann an dieser Geschichte der Anunaki nicht stimmen. Wer hat hier die Wahrheit verdreht und warum?

Es wurde durch einen unserer engsten Mitarbeiter, den Sie unter dem Namen Graf von St. Germain kennen, verhindert, dass die Deutschen sich an den Standort dieser Technik erinnern können, indem all jene, die an dem Missbrauch beteiligt waren und vom wahren Standort der Technik wussten, zeitversetzt wurden an einen unbestimmten Ort. Dies war jene Aufgabe, an der auch ich mitwirkte in den letzten Jahren. Der Graf gehörte einst der Gegenpartei derer an, welche mit dem Dritten Reich aufstiegen. Er war derjenige, der die Untergrundpartei gründete und als einziger noch den Aufenthaltsort und die Zugangswege in das Bergmassiv kannte.

Die Maschinerie zur Durchführung der Zeitreisen wird heute in einem Gebiet in der Nähe von Salzburg aufbewahrt. Im Herzen des Großdeutschen `Alten` Reiches. Nur etwa 100km von Braunau, dem Geburtsort Adolf Hitlers. Meine damalige Verlobte lebt heute nicht mehr. Ich konnte sie nicht mitnehmen. Sie wurde in einem Konzentrationslager gefoltert und ermordet. Sie starb im Jahre 1957.

Ein Bekannter von mir meinte, es hätte keinen Unterschied gemacht, wer den Krieg gewinnt. Hätten die Alliierten den Zweiten Weltkrieg gewonnen, wären die deutschen Wissenschaftler von ihnen übernommen worden. Die Technologie der V-2 hätte sich nach Amerika verlagert. Und es hätte letztlich nur eine andere Sekte mit den gleichen

Zielen und Absichten den Krieg gewonnen. Jene, die alle Kriegsparteien des Ersten Weltkrieges finanzierten, welche dieser die Nachkommen der Templer nannte.

Es ist schwer zu beschreiben, was passiert, wenn man in ein Zeitvakuum eintritt. Wie man sich fühlt. Es ist das Gefühl, neu geboren zu werden. Zum ersten mal zu verstehen. Man ist in derselben Umgebung wie zuvor, aber alles ist anders. Wie unter einer riesigen, nicht sichtbaren Glocke. So nimmt man es wahr. Man fühlt sich wie in Watte. Man läuft umher und bekommt das Gefühl, alles sei unreal, unwirklich. Bis man feststellt, dass wir zuvor nur in einer Illusion gelebt haben, die wir als unsere `Realität` wahrnahmen. Und in was sie in Wirklichkeit eingebunden ist. Und man wird sich bewusst: nichts ist unmöglich.

Unsere Untergrundbewegung hat sich oft darüber unterhalten, was geschehen würde, wenn wir die Möglichkeit hätten, durch die uns zur Verfügung stehende Zeitreisetechnologie die letzten Minuten vor dem Einsatz der Wunderwaffe durch Hitler zu verhindern. Würde Hitler den Krieg verlieren? Würde das Grauen ein Ende haben? Oder würde nur neues Grauen erzeugt, solange sich sektenartige Gruppierungen hinter den Weltkulissen bewegen? Ich saß vor wenigen Monaten auf den Massiven des Untersberges, jenes Berges, der zu diesem Zeitpunkt, wo ich dies niederschreibe, im Jahre 2010, die Technologie verbirgt, die zu massiven Störungen im Erdgitternetz und zu Störungen eines Kompasses und aller Navigationssysteme führt. Ich habe begonnen, dies niederzuschreiben. Weil ich weiß, dass einige Gruppierungen vorhaben, die Vergangenheit zu verändern. Sie wollen das Risiko eingehen, um das Großdeutsche Reich durch die Veränderung der Vergangenheit im Zeitzyklus rückgängig zu machen.

Ich habe keine Ahnung, ob es gelingt. Wenn Sie dies lesen, werden Sie es wahrscheinlich besser wissen. Doch eines sollten wir selbst dann niemals vergessen: Selbst wenn wir `siegen`, unser Vorhaben gelingt: die betreffenden Personen werden immer noch existieren, die *das Großdeutsche Reich wollten. Vielleicht wird Hitler dann niemals aus Argentinien zurückkehren. Vielleicht wird er mit Eva Maria Braun ein friedliches Leben führen. Weit weg vom Untersberg. Doch vielleicht wird es tatsächlich jene auf den dann Plan rufen, die an seiner Stelle den Weltkrieg gewinnen. Und die den ersten Weltkrieg finanziert haben.*

Warum sollten sie alle aufgeben, wo ihre Voraussetzungen dann um ein vielfaches besser sind?

Ich bin deshalb unschlüssig, ob es wirklich sinnvoll ist, den Teufel mit dem Belzebub auszutreiben. Wir sind eine unterentwickelte, leichtgläubige Rasse. Das ist das einzige, was ich zu diesem Zeitpunkt mit Bestimmtheit sagen kann. Und ich kann nur hoffen, dass unsere ethischen Werte sich schneller entwickeln, wie der technische Fortschritt und unsere Machtbesessenheit.

Möglicherweise werde ich diese Aufzeichnungen zurücklassen. Vielleicht werde ich sie auch wieder vernichten, bevor sie jemand zu Gesicht bekommt. Die Nachfolgepartei der NSDAP, die NWAP (Neue Welt Arbeiterpartei), hat ein undurchdringliches Netzwerk aufgebaut an staatlicher Überwachung. Ziel und Zweck ist es, Untergrundgruppierungen wie diese zu eliminieren, sowie jede Form von Widerstand gegen die vorherrschenden Machthaber im Keime zu ersticken und auszurotten. Alleine in den letzten 10 Jahren wurden auf diese Weise weltweit mehr als 14 Millionen Menschen aufgespürt, in Konzentrationslager gesteckt und ermordet.

Teile unserer Gruppierung sehen in ihrem Vorgehenswunsch, den Einsatz der Wunderwaffe 1947 rückwirkend zu verhindern, wenigstens die Chance eines zeitlichen Aufschubes der geplanten Ereignisse, die seit Jahren diese Welt am Kragen hat. Und wohl für immer haben wird. Vielleicht wachen einige Menschen auf, wenn das Großdeutsche Reich verhindert wird. Vielleicht werden die Menschen hellhörig, wenn sie ein neuer Führer erneut verleiten will, ihm zu folgen.

Erinnert durch die Bilder des Volkes zu Zeiten des Dritten Reiches und ihrer Euphorie, mit der sie Hitler hochleben ließen, als er sie fragte: `Wollt ihr den totalen Krieg?`

Doch ich bin mir ebenso sicher, dass diese Vorsicht nicht ewig halten wird.

Und bereits fünfzig Jahre nach dem Ende des Zweiten Weltkrieges erste Anzeichen in der Bevölkerung dafür auftreten werden, wieder in die Mausefalle zu tappen. Und dann rennt die Uhr. Sonst ist auch diese letzte Frist vorüber. Die uns vorliegenden Maschinen zum Manipulieren der Zeit sind bereits sehr alt. Sie bringen bereits leichte Anomalien hervor, wenn man sie benutzt, welche allerdings nicht spürbar sind.

Möglich ist, dass, wenn wir es überhaupt schaffen das Großdeutsche Reich rückgängig zu machen, diese Maschinerie und Technologie von den Alliierten Siegern und deren Hintergrundregierung vielleicht gefunden wird. Denn sie ist zu groß, um sie dauerhaft zu verstecken für unseren Widerstand. Dann wird sie wohl in die Hände der Erben der Templer fallen. Der Gegenpartei der Thulegesellschaft, die sich die Freimaurer und Illuminati nennen. Uns bleibt dann nur die Möglichkeit, uns selbst zu retten, in eine Zeit, in der man uns nicht findet.

Warum wir dieses Risiko trotzdem eingehen, liegt darin, dass wir hier im Jahre 2010 in eine Sackgasse geraten sind. Es gibt keine Zukunft mehr für die Menschen hier. Sie waren zu lange zu blind.

Und ist der Überwachungsapparat erst einmal vollständig technisch vorhanden, ist es zu spät! So wie jetzt und hier am 27. August des Jahres 2010.

Man kann nicht immer entscheiden zwischen einem guten Ausgang und einem schlechten. Manchmal gibt es nur einen schlechten und einen sehr schlechten. Und ein wirkliches Happy End gibt es nur im Film. So habe ich es gelernt.

Mit diesen Sätzen verabschiede ich mich aus dieser düsteren Zeit der NWAP.

Möge uns Gott helfen`.

(Todd Hoper, Pilot der Alliierten Streitkräfte während des Zweiten

Weltkrieges)

`"**In God we Trust**", a science fiction novel from Todd Hoper, 1947`.

Kim legte das Buch aus seinen Händen, schüttelte den Kopf und ließ sich zurück auf den Boden sinken, während die düsteren Bässe der lauten Musik durch die schummrigen Dielen hallten.

5. Der Täufer

★★★

Johannes der Täufer stand in der Mitte des Schafstalls, während er lachend auf die friedliche kauenden Tiere zeigte: „Nehmt euch ein Beispiel! Diese Schafe sind in euren Augen nur minderwertiges Vieh! Doch diese ernähren sich von Gräsern, ohne dass sie eine Maus bevorzugen würden!" Neben ihm stand ein Mann mittleren Alters. Johannes nannte ihn `Henoch`, auch wenn er bei der umliegenden Bevölkerung einen anderen Namen trug. Doch er wusste, dass in diesem jener wohnte, welcher `einst zum Himmel auffuhr`, ebenso wie `Henoch` wusste, dass in Johannes der Prophet Elias wohnte. Henoch lachte und streckte Johannes die Hand entgegen. „Komm, bevor diese es sich anderst überlegen!"

Henoch erinnerte sich gerne zurück, wenn er Johannes ansah. Sein Freund und Wegbegleiter erblickte vor etwas mehr als dreißig Jahren in einem kleinen Ort mit dem Namen Ain Karem in Jerusalem das Licht der Welt. Bereits dessen Geburt solle von Mysterien umgeben sein! Alle Umstände wiesen auf das Erscheinen eines außergewöhnlichen Menschen hin. Die Geburt Johannes des Täufers und des Nazareners Jesus datierte man um etwa denselben Zeitraum. So wurde Johannes an einem 16. September geboren, wie man sagte. Jesus war ein wenig älter. Auf Hebräisch sagte man für Johannes `Jochanan`, was soviel bedeutete wie `Gott ist gnädig`. Seine Mutter Elisabeth entstammte aus dem Geschlecht Aarons aus dem Stamm Levi. Sein Vater Zacharias war Priester der Klasse Abija. Deren Behausung stand in Ain Karem, am Stadtrand Jerusalems. Sie waren durchaus wohlhabend und im Besitz von stattlichen Weinbergen. Die täglichen Arbeiten verrichteten Bedienstete. So war Zacharias Winzer und nur nebenamtlich Priester. Johannes war ein Einzelkind, welches Elisabeth mit etwa vierzig Jahren bekam. Die Merkwürdigkeiten begannen, als dessen Vater Zacharias die Geburt Johannes angekündigt wurde. Während eines Rauchopfers im Tempel erschien diesem jemand, den er für einen Engel hielt. Dort kündigte jener die Geburt von Johannes an, obwohl Elisabeths Kinderwünsche bis zu diesem Zeitpunkt versagt geblieben waren. Der Engel nannte Zacharias auch den Namen des zukünftigen Sohnes. Dieser sagte, er solle Jochanan heißen. Zacharias konnte nicht sprechen. Er war stumm. Als er bei der Geburt des Neugeborenen nach dessen Namen gefragt wurde, schrieb Zacharias den Namen Jochanan auf eine kleine Steintafel. In diesem Moment erhielt dieser seine Stimme zurück!

Eine beachtliche jüdische Bewegung identifizierte Johannes zu Beginn fälschlicherweise mit dem erwarteten Messias. Zu ihnen gehörten die Mändäer, von welchen er von der Inkarnation des Himmelsmenschen in Gestalt Johannes des Täufers erfuhr, die in deren Aufzeichnungen niedergeschrieben wurde. In einer Vision erschien ein Stern über Enishbai (Elisabeth), während das Feuer im alten Vater Zakhria (Zacharias) brannte. Man bat Lilyuk (Elias) diese Vision zu deuten, worauf dieser erklärte: „Der Stern, der kam und über Elisabeth stehen blieb, bedeutet: ein Kind wird von oben geboren. Er kommt herab und wird es Elisabeth gegeben. Das Feuer, das im alten Zacharias brennt, bedeutet: Yohana (Johannes) wird in Jerusalem geboren."

Als die Nachricht damals Zacharias übermittelt wurde, sagte er: "Wo gibt es einen toten Mann, der wieder lebendig wird? Genauso wenig kann Elisabeth ein Kind tragen. Seit zweiundzwanzig Jahren habe ich kein Weib mehr gesehen. Nein, weder durch mich noch durch dich wird Elisabeth ein Kind tragen." Daraufhin wurde Zacharias erklärt, dass das Kind aus der Höchsten Höhe herabkommt und ihm auf seine alten Tage geschenkt würde.

Nach der Geburt erschienen einige Magis (Weiße), um ihm, dessen Stern sie gesehen haben, ihre Referenz zu erweißen. Ein Engel warnt Zacharias vor dem Plan des Herodes, das Kind zu töten! Der Neugeborene wird auf mysteriöse Weiße dem Weißen Berg übergeben und kehrt erst im Alter von 22 Jahren auf einer prächtigen Wolke nach Jerusalem zurück, um seine Mission zu beginnen. Die Magier waren Mitglieder der Essener. Sie bezogen sich auf die messianische Philosophie, die Sternenkunde und die kosmischen Gesetze, die Heilkunde und das Wissen um magischen Weißheiten. Diese Magis kamen aus Qumran. Die bedeutendere Aufgabe dieser war die Begutachtung des Neugeborenen hinsichtlich der bekannten und geheimen Prophetie. Die Essener waren den Davidien sehr verbunden. Das Davidsche Geschlecht hatte bereits mehr als 10 Jahre vor der Geburt des Nazareners die Herrschaft verloren.

Unter den Essener gab es einen, der Simeon (Simon) hieß. Er war Oberhaupt der Priesterdynastie des Abjatar, zweiter Priester nach dem zadokidischen Oberhaupt. Simon war bekannt als Seher und Prophet. Er war vermutlich das führende Haupt im Erkennen des gesamten mystischen Vorgangs um die Geburt und Mission von Johannes und Jesus. Johannes sprach Henoch gegenüber einmal von einem geheimen Bund. Dieser umschrieb es mit den Worten: „Rose der Nacht, die am Tag der Geburt Jesu erblühte." Die Schar um König Herodes war von diesen Ankündigen und Visionen vor der Geburt so verunsichert, dass im Namen dessen die Kindstötungen stattfanden. Diese sahen ihr Lebenswerk und ihre Dynastie bedroht. Die Weisen der Essener täuschten Herodes über den Geburtsort und die Geburtsdaten beider Neugeborenen. Aus diesem Grund erwartete Herodes erst etwa zwei Jahre später die Geburt jener. Und dies war die Ursache, weshalb er ausschließlich zweijährige Knaben suchen und töten ließ.

Die Davidier standen wiederum in enger Verbindung mit Zacharias und wussten so über sämtliche Vorgänge Bescheid. Simon wird unter anderem auch mit einer Prophezeiung den Sohn Herodes betreffend, Archelaus, in Verbindung gebracht. Simon war sehr berühmt für seine Prophezeiungen. So deutete er einen Traum des Archelaus so, dass dessen Herrschaft in Jerusalem nur zehn Jahre währen sollte. Eine Prophezeiung, die sich erfüllte. Nach seinem siebten Lebensjahr blieb

Johannes bei dem Eremiten Matheno, um von diesem zu lernen. Er ernährte sich von Früchten, Nüssen, wildem Honig und Johannisbrot. Henoch gegenüber schwieg Johannes immer wieder, wenn es darum ging, zu erzählen, wo er bis zu seinem 22. Lebensjahr verblieben war, nachdem er eines Tages verschwand. Henoch meinte einmal, Johannes mache dasselbe Geheimnis aus diesem Zeitabschnitt in seinem Leben wie Jesus, welcher ebenfalls in diesen Jahren seines Lebens verschwunden schien. Johannes sagte daraufhin: „Du kennst doch die Antwort mit `dem Weißen Berg übergeben und Rückkehr auf einer prächtigen Wolke nach Jerusalem`".

Henoch war gerne mit Johannes zusammen. Auch wenn er nicht unbedingt ein guter Lehrer war. Insofern, dass er schnell sein Interesse an einer Person verlor, wenn diese ihm nicht glauben wollte.

Einmal trat der Täufer in der Wüste von Judäa auf und verkündete den Menschen dort: `Ändert euer Leben! Gott will jetzt seine Herrschaft aufrichten und sein Werk vollenden!` Auffallend viele Propheten schienen Johannis angekündigt zu haben, schoss es Henoch durch den Kopf. Von dem Täufer sprach auch bereits der Prophet Jesaja mit den Worten: `In der Wüste ruft einer: `Macht den Weg bereit, auf dem der Herr kommt! Baut ihm eine gute Straße`. Die Leute aus Jerusalem, aus ganz Judäa und der Jordangegend kamen zu ihm, gaben offen ihre Verfehlungen zu und ließen sich von ihm im Jordan taufen. Johannes war schon immer ein Mann, der sagte, was er dachte. Als eines Tages selbst die Pharisäer und Sadduzäer zu ihm kamen, um sich taufen zu lassen, sagte er zu diesen: `Ihr Schlangenbrut, wer hat euch gesagt, dass ihr dem bevorstehenden Gericht Gottes entgeht? Zeigt durch eure Taten, dass ihr euch wirklich ändern wollt!

Ihr bildet euch ein, dass euch nichts geschehen kann, weil Abraham euer Stammvater ist. Täuscht euch nicht: Gott kann aus diesen Steinen hier Nachkommen Abrahams machen! Die Axt ist schon angelegt, um die Bäume an der Wurzel abzuschlagen. Jeder Baum, der keine guten Früchte bringt, wird umgehauen und ins Feuer geworfen. Ich taufe euch mit Wasser, damit ihr euer Leben ändert. Aber der, der nach mir kommt, ist viel mächtiger als ich. Ich bin nicht gut genug, um ihm die Schuhe auszuziehen. Er wird euch mit dem Heiligen Geist und mit dem Feuer des Gerichts taufen. Er hat die Worfschaufel in seiner Hand und wird die Spreu vom Weizen scheiden. Seinen Weizen wird er in die Scheune bringen, die Spreu aber in einem Feuer verbrennen, das nie mehr ausgeht.`

Henoch mochte die direkte Art, mit der Johannes auf die Menschen zuging. Er war sich nie zu schade. Und auf der anderen Seite hatte er immer den nötigen Respekt, den Dingen und Geschehnissen angemessen. In seiner Erinnerung tauchte eine geradezu spektakuläre Szene erneut aus der Versenkung auf: Eines Tages stand Johannes wieder einmal am Jordan, um Menschen zu taufen, die vorbeikamen, als der Nazarener plötzlich vor ihm stand! Und er meinte den Nazarener! Jesus! Der Täufer fing an zu lachen und wich kopfschüttelnd und abwehrend einige Schritte zurück. Dann sagte er zu diesem: „Ich müsste von dir getauft werden, und du kommst zu mir?"

Es war so eine riesige Freundschaft zwischen diesen zu spüren. Jesus legte damals Johannes die Hand auf die Schulter und erwiderte: „Sträub dich nicht: das ist es, was wir jetzt zu tun haben, damit alles geschieht, was Gott will." Erst danach gab Johannes nach. Was dann geschah, war einfach unglaublich! Nachdem Jesus von Johannes getauft war, stieg dieser aus dem Wasser des Jordans und der Himmel öffnete sich über den beiden! Etwas Taubengleiches schien vom Himmel herabzukommen, aus diesem Lichtstrahl, der sich nach unten verbreitete, und er konnte ganz deutlich eine Stimme hören, die sagte: `Dies ist mein Sohn. Ihm gilt meine Liebe, ihn habe ich erwählt.` Nach einiger Zeit schloss sich der Himmel wieder und das Licht verschwand.

Der Nazarener sagte damals, er wurde in jener Zeit nach diesem Erlebnis getestet und auf die Probe gestellt. Auch Johannes war durchaus ein hübsch anzusehender Kerl. Die Haare hatte er zumeist gebunden, zu einem kurzen Pferdeschwanz. Man sagte, er habe unsagbar schöne Augen gehabt, ein aufmunterndes Lächeln und eine ironische Art in seiner angenehmen, sanftmütigen Stimme. Aber er war nicht der Unfehlbare, für den die Leute ihn zu mancher Zeit oft hielten.

Nur allzu oft bereute er, zu impulsiv seine Meinung gesagt zu haben. Er empfand sein Verhalten allzu oft fehlerhaft und nicht dem eines Predigers angemessen.

Dies schienen einige auch zu kritisieren. Nur Jesus hielt in einer feurigen Ansprache zu Johannes, indem er sagte: „Als ihr in der Wüste zu ihm hinausgewandert seid, was habt ihr da erwartet? Etwa ein Schilfrohr, das jeder Windzug bewegt? Oder was sonst wolltet ihr sehen? Einen Mann in vornehmer Kleidung? Solche Leute wohnen doch in Palästen! Also, was habt ihr erwartet? Einen Propheten?

Ich versichere euch: ihr habt mehr gesehen, als einen Propheten! Johannes ist der, von dem es in den heiligen Schriften heißt: `Ich sende meinen Boten vor dir her, sagt Gott, damit er den Weg für dich bahnt!` Ich versichere euch, Johannes ist bedeutender, als irgendein Mensch, der je gelebt hat. Und trotzdem: Der Geringste in der neuen Welt Gottes ist größer als er. Als der Täufer Johannes auftrat, hat Gott angefangen, seine Herrschaft aufzurichten; aber bis heute stellen sich ihr Feinde in den Weg und hindern andere mit Gewalt daran, sich dieser Herrschaft zu unterstellen. Das Gesetz Moses und alle Propheten bis hin zu Johannes haben die neue Welt Gottes angekündigt. Und ob ihr es wahrhaben wollt, oder nicht: Johannes ist tatsächlich der Prophet Elias, dessen Kommen vorausgesagt war. Wer hören kann, soll gut zuhören! Johannes fastete, und die Leute sagten: `Er ist von einem bösen Geist besessen`. Der Menschensohn isst und trinkt und sie sagen: `Seht ihn euch an, diesen Vielfraß und Säufer, diesen Kumpan der Zolleinnehmer und Sünder!`" Dann begann Jesus mit harten Worten über die Orte zu sprechen, in denen er die meisten Wunder getan hatte und wo sich die Menschen doch nicht geändert hatten. Er sagte damals: `Wenn in Tyrus und Sidon die Wunder geschehen wären, die bei euch geschehen sind, die Leute dort hätten schon längst Bußkleider angezogen, sich Asche auf den Kopf gestreut und ihr Leben geändert. Ich versichere euch: am Tage des Gerichts werden die Bewohner von Tyrus und Sidon besser wegkommen als ihr!"

„So in Gedanken?" hörte Henoch plötzlich eine laute Stimme neben sich. „Ich habe gerade über die Taufe am Jordan nachgedacht, als du Jesus die Weihe gegeben hast. Ich werde nie vergessen, wie sich der Himmel danach aufgetan hat über dem Fluss." „Gerade du solltest Bescheid wissen!", sagte Johannes lachend. Damit spielte er auf dessen Erlebnisse und Erfahrungen an.

Johannes setzte sich neben den am Boden verharrenden Freund. „Ich sage dir jetzt etwas, Henoch. Die Säulen des Lichts werden herabstürzen. Herniederfallen wird das Heer des Geistes. Gesprochen sind die Worte, vertan die Zeit. So sind Tag und Stunde eingebrannt am Firmament, an dem die Mauern der Finsternis bersten. Niederbrennen werden die festen Burgen von Mensch und Satan. Gezeter wird dann sein und Geschrei in allen Winkeln der Welt. Angst und Verzweiflung wird erfassen jede Faser des Menschen. Wehe dem, der an seinen Menschen festhalten will. Doch aus Angst wird Zorn werden und aus Zorn Verfolgung und Mord. Ich aber werde die Antwort sein. Die Engel des Richters sind schon ausgesandt. Sie sollten keine falsche Hoffnung in sich tragen, denn es sind die Feuerengel des Allmächtigen. Da sie aber losgebunden sind, werden sie ihr Werk zu gegebener Zeit vollenden."

6. Der Tote

★★★

„Der Mann ist tot!" „Das sehe ich auch!" Die beiden Beamten in Zivil blickten auf einen schlanken, fast dürren jungen Mann Mitte Zwanzig, dessen Brille verbogen neben dessen Gesicht lag. Seine Hose war bis zu den Knien heruntergezogen. Zwischen seinen Beinen klaffte ein blutiges Loch. Es war nicht mehr zu erkennen, ob dieser Mann einst ein Geschlechtsteil hatte oder nicht. Es schien, als wäre eine Granate zwischen seinen Beinen explodiert. Überall war Blut. Das bemerkenswerte war, dass sein rechtes Handgelenk von einer Handschelle umschlossen war, deren Pendant leer daneben lag, ohne dass sie um die andere Hand geschlossen war. Vor wenigen Minuten wurden sie von der Vermieterin des Mehrfamilienhauses gerufen, weil ein lauter Knall in der Wohnung von den anderen Mietern vernommen wurde. Danach wären hektische Schritte im Treppenhaus zu vernehmen gewesen. Als die Vermieterin nach dem Rechten sehen wollte, fand sie die Wohnungstüre offen und im Wohnzimmer das beschriebene Grauen. „So wie es aussieht, hat der Schwanz des Ärmsten in eine Pumpgun geschaut!"

„Stefan Bobke!" Einer der Beamten hatte in der Jackentasche des Opfers einen Ausweis gefunden. „Untersucht die Wohnung nach den üblichen Spuren und Fingerabdrücken.

Ich befrage inzwischen die Nachbarn!"

„Ich habe nur den Knall gehört! Mehr nicht. Es war ein lauter Knall zu hören, vielleicht waren es auch zwei, dann ist jemand die Treppe heruntergerannt. Ich habe noch aus dem Fenster geschaut und sah eine Frau, so ein junges Ding. Blond. Und sie trug eine Sonnenbrille. Ich weiß es nicht. Es ging viel zu schnell." „Ist ihnen vor dem Knall etwas Ungewöhnliches aufgefallen?" Der Beamte blickte bei seiner Frage auf eine Schachtel Marlboro Light, die neben einer Bild-Zeitung vom heutigen Tag, dem 27.12.1994, auf einem Sessel lag. „Nein. Überhaupt nichts. Es war ruhig. Ich kann mich an nichts erinnern." Die alte Frau legte ihre Stirn in Falten, aber mit mehr konnte sie nicht dienen. „Wohnte der junge Herr schon länger hier? Was war er für ein Mieter?" „Na, ich schätze mal zwei Jahre, vielleicht etwas mehr. Er war ein sehr unauffälliger junger Mann. Ich hatte nie Ärger mit ihm. Er wirkte eher schüchtern und ging so gut wie nie aus dem Haus, außer zur Arbeit." „Hat er geraucht?" „Nein! Ab und zu hatte er Damenbesuch. Ein, zwei mal im Monat. Doch die Damen wirkten nicht sehr seriös! Eher wie..."

„Prostituierte?" „Auf mich machte es diesen den Eindruck. Mit Sicherheit waren es keine Freundinnen! Die Damen blieben ein bis zwei Stunden und verschwanden dann wieder..." „Gut. Wir werden das überprüfen. Vielen Dank. Wenn ihnen noch etwas einfällt, rufen sie mich bitte an!" Der Beamte überreichte der alten Frau seine Visitenkarte. „Ja, Herr Wachtmeister!" Die alte Dame tuckelte in ihre Wohnung zurück.

7. Kim und Bea

***

Rückblick:

Sich über das Telefon mit einer fremden Frau zu verabreden, die er nie zuvor gesehen hatte, war neu für Kim. Zumal die Umstände, zumindest für ihn, eine recht eigenartige Vorgeschichte besaßen. Er wollte gar nicht daran denken. Das war einfach zu abgefahren...

„Hallo Bea!" Die junge, schöne Frau drehte sich in verschränkte Haltung langsam zu ihm um. Mein Gott, was für ein Gesicht! Als sie Kim erblickte, schien geradezu ungläubige Freude ihren wohl `alles erwartenden` Blick aufzuhellen. Ein geradezu erleichterndes Lächeln überzog ihre schönen Lippen. Vielleicht hatte sie einen dicken Mann mit schweißnassen Stellen unter den Achseln, Hornbrille und krausem Haar erwartet. Ihr schien es zu gehen wie ihm. Erleichterung.

Zum ersten Mal trafen sich ihre Blicke. „Hey Denis!", kam es ruhig, aber erfreut aus ihr. „Du bist spät dran!" sagte sie. „Wie man es nimmt! Ich war früher da, als du! Beinahe hätte ich die falsche Frau angesprochen! Ich habe mich noch etwas umgesehen, als ich festgestellt habe, dass du noch nicht da bist." Ach ja. Kim hatte Bea am Telefon gesagt, er heiße Denis. Man wusste ja nicht, an wen man geriet.

„Was machen wir jetzt?" Kim deutete mit einer Kopfbewegung in das Bahnhofsgebäude: „Hier drinnen gibt es ein Restaurant. Wir könnten dort etwas trinken." Ohne zu antworten kam erneut ein Lächeln über ihre Lippen und sie lief neben Kim in das Innere der Halle. Als dieser sie von der Seite betrachtete, überkam ihm ein komisches Gefühl. Zum ersten Mal machten ihm die Menschenmassen nichts aus, welche um ihn herum drängten und schubsten und die er sein ganzes Leben lang gemieden hatte. Es war, als würde eine unsichtbare Hand dafür sorgen, dass er sich zum ersten Mal geborgen fühlte.

Na toll! Das Restaurant machte gerade dicht. „Und nun?" fragte Bea. Das ging ja gut los! Ausgerechnet jetzt! „Wir könnten rüberlaufen zum Margé". Kim versuchte, sich seine Enttäuschung nicht anmerken zu lassen. Doch als er Beas fröhliches Lächeln sah, dass ihn anblitzte, verschwand diese sofort. Langsam gingen sie Richtung Ausgang. Kim wollte mit offenen Karten spielen. Deshalb blieb er kurz stehen und sagte zu ihr: „Ich heiße nicht Denis! Tut mir leid. Eigentlich heiße ich Kim." Vielleicht war es doch etwas zu früh gewesen, die Wahrheit zu sagen. Sie kannten sich ja noch gar nicht. „Wie alt bist du wirklich?", fragte Bea. Kim betrachtete sie verwundert. Nicht schlecht. Sie konnte kombinieren. „32. Nicht 26! Und du?" „Ich bin 26. Aber ich bin froh, dass du es nicht bist. Ich hatte immer nur ältere Freunde. Ich stehe auf ältere Männer." Sie gingen weiter Richtung Ausgang. „Schön, dass du gekommen bist! Ich freue mich, dass du doch Zeit gefunden hast", kam es aus ihr, als sie den Bahnhof verließen, um den einige Minuten dauernden Fußmarsch anzutreten. Kim lächelte verschmitzt: „Wenn ich ehrlich bin, hatte ich nichts anderes vor. Ich hatte nur Angst, weil ich..." „Weil du nicht enttäuscht werden willst!", beendete Bea seinen Satz. „Ja! Woher weißt du das? Ich..." „Du hast Angst, dass du wieder all deine Gefühle investierst, und es am Ende doch wieder auf dieselbe Art endet. Und du willst nicht immer wieder von vorne anfangen!"

„Keine Ahnung. Ja. Vielleicht." Was war das jetzt? Konnte Bea Gedanken lesen? „Genau das!" antwortete er. Sie blieb stehen und blickte ihn direkt in die Augen: „Ich kenne das. Deshalb habe ich es gewusst!"

Es war ziemlich voll im Lokal. Aber im hinteren Teil war noch ein ruhiger Platz. „Du bist nicht mit deinem Auto da!", kam es aus Kim. „Ja! Und woher weißt du das?!" Verdutzt blickte sie ihn an, als sie Platz genommen hatten und sie ihre Getränke vor sich aufgebaut hatten. Kim zuckte die Schultern: „Keine Ahnung. Nur so ein Gefühl", antwortete er. Was geschah hier?

Bea stützte ihre Hand auf das Kinn und blickte ihm in die Augen. Sie hatte wunderschöne blaue Augen. „Ich habe mir das Auto extra für unser Treffen geliehen", antwortete sie nach einer Weile. „Ich konnte ja nicht wissen, wer du bist. Und ich habe kein Interesse, dass die falschen Leute meine Autonummer kennen oder mein Auto. Ich hatte ja keine Ahnung, was mich erwartet." Sie also auch! Sie hatte das gleiche merkwürdige Gefühl vor dem Treffen, wie er!

Mit dem Kopf zeigte sie auf seine Sporttasche: „Warum hast du diese große Tasche dabei? Ist da eine Kettensäge drin?" „Nein. Ich wollte danach noch etwas erledigen gehen." Sie nickte. Wenn Bea wüsste, was sich wirklich in der Tasche befand. Etwas, dass Kim nicht aus den Augen lassen wollte. Ein Buch, welches offiziell nicht existierte und um das sich viele Mythen rankten.

Kim nahm einen Schluck von seinem kleinen Mineralswasser, während Bea an ihrem Orangensaft nippte. „Du stehst auf Spiele?", fragte sie danach, und fuhr sich dabei mit der Zunge langsam über die nassen Lippen. „Du magst Machtspiele, stimmts!" „Es war ein Teil meiner Vergangenheit!", antwortete Kim. „Dann haben wir ja noch eine Gemeinsamkeit!", antwortete diese leise.

„Bist du enttäuscht?" Kim musste diese Frage stellen. Er wusste nicht, was sie erwartete. „Nein! Im Gegenteil", antwortete sie. Dabei sah sie ihm direkt in die Augen. „Wo wohnst du?" „Leonberg!", kam es wie aus der Pistole geschossen aus ihr. Etwas zu schnell, sagte etwas in Kim.

Innerlich schüttelte er den Kopf über sich selbst. War er jetzt Schimanski, oder wie kam er darauf, ihre Worte anzuzweifeln? Warum sollte sie lügen?

Er war hier nicht in einem Kriminalfilm, sondern bei einem Date! Doch irgendetwas zwickte ihn bei ihren Worten. Und woher hatte er wirklich gewusst, dass sie nicht mit ihrem eigenen Auto hier war? Gesagt hatte sie es ihm bis zu seiner Frage nicht! Mannomann! Was ging hier ab?! Irgendjemand flüsterte ihm ins Ohr, nicht alles für `bare Münze` zu nehmen, was sie erzählte.

Was soll's! Sie hatte keine Veranlassung dazu, ihm die Wahrheit zu sagen, wenn sie es nicht wollte! Sie kannten sich erst wenige Minuten. Und was sprach dagegen, wenn sie vorsichtig war. Nein. Es wäre für ihn ok, wenn sich eines Tages herausstellte, dass sie aus diesem Grund beim ersten Treffen nicht direkt mit der Wahrheit herausrückte. Sie war eine Frau, die mit Sicherheit den meisten Männern den Kopf verdrehen konnte. Und mit Sicherheit gab es genügend, vor denen man sich schützen musste. Nicht zu glauben! Kim musste über sich selber innerlich lachen, als er seine Gedanken hörte. War das wirklich er, der hier zu sich sprach? Warum sollte sie einen Grund haben, sich vor jemanden schützen zu müssen! Noch nie hatte er solche Gedanken bei einem Date! Und ausgerechnet heute sprudelten sie wie eine Quelle in ihm hoch.

„Ich bin nicht wie die anderen!" Beas Stimme unterbrach seine Gedanken. Als hätte sie diese gehört und wollte sich rechtfertigen. „Hast du Kinder?" „Nein!" Wieder kam die Antwort von ihr wie aus der Pistole geschossen. „Wie kommst du darauf?" „Keine Ahnung. Du bist Mitte Zwanzig. Hübsch. Sehr hübsch... Wäre doch anzunehmen, dass du eine Familie hast!"

„Nein! Ich habe keine Kinder. Um Himmels Willen! Ich bin überhaupt nicht der Typ für Kinder! Ich muss erst einmal mein eigenes Leben leben! Und du?" Kim wunderte sich selber, warum er diese Frage gestellt hatte. „Nein! Ich habe auch keine. Ich glaube, ich wäre kein guter Vater!" „Warum?" „Ich habe zu viele Probleme." Bea schien zu ahnen, dass er ihr etwas verschwieg, sagte aber nichts. Zum ersten Mal blickte sie nicht ihn an, sondern ihr Blick bohrte sich in die Tischdecke. Zum ersten Mal hatte Kim das Gefühl, dass etwas nicht nach ihrem Plan lief. Nicht so, wie sie es wollte. Als müsse sie lügen, obwohl sie es nicht wollte. `Ich will nicht lügen! Hörst du mich denn nicht!`, schien es über den Tisch zu schreien. Unhörbar.

„Du hast auch keine Lust, immer wieder von vorne anzufangen?", sagte er stattdessen, um die Stille zu durchbrechen. „Ja!", kam es aus ihr. „Jedes Mal denkst du, jetzt wird alles anders. Und am Ende war alles umsonst! Man hätte sich die Zeit sparen können!" „Ich würde dich nicht verlassen. Wenn wir jemals zusammenkommen würden, dann würdest du mich verlassen! Aber ich dich nicht!" Kim hatte keine Ahnung, warum er dies sagte. Aber er wusste, dass dies der Wahrheit entsprach.

Um dem Ganzen noch eines draufzusetzen, sagte er: „Ich suche keine Affäre. Wenn du dies suchst, bist du bei mir falsch!" Zum ersten Mal hob sie wieder ihren Blick: „Ich suche auch keine Affäre.

Als kleines Mädchen habe ich davon geträumt, einen Menschen zu finden, der mich über alles liebt und der mich noch immer liebt, und ich ihn, wenn wir tot sind. Über den Tod hinaus." Kim antwortete nicht. Schon wieder eine Gemeinsamkeit.

„Was für Musik hörst du?", fragte er anstelle dessen. „So ziemlich alles. Pop, Rock. Und Peter Maffay." „Peter was...? Du meinst diesen Peter Maffay mit diesem `über sieben Brücken musst du gehen`?" „Ja!" Kim schüttelte den Kopf. Das war ihm dann doch zu seicht. „`Über sieben Brücken musst du gehen, sieben lange Jahre überstehen – sieben mal wirst du die Asche sein, aaber eeinmal auch der heelle Scheein!` Das mag ja ein netter Kerl sein, aber die Musik ist nun gar nicht die meine." „Ich mag deutsche Texte." „Ja ... ich auch, aber..." Kim saß Bea gegenüber und die Szene wirkte wohl eher wie jene von außen wie Christian Slater und Patricia Arquette in `True Romance`, als sie sich zu Beginn das erste Mal nach dem Kino nachts im Cafe über ihr Leben unterhielten.

„Was magst du zu essen?" Bea lachte: „Alles, was schmeckt. Pizza, Kuchen, na ja, das übliche..." „Und zu trinken?" Kim nahm demonstrativ das halbleere Glas vor sich hoch. „Baileys! Ich liebe Baileys!" „Ich auch!" Sie prosteten sich zu.

„Und Filme. Was für Filme magst Du?" Die schöne Frau mit den blonden, halblangen Haaren lachte ihn an und zuckte die Schultern. „Keine Ahnung ... Dokumentationen ... ja ... Psychothriller! ... Ich liebe Psychothriller!" Kim lachte. „Ich auch. Bestimmt magst du ... Freeddyy Krüüüüger! Der Typ, der in deine Träume eindringt. Mit seiner Scherenhand. Uaaahh! Und seinem rotblau gestreiften Pullover!" Bea hob lachend abwehrend die Hände: „Ne. Lass mich in Ruhe mit Freddy Krüger! Mit dem habe ich noch eine Rechnung offen!" Sie lachte. „Kindheitserfahrung." Bea wurde wieder ernst.

Nach einer Weile sagte sie: „Ich habe Angst davor, dass wenn ich sterbe, die Liebe vorbei ist." „Nein! Das ist sie nicht! Ich bin mir sicher, das ist sie nicht!" Kim ertappte sich dabei, dass Bea seine eigenen tiefsten Gefühle ansprach. Und er antwortete darauf mit einer Bestimmtheit, von der er nicht wusste, ob sie wirklich aus ihm kam.

Neben ihrem Tisch nahmen auf einer Treppe, welche nach oben führte, ein kleiner Junge und ein kleines Mädchen Platz. Kim wusste nicht, warum, aber ihm fiel es auf. Als ob sie mithören wollten. Er fühlte sich beobachtet. Sie blickten ihn an, als wollten sie sagen: `Rede weiter!`

Bea trug sehr viele Ringe. Selbst an den Daumen hatte sie edel wirkende goldene Ringe. Außer an den Kleinen Fingern. „Zu klein...", sagte sie, als diese seine Blicke auf ihren Händen spürte. „Meine kleinen Finger sind zu klein! Ansonsten würde ich dort auch Ringe tragen. Aber die Standardgrößen passen nicht!" Er lächelte: „Man könnte sie abändern lassen." „Ja. Ich habe auch ein oder zwei. Aber nicht heute." Bea hatte ihm am Telefon erzählt, dass sie schon immer diese Vorliebe in sich hatte, ohne zu wissen, warum. Als Teenager trug sie bereits Ringe an allen Fingern. Sie sagte, ihr Vater hätte damals zu ihr gesagt, jetzt würden ja nur noch an den Daumen Ringe fehlen. Und sie dachte sich: `Warum eigentlich nicht. Stimmt!` Von da an trug sie auch an den Daumen Goldringe. Kim wurde aus seinen Gedanken gerissen.

Bea redete weiter, doch er war zu abgelenkt, um zuzuhören. Er blickte sie an und dachte an seinen Traum. Es war so lange her. Und nun traf er genau dort wirklich diese Frau.

„Es ist schon spät", kam es aus Kim. „Ja, du hast recht." Sie verließen das Lokal, nachdem sie bezahlt hatten. Es waren nicht mehr allzu viele Leute unterwegs. Plötzlich hielt Bea Kim am Ärmel fest. Sie blieben stehen. Er blickte sie fragend an. Bea nahm Kims Kragen in die Hand und strich darüber, als wollte sie diesen zärtlich glatt streifen. Dann lächelte sie und zog Kim sanft zu sich heran, mit den Händen am Kragen. Ihre Lippen waren so dicht beieinander, dass Kim ihren warmen Atem tief in sich einsog, wenn er Luft holte. Er schloss die Augen. Denn was sie nicht wissen konnte war, dass er dieses Erlebnis bereits einmal hatte – an genau dieser Stelle! Mit einer Frau, die genauso aussah, wie sie. Und die gleichen Handlungen vollzog. Jene Frau, von der er Jahre zuvor geträumt hatte und die er beim ersten Sehen in Bea wiedererkannte. Doch nun stand die Frau aus seinem Wahrtraum ihm gegenüber.

Es war ihm nicht mehr möglich, auch nur einen klaren Gedanken zu fassen. Das konnte es nicht geben. So viele Zufälle gab es einfach nicht!

Was geschah hier? Er hielt die Augen geschlossen, als sich ihre sanften Lippen auf die seinen legten, genau wie in dem Traum, Jahre zuvor. Der erste Kuss. Es war ihm, als würde jemand den Boden unter seinen Füßen wegziehen. War es nicht schon genug, dass diese wunderschöne Frau ihre Lippen auf die seinen legte, so wurde es durch den vergangenen Traum, der jetzt Einzug in die Realität fand, zu einem Ereignis, bei dem Kim noch nie da gewesene Schauer über den Rücken trieben. Wohlige Schauer.

Waren all diese zufälligen Übereinstimmungen also doch kein Zufall, und der wahrgewordene Traum der Beweis dafür? Selbst die Übereinstimmung, dass sie nicht mit dem eigenen Auto da war, hatte gepasst.

Noch immer spürte er ihre Lippen auf seinem Mund. `Da hat ja doch der Topf seinen Deckel gefunden`, - wenn sie dies sagt, ist alles wahr, dachte Kim erschrocken. Denn auch diesen Satz hatte die Frau in seinem Traum gesprochen. Bea löste nach einer kleinen Ewigkeit den zärtlichen Kuss. Sie blickte Kim freudig lächelnd in die Augen. Sie nahm seine Hand. Dann gingen sie langsam weiter Richtung Parkplatz. Und sie sagte: „Da hat ja doch der Topf seinen Deckel gefunden!"

Er hatte es gewusst! Sie würde es sagen!

8. Salomes Traum

★★★

„Hast du ihn gefunden?"

„Nein." Die dunkle Gestalt vermied es, ihre Kapuze herabzunehmen. Ihr gegenüber stand ein Mann mit grauem Haar, welches in der Dunkelheit der Nacht das einzige war, was man von seiner finsteren Gestalt erkannte. „Aber wir werden einen Weg finden. Unsere Quellen sind zuverlässig. Es ist ein und dieselbe Person. Es ist kein Zweifel möglich." „Wenn du dir so sicher bist, dann sorge dafür, dass die Gegenseite keine Möglichkeit mehr dazu hat, den Plan in die Tat umzusetzen. Viel Zeit bleibt uns nicht mehr." „Ich habe verstanden!" Die dunkle Gestalt mit der Kapuze verbeugte sich vor dem Mann mit den grauen Haaren und entschwand in die Dunkelheit der Nacht.

Als Salome erwachte, wurde es bereits Abend. Sie ging von ihrem Schlafgemach auf die große Terrasse. Blutrot stand die Sonne tief am abendlichen Himmel. Es war etwas kühler geworden. Ein leichter Windhauch umschmeichelte ihre Wangen und ihren Körper. Allein die Terrasse hatte paradiesähnliche Ausmaße und Ausblicke. Sie hatte gerade einen merkwürdigen Traum. Ein Mann stand in diesem unten an den Toren des Palastes. Es war jener Mann, den sie schon so oft in ihren Träumen gesehen hatte und auf den sie so inständig wartete! Doch etwas Bedrohliches schien die Atmosphäre in diesem Traum zu stören, denn es zogen dunkle, schwarze Wolken über den Palast. Die Tore wurden geöffnet. Dann endete dieser.

Herodes saß gedankenverloren an seinem schweren Steintisch. Den Kopf tief in seinen Händen begraben. Er hatte sich in einen ‘unbelebten’ Bereich des Palastes zurückgezogen, um für einige Minuten Ruhe zu finden. Seine Gedanken gingen einige Jahre zurück. In jene Zeit, als sein Vater das erste Mal von Jesus erfuhr. Bald nach dessen

Geburt kamen Sterndeuter aus dem Osten nach Jerusalem und fragten: `Wo finden wir das neugeborene Kind, den kommenden König der Juden? Wir haben seinen Stern aufgehen sehen und sind gekommen, um ihm zu huldigen.`

Als Herodes der Große dies hörte, geriet er in Aufregung und mit ihm ganz Jerusalem. Er ließ alle führenden Priester und Gesetzeslehrer zu sich kommen und fragte sie: `Wo soll der versprochene König geboren werden?` Sie antworteten: `In der Stadt Bethlehem in Judäa. Denn so hat der Prophet geschrieben: `Du Bethlehem im Lande Judäa, denn aus dir wird der Mann kommen, der mein Volk Israel schützen und leiten soll.`

Herodes der Große rief die Sterndeuter heimlich zu sich und fragte sie aus, wann sie den Stern zum ersten Mal gesehen hatten. Daraufhin schickte er sie nach Bethlehem und sagte: `Geht hin und erkundigt euch nach dem Kind, und wenn ihr es gefunden habt, gebt mir Nachricht! Dann will ich zu ihm gehen und ihm huldigen!`

Nachdem sie diesen Bescheid erhalten hatten, machten sich die Männer auf den Weg. Der Stern, den sie schon bei seinem Aufgehen beobachtete hatten, ging ihnen voraus! Genau über der Stelle, wo das Kind war, blieb er stehen. Als sie ihn dort sahen, kam eine große Freude über sie. Sie gingen in das Haus, fanden das Kind mit seiner Mutter Maria, warfen sich vor ihm nieder und huldigten ihm. Dann breiteten sie die Schätze vor ihm aus, die sie ihm als Geschenk mitgebracht hatten: Gold, Weihrauch und Myrrhe. In einem Traum befahl ihnen Gott, nicht noch einmal zu Herodes zu gehen. So reisten sie auf einen anderen Weg in ihr Land zurück.

In der folgenden Nacht hatte Josef einen Traum, darin erschien ihm ein Engel des Herrn und sagte: `Steh auf, nimm das Kind und seine Mutter und flieh nach Ägypten! Bleib dort, bis ich dir sage, dass du zurückkommen kannst. Herodes wird nämlich alles daran setzen, das Kind zu töten.` Da brach Josef mit dem Kind und seiner Mutter mitten in der Nacht nach Ägypten auf. Als Herodes merkte, dass die Sterndeuter ihn hintergangen hatten, wurde er sehr zornig. Er befahl, in Bethlehem und Umgebung alle kleinen Jungen im Alter von zwei Jahren zu töten. Das entsprach der Zeitspanne, die er aus den Angaben der Sterndeuter entnommen hatte. So traf ein, was der Prophet Jeremia vorausgesagt hatte: `In Rama hört man Klagerufe und bitteres Weinen: Rahel weinte um ihre Kinder und wollte sich nicht trösten lassen. Man hatte sie ihr alle weggenommen.`

Herodes Gedanken wurden unterbrochen, da Salome den Raum betrat. Sie stellte sich mit verschränkten Armen vor ihn. Herodes blickte abwechselnd auf den großen silbernen Becher mit Wein und zu ihr. Sein Blick wirkte glasig. Er schien nicht wirklich anwesend zu sein. „Erzähl mir von Johannes dem Täufer!", gab sie von sich.

Ein ernüchterndes Zucken ging durch Herodes Körper. Sein Blick versuchte sich in Salomes Gesicht festzuheften, doch der Wein machte es ihm schwer. „Mir wurde zugetragen, dass er gegen das römische Reich predigt! Er stellt dessen Vormachtstellung in Frage und redet von einem Gott, der größer ist als Cäsar es zu seiner Zeit war!"

Salome lachte verächtlich: „Cäsar... Wer war schon Cäsar!" Herodes setzte sich erschrocken aufrecht in den aufwendigen ornamentierten Stuhl. „Kind! Rede nicht so von dem ehemaligen Kaiser! Dem römischen Reich..." „Ja, Cäsar war ein Kaiser! Aber kein Gott!" Herodes Blick schien sich wieder zu verdunkeln. Ohne auf die Bemerkung einzugehen sagte er: „Viele halten Johannes für den Messias!" Salome ließ von ihrer demonstrativen Haltung ab und setzte sich an den Tisch ihm gegenüber. Ihre rechte Hand hatte sie stützend gegen das Kinn gelegt. Dann sagte sie leise, geradezu zärtlich wirkend: „Aber es gibt keinen Messias... Du weißt das – und ich weiß das." Abermals überging Herodes diese Bemerkung: „Er predigt von Liebe und Gerechtigkeit. Von einem Gesetz, das über dem unseren steht!" Salome lachte laut auf. „Sag mir nur einen Grund, warum du ihn nicht steinigen lässt! Oder ans Kreuz schlägst!" Herodes ließ sich Zeit mit seiner Antwort. Seine Augen schlossen sich. Dann schüttelte er den Kopf: „Nein! Ich habe gehört, wie er Menschen geholfen hat! Er hat Dinge prophezeit, die eintrafen! Er ist vielleicht nicht unserer Meinung, aber wenn er tatsächlich der ist, was man sagt, dann kann er uns noch hilfreich sein!"

„Hilfreich?!" Salomes Mund verharrte halboffen. „Wie soll uns dieser Mann hilfreich sein, wenn er gegen uns predigt?!"

„Er hat eine große Wirkung auf die Menschen. Viele glauben ihm. Wenn er auf unserer Seite wäre, dann könnte er uns sehr wohl hilfreich sein! Wir könnten wieder mehr Einfluss über unser Volk bekommen." Wieder lachte sie laut auf. „Das glaubst du doch selbst nicht! Er würde sich niemals auf unsere Seite stellen! Und vergiss nicht: Wenn Rom erfährt, dass er gegen das römische Reich predigt, ist er ein toter Mann!" „Sie wissen es schon!" Eine männliche Stimme näherte sich den beiden vom hohen Türportal aus. Es war Narraboth. Der überaus schöne, hünenhafte Hauptmann kam mit laut hallenden Schritten an den Tisch und positionierte sich auf der Kopfseite. Seine kurzen, dunklen Haare waren von der Hitze nass. Sein markantes Gesicht und sein großer, gestählter Körper – für jede Frau ein anmutiger Anblick. Nur Salome schien sich nicht davon beeinflussen zu lassen. Fragend blickte sie ihn an. Anstelle Narraboth antwortete Herodes: „Rom weiß bereits von dem Täufer, der den Menschen Wasser auf das Haupt gießt und gegen das Reich predigt. Ich wurde angehalten, den Täufer töten zu lassen!" Narraboth lächelte süffisant zu Salome hinüber und merkte an: „Aber Herodes hat es abgelehnt!" Die Prinzessin sprang von ihrem Stuhl auf. Die Wucht, mit welcher dieser von ihr zurückgestoßen wurde, ließ ihn polternd auf den harten, glatten Steinboden landen. „Du wagst es Rom zu widersprechen und einen Verbrecher zu schützen?!" Wütend schrie sie die Worte hinaus! Sie hallten als Echo durch die unteren Räumlichkeiten des Palastes. „Weißt du, was dies bedeutet?!" Herodes wiegelte ab: „Es bedeutet, dass ich in dem Täufer keine Gefahr sehe. Weder für uns, noch für das Großrömische Reich! Außerdem würde es dem Reich viel größeren Schaden bringen, wenn ich ihn töten lasse! Das Volk würde sich in Scharen gegen uns richten!" „Und was meint Rom dazu?" fragte sie mit hochgezogen Augenbrauen. „Rom meint, unser König hätte sein Volk nicht im Griff", antwortete Narraboth süffisant: „Sie beharren auf ihrer Meinung, der Täufer müsse weg! Aber Rom hat wichtigere Probleme. Auch wenn sie nicht glücklich sind mit Herodes Entscheidung! Doch machen Sie sich selbst ein Bild, Prinzessin. Der Täufer ist in der Stadt und predigt vor den Leuten. Ich war eben dort!" Sie schien einen Moment darüber nachzudenken, ob sie es nötig hatte, sich unter das Volk zu mengen, um sich diesen Narren anzuhören. Dann zog sie demonstrativ ihre Ringe ab: „Ich werde mich verschleiert unter das Volk mischen und mir den Menschen anschauen, der es wagt, sich dem Kaiser entgegenzustellen!" Dann verließ sie mit schnellen Schritten den Raum. Herodes schüttelte den Kopf. „Hältst du es für klug, sie unters Volk zu lassen, wo wir derzeit all diese Probleme haben? Sie werden ihr vielleicht etwas antun?" Narraboth wiegelte ab: „Keine Angst, ich werde in ihrer Nähe sein. Ihr wird kein Haar gekrümmt. Ich könnte es mir selbst nie verzeihen, wenn ihr etwas zustoßen würde!"

Salome wirkte unscheinbar, als sie sich den Weg durch die Straßen bahnte. Sie hatte den Palast durch einen Hintereingang verlassen, um nicht unnötig Aufsehen zu erregen. Niemand würde sie so erkennen. Ein kleiner Junge im Alter von etwa acht Jahren kam ihr lächelnd entgegen. „Kannst du mir sagen, wo ich Johannes den Täufer finde?", fragte sie diesen. Er zeigte Richtung Marktplatz und sagte: „Dort! Laufe immer gerade aus bis zum Brunnen! Dann rechts. Du kannst ihn nicht verfehlen! Viele Menschen sind dort!" „Danke, mein Junge!"

Bereits von weitem sah sie eine große Menschentraube, die sich um ein Zentrum zu positionieren schien, aus dem eine laute Stimme erklang. Mit jedem Schritt, den sie ging, wurde die Stimme lauter. Ein merkwürdiges Gefühl überkam sie. Dies alles kam ihr unwirklich vor. Selbst die Vögel schienen innezuhalten und zuzuhören. Eine geradezu gespenstische Friedlichkeit lag über dem Platz. Salome bahnte sich den Weg durch die Menschen. Eine unsichtbare Macht schien dafür zu sorgen, dass sich die Männer und Frauen vor ihr wie von selbst zur Seite bewegten, bis diese in vorderster Reihe angekommen dem Täufer zum ersten mal in ihrem Leben gegenüber stand.

Er war in einfache Leinen gehüllt, nicht wie in vielen geschilderten Erzählungen in ein Lammfell. An seinen Füßen hatte er keine Schuhe. Er war schlank. Sein Körper war von der Sonne gebräunt. Seine Haare waren dunkelbraun und fielen bis auf dessen Schultern. `Er hat schöne Augen`, war der erste Gedanke, der ihr in den Sinn kam. Seine Nase war etwas länger, aber auch wieder nicht zu lang. Doch sie wirkte wie von römischer Natur. Warum nicht. Er trug einen kurzen Bart und seine Stimme war das schönste an ihm, kam es der Prinzessin in den Sinn. Sie klang wie Musik für Salome, ohne das sie es wollte, sanft und wohltuend. Eine Träne rann über ihre Wange. Sie konnte nicht verhindern, dass diese sich ihren Weg über ihr zartes Gesicht nach unten bahnte. Ihre Augen wirkten dadurch glasig. Nicht die Tatsache, vor dem Täufer zu stehen sorgte dafür. Jenes hätte nicht die geringste merkliche Gefühlsregung in ihr auslösen können. Nein! Der Grund, warum sich die Träne in ihrem Auge bildete und ihren Blick glasig machte, war ein anderer: vor der Prinzessin stand der Mann aus ihrem Traum!

9. Der Roman

***

Er parkte das Auto unten am Hauseingang seiner Wohnung. Kopfschüttelnd stieg er aus. Der Traum hatte sich tatsächlich bewahrheitet. Als er die Eingangstür aufschließen wollte, fiel sein Blick auf eine Kritzelei, welche linkerhand an die Hauswand gemalt war. Wer hatte denn dies nun schon wieder gemacht. Mit weißer Farbe war ein Symbol an die Wand geschmiert worden, das man auch als Dreizack bezeichnen konnte. Der Mythologie nach wird er sowohl dem Meeresgott Poseidon als auch dem indischen Gott Shiva zugeordnet. Poseidon war den Überlieferungen zufolge der Sohn von Kronos und Rhea. Die Göttin Rhea wiederum war laut der griechischen Mythologie eine Titanin, der blutige Taten und matriarchalische Rituale angelastet werden. Ein anderer Name für Rhea ist Nemesis, welche als die Rachegöttin des gerechten Zorns angesehen wird. Laut den Orphikern, die Anhänger eines Mysterienkultes, soll Rhea an einem Ort herrschen, an dem das Goldene Zeitalter anhält.

Als Kim abends in seinem Bett lag, kamen Bilder in ihm hoch, die seine Vergangenheit betrafen. Bilder, der er verdrängt hatte. Dinge, über die er nicht sprechen wollte, und die doch geschehen waren. So hatte er bereits in der Nacht zu seinem 25. Geburtstag einen Traum, in welchem er sich sicher war, dass er Bea gesehen hatte. Jahre nach dem ersten Traum am Bahnhof, der sich heute erfüllte.

Es war Frühjahr 1999. Nach 22 Uhr. Draußen regnete es in Strömen. Ab und zu hörte man die dumpfen Bässe unten auf der Straße, die aus einem der oberen Stockwerke des Reihenhauses kamen. Das metallische Kreischen einer bremsenden Straßenbahn war in der Entfernung zu hören. Im Inneren der großen Wohnung lag Kim auf dem Boden, als wäre er tot.

Er hatte die Augen geschlossen. Es war eine große Wohnung. Jugendstil. Neben ihm lag das zugeschlagene, kleine Buch `In God we trust` von Todd Hoper. Mehrere Zimmer waren durch einen Flur verbunden, in dem goldene Kerzenhalter mit Drachenköpfen die Wände zierten. Der Holzboden hinterließ ein ächzendes Geräusch, wollte man von einem Raum in den nächsten. Der Mann lag inmitten eines großen Raumes, der wohl das Wohnzimmer darstellte. Die riesigen, schwarzen Boxen der Stereoanlage vibrierten dumpf, wenn die Musik dies abverlangte. `REVOLUTION, REVOLUTION, NOW!` tönte es laut aus diesen hervor, unterstützt durch harte Gitarren und tiefe Bässe. Er hatte die Beine ausgestreckt, was bei der spärlichen Beleuchtung nur zu erahnen war. Gekreuzigt wirkten die Arme. Der Kopf war leicht zur Seite geneigt, so dass die dunklen Haare über sein Gesicht fielen. Heute war ein wichtiger Tag! Das spürte Kim.

Doch Kim war abgelenkt über den Bericht, den er in dem Buch gelesen hatte. Was sich manche Leute so ausdachten. Er musste lachen. Andererseits – es war eine beängstigende Vision, sich vorzustellen, das Dritte Reich hätte den Zweiten Weltkrieg gewonnen. Gott sei Dank war dem nicht so. Um sich abzulenken, schlug Kim das Buch auf, stellte eine Kerze neben sich und fing an zu lesen:

„Ich bin Todd Hoper. Im Zweiten Weltkrieg flogen wir Kampfeinsätze gegen die Deutschen sowie zu Spionagezwecken. Wenn Sie dies lesen, bin ich wahrscheinlich in einer Zeit, die für Sie die Zukunft ist. Die Zukunft ist für mich ihre Vergangenheit.

Zeit ist nicht das, für was Sie sie halten. Wenn ein Prophet die Zukunft sieht, ist er in jener Zukunft, welche die Wahrscheinlichste ist, wenn sich die Welt nicht grundlegend ändert. Er ist in jener Zukunft, die Sie trifft, sollten sich keine Änderungen ergeben, die deren Kurs beeinflussen. Nichts ist vorherbestimmt. Und doch wird es eintreffen, wie jene es sahen, wenn Sie nichts tun, außer abzuwarten.

Zeit gibt es nicht wirklich. Sie wird nur als solche wahrgenommen für den, der sich durch die Matrix bewegt. Sie ist wie ein Gitternetz. Wie ein Hologramm. Es ist möglich, dass Sie ihrem eigenen Kinde begegnen, wenn dieses ein alter Greis ist, ohne es zu wissen, obwohl es in `Ihrer Zeit` erst 12 Jahre alt ist. Nichts wird Ihnen auffallen, als die Ähnlichkeit. Nichts in der Physik spricht dagegen. Außer der Stand Ihrer Technik.

Wenn Sie Dinge erahnen, dann nicht, weil sie Zufall sind, sondern weil sie wussten, dass sie geschehen. Nichts ist wie es scheint. Und am wenigsten Ihr Wachbewusstsein. Denken Sie daran, wenn Sie einem Menschen über den Weg laufen, dem Sie bereits vor zwanzig Jahren begegnet sind, ohne dass er gealtert scheint. Wenn Ihre Träume Sie warnen. Wenn Ihr Herz Ihnen sagt, wie jemand zu Ihnen steht, den Sie eben erst kennenlernen.

Wiedergeburt und Tod sind nur Bewusstseinszustände. Denken Sie daran, wenn Sie sich in den Arm kneifen. Der Tod ist nicht das Ende. Und die Geburt nicht der Anfang. Realität ist das, was Sie als `real` wahrnehmen. aber es ist nicht mehr real, als Ihre Vorahnungen, auch wenn Sie diese nicht greifen können. Wenn Sie sagen, Zeitreisen sind nicht real, dann frage ich: für wen? Für Sie? Möglicherweise. Aber was ist in Hunderttausend Jahren? In Zwanzig Millionen Jahren?

Was sind schon Zwanzig Millionen Jahre? Nur ein Augenschlag in Ihrer `Zeit`. Doch eine große Spanne, wenn Sie nur jene Entwicklungen anschauen, die Ihr Volk in den letzten 200 Jahren gemacht hat.

Wie kann sich ein Mensch die Frechheit herausnehmen, zu sagen `Das gibt es nicht`. Egal in welchem Zusammenhang.

Alles, was vorstellbar scheint, hat es schon einmal gegeben, oder wird es einmal geben. Wenn es nicht gerade existiert. So wie die Dinosaurier. Haben die Drachen aus ihren Märchen nicht alle schon einmal gelebt? Waren diese nicht vor langer Zeit schon einmal hier? In Ihrer sogenannten `Realität`?

In wenigen hundert Jahren werden Ihre Kinder virtuelle Spiele spielen, die durch nichts von der sogenannten `Realität` zu unterscheiden sind. DURCH NICHTS! Nur durch ihr Bewusstsein, welches Ihnen sagt, dass eine ist ein Spiel, dass andere ihre `Realität`.

Doch ist das eine deshalb weniger `real` als das andere? Und wenn ja: für wen? Für Sie? Dann setzen Sie Ihren Wellensittich in diese virtuelle Welt. Er wird den Unterschied nicht merken. Sind wir nicht alle Wellensittiche?

Jeden Tag spielen Sie Ihrem Chef Loyalität vor. Jeden Tag spielen Sie ihren Nachbarn den guten Nachbarn. Und Ihrem Partner den `optimalen` Liebhaber. Vielleicht spielen Sie Ihrem Partner Treue vor, obwohl Sie es nicht sind. Vielleicht spielen Sie ihm Liebe vor, weil er ein dickes Bankkonto hat. Jeden Tag spielen Sie das Spiel Ihres Lebens. Ist unser Leben wirklich mehr, als nur ein Spiel?

Jedes Spiel ist mehr als ein Spiel. Es ist eine Erfahrung. Ein Lernprozess. Spielt man es gut, kommt man weiter. Spielt man es schlecht, dann nicht. Sie können einem Tyranno Sauraus Rex viel von Liebe erzählen, er wird Sie trotzdem fressen.

Verändern Sie nicht Dinge, die Sie nicht verändern können. Sonst heißt es bald: `Game over!`

Verbringen Sie Ihr Leben nicht mit Dingen, die Sie nicht weiterbringen. Denn auch dieses Spiel wird irgendwann enden. Schon morgen werden Sie neunzig Jahre alt sein und sagen: `Schade, schon ist es vorbei`. Und nichts ist unnützer, als einem Partner nach dem anderen hinterherzurennen. Denn das ist keine Liebe. Wer in tausend Leben zehntausend Partner braucht, der wird am Ende sterben und nichts erreicht haben, außer NICHTS.

Manchmal ist es besser, nichts zu sagen, um am Ende dafür zu sorgen, dass die Wahrheit ans Licht kommt. Und manchmal bedarf es Ihrer Worte. Es ist keine Schande, zu fallen. Nur eine Schande, nicht mehr aufzustehen.

Einige behaupten: Wo die Angst ist, ist der Weg. Auf jeden Fall ist der leichte Weg selten der Richtige. Und so ist es auch in der Liebe.

Meine Liebe ist es, welche diese Zeilen zu Ihnen geführt hat. Meine Liebe wird es sein, die Sie warnt. Wachen Sie auf. Sonst werden Sie die Folgen des Krieges nicht überleben, welcher hinter Ihrem Rücken tobt. Sie sind Ihnen schon auf der Spur.

Denken Sie daran, wenn Sie Ihr Telefon in die Hand nehmen. Oder den Bildschirm Ihres Fernsehers einschalten. Sie wissen von mir. Sie jagen mich durch die Zeit. Und sie werden jeden jagen, der meine Botschaften in die Hände bekommt und liest. Auch Sie.

Todd Hoper"

(Todd Hoper, Pilot der Alliierten Streitkräfte während des Zweiten Weltkrieges)

„**In God we trust**", a science fiction novel from Todd Hoper, 1947.

10. Unter falschem Namen

★★★

Bericht-Codierung: 163.αΛΣ⊆.∃400000007653886.Ψ.∴.

#□□□□□□□□□□□.□□□.□□□□□□.OΦ

Executive:	Δ Galakt. Raumföderation ICBN-Ne
Plan-Quadrant:	YXXXEXXΠI. ≡ VVVVXI. ⊗SOL3.
Einsatzgebiet:	M14 B3
Namen:	MarabKe (#Münch
Zielperson:	Code INSLITH (#Salome) (∞)
Verschlüsselung:	⇒□□□□.□□□□.□□□□.□□□□⇐ / ∴χ

∞#Bericht-Auszug nach Angaben der Zielperson:

1995 n. Chr. in einer großen Stadt auf unsere Erde: Die junge Frau (∞) saß in ihrer Wohnung. Der Fernseher lief und im Nebenzimmer hörte sie ihre Tochter spielen. Es war eine freundliche Atmosphäre. Das Tageslicht schien hell und freundlich durch die Fenster der Penthousewohnung. Es klingelte an der Wohnungstür. Endlich. Ihr Mann. Sie hatten sich vieles zusammen aufgebaut. Und ihr Leben kostete jede Menge Bares. Doch sie konnten es sich leisten. Sie hatten eine große schöne Wohnung, eine gesunde Tochter (♭) und sie hatte einen dicken, dunklen Benz mit allen Extras, teuren Schmuck und alles, was das Herz begehrt oder es glaubte, zu begehren.

Sie ging zur Tür und öffnete. Vor ihr stand ein Mann in einem dunklen Anzug und Krawatte, lächelte sie freundlich an. Er hatte die Arme hinter dem Rücken verschränkt und ihr war es, als würde sie dort einen Strauß Blumen erkennen. Freundlich lächelnd führte der

Mann seine Arme nach vorne, um das Preis zu geben, was er vor ihr hinter seinem Rücken verborgen hatte. Doch es waren keine Blumen. Es war ein langes großes Messer! Sie war so überrascht, dass sie noch Sekundenbruchteile Zeit fand, sich zu wundern, welche Veränderung die Ereignisse genommen hatten, bevor das Messer tief und fest in ihren Bauch eindrang! Mehrmals verschwand die Klinge in ihr, bevor sie durch die Schmerzen erwachte und an die Decke ihres Zimmers starrte.

Immer noch spürte sie die festen Hiebe in ihren Bauch und das Messer in sich. Erst mit der Zeit verschwand der Druck aus ihrer Magengegend und verblasste.

Das war kein Traum, sondern ihre Zukunft! Dies war *niemals* ein Traum! Warum? Warum sie? Sie hatte noch genug Zeit, sich über das Messer in der Hand des Mannes zu wundern, bevor es tief und fest in sie eindrang. Dies schloss die Variante aus, ihr Körper hätte Schmerzen bekommen und das lange Messer in den Traum projiziert. Sie bekam fürchterliche Angst. Tränen rannen über ihre Wangen, welche das schöne Gesicht der blonden Frau zu nässen begannen. Sie wollte diese Zukunft nicht. Doch was sollte sie tun? Sie musste in diesen Traum zurück! Etwas, was ihr bislang noch nie geglückt war. Und ausgerechnet heute war sie darauf angewiesen!

Sie fing an zu beten. Sie fing an zu beten und zu bitten. Sie versprach alles zu tun, wenn sie zurück in diesen Traum dürfte und Gott ihr tödliches Schicksal abwenden würde. Und tatsächlich: Wenige Minuten später schlief sie ein und fand sich wieder in diesem Traum. Sie befand sich nicht mehr in der Wohnung, sondern davor.

Eine schöne blonde Frau (Code M43) kam auf sie zu. Sie setzten sich auf eine Holzbank vor ihrem Haus, die in der Realität dort nicht zu finden war. Sie erzählte der hübschen Frau von dem Erlebten und dem Mann mit dem Messer – und das sie wisse, dass dies kein Traum sei, sondern ihre Zukunft! Sie bat diese, ihr schlimmes Schicksal abzuwenden und versprach, alles nur Erdenkliche dafür zu tun.

Als sie das tat, überfielen sie unzählige negative Gedanken. Und sie wusste, diese Frau konnte sie verstehen. Das war die Quittung ihres unrühmlichen Lebens, in welchem sie stets nach dem Motto lebte `Die Gedanken sind frei`. Sie versuchte mit allen Mitteln, diese negativen Bilder ihres Charakters zu verbergen, doch es gelang ihr nicht. Wie ein Bach aus Unreinheit schwemmten diese aus ihr heraus, während die blonde Frau sie nur anblickte, ohne etwas zu sagen. Da nahm die blonde Frau mittleren Alters ein Buch in die Hand und streckte es der jungen Frau, welche sich Madlen nannte, entgegen.

Das Buch hatte keinen Titel. Es hatte nur einen schwarzen Hintergrund und ein grünes Netzgitter auf der Umschlagseite. „Was ist das für ein grünes Netzgitter?", fragte die junge Frau, welche sich Madlen nannte. Dann erwachte sie.

Madlen (∞) war froh und glücklich, dass sie in den Traum zurückgefunden hatte. Und irgendetwas an dieser Frau aus dem Traum sagte ihr, dass diese ihr helfen würde. Madlen war es peinlich zu spüren, wie diese bei dem Blick in ihre Augen in ihr lesen konnte, wie in einem offenen Buch. Und ihr, Madlen, fiel vor lauter Schreck nichts Besseres ein, all diese negativen Worte und Dinge in sich hochkommen zu lassen, obwohl sie alles dafür getan hätte, es zu verhindern! Sie war sich deshalb nicht sicher, ob jene ihr Schicksal zum Positiven abwenden würde, auch wenn sie deshalb vielleicht gekommen war und sich ihr im Traum gegenübersetzte.

Diese Ungewissheit ließ die junge Frau nicht los. Und sie begleitete sie durch die nächsten Wochen. Sie änderte sich trotz des Traumes nicht sofort. Auch dies bereitete ihr Gewissensbisse. Doch dann kam alles ganz anders.

15.03.1995 n. Chr., 15.43 Uhr EST / irdische Zeitrechnung:

Sie stand gerade vor dem Spiegel des Bades ihrer Penthousewohnung und schminkte sich. Sie war braun gebrannt und unzählige goldene Ringe zierten ihre schönen Hände. Es roch nach Parfüm. Da klingelte es. Sie ging zur Wohnungstür und öffnete diese. Vor ihr standen zwei Männer von der Polizei (1≤/2{). Sie baten um Einlass. Madlen ließ sie bereitwillig eintreten. Was blieb ihr auch anderes übrig. Sie fragten sie nach ihrem Mann und ob er sich auffällig benehmen würde in der letzten Zeit. Sie verneinte. Dann zeigten sie ihr einige Fotos. Sie fragten sie, ob sie diese Menschen kenne. Sie verneinte wiederholt. Ihr wurde mitgeteilt, dass diese ermordet wurden. Hauptverdächtiger: Ihr Mann (I).

Sie konnte es nicht glauben. Wie konnten diese Beamten so etwas behaupten! Sicher, weder sie noch ihr Mann waren Unschuldslämmer. Aber Mord?!

Ihr wurde erzählt, dass es sicher sei, dass ihr Mann der Täter war. Und das war nicht alles. Einige andere „gute Bekannte" aus der Rockerszene, die ebenfalls Mitglieder einer der berüchtigtsten Gangs neben den Hells Angels in Deutschland waren, steckten vermutlich tief mit drinnen in der Scheiße. Es fehle nur der letzte Beweis, der gerichtsverwertbar war. Der sogenannte `Rauchende Colt`. Madlen arbeitete im Rotlichtmilieu und ihr Mann war dort eine `Persönlichkeit`. Die beiden Männer schlugen der jungen Frau einen Deal vor. Sie sollte helfen und ihrem Mann im Bett ein Geständnis hervorlocken und gegen einige Personen im Umfeld aussagen. Danach würde sie als Kronzeugin ins Zeugenschutzprogramm aufgenommen werden und eine geheime Adresse bekommen. Eine neue Wohnung irgendwo. Das war der Deal.

Eine Alternative gab es nicht. Denn sollte sie mit diesem Wissen ihr normales Leben weiterführen und abends freudig strahlend ihren Mann begrüßen? Es wäre auch viel zu gefährlich gewesen. Noch heute früh hatte sie sich von ihm verabschiedet und es wies nichts auf irgendetwas Abnormales hin. Und in der Zwischenzeit sollte er wieder einen Mann ermordet haben? Eine Welt brach für sie zusammen.

Madlen stimmte zu. Obwohl sie es nicht glauben wollte. Sollte sie die Beamten hinters Licht führen? Sie musste sich etwas einfallen lassen. Doch da erinnerte sie sich an ihren Traum! Was wäre, wenn sie jetzt – in diesem Moment – vor der entscheidenden Wahl stand? Sollte sie sich wirklich mit ihrem Mann und ihrer Tochter aus dem Staub machen? Und dabei riskieren, dass ihr Traum Wirklichkeit wird? Sie musste sich entscheiden. Jetzt! Wenn herauskommen würde, dass sie ihren Mann verpfiffen hatte – nicht auszudenken, was die bekannte Gang mit ihr machen würde... Doch was war die Alternative? Madlen schloss die Augen. Die Entscheidung war gefallen.

Das Schlafzimmer und die Wohnung wurden verwanzt. Kameras installiert. Die Beamten versprachen ihr, ganz in deren Nähe zu bleiben, um im Notfall eingreifen zu können. Es wurde Abend und ihr Mann kam nach Hause. Sie würde wohl niemals das Geräusch vergessen, als der Schlüssel sich in der Tür herumzudrehen begann.

15.03.1995 n. Chr., 20.21 Uhr EST / irdische Zeitrechnung:

Ein Mann, Mitte vierzig mit dunklen kurzen zurückgegelten Haaren, betrat die Wohnung. Er hatte einige Tätowierungen am Körper und war braun gebrannt. Seine schwarze Lederjacke zeigte auf der Rückseite das Abzeichen der bekannten Rockergruppe. Sie lief ihm entgegen und küsste ihn auf die Wange. „Hey!", sagte der Mann zur Begrüßung und lächelte sie an. „Hallo", kam es aus Madlen. Sie war eine gute Schauspielerin. Aber so gut, dass er es nicht bemerken würde? Ihre Angst? Sie ging in die Küche und machte das Abendessen.

Im Fernsehen wurde von dem Mord berichtet. Als Madlen in das Wohnzimmer lief, sagte sie so kühl wie nur möglich: „Der hat es nicht anders verdient!", und setzte sich neben ihren Mann, ohne ihn anzublicken. Er lachte.

Sie brachte ihre kleine Tochter ins Bett. Dann ging auch Madlen ins Schlafzimmer und bat ihren Mann nachzukommen. Als dieser in der Türöffnung stand, räkelte sich die blonde schöne Frau auf dem Bett. „Komm...!" Er legte sich neben sie und Madlen zog seine Hose herunter. Dann berührte sie ihn. Sie küsste ihn auf eine Art, wie man einen Toten küsst, der eben neben einem gestorben ist und dessen Geruch man noch einmal wahrnehmen will. Sie schloss die Augen. Mit aller Gewalt unterdrückte sie die aufkommenden Tränen, als sie an die gemeinsame Vergangenheit dachte, als die Wut in ihr aufstieg, welche ihn mit den Worten `Du hast unser Leben zerstört!` anschreien wollte.

Anstelle dessen begann sie ihm ins Ohr zu säuseln: „Warum hast du vorhin so gelacht?" Er blickte sie fragend an, als wüsste er nicht, was sie meinte. Es wurde gefährlich. Wenn sie jetzt zu weit gehen würde, könnte er Verdacht schöpfen und ihr womöglich etwas antun, bevor die Polizei in der Wohnung stand.

Deshalb wechselte sie das Thema. Doch nicht lange, dann siegte wieder ihre direkte Art, die Sache hinter sich bringen zu wollen.

„Das muss doch ein geiles Gefühl sein, so ein Arschloch umzubringen, oder?", säuselte sie ihm ins Ohr. Erst nachdem sie diesen Satz ausgesprochen hatte, wurde ihr die ungewollte Zweideutigkeit bewusst, welche sie hineingelegt hatte. Sie schloss die Augen. Hoffentlich merkte er es nicht!

„Ja?", kam es aus ihm. „Findest du? Würdest du das gerne tun?" Madlen wollte nicht noch einmal in Zweideutigkeiten geraten. Deshalb umging sie geschickt die Frage und sagte: „Würdest du gerne jemanden umbringen?" Der dunkelhaarige mittelalte Mann lehnte sich lächelnd zurück und atmete tief durch. Dann antwortete er: „Und wenn? Würde dir das gefallen?" Wieder umging sie die gestellte Frage: „Hast du es schon mal getan?" Dabei verlieh sie ihrer Stimme den Ausdruck einer Sexgöttin, auch wenn es ihr schwer fiel. „Ja. Eben heute." Ihr Mann griff in seine Jacke und holte ein Messer daraus hervor. „Siehst Du! Hiermit habe ich das Arschloch erschossen! Und jetzt? Mit einem Messer, ha, ha, ha... Erschossen, verstehst du, ha, ha, ha, he, he, hi." Das war's. Das Geständnis! `Zugriff!` dachte Madlen, da sie nicht richtig zugehört hatte. Doch nichts geschah...

Hörten diese Penner nicht? Wollten diese sie über die Klinge springen lassen? Auf was warteten die? Bis er sie auch umbringen würde? Was wäre, wenn sie durch ihr Handeln nun genau das Falsche getan hatte, schoss es ihr durch den Kopf! Und sie gerade durch ihre Entscheidung nun das Messer in die Brust gerammt bekommen würde, so wie sie es vorausgeträumt hatte?! Sie schloss die Augen. Sie begann flehend ihre Gedanken wie einen Hilferuf auszusenden: `Bitte nicht...!!! Was habe ich falsch gemacht?!`. Doch es kam keine Antwort.

Anstelle dessen raunte der markante Typ neben ihr im Bett, den sie geheiratet hatte: „Hey, ich hab dich was gefragt!" Die Sekunden wurden für sie zu Minuten. Als weiterhin nichts geschah, erwiderte sie: „Meinst du diesen Typen, von dem sie im Fernsehen vorhin berichtet haben?" „Ja. Natürlich habe ich ihn nicht erschossen. Nur erstochen." Madlen wartete darauf, Geräusche zu hören. Das irgendjemand kam, um ihr zu helfen! Doch es blieb weiterhin still.

Sie wurde wütend. Doch sie konnte weder schreien noch weinen. Beides hätte nur dazu geführt, dass sie das nächste Opfer würde.

Sie drehte sich weg und tat so, als würde sie einschlafen.

„Wir haben das Geständnis!", sagte der Mann (2}) im kurzen Bürstenhaarschnitt in das rauschende Funksprechgerät. „Wo ist sie?", kam es aus diesem (3[). „Im Schlafzimmer. Neben ihm!" „Wie lange braucht ihr bis dorthin?" „Zu lange. Wir warten." „........"

„Mein Gott, Mädchen, geh aufs Klo oder geh duschen!", sagte der Beamte (2}) zu sich selbst. Doch die junge Frau konnte ihn nicht hören. Anstelle dessen lag sie neben dem Mörder und schlief augenscheinlich. Sollte sie aufstehen und aufs Klo gehen? Nein. Wenn sie das tat und es rührte sich auch weiter nichts, dann hatte dieser Mistkerl Zeit genug, ins Zweifeln zu kommen. Sie musste ihn im Auge behalten! So unverdächtig wie möglich bleiben. Ja keinen Fehler machen! Es dämmerte schon, als Madlen einnickte. Die Müdigkeit übermannte nach stundenlangem Kampf ihr Vorhaben, wach zu bleiben.

Als sie erwachte, war es bereits hell. Langsam setzte sie sich im Bett auf und blickte neben sich. Er lag immer noch da. `Die haben ja wohl den absoluten Schuss weg!`, kam es in ihr hoch. Sie hatte Kopfweh. Ihr Kopf dröhnte wie eine Boing 747. Sie lief in die Küche. Da klingelte es an der Türe. Er lag noch im Bett. Jetzt zählte jede Sekunde! Sie lief die wenigen Schritte zur Türe und öffnete sie.

Im Treppenhaus standen sechs Männer der Polizei (1≤/2}/4ç/5√/6{/7Υ). Wortlos zogen sie Madlen aus der Wohnung und vier von ihnen stürmten ins Schafzimmer. Das war's. Der Alptraum hatte ein Ende. Endlich...

Man erklärte ihr im Nachhinein, dass die Situation so sicherer für sie eingeschätzt wurde. Denn ihr Mann ahnte derzeit durch diese Taktik noch nichts davon, dass er von seiner Frau in eine Falle gelockt wurde. Dies würde ihm erst im Laufe der Befragungen in der Untersuchungshaft bewusst werden. Und dann war sie aus der Gefahrenzone.

In der darauffolgenden Zeit musste Madlen alles aufgeben. Die Wohnung und alles, was an die Vergangenheit erinnerte. Niemand durfte davon erfahren, wo sie sich aufhielt. Auch ihre Bekannten und `Freunde` musste sie zurücklassen. Auch ihr Name musste geändert werden. Von diesem Tag an nannte sich Madlen Bea.

11. Der Täufer und die Prinzessin

★★★

Zum ersten Mal hatte sich etwas Übermächtiges in ihr Leben gemischt, dass sie nicht beeinflussen konnte, sondern welches sie beeinflusste. So schien es ihr. Die Tatsache von etwas zu träumen, das danach Eingang in ihr reales Leben fand, kannte sie bisher nur aus den Geschichten anderer. Oder war alles nur Zufall? War der junge Mann vor ihr nur zufällig das Abbild der Erscheinung in ihren Träumen, die sie so oft begleitet hatten und welche einfach über sie kamen? Sie wischte sich die Tränen aus dem Gesicht, bevor es jemand in ihrer Nähe zur Kenntnis nehmen konnte.

Salome begann ihre Gedanken zu verdrängen und dem zuzuhören, was der Täufer vor den Menschen sprach: „Als Prüfer und Scheider wird diese Liebe auf Erden kommen. Und aus dem Feuer der Liebe fließt die Lava der Reinigung. Schlechtes, Verdorbenes und Widerstrebendes kann jedoch schwer gereinigt werden. Kehret um, auf dass ihr nicht das falsche Silber seid, das verworfen wird. Die Zeit ist gekommen, zu mahnen den Bruder und die Schwester, auf das sie sich bekennen zum Leben oder dem Tode. Feuer und Wasser werden ein neues Element bilden. Doch auch Feuer und Wasser werden die Zerstörung bringen. Erlösung wird finden der Gerechte. Erhoben werden jene, die den Geist suchen. Fallen aber wird der Selbstgerechte. Den ewigen Tod aber erleiden jene, die der Welt anhängen."

„Was meinst du damit?", fragte eine Stimme aus der Menge. Johannes lächelte. Nach einer kurzen Pause sagte er: „Wenn mein Werk sich dem Ende neigt, werden Planeten entbrennen. Wenn mein Werk sich dem Ende neigt, werden Berge und Sterne herabstürzen. Wenn mein Werk sich dem Ende neigt, werden Kinder nach der Mutter schreien.

Das ist es, mein Werk, sie zu sammeln und hinzuführen zum Vater."
„Ich verstehe deine Worte nicht!", sagte eine andere Stimme aus der
Menge. „Ihr müsst lernen, Gleiches von Gleichem zu unterscheiden!"
sagte Johannes zu diesem: „Nicht ich will martern die Bedrängten.
Nicht ich will strafen die Leidenden. Nicht ich will treten die Gebeugten. So wird mein Feuer nicht treffen die Verfolgten, brennen aber
wird es die Verfolger!" „Deine Worte machen den Menschen Angst.
Sind sie doch geprägt von Anprangerungen und Gewalt. Wie sollen
wir unterscheiden?", fragte ein Mann mit seiner kleinen Tochter an
der Hand. Der Täufer richtete diese Worte an ihn. „Ich gebe zu, dies
ist nicht immer leicht", antwortete er. „Ihr schafft es, wenn ihr demütig
in euren Innern werdet, wissend mit eurem Verstande und rein in
eurem Herzen. Lernt zu unterscheiden zwischen den Botschaften des
Scheinlichtes und den Botschaften des reinen Lichtes." Dann meinte
er: „Ich bitte euch, sagt mir nicht, ihr könnt dies bereits. Geht unter
den Sternenhimmel und sagt mir, welcher Stern leuchtet aus sich
selbst und welcher wird angestrahlt. So wie dies euer ungeschultes
Auge nicht erkennen kann, so können auch euer ungeschulter
Verstand und eure verschütteten Herzen die Lehre Christi nicht immer
von der Lehre seines Widersachers trennen.

Es fließt ineinander über, weil ihr nicht mutig seid, das Wort
aufzunehmen. Weil ihr nicht mutig seid, wirklich hinzuhören. Weil ihr
wollt, dass einer sagt: `Ja, *aber*...!` Ich bitte euch, wascht euch rein in
eurem Inneren mit dem Wasser des Geistes!"

Johannes blickte in die Runde: „Ihr lebt in einer Welt der Schein-
heiligkeit, weil euch vorgelebt wird, scheinheilig zu leben! Eure Königin hat Unzucht getrieben, indem sie den Bruder ihres Mannes geheiratet hat! Solange ihr solche Götzen in euren Palästen huldigt,
deren Hochzeiten feiert, seid ihr Teil der Götzen!" Salome hielt es
nicht mehr aus, ruhig zuzuhören, wie dieser ihre Mutter beleidigte. Sie
rief ihm zu: „Wer bist du, der du es wagst, die Königsfamilie zu ent-
weihen!?" Johannes schaute auf Salome.

Zum ersten Mal trafen seine blauen Augen die ihren. Es wurde ruhig. Kein Mensch sagte etwas. Er kam auf Salome zu und stellte sich vor sie. Ihre Blicke hafteten lange aneinander. Aus Salomes Augen war unzweifelhaft eine gewisse Enttäuschung zu lesen, da der Mann aus ihren Träumen ihre Familie angriff und diese vor der Menge bloßstellte. Und vielleicht waren es nur diese Träume, welche sie noch ruhig verharren ließen. Jeden anderen hätte sie abholen und ans Kreuz nageln lassen! Die Schönheit seiner Augen traf ihr Innerstes, und das verängstigte sie. Für einen Sekundenbruchteil vergaß die Prinzessin sogar, Hass zu spüren, als sein Blick auf ihr haftete. Doch Johannes Worte holten sie schnell in die Gegenwart zurück. „Ich kenne dich", sagte dieser. „Du bist Prinzessin Salome, Tochter der Herodias!"

Salomes Herz begann zu rasen! Ein Gemurmel ging durch die Menge. War es zu Beginn eher ein Erstaunen, wurde es zumal lauter und bedrohlicher. Die Menschen um sie in ihren einfachen Gewändern warfen ihr verächtliche Blicke zu. Die Augen der Männer wandelten sich und zeigten Abneigung. Erste Menschen begannen, hassvolle Bemerkungen auszusprechen. Ein Mann stieß sie von hinten nach vorne. Da schritt Johannes ein.

„Lasst das! Vergeltet nicht Gleiches mit Gleichem! Wenn ihr nicht einmal das kapiert habt, waren all meine Worte umsonst!"

Die Menge beruhigte sich. Das Gemurmel ließ nach und verstummte. Dann sagte er an Salome gerichtet: „Ich verstehe dich. Du redest als Tochter und nimmst deine Mutter in Schutz. Das ist ehrenhaft. Aber du solltest ebenfalls verstehen, dass Unrecht auch innerhalb der Familie Unrecht bleibt!" Salome ging auf dessen Bemerkung nicht ein. „Du predigst gegen unser Königshaus!", kam es anstelle dessen aggressiv aus ihr heraus. Johannes blieb ruhig. Anstelle ihr gleichfalls lautstark entgegenzuwirken, kam er auf sie zu, wie ein Bruder, legte seine Hand um ihre Schulter und ging mit ihr einige Schritte, als würde die Menge nicht mehr um sie existieren. „Es versklavt sein Volk und entscheidet über Leben und Tod. Dieses Recht aber hat Gott alleine! Und wer sich ihm gleichsetzt und richtet über andere, der wird gerichtet werden!" Salome schaute ihn böse an. Dann befreite sie sich aus seiner fürsorglichen Umarmung und zischte: „Wie kannst du so etwas sagen! Wie kannst du es wagen!" Johannes richtete sich wieder an die Menge, als er antwortete: „Auch Cäsar hielt sich damals für etwas Göttliches und richtete ebenfalls wie Gott! Er hatte sogar den `Gruß der Wächter` für sein Reich missbraucht. Sein Nachfolger ebenso.

In dem er die Leute den Arm heben und sie `Heil Cäsar!` rufen ließ. Doch er wird nicht der letzte gewesen sein, der sich dazu anmaßt. Die Welt hat noch viel zu erleiden, bevor das Jüngste Gericht über sie kommen wird!"

Narraboth trat von hinten an Salome heran. „Ich glaube, wir sollten gehen!" Verwundert bemerkte sie erst jetzt seine Anwesenheit. Doch sie kam ihr nicht ungelegen, um von diesem Ort zu verschwinden. Sie war voller Zorn und Ärger. Es konnte ihr nun nicht schnell genug gehen, diesen Platz zu verlassen. Noch einmal rief sie an Johannes gerichtet: „Und du bist der Messias, was?!" „Nein!", sagte dieser knapp. „Der Messias ist der, den ihr unter dem Namen Jesus kennt. Nicht ich!"

Narraboth und die Prinzessin, sowie zwei weitere in der Tracht des Volkes, verließen den Ort Richtung Palast. „Ich hoffe, die Prinzessin weiß nun, warum Rom seinen Kopf will!" gab der Hauptmann von sich. „Zumindest weiß ich nun, dass es Zeitverschwendung war, hier an diesen Ort zu kommen!", antwortete diese, ohne sich nochmals umzudrehen. Der Täufer hatte es gewagt, vor Salome ihre Mutter zu beleidigen! Ja, er hatte Cäsar und Rom beleidigt. Und zuletzt die Herrscherfamilien als Mörder und Verbrecher tituliert. Sie nahm sich vor, diesen Mann nie wieder sehen zu wollen.

„Was ist sein Vergehen?", fragte Herodes den Händler, welcher mit einem Fremden, dessen Hände gebunden waren, vor dem Hofe stand, um Gerechtigkeit zu bekommen. „Er hat mich beklaut! Er ist ein Dieb!

Er hat vor meinen Augen die Früchte in seinen Umhang gesteckt! Ohne zu bezahlen!" Herodes blickte zu dem Angeschuldigten herunter. „Stimmt das?" „Ich hatte Hunger! Meine Familie hatte nichts zu essen und wir haben kein Geld. Ich bin kein schlechter Mann!" Herodes nickte. Dann sagte er zu den am Eingang postierten Wachen: „Nehmt in fest und schlagt ihm die rechte Hand ab! Das ist Strafe genug!"

In diesem Moment betrat Salome den Palast und lief mit schnellen Schritten an Herodes vorbei. „Salome! Du bist zurück?" Herodes Bewunderung schwang in seinen Worten nach. „Ja! Und ich wünschte, ich wäre nie fortgegangen!", rief sie diesem im Vorbeigehen zu, bevor sie in den oberen Bereich des Palastes entschwand.

Als sie am Abend in ihren Gemächern lag, glaubte sie eine Stimme zu hören, die sie in ihre Träume führte:

`Salome! Hör genau zu:*

Isis war die Schwester des Osiris. Sie trauerte gemeinsam mit ihrer Schwester Nephtys um ihren von Seth ermordeten Bruder-Gemahl Osiris-Serapis. Sie schenkte dem kleinen Horosknaben das Leben und machte sich auf die Suche nach dem toten Osiris. Horus rächte die Ermordung seines toten Vaters und setzte die von Seth zerstückelte und zerstreute Leiche wieder zusammen und bestattete sie.

Wenige wissen von der Verbindung Isis-Lilith. So werden deren gute Eigenschaften Isis zugeschrieben, die schlechten Lilith. Die Göttin der Liebe ist letzlich somit auch die Göttin des Schmerzes. Lilith war Adams erste Frau. Sie war eine Göttin. Lilith nennt man in der arabischen Welt: Die Karina.

In vielen arabischen Texten wird sie auch unter dem Namen Um-al-Sibjan benannt, das heißt `Mutter der Kinder`. Meistens tritt sie aber unter dem Namen Karina auf. Auch in den arabischen Legenden findet sich das bekannte Motiv von der Überwindung eines weiblichen Dämons durch einen Helden. Auch hier wird der Dämon besiegt, indem der Held ihm das Geheimnis seiner mystischen Namen entreißt. In einem arabischen Text heißt es:

`Es wird berichtet, dass er, Salomo, eines Nachts mit der Karina zusammengetroffen sei. Er fand sie von düsterem Antlitz und dunkelblau war die Farbe ihrer Augen. Er sprach zu ihr: Wohin willst du? Sie antwortete: Ich gehe zu dem, der im Schoße seiner Mutter ist, ich esse sein Fleisch, trinke sein Blut und zermalme seine Knochen. Da sprach er: Der Fluch Allahs sei auf dir, du Verfluchte. Da sprach sie: Verfluche mich nicht. Habe ich doch zwölf Namen. Wer sie kennt und sie mich umhängt, dem werde ich nicht nahen. Wenn man sie sich aufschreibt, hat man nichts zu befürchten, mit Allahs, er ist erhaben, Erlaubnis.` Denn die, welche man auch die `Karina` nennt, war auch die Königin von Saba.

Als eigentliche Verführerin des Mannes wird Lilith an verschiedenen Stellen des Sohar erwähnt, und man berichtet dort:

`Sie schmückt sich mit allerlei Zierrat, wie eine buhlerische Frau. Sie steht am Anfang der Wege und Pfade, um Männer zu verführen. Den Toren, der sich ihr nähert, ergreift sie, sie küsst ihn und gießt ihm Wein mit dem Bodensatz von Schlangengift ein. Sobald er diesen getrunken hat, folgt er ihr nach. Wenn sie sieht, dass er vom Wege der Wahrheit abkommt und ihr folgt, dann zieht sie alles wieder ab, was sie für diesen Toren zuerst angezogen hatte. Ihr Schmuck zur Verführung der Männer sind die zurechtgemachten Haare, die rot sind wie eine Rose, ihre Wangen sind weiß und rot, von ihren Ohren hängen Ketten aus Ägypten, und von ihrem Nacken hängen alle Schmuckstücke aus dem Osten. Ihr Mund ist klein wie eine enge Türe, anmutig in seinem Schmuck, ihre Zunge ist scharf wie ein Schwert, ihre Worte sanft wie Öl. Ihre Lippen sind rot wie eine Rose, süß von aller Süße der Welt. Sie ist purpurrot gekleidet, geschmückt mit dem ganzen Schmuck der Welt. Jene Toren, die bei ihr einkehren und diesen Wein trinken, treiben mit ihr Hurerei. Was tut sie nachher? Sie lässt ihn allein schlummernd auf seinem Lager, sie aber erhebt sich in die Höhe, in den Himmel. Dort berichtet sie böses über ihn. Dann erwirkt sie die Erlaubnis, wieder hinunter zu kommen. Wenn der Tor aufwacht, dann meint er, er könne sich, wie vorher, mit ihr vergnügen. Sie aber entledigt sich ihres Schmuckes und verwandelt sich in eine kraftvolle Gestalt. Sie steht ihm gegenüber, angetan mit einem feurigen Kleid aus Flammen. Sie erregt Schrecken und lässt Körper und Seele erzittern. Ihre Augen sind groß, in ihren Händen ist ein scharfes Schwert, von dem bittere Tropfen herabfallen. Sie tötet ihn damit und wirft ihn mitten in die Hölle.`

Es wird überliefert:

`Als der Prophet Elias einst seines Weges ging, traf er Lilith und ihre Schar. Er sagte zu ihr: Oh, du böse Lilith, wohin gehst du mit deiner unreinen Schar? Und sie antwortete: Mein Herr Elias. Ich bin im Begriff zu der Frau zu gehen, die ein Kind geboren hat, um ihr den Schlaf des Todes zu bringen, ihr das Kind, das ihr geboren wurde, wegzunehmen, sein Blut zu trinken, das Mark seiner Knochen auszusaugen und das Fleisch aufzufressen. Elias antwortete und sagte: `Ich beschwöre dich mit dem großen Bann, dass du in einen stummen Stein verwandelt wirst durch den Willen Gottes`. Und Lilith sagte: `Mein Herr, um Gottes Willen, nimm diesen Bann weg, sodass ich wegfliegen kann. Ich schwöre im Namen Gottes, dass ich die Wege meiden werde, die zu einer Frau mit einem neugeborenen Kind führen. Wenn immer ich meinen Namen höre oder sehe, werde ich sogleich verschwinden. Ich werde dir meine geheimen Namen sagen. Wenn immer du sie aussprichst, dann haben weder ich noch meine Schar Macht, in das Haus einer gebärenden Frau einzutreten und sie zu quälen. Ich schwöre dir, meine Namen zu enthüllen, so dass du sie aufschreiben kannst und sie in dem Zimmer aufhängst, indem sich ein neugeborenes Kind befindet. Wer immer diese Namen kennt und sie aufschreibt, veranlasst, dass ich von dem neugeborenen Kind fliehe. Deshalb hänge dieses Amulett auf im Zimmer der gebärenden Frau.`

In der folgenden Zeit offenbarte Lilith dem Propheten alle ihre geheimen Namen. Zwölf an der Zahl. Der zwölfeinhalbste lautete Strila.

Elias hat zwei Kinder mit Lilith. Und Elias ist die Seele von Johannes dem Täufer. Nun weißt du Bescheid, Salome. Wer DU bist...`

Salome erwachte. Was für ein *merkwürdiger* Traum. Sie hatte gar nicht mitbekommen, dass sie eingeschlafen war. Was waren das für merkwürdige Dinge über neugeborene Kinder, Isis, Lilith und zuletzt den Propheten Elias? War es tatsächlich nur ein Traum? Er war so real. Sie setzte sich in ihrem Gemach auf. Jemand musste ihr den Traum deuten. Jemand, der dies konnte! Dabei gab es nur eine Möglichkeit. Sie musste nochmals zu dem Täufer. Er war es, der gleichgesetzt wurde mit dem Propheten Elias! Nur er konnte ihr helfen! Dieser Mann, den sie zuerst in ihren Träumen sah, bevor er gestern am Tage vor ihr stand, in der Realität.

Sie lief schnellen Schrittes Richtung Terrasse. Dabei fiel ihr Blick in die teichartigen Becken in ihrem Gemach. Das Wasser war fast schwarz und die Fische trieben tot an der Oberfläche! Obwohl gestern nichts darauf hindeutete. Sie schüttelte den Kopf. Was war hier geschehen? Und warum? Eine innere Stimme sagte ihr, dass dies nur Johannes wissen konnte. Hatte sie nicht die dunklen Wolken über den Palast ziehen sehen, als in ihrem Traum vor wenigen Tagen der Täufer unten an den Toren des Palastes stand? Sie musste sich Gewissheit verschaffen!

12. Martin

***

17.10.2001 n. Chr.

„Schon wieder ein Mord. Mal wieder im Milieu!" Kim hatte die aktuelle Tageszeitung in den Händen. Diese hatte er sich bei Martin auf einem alten rustikalen Holztisch geangelt. Er kannte Martin von der Schule her. Er war ziemlich groß und schlank, hatte lange, dunkle Haare und trug eine Akademikerbrille. Martin erwiderte: „Die Welt ist schlecht." Kim stöberte in den alten Zeitschriften, welche in seiner Nähe aufgestapelt auf ihn zu warten schienen. „Jemand hat bei uns die Hauswand beschmiert mit irgend so einem Symbol, dass aussieht, wie eine abgeänderte Mistgabel: (ψ). Irgendwie hat mich das an die die griechische Mythologie, Poseidon und dessen Mutter Rhea erinnert." „Vielleicht hat er dich ja besucht und du warst nicht da." „Sehr witzig! Wie kannst du in dieser Umgebung ruhig schlafen?! Überall hängen Totenköpfe und was weiß ich für Viecher." „Das beruhigt. Fast so sehr wie drei Horrorfilme hintereinander. Wenn wir gerade dabei sind. Ich habe wieder einige verbotene Filme bekommen. Wir könnten das Kettensägenmassacker ansch..." „Ne. Lass mal. Aber wenn wir gerade bei verbotenen Sachen sind: Kennst du den Roman `In god we trust` von Todd Hoper?"

„Nicht wirklich. Was soll das sein. Warum fragst du?" „Ich habe diesen Roman vor über zwei Jahren in total zerfletterten Zustand auf einem Flohmarkt bekommen. Er ist aus dem Jahr 1947. Der Verkäufer wollte dafür 300 Euro. Er sagte, das Ding sei verboten und es gäbe nur 10 Originalexemplare davon. Er ist nirgends gelistet und offiziell nie erschienen. Das Einzige, was vorhanden ist, sind angeblich jene 10 Originalexemplare. Wer das Erscheinen verhindert hat, darüber gibt es nur Spekulationen. Das war wirklich eine abgefahrene Geschichte.

Der Verkäufer sah mich und lief mir hinterher. Er erzählte mir, dass er beauftragt sei, mir dieses Buch zu geben.

Er hätte es von einem sterbenden Greis erhalten, welcher ihm gesagt hatte, es werde in naher Zukunft ein Mann an seinem Stand erscheinen und nach einem Buch über unterirdische Anlagen im Dritten Reich fragen. Dem solle er es geben. Der Greis behauptete, dass bereits Menschen gestorben seien und auch er wegen diesem nun im Sterben liege. Man habe ihn vergiftet. Der Typ war total hohl, glaube ich.

Angeblich sei dieser Roman von einem Zeitreisenden geschrieben worden. Und es wäre sogar ein Exemplar dadurch irgendwann Mitte des 17. Jahrhunderts aufgetaucht.

Er wusste selbst nur sehr wenig darüber, aber das Wichtigste sei, dass es diesen offiziell eigentlich nicht gibt. Und das dieser Roman die Grundlage dafür wäre, dass heute der Spruch `In god we trust` auf der Ein-Dollar-Note steht. Aber das würden nur sehr wenige Menschen wissen! Diese sind die absolute Oberelite in einer riesigen Weltverschwörung. Und noch mehr so Quatsch.

Na ja. Ich hab dem Typ dann erst einmal gesagt, dass das eine nette Methode sei, um ein Buch für umgerechnet 300 Euro zu verkaufen. Als ich weiterlaufen wollte, drückte der mir dieses vergilbte Ding in die Hand und ging weg. Das war wirklich ne abgefahrene Sache.

So hatte ich nichts dafür bezahlt. Also nahm ich es eben mit. Auf dem Cover ist ein Dreieck in Form einer Pyramide abgebildet. Einige Seiten fehlen. Leider." „Du meinst eine Pyramide mit abgehobener Spitze und einem `Allsehenden Auge`?" „Nein. Ich meine ein ganz normales Dreieck. Die abgehobene Spitze mit dem Allsehenden Auge soll von den Weltverschwörern eingeführt worden sein, welche das Wissen in diesem Buch nur einer Elite zugänglich machen wollten. Den obersten Graden ihrer Bruderschaften. Mit der abgehobenen Spitze auf der Dollarnote wollten sie symbolisieren, dass dieses Buch

Wissen nur Auserwählten zugänglich sein sollte, welche damit über den Rest der Welt ihre Herrschaft aufbauen. Ich sagte ja, der Typ war total durchgeknallt. Als ich das Buch daheim durchgeblättert habe, ist mir etwas Merkwürdiges aufgefallen. Es hört mitten im Satz auf.

Ich habe eine Woche darauf wieder den Flohmarkt aufgesucht. Ich wollte den `Verkäufer` noch einige Dinge zu dem Buch fragen. Und zu seiner Geschichte. Aber sein Stand war weg. Ich fragte die umliegenden Trödelverjubler, doch sie sagten nur, dass sie nicht wüssten, warum er heute nicht gekommen wäre. Womöglich sei er krank. Dies war an einem Samstag. Am Montag der Folgewoche habe ich dann erfahren, dass er sich umgebracht haben soll. Ich bin weiß Gott nicht abergläubisch, aber das hat mich doch etwas irritiert. Also habe ich angefangen, dass Buch zu lesen. Doch wenn ich ehrlich bin, ich bin noch nicht weit gekommen."

„Du wieder! Meine Fresse! Kannst du nicht mal ein normales Leben führen?!" Kim lachte: „Das Leben führt mich!"

„Was gedenkst du jetzt mit dem Ding zu machen?" „Was soll ich wohl damit machen? Ich lese es! Und dann verkaufe ich es für 300 Euro." Beide mussten lachen. „Vielleicht finde ich ja in dem Buch die Lösung." Martin verdrehte die Augen: „Glaubst du etwa den ganzen Müll? Das sind doch nur Märchen und Zufälle. Wahrscheinlich gibt es das Buch an jeder Ecke für zwei Euro in der Ramschkiste." Kim zuckte die Schultern. „Ja. Womöglich."

„Wie geht es Bea?" Martin sprach Kim auf einen heiklen Punkt an. „Ganz ehrlich? Keine Ahnung. Sie hat mir vor einigen Wochen offenbart, dass in Kürze eine Veränderung eintreten würde und sie mit ihrem dreijährigen Sohn und ihrer siebenjährigen Tochter ins Ausland flüchten müsse. Es sei etwas schief gelaufen. Sie hat mir ja, nachdem wir uns einige Monate kannten, diese abgefahrene Geschichte mit dem Zeugenschutzprogramm erzählt. Ich habe das nicht wirklich Ernst genommen. Dachte sie ist mal wieder auf Rollenspiel. Schließlich hat sie mich bei unserem Kennenlernen belogen. Sie sagte damals, dass sie keine Kinder habe. Und dass das überhaupt nicht ihr Ding wäre. Und sie würde in Leonberg wohnen. Später hat sich herausgestellt, dass das alles Blödsinn war. Und eigentlich heißt sie auch gar nicht Bea. Sie hat mir ihren Ausweis gezeigt, als ich sie vor die Wahl gestellt habe. Da stand ein anderer Name drin."

„Welcher?", fragte Martin neugierig. „Sei mir nicht böse, aber das kann ich Dir nicht sagen. Denn wenn Teile ihrer Geschichte wahr sind, dann hat sie mir an diesem Tag ein großes Geheimnis verraten, dass im schlimmsten Fall dazu führen kann, wenn es herauskommt, dass sie aus dem Schutzprogramm herausgeschmissen wird."

„Und warum glaubst Du ihr?" Kim schmiss sich in einen aufblasbaren roten Sessel, der in der Ecke des Zimmers stand. „Naja – spätestens, als ich ihre Mutter und die Kinder kennengelernt habe, konnte ich ja in Gesprächen mit diesen selbst herausfinden, wohin der Hase läuft. Tatsache ist aber auch, ich hätte Beas Kinder und Eltern wohl niemals kennengelernt, wenn ich nicht einen entscheidenden Traum gehabt hätte. In diesem Traum habe ich einen Straßennamen und ein Haus gesehen und mir hat jemand einen Zettel mit einer Telefonnummer gegeben. Ich wusste plötzlich, dass ich träume und wollte die Nummer nicht vergessen. Deshalb habe ich sie auswendig gelernt. Immer wieder wiederholt. Dann bin ich aufgewacht.

Ich habe die Nummer sofort aufgeschrieben. Das war gut so, denn bereits zwei Minuten später hatte ich sie vergessen und konnte mich nur noch mit dem Blick auf den Zettel daran erinnern.

Dies war in den ersten Wochen unserer Beziehung. Zu dieser Zeit dachte ich noch, sie wohnt in Leonberg und ich hatte nur eine Handynummer von ihr. Merkwürdigerweise hatte sie tatsächlich eine kleine Wohnung in Leonberg. Aber diese war für andere Zwecke angemietet. Ganz schnuckelig.

Ich habe dann diese Nummer aus meinem Traum angerufen. Sie hatte eine Münchner Vorwahl. Und rate mal, wem sie gehört hat?"

„Ne, oder?", kam es aus Martin. „Doch! Ich habe aber gleich vor Schreck wieder aufgelegt, als ich ihre Stimme hörte. Aber irgendwann habe ich mich dann überwunden. Bea war total geschockt und wollte erst mal zwei Tage lang nichts mehr von mir hören. Ihr langhaariger Cousin sagte mir, ich solle ihr Zeit geben, die Sache zu verarbeiten.

Einige Tage später hat sie sich dann bei mir gemeldet und ich habe versucht, mir bis dahin eine glaubwürdige Ausrede einfallen zu lassen. Ich glaube, ich sagte ihr, ich kenne irgendjemanden beim Geheimdienst oder so einen Quatsch.

Sie hat das total geschockt, da es sich bei der Nummer um eine Geheimnummer gehandelt hatte. Nicht nur dies. Es gab sogar mehrere Anschlüsse. Aber ich hatte sogar auf die richtige Durchwahl angerufen.

Erst daraufhin zeigte sie mir ihren Ausweis und ich erfuhr ihren richtigen Namen. Trotzdem wollte sie mich wohl nochmals testen. Denn sie sagte mir, sie würde in München in einer bestimmten Straße wohnen. Ich bin dann dort hingefahren und die Adresse war natürlich falsch. Also bin ich zu der Adresse aus meinem Traum gefahren, da die Straße einen ähnlichen Namen hatte. Und dort fand ich das Haus aus meinem Traum.

Als ich dort klingeln wollte, stand plötzlich ein kleines Mädchen mit dunklen langen Haaren und einem Fahrrad vor der Türe. Sie lächelte mich freundlich an und sagte, sie würde hier wohnen. Auch eine ältere Frau kam mit einem Fahrrad zu uns. Sie fragte, zu wem ich wolle. Mir lag schon auf der Zunge zu sagen, dass ich zu Bea wolle, als mir einfiel, dies war ja gar nicht ihr echter Name. Also sagte ich den Namen, der auf ihrem Ausweis stand. Und die ältere Frau sagte, dass sei ihre Tochter. So kamen wir ins Gespräch. Das kleine Mädchen war wiederum die siebenjährige Tochter von Bea. Erst nach diesem Vorfall begann sie mir die Wahrheit über sich zu erzählen. Oder zumindest Teile der Wahrheit. Denn da ich seit diesem Tag Teile ihrer Familie kannte, hatte ich natürlich die Möglichkeit, mehr über sie herauszufinden, ohne dass sie hiervon erfuhr.

Ihre Mutter hatte in München eine Eigentumswohnung. Sie erzählte mir, dass Bea hier in München zur Schule gegangen sei. Sie hat nach der Schule eine kaufmännische Ausbildung gemacht.

Wie auch immer. Vor einigen Wochen erzählte mir Bea auf jeden Fall, dass es Probleme gäbe, weil der leibliche Vater ihrer Tochter, der durch sie ins Gefängnis kam, herausfinden wollte, wo sie wohnen würde. Offiziell hatte er nur eine Postadresse in Köln. Dabei handelte es sich um eine Adresse, durch die die Post an eine Sammelstelle bei der Polizei weitergeleitet wurde. Und diese schickten die Post weiter an ihre richtige Adresse. Da er wusste, wo die Mutter von Bea wohnt, diese auch nicht ausziehen wollte, weil sie in München ja eine Eigentumswohnung hatte, gab es immer ein gewisses Risiko, dass jemand aus der Gang über ihre Mutter an die Wahrheit kommen könnte. Und somit an ihre wahre Adresse gelangen würde.

Ab diesem Zeitpunkt wurde auch ich überwacht, da ich Bea gegenüber einmal angab, dass ich in München Leute kennen würde. Meine Tante wohnt dort in der Nähe. Sowie einige andere Personen, die ich kenne. Das Problem war, dass ich durch den Traum an ihre Daten gekommen bin. Aber das kannst Du natürlich keinem erzählen. Und die Geschichte mit dem Geheimdienst – na ja, was hätte ich sonst sagen sollen. Aber auch diese würde bei einer näheren Überprüfung durch die Beamten, die hier involviert sind, schnell als nicht sehr wahrscheinlich eingestuft werden.

Also wurde ich von ihrem Lover zur potentiellen Gefahr. Denn niemand wusste, ob ich nicht doch die unbekannte Verbindung zur der Gang war. Bea hat mir dann vor einigen Wochen, wie ich angedeutet habe, mitgeteilt, sie müsse in Kürze ins Ausland ziehen. Und sie müsste dann auch den Kontakt zu mir abbrechen. Als Vorwand nannte sie die Story mit ihrem Ex im Gefängnis und dessen Versuche, über die gemeinsame Tochter wieder Kontakt zu bekommen. Aber mir war schon damals klar, dass es vielleicht auch mit mir zu tun hatte. Seit einigen Tagen ist sie unter einem scheinheiligen Vorwand verschwunden. Ich hätte sie betrogen. Da ich das nicht habe, fällt mein Verdacht auf die angekündigte Geschichte zurück. Denn an dem Tag, als sie mir das abends am Telefon vorwarf, da hatte sie mir noch mittags bei einem Treffen erzählt, dass sich nun einiges ändern würde. Und im Radio spielten sie „Life is a Rollercoaster" von Ronan Keating. Sie sagte: „Hörst Du. Das Leben ist eine Achterbahn..."

Martin schaute zu Boden. „Warum fährst Du nicht zu ihr hin und klärst die Sache?" Kim klatschte mit den Händen trommelnd auf die Lehnen des alten Sessels. „Das habe ich gemacht. Sie wohnt dort nicht mehr. Sie hat einen Nachsendeauftrag bei der Post gestellt. In dem Haus, aus dem sie eigentlich nie ausziehen wollte, wohnt jetzt jemand anderes. Und dies, obwohl sie erst wenige Monate zuvor eine neue Küche einbauen lies mit blauen Fliesen."

Martin zuckte die Schultern und sagte: „Dann geh doch zu ihrer Mutter und frag die. Oder, wenn das mit dem Traum einen Sinn hatte, dann versuch ihre neue Adresse auf dem gleichen Weg zu erhalten. Denn ich denke, dass wäre dann nicht das Problem". Kim verzog das Gesicht. „Ganz im Ernst: Selbst wenn das so einfach wäre, das würde ich nicht wollen. Weder das eine noch das andere. Denn damit würde das Spiel ja wieder von vorne losgehen. Und ich würde ihr damit sicher nicht helfen. Im Gegenteil. Am Ende schmeißen diese sie noch aus dem Zeugenschutzprogramm wegen mir, weil meine Quelle nicht zu verifizieren ist. Nein, wahrscheinlich sollte es so kommen." „Vielleicht wartet sie aber sogar darauf, dass du wieder vor ihrer Türe stehst. So wie du es schon mal gemacht hast." „Ja, vielleicht. Nein, ich denke nicht. Ich denke, es ist wichtiger, dass ich jetzt an ihre Kinder und ihre Familie denke. Es geht hier nicht um mich. Zudem fühle ich mich schuldig, weil ich an dem Tag, wo es zu Ende ging, etwas gemacht habe, was ich nicht hätte machen sollen. Aber betrogen habe ich sie nicht. Vielleicht war es eine Strafe Gottes. Keine Ahnung. Und da war noch etwas: Wir hatten sozusagen unseren eigenen „Geheimdienst" entwickelt: Die unterschiedlichsten Handysymbole hatten für uns eine eigene Bedeutung. So konnten wir durch ein einfaches Symbol, per Sms versendet, eine Nachricht an den anderen schicken und dieser wusste, was gemeint war. Keine aufwendig langen Texte. Für andere war es nur ein Symbol oder eine Aneinanderreihung von Symbolen. Doch für uns bekam diese Textmeldung einen Sinn. Interessanterweise sendete mir Bea an zwei Sms, die an dem besagten Abend bei mir eintrafen und in der sie nochmals sagte es sei Schluss, das Symbol „ψ". Und dieses hatte bei uns die Bedeutung „Glaub kein Wort – ist nicht wahr". Es gab absolut keinen Grund, dieses Symbol an die Textmeldungen zu hängen, wenn sie mir damit nicht etwas hätte sagen wollen. Oder aber die Sms in Gegenwart einer Person gemacht wurden, die keine Ahnung von der Bedeutung hatte und was sie mir mit diesen Nachrichten wirklich mitteilte. Es gab Gründe, warum wir diese eigene Zeichensprache erfunden hatten. Und hier nutzte sie diese, um mir damit etwas zu sagen. Unter zwei Nachrichten hintereinander, die beide einen verschiedenen Text aber dieselbe Aussage hatten. Als wollte sie es doppelt betonen. Und damit ich verstand: das Symbol am Ende der ersten Textmeldung war kein Tippfehler."

„Ich kenne jemanden, der Dir vielleicht helfen kann", erwiderte Martin. „Ein Freund von einem Bekannten ist ein Aussteiger vom amerikanischen Geheimdienst CIA. Rede mit ihm darüber. Ich kenne seinen derzeitigen Aufenthaltsort. Ich könnte ein Treffen arrangieren. Doch wenn ich dir einen Tipp geben kann, rede mit ihm auch über deine Wahrträume, deine persönliche Geschichte und deine Erlebnisse, die du mir häppchenweise in den letzten Jahren erzählt hast.

Vielleicht kann er mehr dazu sagen oder herausfinden. Denn das kann kein Zufall gewesen sein. Denke an Bad Krozingen..."

13. Scharlatane

★★★

Eine der jungen Hofdamen war gerade dabei, etwas Ordnung zu schaffen. Salome zeigte ihr an, diese etwas Vertrauliches fragen zu wollen. „Wenn du einen Traum hättest, den du nicht zu deuten weißt, wen würdest du fragen?"

Die junge Sklavin schaute ihre Herrin verdutzt an. „Ich würde die Hofastrologen befragen", gab diese mit einem Zögern von sich. Salome hielt inne. Diese Idee war nicht unbedingt das, was ihr Befriedigung verschaffte. Und das wusste die Sklavin. Aber sie nickte stumm. Nach einer kurzen Weile wandte sie sich abermals an diese: „Und wenn sie es nicht wissen?" „Herrin, wenn ich Zweifel hätte, würde ich die Weisen in der Stadt befragen". Salome lächelte. Sie hatte recht.

„Geh und schicke mir die Astrologen meines Vaters! Sag ihnen, ich hätte vor, ihre Wissen zu testen!" Die junge Sklaven verbeugte sich vor ihr, lief einige Schritte in gebückter Haltung rückwärts und entschwand. Kurz darauf betraten drei Männer mit langen Bärten den Raum. Der eine war klein und dick, der zweite hatte einen Buckel und der dritte im Bunde konnte es nicht lassen, sich unablässig zu verneigen, war ein Satz beendet. Salome blickte auf jene Ansammlung und verzog angewidert die Mundwinkel. Nach einer kurzen Bedenkpause wies sie die drei an, Platz zu nehmen. So konnte die Prinzessin auf diese herabschauen. Mit einer anmutigen Kopfbewegung brachte sie ihr volles Haar auf den kaffeebraunen Rücken. Dabei kam der goldene Halsschmuck noch deutlicher zur Geltung. „Ich habe eine Aufgabe für euch! Letzte Nacht hatte ich einen Traum! Es war, als erzählte mir jemand eine Geschichte. Und vor meinen Augen erschienen die passenden Bilder dazu. Es ging dabei um Isis, eine

Gottheit namens Lilith. Man sagte mir, dies sei ein und dieselbe Person!" Die drei Astrologen schauten sich an. Dann lachten sie. Der kleine Dicke übernahm das Wort: „Unmöglich! Was wurde der Prinzessin noch gesagt?" „Man erzählte mir, Lilith habe 12 Namen. Sie habe wie ich die Farbe Blau als ihre liebste. Und sie würde den Überlieferungen zufolge die Kinder schwangerer Frauen stehlen, um sie zu töten!"

Jener Astrologe, welcher sich ständig verneigte, war ein Satz von ihm ausgesprochen, übernahm das Wort: „Die Götter wollten mit der Farbe Blau der Prinzessin ihre Hochachtung ausdrücken! Die Zahl Zwölf bezieht sich auf die zwölf Tierkreiszeichen. Die zwölf Namen sind die Namen der Tierkreiszeichen!" „So ein Blödsinn!", entfuhr es Salome, „Ihr Taugenichtse! So sagt mir, was es mit den toten Neugeborenen auf sich hat und warum mir die arabische Bezeichnung für Lilith genannt wurde!" Nun ergriff der Dritte im Bunde das Wort. Aufgeregt schlug er auf seinen dicken Bauch: „Prinzessin! Die Neugeborenen beziehen sich auf den Mond, der auf und unter geht! Jeden Abend wird er neu geboren und zum Morgen stirbt er! Vermutlich ist der Hinweis auf das `Arabische` ein Hinweis auf die Redewendung `Das Land der untergehenden Sonne`!" Salome schlug mit der Hand in den Teich mit den toten Fischen, so dass das Wasser über die verzierten Beckenumrandungen auf den Boden spritzte. „Schluss jetzt! Wie konnte mein Steifvater euch in seine Dienste stellen?! Wie bringt ihr wohl die toten Fische in eure haarsträubende Deutung?!" Die drei schauten sich verwundert und ratlos an. Jener, welcher sich ständig verneigte, zog die Schultern hoch und meinte kleinlaut: „Vielleicht hat eine eurer Hofdamen vergessen, sie zu füttern?" Es schien, als würde er bei seinen Worten kleiner und kleiner werden. Salome verzog ihr schönes Gesicht zu einer Grimasse! Dann stieß sie ihre Hand in den Teich und hielt einen der toten Fische hoch: „Vergessen zu füttern? Sagtest du `vergessen zu füttern`?! Ich werde dir deinen kleinen Schwanz abschneiden lassen und ihn in deinen dicken Mund stecken, damit du aufhörst, solches dumme Zeug zu reden! Ihr seid es nicht mal wert, dass ich euch die Eingeweide aus dem Leib schneiden lasse! Ihr Vagabunden und Quacksalber! Geht mir aus den Augen!" Hektisch verbeugten sich die drei und verließen, sich selbst im Wege stehend, den Raum.

Als Narraboth den Raum betrat, sah er, dass es der Prinzessin nicht an schlechter Laune mangelte. Als sie ihn bemerkte, fuhr sie ihn an: „Willst du mir auch deinen astrologischen Rat erteilen? Vielleicht, dass die toten Fische ein Hinweis auf mangelndes Wasser sind?" Narraboth lachte. „Nein. Wie konnte die Prinzessin auch nur die Astrologen um Rat fragen? Es passt nicht zu ihrem klaren Verstand." Salome begann zu lächeln. Wenigsten wusste er es, sie zu würdigen. Dann sagte sie erneut in fahrigen Ton: „Wo finde ich die weisesten Männer in der Stadt, welche mir Antwort geben können?" Narraboth dachte nach. „In der Straße der Töpfer, das letzte Haus auf der Seite des Flusses, dort findet sie einen weisen Mann mit dem Namen Muhiddin! Wenn sie will, bringe ich die Prinzessin zu ihm!" Salome überlegte einen Moment. „Gut! Wenn dieser mir denselben Blödsinn wie die Quacksalber meines Stiefvaters erzählt, werde ich ihn steinigen und seinen Hals aufschlitzen lassen! Von einem Ohr zum anderen!"

Als der Morgen seinen goldenen Glanz über die Stadt legte, klopfte es an der Tür. Muhiddin war ein alter, gebrechlicher Mann geworden. Seine Haare waren schlohweiß, sein Gang war gebeugt und schwerfällig, seine Glieder dürr und in seinem Mund standen gerade einmal zwei Zähne, welche er nutzen konnte. Mit 80 Jahren hatte er aufgehört, sein Alter zu zählen, erschien es ihm doch nicht mehr wichtig. Seine Augen zeigten einen Schleier, welcher dem Betrachter zu erkennen gab, dass er kaum noch zu sehen vermochte. „Offen!", kam es aus seinem nahezu zahnlosen Mund. Als die Tür aufging, begann er seine Augen zu verengen, um besser sehen zu können: vor ihm stand ein großer Adonis mit der Uniform der Leibwache des Königs und eine wunderschöne junge Frau mit dunklen, langen Haaren in einem schwarzen Gewand, welche einen ebenso schwarzen Schleier vor dem Gesicht trug, der ihr Antlitz nur schemenhaft erkennen ließ. Vor der

Tür postierten sich zwei weitere Männer in Uniform. Muhiddin ging so nahe wie möglich an die beiden heran, um diese zu erkennen. Dann kam ein kurzes, lachendes Krächzen aus seinem Hals: „Narraboth! Wie komme ich zu dieser Ehre! Das letzte Mal, als du hier warst, musste ich dir helfen, Strategien gegen Herodes Feinde zu entwickeln! Dafür bin ich langsam zu alt!" Narraboth lachte. „Nein. Diesmal geht es um etwas anderes." Er deutete auf Salome. „Du hast die Ehre, Prinzessin Salome in deinem Hause begrüßen zu dürfen!" Der alte Mann riss die alten Augen auf. Dann fiel er auf die alten Knie und verharrte dort.

Ohne den Schleier von ihrem Gesicht zu nehmen, nahm sie an einer alten Webmaschine platz, welches der einzige sitzbare Gegenstand im Raum zu sein schien. Ohne diese zu beachten sagte sie: „Ich brauche deine Hilfe! Narraboth hat mir gesagt, du bist der richtige Mann, um einen Traum von mir zu deuten!" Muhiddin schüttelte den Kopf. „Einen Traum deuten? Wie sollte ich dies tun, ohne die Umstände zu kennen?" Salome nahm den Schleier hoch. „Kannst du es, oder kannst du es nicht?" Der alte Mann hielt seine knochigen Hände an die eingefallenen Wangen. „Das kann ich dir erst sagen, wenn ich den Traum kenne!"

Als Salome ihre Schilderungen beendet hatte, blickten ihre Augen fragend zu dem alten Mann. Dieser hatte währenddessen auf einer Ansammlung Hausrat Platz genommen. Auch wenn er die Blicke der Prinzessin auf sich zu spüren begann, antwortete er nicht sofort. Nach einer Weile begann er den Kopf zu schütteln. „Isis ist eine ägyptischen Göttin. Schwester und Gattin des Totengottes Osiris und Mutter des Horus. Sie wird als `Wesen aller Götter` bezeichnet. Wie Osiris war sie auch Unterweltgöttin, die Träume und Erscheinungen sendete. Lilith wiederum bedeutet `die Nächtliche`. Ursprünglich eine babylonische Gestalt. Sie wird als Adams erste Frau bezeichnet und gehört zu den schwarzen Göttinnen! Diese wiederum wird mit der griechischen Göttin Arthemis identifiziert. Ob sie aber auch mit Isis gleichgesetzt werden kann, ist schwer zu sagen. Möglich wäre es."

„Wer war diese Arthemis?", fragte die Prinzessin. Muhiddin lachte: „Arthemis ist die Tochter des Zeus und der Leto, Zwillingsschwester des Apollo! Sie wurde als Geburtshelferin, Jagdgöttin sowie als Natur- und Fruchtbarkeitsgöttin verehrt." Salome begann nachzuhaken: „Geburtshelferin?" „Ja, die Prinzessin könnte Recht haben: Es könnte hier eine Verbindung geben zu den Neugeborenen der Lilith. Arthemis konnte als lebensspende und vernichtende Göttin verschiedene Züge annehmen. Wenn man Isis als die Lebensspendende bezeichnet, wäre Lilith die Vernichtende! Es könnte also tatsächlich stimmen!" Der alte Mann hielt kurz inne. „Johannes der Täufer wird Elias gleichgesetzt, dem großen Propheten." Der alte Mann schüttelte den Kopf. „Tut mir leid. Ich kann den Traum der Prinzessin nicht deuten! Träume sind zu sehr auf den Träumenden bedacht! Ich aber kenne die Prinzessin zu wenig und habe nicht das Recht dazu!"

Salome stieß ein enttäuschtes Stöhnen aus. „Soll dies bedeuten, nur ich kann hinter die Bedeutung kommen?" Muhiddin nickte. „Ja! Das heißt – vielleicht gibt es noch eine Möglichkeit." „Welche?" „Im Traum der Prinzessin kam eine zentrale Figur zum Vorschein: Der Täufer. Wenn Johannes der Täufer nun tatsächlich derselbige ist, der Elias genannt wird, der große Prophet, dann kennt er als einziger die Lösung des Traumes der Prinzessin!" Salome hatte es geahnt. Sie hatte sich vorgenommen, den Täufer niemals wiederzusehen, außer bei dessen Hinrichtung vielleicht. Und nun sollte sie ausgerechnet diesen um Hilfe bitten?

Und wenn Muhiddin Recht hatte? Wieder dachte sie an die Gegebenheit, welche nur sie kannte, dass sie in Johannes den Mann aus ihren Träumen erkannt hatte. Salome sträubte sich gegen diese Vorstellung! Aber sie musste zugeben: als er seinen Arm um sie legte, hatte sie für einen kurzen Moment ein Gefühl, wie sie es nur aus ihren Träumen kannte. Als diese noch keinen Namen für den Mann hatte.

Sie wollte es nicht zugeben, aber im eigentlichen Sinne war ihr so etwas noch nie begegnet. Sie giftete ihn an und er legte seinen Arm um sie, als wäre er ihr Beschützer. Ein kurzes ungläubiges Lachen kam aus ihrem Mund. Wie konnte ihr jemand soviel Mitgefühl entgegenbringen, dem sie vor allen ins Gesicht geschrien hatte?

Warum? Warum hasste er sie nicht dafür? Sie stand auf der anderen Seite! Und doch hatte er sich ihr gegenüber verhalten, als sei sie das Wichtigste auf der Welt! Er hatte ihr geholfen, als die Menge sich gegen sie wandte! Auch hier war schützend seine Hand über ihr! Salome vergrub ihr Gesicht zwischen ihren Händen. Wie konnte er dies nur tun? Sie hätte ihn eher vor die Löwen geworfen, als ihm beizustehen. Schon des Stolzes wegen. Wer sich mit ihr anlegte, hatte nichts Gutes zu erwarten! Und gewiss keine Umarmung! Salome musste schlucken. Hatte sie tatsächlich in seiner Nähe für einen kurzen Moment das gefunden, was sie für immer verloren glaubte und dessen Verlust sie so hart werden ließ?

Nein! Er hatte ihre Mutter beleidigt! Ja sogar das römische Reich und Cäsar! Ihm schien nichts heilig zu sein! Oder war es gerade dies, was ihr imponierte, ohne dass sie es wollte? Diese Angstlosigkeit dessen? Sich gegen das Königshaus zu stellen, das Kaiserreich, ohne die Konsequenzen zu scheuen? Wie konnte er nur ohne jegliche Angst sein? Es schien ihn nicht zu kümmern, seinen Feinden gegenüberzutreten. Was musste das für ein Glauben sein, der einen Menschen diese Kraft gab? Andererseits, auch sie war in ihrer Haltung frei von Angst. Wenn sie etwas durchsetzen wollte, dann tat sie es! Wenn sie jemand brüskierte, dann wusste sie, was zu tun war! Doch sie war eher kopfgeprägt. Der Täufer vom Herzen! Es half nichts. Sie musste ein weiteres Mal den Täufer aufsuchen! War der Traum doch zu intensiv gewesen, den es zu deuten galt.

Als sie am Nachmittag in der Stadt an jenem Platz ankam, wo der Täufer einen Tag zuvor gepredigt hatte, war dort weit und breit niemand zu erkennen, der ihm ähnlich sah. Nur einige Kaufleute boten ihre Waren an. Sie ging zu einem kleinen Stand, an dem Gewürze verkauft wurden. Ohne den Schleier zu lüften, fragte sie den jungen Verkäufer: „Kannst du mir sagen, wo ich Johannes den Täufer finde?" Dieser zuckte die Schultern. „Nein. Ich habe gehört, er ist nicht mehr in der Stadt. Aber frage den alten Mann vorne an der Straße mit dem einen Auge. Mit ihm hat sich der Täufer unterhalten, bevor er weiterzog." Sie ging zu dem alten Mann und fragte: „Ich habe gehört, du hast mit dem Täufer gesprochen, bevor er aus der Stadt gegangen ist. Kannst du mir sagen, wo ich ihn finde?" Der alte Mann blickte geistesabwesend mit seinem einen Auge auf sie: „Sie sind auf dem Weg zum Jordan. Zum Fluss. Dort wirst du ihn bestimmt finden!"

Sie machte sich auf den langen Weg. Der Himmel strahlte inzwischen in einem tiefen, dunklen Blau und das Wasser war klar und rein. Doch sie konnte den Täufer nicht finden. Also fragte sie erneut einen Hirtenjungen, der am Fluss seine Schafe trinken ließ. „Junge, sag mir, hast du Johannes den Täufer hier irgendwo gesehen?" Er hob seinen braungebrannten Kopf mit den dunklen, kurzen Haaren in ihre Richtung: „Ja. Heute Nachmittag. Gehe dem Flusslauf entgegen." Sie machte sich auf den Weg. Nach etwa einer halben Stunde kam sie an eine Stelle, an der Bäume, aufgereiht wie an einer Schnur, den Jordan zierten. Sie blieb für einen Moment stehen, um zu betrachten, wie das Grün sichelförmig in den blauen Himmel stach. `Ein wunderschöner Anblick`, dachte sie. Salome ertappte sich dabei, Wohlgefallen an diesem Schauspiel zu finden, ohne zu wissen, warum. Doch auch hier fand sie den Täufer nicht.

So ging sie zu einer jungen Frau, die am Fluss ihre Wäsche wusch. „Frau, kannst du mir sagen, wo ich den Täufer finde?" Ohne aufzuschauen, zeigte diese weiter dem Flusslauf entgegen. „Gehe in diese Richtung. Immer weiter am Fluss entlang. Dort wirst du ihn finden." Salome ging weiter. Wieder verging eine halbe Stunde. Ihr taten bereits die Füße weh. Für einen Moment setzte sie sich am Fluss nieder und nahm einige Schlucke aus dem kühlen, klaren Wasser. Dabei fiel ihr Blick in jene Richtung, in die der Fluss seine Windungen schlug. In der Ferne war eine bergähnliche Anhöhe zu erkennen, in welcher der Fluss zu verschwinden schien. Sie schüttelte den Kopf. Salome nahm dies alles in Kauf aufgrund eines Traumes. Sie musste verrückt sein! Zum ersten Mal überlegte Salome, ob sie umkehren sollte. Dann aber setzte sich ihr Dickkopf durch und sie stand auf, um den beschwerlichen Weg fortzusetzen. Es schien ihr wie eine Ewigkeit, als sie bei der Anhöhe angelangt war. Nie im Leben hatte sie eine solch lange Distanz zu Fuß zurückgelegt. In wenigen Stunden würde es Abend werden. Der Täufer musste, ohne es zu wissen, denselben Weg gehen, mit einem gewissen zeitlichen Vorsprung. Anders konnte sie sich es nicht erklären. Diesmal fand sie niemanden, den sie fragen konnte. Also setzte sie ihren Weg weiter am Fluss entlang fort, hinein in die bergige Landschaft. Dabei suchte sie sich einen Weg direkt unterhalb am Flussbett. Nach einiger Zeit entdeckte sie vor sich eine Lichtung, auf welcher man in der Ferne mehrere Gestalten erkennen konnte.

Sie lief auf die kleine Gruppe zu. Diese hatten sie inzwischen entdeckt und schienen zu warten, damit sie Anschluss bekam. Beim Näherkommen erkannte sie Johannes den Täufer und zwei weitere Personen. Ein Mann und eine Frau. Den Mann hatte sie ebenfalls schon einmal gesehen. Er war bei der Versammlung in der Stadt in Johannes Nähe. Die Frau kannte sie nicht. Salome hatte ihren Schleier schon vom Kopf genommen, als sie in die Berge gelaufen war. So hatte Johannes sie inzwischen ebenfalls erkannt. Er lächelte. Bei der kleinen Gruppe angekommen, begrüßte er sie freundlich, legte seine Hand wie damals um ihre Schulter und zeigte auf den Mann neben sich: „Ich möchte dir Henoch vorstellen!" Dieser nickte ihr freundlich zu und meinte: „Ich habe dich bereits in der Stadt gesehen. Du bist Salome. Die Tochter des Herodes." „Stieftochter!", gab diese mit lauter Betonung von sich. Johannes zeigte auf die junge Frau an deren Seite: „Das ist Anesh. Wir haben sie unten am Fluss getroffen. Ihr Mann hat sie verstoßen, weil sie ihn betrogen hat. Ihre Familie hat sie verstoßen! Nun ist sie bei uns."

Salome blickte auf die junge Frau. Sie war sehr hübsch. Allerdings trug ihr Körper bereits viele Narben. Sie hatte ebenfalls dunkle, lange Haare sowie einen schmalen, nahezu zierlichen Körper. Im Gegensatz zu Salome wirkten ihre Brüste flach. Und ihr fehlte die übernatürliche Grazie, welche die Prinzessin auszeichnete. Anesh spürte die Blicke der Prinzessin auf sich. „Die Narben stammen von meinem Mann. Er hat mich geschlagen, seit ich ihn kenne." „Hast du ihn deshalb betrogen?" Anesh blickte scheu zu Boden. „Was führt dich zu mir?", richtete der Täufer das Wort an die Prinzessin. Diese bekam das Gefühl, als verflöge ihre raue Art wie ein Adler, der sich von deren Schulter in die Lüfte schwang. Sie wollte ihn noch festhalten, aber es war ihr nicht möglich!

„Ich... Mag sein, dass es ein wenig merkwürdig klingt. Seit ich dich in der Stadt gesehen habe...", begann sie, um dann abrupt abzubrechen. Er würde ihr ohnehin keinen Glauben schenken, wenn sie davon anfangen würde, ihn bereits gesehen zu haben, lange vor dem ersten Treffen. Und warum sollte sie sich vor ihm diese Blöße geben? Nie im Leben! Nicht mal bei den Göttern ihrer Vorfahren! Doch dann besann sie sich darauf, weshalb sie diesen beschwerlichen Weg gegangen war:

„Ich hatte einen merkwürdigen Traum, letzte Nacht. Und ich hoffte, du könntest ihn deuten."

Sie erwartete wohl, dass Johannes und die anderen anfangen könnten, zu lachen. Anstelle dessen deutete er zum Fluss und sagte: „Lass uns am Wasser Platz nehmen. Du hattest einen langen Weg und deine Füße müssen wehtun!" Kaum hatte er dies ausgesprochen, kamen die verdrängten Schmerzen in ihr hoch, für welche sie bislang keine Zeit gehabt hatte. Sie nickte. Als sie sich niederließen, nahm Johannes seine Hände und ließ diese ins Wasser gleiten, um sie wie eine Schöpfkelle mit dem kühlen Nass zu füllen. Dann reichte er sie Salome, welche seine in ihre Hände nahm und zu trinken begann.

Zum ersten Mal nahm sie bewusst dessen Körper wahr. Salome fühlte Johannis Hände, als sie diese zu ihrem Mund führte. Sie hatte plötzlich eine innere Ruhe in sich, welche diese nie zuvor gespürt hatte. Weit weg vom Hof ihres Stiefvaters und den Verbeugungen ihrer Diener. Und sie musste feststellen, dass sie es genoss, seine Hände zu halten. Trank sie etwa bewusst langsam, um den Augenblick zu genießen? Die Prinzessin musste über sich selbst staunen. Was geschah hier mit ihr? Als sie ihren Durst gestillt hatte, zog der Täufer seine Hände zurück. „Willst du mir nun von deinem Traum erzählen?" „Ja. Es war ein sehr realer Traum. Eigentlich nahm ich ihn erst als Traum wahr, als ich aufgewacht bin." Salome begann, den Traum aus ihrer Erinnerung vor Johannes auszubreiten, sowie die Geschichte mit den Fischen. Als sie geendet hatte, blickte sie stumm auf das vorbeiziehende Wasser.

„Warum ist dies so schwer für dich?", fragte der Täufer. Die Prinzessin glaubte, ihren Ohren nicht zu trauen! Er fragte, warum dies schwer für sie sei? Da hatte sie die Astrologen am Hofe befragt, nichteinmal der alte Muhiddin konnte ihr eine befriedigende Antwort darauf geben. Und nun antwortete ihr dieser Johannes, als sei es das leichteste der Welt, dies zu deuten!

„Wenn es für dich leicht ist – für mich ist es nicht so! Die Hofastrologen kamen mir mit Tierkreiszeichen und dem aufgehenden Mond, der weise Mann in der Stadt konnte mir zwar etwas über Isis erzählen und Lilith, aber nicht über den Traum. Auf jeden Fall hat diese Lilith, oder Karina, wer auch immer, tatsächlich dieselbe Vorliebe für Schmuck, wie ich. Und dies stimmt wohl auch mit der Historie der Göttinnen überein." Johannes blickte ihr in die schönen Rehaugen: „Du hast Recht, nur das zählt!"

Salome verstand kein Wort von dem, was ihr Johannes mitteilen wollte. Er schien dies zu merken. „Die Geschichte dieser Göttin wurde dir mitgeteilt, damit du sie nachprüfen kannst." Die Prinzessin nickte. „Was ich bislang weiß, scheint zu stimmen." Johannes warf einen

kleinen Stein in den Fluss. „Damit hast du das erste Steinchen eingefügt."

„Und das zweite?" „Das zweite ... das zweite Steinchen bedeutet,
dass du dich zu dieser Zeit nicht an Namen festhalten sollst, denn es
ist ein Gleichnis."

„Ein Gleichnis? Für wen? Für was?" „In der einen Religion nennt
man sie Lilith, in der anderen Karina. Aber sie alle haben gemeinsam
ihre Vorliebe, sich zu schmücken." „Ja und? Das habe ich auch."
„Eben! Genau so ist es! Das Gleichnis galt dir!"

„Mir? Nein. Ich gehe nicht zu Frauen, die gebären und bringe ihre
Kinder um." „Nein? Aber deines Stiefvaters Vater und dessen Vater
ebenso! Herodes der Große hat alle zweijährigen aufsuchen lassen, um
sie zu töten. Damit das Schicksal von Jesus besiegelt werde. Sein
Wunsch war es, jene Neugeborenen zu finden und zu töten, welche
mit der Prophezeiung in Verbindung stehen. Er wollte mich töten, und
das Jesuskind! Deshalb hat er seine Leute ausgeschickt und nach den
Kindern suchen lassen!"

Salome schluckte. „Aber wenn dies ein Gleichnis ist, warum kommt
dann in der Erzählung über diese Karina oder Lilith vor, dass diese die
Neugeborenen holt und für sich selber nimmt?" Johannes schaute sie
lange an. Dann gab er zur Antwort: „Wenn es ein Gleichnis ist, dann
soll es so sein!" Die Prinzessin schüttelte den Kopf. Sie verstand seine
letzte Bemerkung nicht. Anstelle dessen sagte sie: „Ich kenne nur
einige ihrer Namen!", kam es aus Salome:

„Wie sind die anderen Namen? Ich hörte, dass Kleopatra mit Isis
gleichgesetzt wurde und Isis in Kleopatra wiedergeboren worden sein
soll." „Nein. Kleopatra hat sich mit Isis identifiziert, doch sie war ein
Mensch und war Isis nur ähnlich. Sie hat nichts mit der Prophezeiung
zu tun. Es war ein Irrglaube!" „Strila? Strila muss richtig sein. Er
wurde ihr zugeordnet in meinem Traum!" „Nicht ganz! Strila hat eine
Sonderrolle, deren Funktion du noch erkennen wirst.

Sie wurde in Deinem Traum deshalb als der zwölfeinhalbste Namen benannt. Doch sie hat weit mehr als die überlieferten zwölf Namen. Das kannst du mir glauben. Einen der Namen wirst Du finden, wenn Du in Dich gehst. Die letzten ihrer Namen wirst Du erst zu einem späteren Zeitpunkt in Erfahrung bringen. In den letzten Tagen. Erst dann wird ihre Macht gebrochen werden. Es ist die Hure Babylons! Die Zahl 12 aus deinem Traum symbolisiert, ebenso wie die 12 Monate, eine Uhr."

„Ich habe dich im Traum gesehen, lange bevor ich dich zum ersten mal in der Stadt traf!", kam es aus ihr heraus. „Dann wird es seinen Sinn haben!", antwortete er und stand auf. „Entschuldige mich für einen Moment!", sagte Johannes und lief zurück auf die Lichtung. Anesh setzte sich neben die Prinzessin. Ihr Blick war hektisch, als sie Salome am Saum zupfte und dieser ins Ohr flüsterte: „Salome! Weißt du, was dies bedeutet? Du hast ihn im Traum gesehen! Und der Kindsmord war der direkte Bezug. Ebenso wie der geschmückte Körper." „Und der Charakter...", gab Salome lakonisch von sich. „Salome! In deinem Traum hast du dies getan, um das Kind selbst zu bekommen! Salome!" stieß Anesh flüsternd hervor, während sie darauf achtete, dass Johannes nicht zurückkam, bevor sie der Prinzessin sagen konnte, was dies zu bedeuten hatte. „Dies bedeutet..." „Dies bedeutet was?" „Dies bedeutet, dass du Johannes für dich selbst willst!"

14. Adam und Eva

★★★

„Was bedeutet der Vorfall mit den Fischen?", fragte Salome Johannes. Dieser war inzwischen wieder zurückgekehrt und hatte neben ihr Platz genommen. „Das Wasser war klar und rein. Und meine Hofdamen haben ihnen bestimmt immer genug zu essen gegeben!" „Wir sind alle nur Fische", antwortete Johannes. „Wenn du die Bedeutung der toten Fische erkennen willst, denke daran!" „Aber..." „Es war ein Omen! Ich habe nicht Gottes Plan geschaut, so kann ich dir nicht sagen, was dir damit angekündigt werden sollte. Aber ich kann dir versprechen, wenn es eingetreten ist, wirst du es wissen..." Salome fand die Antwort des Täufers unbefriedigend. Sie musste sich aber wohl mit dem Gedanken anfreunden, solange in dieser Ungewissheit leben zu müssen, bis, wie Johannes es ihr angekündigt hatte, Gott ihr die Antwort brachte. Anesh flüsterte der Prinzessin ins Ohr: „Deine Fische sind gestorben! Es wird *noch* jemand sterben, der von Bedeutung ist für dich!"

Die Prinzessin hatte Aneshs Bemerkung nur am Rande registriert. Ihre Gedanken waren bei Johannes` Äußerungen. Der Vater von Herodes Antipas, ihrem Stiefvater, Herodes der Große, ließ laut verbreiteten Äußerungen tatsächlich vor Jahrzehnten einen großangelegten Kindsmord in Auftrag geben. Schließlich wurde dieser sogenannte Jesus als `König der Juden` bezeichnet und angekündigt. Diese Position hatte aber ohne Zweifel bereits damals Herodes der Große. Durch bewusste Falschaussagen der Sterndeuter, welche dem Stern von Bethlehem gefolgt waren und der sie zur Geburtsstätte brachte, wurde Herodes bei Jesus in die Irre geführt. Deshalb erfuhr er erst zwei Jahre später davon, wo sich das Jesuskind befinden sollte. Aus diesem Grund suchte er nach den zweijährigen Kindern. Allerdings war der Auftrag zum Mord an diesen nie eine offizielle Sache. Die Kinder wurden zwar ausgespäht und beseitigt, offiziell aber starben sie einen natürlichen Tod. Woher wusste Johannes also davon? Und Johannes selbst? Auch er wurde von den Propheten angekündigt. Und auch er wurde als kleines Kind von den Häschern gesucht. Konnte das sein? Eine Verbindung zu diesen Ereignissen der Vergangenheit und ihren Träumen?

Salome stand auf. Gedankenverloren lief sie einige Schritte am Ufer des Flusses entlang und ließ sich wenig später neben einem der Bäume erneut nieder. „So in Gedanken?" Henoch kam zu Salome und setzte sich neben sie. Diese antwortete nicht, starrte nur auf die andere Seite des Flusses. „Alles, was ich während meines Lebens unternahm", sagte er, „geschah mit den Wächtern und den Heiligen." Salome blickte ihn verdutzt an? „Den *Wächtern?"* „Ja. Sie nahmen mich fort und versetzten mich an einem Ort, wo die dort befindlichen Dinge wie flammendes Feuer sind, und wenn sie wollen, erscheinen sie wie Menschen." Das Schweigen der Prinzessin sollte ihm zu erkennen geben, dass er mit seiner Erzählung fortfahren möge. „In jener Zeit raffte mich eine Wolke und ein Wirbelwind von der Erde hinweg und setzte mich am Ende der Himmel nieder. Es war, als luden Wolken mich ein im Gesicht, und Nebel forderten mich auf; der Lauf der Sterne und Blitze drängte mich, und Winde gaben mir Flügel im Gesicht und hoben mich empor. Sie trugen mich hinein in den Himmel. Ich trat ein, bis ich mich einer Mauer näherte, die aus Kristallsteinen gebaut und von feurigen Zungen umgeben war; und sie begannen mir Furcht einzujagen. Ich trat in die feurigen Zungen hinein und näherte mich einem großen, aus Kristallsteinen gebauten Haus. Die Wände jenes Hauses glichen einem mit Kristallsteinen getäfelten Fußboden, und sein Grund war von Kristall. Seine Decke war wie die Bahn der Sterne und Blitze, dazwischen feurige Cheruben, und ihr Himmel bestand aus Wasser." Salome konnte Henoch nicht folgen. „Was erzählst du mir da?" „Ich berichte dir, was ich wahrgenommen habe, und beschreibe die Dinge mit dem Naheliegendsten, was mir einfällt. Ein Feuermeer umgab die Wände des Hauses, und seine Türen brannten vor Feuer. Ich trat ein in jenes Haus, das heiß wie Feuer und kalt wie Schnee war. Da war keine Lebenslust vorhanden; Furcht umhüllte mich und Zittern erfasste mich. Da ich erschüttert war und zitterte, fiel ich auf mein Angesicht und schaute folgendes im Gesichte:

Siehe, da war ein anderes Haus, größer als jenes; alle seine Türen standen mir offen, und es war aus feurigen Zungen gebaut. In jeder Hinsicht, durch Herrlichkeit, Pracht und Größe zeichnete es sich aus, dass ich dir keine Beschreibung von seiner Herrlichkeit und Größe geben kann! Sein Boden war von Feuer; seinen oberen Teil bildeten Blitze und kreisende Sterne, und seine Decke war loderndes Feuer." Johannes und Anesh gesellten sich zu den beiden.

Henoch berichtete weiter: „Ich sah und erblickte zu den vier Seiten des Herrn der Geister vier Gesichter, die von den nie Schlafenden verschieden sind. Ein anderes Mal wurde ich wieder in den Himmel entrückt, und ich sah dort in der Mitte eines Lichtes einen Bau aus Kristallsteinen, zwischen jenen Steinen Zungen lebendigen Feuers. Mein Gesicht sah, wie ein Feuer rings um jenes Haus lief, an seinen vier Seiten Ströme lebendigen Feuers, die jenes Haus umgaben. Ringsherum waren Seraphim, Cherubim und Ophanim; dies sind die nimmer Schlafenden, die den Thron seiner Herrlichkeit bewachen. Ich sah die Söhne der heiligen Engel auf Feuerflammen treten; ihre Kleider waren weiß und ihr Gewand und ihr Antlitz leuchtend wie Schnee.

Da erhob ich abermals meine Augen gen Himmel und sah im Gesichte, wie aus dem Himmel Wesen, die weißen Menschen glichen, hervorkamen; einer von ihnen kam aus jenem Ort hervor und drei mit ihm. Jene drei, die zuletzt hervorgekommen waren, ergriffen mich bei der Hand, nahmen mich hinauf an einen hohen Ort." „Wer sind diese Wächter, von denen du sprichst?", fragte Salome Henoch. „Sie sehen aus wie Menschen", antwortete dieser. „Es gibt Wagen in der Welt laufend, oberhalb von jenen Toren, in denen sich die Sterne bewegen, die nie untergehen. Einer von ihnen ist größer als alle anderen, und er kreist um die ganze Welt." Es wurde allmählich dunkel. Henoch zeigte mit dem Finger in die Luft, an jene Stelle, wo der helle, strahlend blaue Himmel einem sternenklaren Firmament wich.

Er fuhr fort: „Abermals sah ich einen Blitz und die Sterne des Himmels, und ich sah, wie er alle bei ihrem Namen rief. Dann hatte ich eine Vision:

Ich sah, wie sie mit einer gerechten Waage gewogen wurden, nach ihrer Lichtstärke, nach der Weite ihrer Räume und dem Tag ihres Erscheinens, und wie ihr Umlauf Blitze erzeugt; ich sah ihren Umlauf nach der Zahl der Engel und wie sie sich untereinander Treue bewahren.

Da fragte ich den Engel, der mit mir ging und mir das Verborgene zeigte: `Was sind diese?` Er sagte zu mir: `Ihre sinnbildliche Bedeutung hat dir der Herr der Geist gezeigt. Dies sind die Namen der Heiligen, die auf dem Festlande wohnen und an den Namen des Herrn der Geister immer dar glauben.`

Und anderes sah in Bezug auf die Blitze, zum Beispiel wie einige von den Sternen aufsteigen, zu Blitzen werden und ihre Gestalt nicht aufgeben können. Danach sah ich wiederum eine Schar von Wagen, in denen Menschen fuhren."

„Was sind Cheruben?", fragte die Prinzessin. Johannes ergriff das Wort: „Cheruben sind Wächter. Sie überwachen den Eingang zum Paradies!" Wieder war es Anesh, die Salome etwas ins Ohr flüsterte: „Henoch ist der Vater von Kaju-Marat, dem das Wissen um die wahre Gestalt Gottes übermittelt wurde." Johannes mischte sich ein: "Du sollst dir kein Bildnis von Gott machen. Gott ist in jedem von uns. Das ist das Geheimnis!" Anesh blickte betreten zu Boden. Dann sagte sie leise zu Salome: „Vor diesen Begebenheiten war Henoch verborgen und niemand wusste, wo er war, wo er sich aufhielt!" „*Du* weißt es nicht. Er *schon*!", antwortete Johannes, der ihre Worte auch in leisem Flüsterton vernehmen konnte. „Woher weißt du dies überhaupt?",

fragte Salome Anesh. „Ich dachte, ihr seid euch erst heute begegnet?"
Anesh lachte: „Du bist eine Prinzessin in deinem Palast. Aber von den
Dingen in deinem Land weißt du *nichts*!"

„Und ich sage euch: Henoch wird so alt, wie das Jahr Tage hat!" Als
Johannes dies aussprach, war ein heller Lichtpunkt am Firmament zu
erkennen, der den Himmel von Ost nach West durchwanderte. „Was
ist das?", fragte Salome. „Ein Stern, der den Himmel überquert", kam
es aus Henoch, „In ihm sitzen die Wächter, von welchen ich dir berichtet habe!"

„Wann hast du deinen Weg begonnen?", fragte Anesh Johannes. „Es
war im fünfzehnten Regierungsjahr des Kaisers Tiberius. Pontius Pilatus war Prokurator von Judäa, Herodes regierte in Galiläa, sein
Bruder Philippus in Ituräa und Trachonitis, Lysanias regierte in Abi-
lene. Die Obersten Priester waren Hannas und Kajaphas. Ich bin der
Sohn von Zacharias. Eines Tages hielt ich mich in der Wüste auf. Dort
erreichte mich der Ruf Gottes. Ich machte mich auf den Weg,
durchzog die ganze Gegend am Jordan und verkündete den Menschen:
`Lasst euch taufen und fangt ein neues Leben an, dann wird Gott euch
eure Schuld vergeben!`" Henoch merkte an: „In der Wüste rief einer:
`Macht den Weg bereit, auf dem der Herr kommt! Baut ihm eine gute
Straße! Füllt alle Täler auf, ebnet Berge und Hügel ein, beseitigt die
Windungen und räumt die Hindernisse aus dem Weg. Dann werden
alle Menschen sehen, wie Gott die Rettung bringt." Johannes lachte:
„Ja, ich erinnere mich. Du hast es also nicht vergessen..." „Warum
tadelst du Herodes Antipas?", fragte Anesh und warf einen verstohlenen Blick zu Salome. „Weil er Herodias, die Frau seines
Bruders, geheiratet und auch sonst viel Unrecht getan hat!" „Na und?",
warf Salome nun lautstark dazwischen, „Sie hat ihren Mann betrogen!" – dabei zeigte sie auf Anesh – „Und trotzdem nimmst du sie bei
dir auf!" „Ja!", entgegnete Johannes, „Weil sie verfolgt wurde und es
den Menschen nicht zusteht, über andere zu richten. Er hat sie geschlagen und misshandelt. Es ist sein Schicksal, nun durch seine Taten alleine zu sein!"

„Wer glaubst du das du bist, dass du so etwas beurteilen kannst?!", zischte sie wie eine Schlange. „Du bist nicht der König! Beginne nicht, die Rollen zu vertauschen, sonst lasse ich dich von Herodes suchen und in den Kerker werfen!" Henoch baute sich vor der Prinzessin auf: „Es wird wohl besser sein, wenn du jetzt gehst!" sagte er mit ruhiger Stimme zu ihr. Das schöne Gesicht der Prinzessin verzerrte sich zu einer Grimasse. „Ja! Jetzt weiß ich, dass mein Stiefvater Recht hatte! Ihr seid Feinde unseres Landes! Und Feinde des Römischen Reiches! Ihr werdet noch sehen, welche Folgen dies für euch hat!" Mit diesen Worten stand sie auf und entfernte sich von der Gruppe, der sie beigewohnt hatte. Die Prinzessin machte sich auf den Heimweg.

Als sie wieder nach ihrer nicht angemeldeten Reise im Palast einkehrte, überkam sie Unruhe. Und es war keineswegs wegen ihrer nicht gemeldeten Abwesenheit. Sie machte, was sie für richtig hielt. Und dies wann, wie und wo sie wollte. Jeder wusste das. Auch Herodes und Herodias. Salome wälzte sich benommen auf ihrem Schlafgemach.

Es hatte eine lange Zeit gedauert, bis diese die Tore des Palastes erreicht und die luxuriösen Räumlichkeiten, welche sie ihr Eigen nannte, in nächtlicher Ruhe vorfand. Inzwischen war sie in einen unruhigen Schlaf gefallen, bei welchem ihr die Bilder des letzten Tages nicht aus dem Kopf gingen. Immer wieder sah sie sich am Fluss entlang schreiten, neben den Bäumen, die sie an züngelnde Flammen erinnert hatten. Und obwohl sie es nicht zulassen wollte, erschienen abermals die Hände des Täufers vor ihr, welche Salome das Wasser reichten. Sie fühlte zum wiederholten Male seine weiche Haut, als sie das kühle Nass des Jordans entgegen nahm. Sie wurde eingenommen von seiner ruhigen, ausgeglichenen Art, die er ihr trotz der Differenzen stets entgegengebracht hatte. Etwas in ihr begann ihn zu hassen! Da er nicht bereit war, sich ihrer Familie und dem Reich unterzuordnen. Sich damit über ihre Familie und deren Macht stellte. Doch zugleich hatte er es geschafft, eine unbändige Sehnsucht in ihr auszulösen, welche stärker war, als alle negativen Gedanken. Zum ersten Mal in ihren Leben hatte sie das Gefühl erfahren, ehrliche Freundlichkeit erleben zu dürfen, die nicht geprägt war von ihrer Rolle im Königshaus und ihrer Schönheit. Es war, als hätte Johannes durch ihren Körper in die Seele geschaut, und sich mit dieser unterhalten. Die meisten Leute unterhielten sich mit ihrer Hülle. Aber nicht mit ihr! Es war, als hätte er sie ausgezogen, als hätte er ihren leiblichen Körper wie ein Kleidungsstück abgelegt, um das zu sehen, was unter jenem zum Vorschein kam. Es erschien Salome, als hätte er mit einem Blick alle ihre Siegel durchbrochen, welche sie in all den Jahren schützend vor sich aufgebaut hatte. Vermutlich war es dies, was sie insgeheim hasste. Die Tochter der Herodias hatte sich noch nie so nackt gefühlt, wie vor dem Täufer. Dabei hatte er sie nur angeschaut und sich mit ihr unterhalten.

Ein wiederholtes Mal wälzte sie sich von der rechten Seite zu Linken. Hatte sie nicht genau das gesucht in all den Jahren – und nie gefunden? Jemand, der sie blind versteht? Der sie nicht nur nach ihren Äußerlichkeiten bewertete und ihr somit zum ersten Mal das Gefühl verlieh, Respekt für jemanden zu empfinden? Und sie? Sie hatte ihm gedroht! Ihn beschimpft. Ihn... Eine Träne bahnte sich ihren Weg über die rechte Wange, um sich von dieser abzulösen und in ihrem weichen Schlafgemach zu versinken. Nein. Sie hasste nicht ihn. Sie hasste sich selbst! Nach ihrem heutigen Verhalten würde er sie sicher niemals mehr anschauen.

Und wenn schon! Sie war eine Prinzessin! Sie konnte sich solche Gefühle nicht leisten! Hatte andere Aufgaben! Ein ganzes Land lag ihr zu Füßen. Was brauchte sie den Täufer. Mit einer fahrigen Handbewegung wischte sie sich über die feuchten Augen, bis sie wieder ihren gewohnten Blick bekamen. Dann schlief sie ein.

Als Salome die Gemeinschaft verlassen hatte, ruhte Aneshs Blick auf dem Täufer. „Johannes. Sag mir, vieles das du erzählst, klingt logisch, aber wie soll ich es zu deuten wissen, wenn die alten Schriften mir von Adam & Eva erzählen? Es wirkt auf mich so ohne wirklichen Bezug! Ein Mann, eine Frau und eine Schlange." Johannes lachte: „Da gebe ich dir Recht. Wenn man es betrachtet, ohne die Geschichte zu kennen, wie sie ihren Weg in die alten Schriften fand." „Dann erkläre es mir", fuhr es aus Anesh heraus.

Johannes überlegte. Dann sagte er: „Unter allen von den Menschen verehrten Tieren war keines so markant wie die Schlange. Und zwar deshalb, weil die Schlange das Zeichen einer Gruppe war, die in den frühen Kulturen beider Hemisphären großen Einfluss gewonnen hatte. Bei dieser Gruppe handelte es sich um eine gelehrte Bruderschaft, die sich der Verbreitung geistiger Kenntnisse und der Erlangung geistiger Freiheit verschrieben hat: die `Bruderschaft der Schlange`. Sie bekämpfte die Versklavung geistiger Wesen und versuchte, die Menschheit aus der Knechtschaft einiger Götter zu befreien. Das Ur-wort von Schlange ist `nahash` und ist von dem Stammwort `NHSH` abgeleitet und heißt `entziffern`, oder `herausheben`. Gründer der `Bruderschaft der Schlange` war der rebellische, doch konstruktive Fürst Ea.

In den Texten heißt es, dass Ea und sein Vater Anu eine umfassende ethische und geistige Bildung besaßen und es war gerade dieses Wissen, dass später in der alten Geschichte von Adam und Eva versinnbildlicht worden war. Ea wird mit als der Schuldige bezeichnet, der dem Mensch das Wissen um seine Herkunft, seinen Schöpfer und seine Freiheit gegeben und ihm zu geistiger Freiheit verholfen hat. Der Garten `E.DIN steht für einen Ort auf dieser Erde." „Du meinst mit dem `Baum der Erkenntnis` sicherlich keinen Baum." Johannes lächelte: „Gut aufgepasst. So wie die `Schlange` ebenfalls nur versinnbildlicht gilt." „Aber...", Anesh stand verschreckt auf: „Das würde aus Weiß Schwarz machen. Und aus Schwarz Weiß!"

„Genauso ist es. Das alte Testament ist an vielen Stellen ein Widerspruch zu den Lehren Gottes und eine Verdrehung der geschichtlichen Ereignisse. Es wurde von der Gegenseite an den entscheidenden Stellen verdreht und falsch übersetzt. Teilweise bewusst, mancherorts unbewusst.

Deshalb wird es ein *Neues Testament* geben!"

Ein merkwürdiges Geräusch ließ Salome erwachen. Was war das?

Sie kannte das Geräusch. Aber das konnte nicht sein! Das war unmöglich! Sie richtete sich auf. Als sie in den Palast zurückkehrte, war sie durch die vorangegangenen Ereignisse so abgelenkt, dass sie nichts um sich wahrnahm. Trotzdem war sie sich sicher, dass sie es hätte merken müssen.

Sie war sich sicher, es war wie zuvor, als sie gegangen war. Sie waren tot. Ungläubig blickte sie in die Teiche um sich.

Ihr blauer Lieblingsfisch blickte sie aus großen Augen durch das Wasser an. Dann machte er mit der großen Schwanzflosse, wie so oft in den letzten Jahren, eine schnelle, platschende Bewegung, die Salome vorhin hatte aufschrecken lassen, und verschwand in den hinteren Bereich des Beckens.

Die Fische schwammen dort, als ob nie etwas gewesen wäre...

15. Das Treffen

★★★

Es war ein Dienstagmorgen. Und es war sehr windig an diesem Tag. Der junge Mann saß auf einer felsigen Klippe. Er hatte die Augen fest geschlossen. Ein einsamer Ort. Würde er die Augen öffnen, könnte er fast 30 Meter in die Tiefe blicken und das weiße dünne Band des sandigen Strandes unter sich erkennen. Doch das einzige, das er wahrnehmen konnte, war der laute, tosende Wind, der an seinen kurzen dunklen Haaren zerrte.

Er war einen ganzen Tag gefahren, um hierher zu gelangen.

Der Betrachter hätte ihn auf etwa 30 Jahre geschätzt. Vielleicht etwas älter. Er war schlank und hübsch. Aber es war etwas anderes, das diesen Mann ausmachte. Es war seine starre Haltung, dass aufrechte Sitzen, als wollte er mit geschlossenen Augen etwas in der Ferne am Horizont erkunden. Über dem Meer bewegten sich einige Möwen durch die Lüfte. Ab und zu hörte man ihre Laute mit dem Wind ein Konzert geben, wenn sich eine der Böen zu ihm verirrte. Er saß dort schon über eine Stunde, ohne sich wirklich zu bewegen, weit ab der Zivilisation. Erst jetzt konnte der aufmerksame Betrachter eine Veränderung feststellen, denn es schien sich eine Träne zu lösen, die den Versuch unternahm, sich den Weg zwischen seinen Augenschlitzen hindurch zu bahnen. Er fühlte sich wohl in der Einsamkeit. Weit weg von dieser verlogenen `zivilisierten` Bevölkerung, dieser Wegwerfgesellschaft, die für alles bunte Container hatte – für Altglas, Kunststoff, Biomüll und Batterien – nur nicht für die weggeworfenen und ausgelutschten Seelen, die bei der Jagd nach immer größeren Egostrukturen ihrer Mitbewohner auf der Strecke blieben. In der Menschen ausgetauscht wurden wie kaputte Uhren, wenn sie nicht mehr rund liefen oder richtig tickten in den Augen derer. Auch Kim hatte sich an diesem System beteiligt. Schneller, höher, weiter. `Carnival of souls` nannten seine Freunde dieses Spiel. Bevor the christ comes back to earth. Bevor Jesus wieder auf die Erde zurückkehrt, in den letzten Tagen unserer Zeitrechnung. Seiner Zeitrechnung. `Apocalypse now` – nie war dieser Titel treffender als in dieser jetzigen Zeit. Doch das war nicht der Grund, warum Kim hier saß. Er blickte mit seinen Augen, obwohl geschlossen, auf ein Straßencafe. Es war strahlend blauer Himmel. Menschen lachten, und das Klirren der Gläser war zu vernehmen. Die Atmosphäre hatte etwas Touristisches an sich, und dies alles spielte sich in einem südlichen Land ab. Plötzlich war ein lauter Knall zu hören – und die Vision riss ab. Kim öffnete seine Augen. Immer noch saß er wie versteinert auf dieser Klippe mit dem Kopf Richtung Horizont. Erst jetzt begann er sich durch die zerzauste Frisur zu fahren, die der Wind in den letzten Stunden an dieser Stelle auf seinem Haupt kreiert hatte, bevor er langsam aufstand und sich von der Klippe wegbewegte.

Er lief über eine steinige Anhöhe hinunter zu einem verlassenen Parkplatz, auf dem sein dunkler Jeep parkte. Kim schaute auf die Uhr. Eigentlich war er längst überfällig, der Grund seines Aufenthaltes. Er sollte schon seit 30 Minuten hier sein. Als hätten sich seine Gedanken den Weg durch die Weiten der unwegsamen Landschaft gebahnt, hörte Kim plötzlich aus der Ferne Motorenlärm, der langsam lauter wurde. Er hatte sich noch nie mit jemanden vom Geheimdienst getroffen. Und schon gar nicht mit jemand, der vor seinen eigenen Arbeitgebern auf der Flucht war. Wenn er daran dachte, wurde ihm schon etwas mulmig zumute. Deshalb versuchte er diese Gedanken zu verdrängen. Sicherheitshalber nahm er sein Handy aus der Tasche und schaltete es aus. Damit wollte er sich selbst beruhigen.

Ein schwarzer Chevrolet bahnte sich seinen Weg auf der unwegsamen Straße zu dem kleinen Parkplatz hinauf. Er wirkte dabei wie ein Schaufelbagger, da auf beiden Seiten des ankommenden Wagens der Staub auf der Fahrbahn durch den Wind nach oben geschleudert wurde und zu flüchten schien, als hätte man ihn aufgeweckt. Am Steuer saß ein Mann, den er auf etwa 38 Jahre schätzte, mit kurzem Bürstenhaarschnitt und markanten Gesichtszügen, wobei er sein Gesicht hinter einer dunklen Sonnenbrille zu verstecken schien. Er parkte seinen Wagen neben dem alten Jeep und schwang sich mit einem lässigen Grinsen auf dem Gesicht aus dem Fahrzeug. Kim ging langsam auf ihn zu.

Ihn irritierte die etwas locker wirkende Art des Mannes, hatte er doch eher einen sich ständig unter Beobachtung fühlenden, sich ständig verschreckt umschauenden Herrn erwartet, einen dunklen, ins Gesicht gezogenen Hut und einen langen Trenchcoat. Doch der Mann schien sich nicht um Kims Erwartungen zu kümmern, als er mit einem breiten Grinsen im Gesicht vor ihm stehen blieb und ihm seine rechte Hand zur Begrüßung auf die Schulter donnerte. Merkwürdig, Kim hatte das Gefühl, diesen Mann zu kennen. obwohl er sich ziemlich sicher war, dass er diesem noch nie in seinem Leben begegnet sein konnte. Er trug eine blaue Jeans und ein Holzfällerhemd, war schlank und hätte sein Geld sicherlich auch mit Fernsehwerbung für Rasierschaum verdienen können. Zum ersten Mal standen sie sich gegenüber. Kim hatte über Martin erfahren, dass er gerade vor seinem ehemaligen Arbeitgeber, dem amerikanischen Geheimdienst CIA, auf der Flucht wäre. Warum, dass würde er heute vielleicht noch erfahren. „Mike Aldrigde!", sagte der Mann mit lauter, tiefer Stimme zur Begrüßung, nachdem er Kims Schulter merklich ausgerenkt hatte. „Kim. Kim Forster", antwortete Kim, während er sich seine Schulter massierte.

Mike machte eine Geste mit dem Kopf, als wolle er sagen: `Gehen wir rüber zur Klippe`. Kim nickte. Schweigend gingen sie den Weg zur Klippe zurück, den Kim vorher schon mal zurückgelegt hatte. „Die haben in Israel in irgendeinem Straßencafe eine Bombe gezündet! Mitten am Tag! Es gibt sehr viele Tote und Verletzte. Läuft den ganzen Morgen schon in den Nachrichten", sagte Mike, während sie es sich auf dem Felsen gemütlich machten und den Ausblick tief hinunter aufs Meer auf sich wirken ließen. „Weiß ich", sagte Kim geistesabwesend – wobei er wieder an seine Vision von vorhin dachte, die ihm plötzlich vor den geschlossenen Augen erschienen war. Sie schwiegen. Nur der Wind und die Möwenschreie durchbrachen die Stille. Nachdem sich Mike an dem unglaublichen Naturschauspiel satt gesehen zu haben schien, meinte er: „Martin hat mir schon einiges von dir erzählt. Willst du darüber reden?" „Deshalb bin ich hier", antwortete Kim. Mike riss einen Grashalm ab, den er zwischen den kargen Felsen entdeckt hatte in dieser unwirtlichen Felsenlandschaft, und steckte ihn sich zwischen die Zähne. „Dann leg mal los", meinte er. Kim machte ein paar widerspenstige Bewegungen, als überlege er sich, ob es nicht ein Fehler wäre, sich einem wildfremden Menschen anzuvertrauen – bevor er tief einatmete und begann: „Ich komme aus einer großen Stadt in Süddeutschland, wo ich vor etwas mehr als 30 Jahren das Licht der Welt erblickte. Ich kann mich nicht erinnern, eine schlechte Kindheit gehabt zu haben. Auch wenn wir keinesfalls reich waren, so gab es sicherlich genügend, denen es schlechter ging. Nach meiner Kindheit, bestehend aus Kettcar, Indianerspielen und den üblichen schönen und weniger schönen Erinnerungen an Spielkameraden und Spielverderberkameraden, endete diese für mich abrupt mit meinem 15. Lebensjahr durch eine schwere Krankheit.

Ich kann mich auch noch sehr gut an einen immer wiederkehrenden Alptraum erinnern, den ich als Kind hatte und in dem mich eine nicht sichtbare Gestalt auf dem Weg vom Kinderzimmer ins Klo verfolgte. Umso schneller ich rannte, umso weniger kam ich voran. Jedes mal, wenn dieses unsichtbare Etwas mich erreicht hatte, bin ich schweißgebadet aufgewacht. Als ich diesen Traum als kleiner Junge wieder bekam, wurde mir bewusst, dass ich sowieso nicht fliehen konnte. Also blieb ich im Flur stehen und drehte mich um, blickte dem entgegen, was da unsichtbar auf mich zuraste. Als es mich erreicht hatte, erwartete ich, dass nun etwas Fürchterliches passieren würde. Doch genau das Gegenteil geschah. Ich spürte plötzlich ein großes Glücksgefühl, ein helles Licht und Musik – für einen kurzen Moment. Dann wachte ich wieder auf. Ich bekam diesen Traum nie wieder. Es war der letzte wirkliche Alptraum, an den ich mich als Kind erinnern kann. Ich hatte mich der Situation gestellt, anstelle zu fliehen. Es war für mich ein wichtiger Wendepunkt in der Kindheit, denn jahrelange Alpträume nahmen von heute auf morgen schlagartig ein Ende".

Kim setze sich aufrecht hin. "Dieser Erfolg beflügelte mich, all meine Ängste zu besiegen. Als Kind liebte ich es zum Leidwesen meiner Eltern, auf jeden Rummel sämtliche Achter- und Geisterbahnen zu durchfahren. Ich erinnere mich, wie ich als Pimpf in eine Geisterbahn hineinlief, durch die man nicht gefahren wurde, sondern laufen musste. Der Clou an der Sache waren unter anderem Angestellte der Geisterbahn, die als Monster verkleidet in dieser warteten, um dann dem ängstlichen Volk laut brüllend den Weg zu versperren und diesem entgegenzurennen. Während alle anderen der Gruppe laut schreiend zurück rannten, lief ich dem Monster weiter alleine entgegen, wobei dieses an mir vorbei rannte und etwas verärgert zu sein schien, dass ich nicht weglief. Es fuhr mir zweimal zerzausend durch die Haare, um dann die Verfolgung der Restgruppe fortzusetzen, während ich meine Erkundungen alleine nach vorne machte. Ich denke, es geht im Leben darum, seine Ängste zu überwinden und sich diesen zu stellen. Was in dieser Welt aus Mord, Korruption und Hass nicht immer leicht ist…"

Kim machte eine Pause und schaute fragend zu Mike, der immer noch auf seinem Grashalm kaute. Als dieser merkte, dass Kim auf eine Reaktion zu warten schien, antwortete dieser mit einer Gegenfrage. „Was weißt Du über diese Welt? Ich meine, was weißt du wirklich?" „Wie meinst Du das?", antwortete Kim zögernd. „Kim, vor nicht allzu langer Zeit haben sie einen guten Freund von mir erschossen, nachdem er zuvor schon ein Bein durch sie verloren hatte. Weil er nicht aufhören wollte, seine Nase in Sachen zu stecken, die ihn nichts angehen – deren Meinung nach." „Wessen Meinung nach?", bohrte Kim. Mike nahm seinen Grashalm aus dem Mund, und zum ersten Mal glotze die Designersonnenbrille zielstrebig in Kims Gesicht wie eine Hornisse!

16. Die Welt

***

„Okay" setzte Mike zur Erklärung an.

„Warum ist die Welt so, wie sie ist und nicht anders? Seit in den heiligen Schriften der Weltreligionen geschrieben steht, dass Mord und das Töten anderer eine Todsünde ist, wie in den 10 Geboten der Bibel beschrieben, finden die Menschen immer wieder neue Namen und Vorgänge, das Töten zu legalisieren.

Um dem Volk eine Art `Ausnahmesituation` zu erklären, warum es in bestimmten Situationen, abweichend von den 10 Geboten, doch `erlaubt ist` beziehungsweise dies notwendig macht. Dabei werden die Heiligen Schriften uminterpretiert, ja sogar bei den Übersetzungen der Originaltexte wurden bereits Passagen falsch wiedergegeben und somit eine ganz neue Interpretation dieser Texte ermöglicht.

So sind Soldaten des jeweiligen Landes, die auf andere Menschen schießen, keine zu verurteilenden Mörder, sondern Heilsbringer, die den Frieden erhalten. Als die Mauer zwischen Ost und Westdeutschland fiel, wurde das einigen Grenzsoldaten zum Verhängnis. Denn plötzlich waren sie nicht mehr die rechtens handelnden Staatsschützer, die auf illegale Grenzgänger den Schießbefehl ausführten, sondern wurden von der neuen Staatsmacht als Verbrecher hingestellt, da sie mit ihren Waffen auf Bürger geschossen hatten.

Nun könnte man sagen, zu Recht. Tatsache ist aber auch, das dieses Beispiel offenlegt, dass eine Legalisierung des Tötens niemals Allgemeinrecht ist, sondern nichts weiter als staatsbezogene Instrumentarien, die die jeweiligen Täter nur so lange unschuldig dastehen lässt, wie die vorherrschende Staatsmacht an der Regierung ist.

Auf Befehl zu töten ist keine Entschuldigung, liegt es doch an jedem Einzelnen, sogenannte Befehle auszuführen oder zu verweigern.

Zumal die wahren Interessen der Auftraggeber in den meisten Fällen nicht einmal mehr hinterfragt, Soldaten zu Marionetten erzogen werden, die blind zu gehorchen haben. Dem, wer auch immer die Regierung führt. So ist die Macht im eigenen Lande ja sowieso immer das Gute, die sich vor den anderen schützen muss, den sogenannten Schurkenstaaten. Tötung wird legalisiert, um Straftäter hinzurichten, per Gesetz, je nach Bundesland oder Bezirk, wie es die vorherrschenden Politiker eben für ihren Landkreis gerne wollen. In einigen Ländern offiziell, in anderen inoffiziell. Als ob man eine Straftat rückgängig machen könnte durch ein solches Vorgehen. Im Gegenteil. Kann man hier sogar eher unterstellen, dass jeder Staat, jede Mutter, jede Familie, die Gerechtigkeit auf diesem Weg fordert, nicht besser ist wie der Täter selbst. Wenn er denn überhaupt der wahre Täter war, was wieder eine ganz andere Frage in vielen Fällen unserer Justiz ist.

Mag sein, dass vielen Menschen diese Aussage blödsinnig erscheint. Zumindest, solange sie nicht selber unschuldig hinter irgendwelchen Mauern verschwinden oder belangt werden, nur weil sie vielleicht am falschen Ort zur falschen Zeit waren."

„Bist du deshalb ausgestiegen?" „Möglich – ja, auch...", verbesserte sich Aldrigde: „Aber vielleicht erzählst du mir vorher noch etwas über dich." Kims Mund wurde trocken. Aber er sagte nichts. Starrte nur ins Leere.

17. Johannes und Anesh

★★★

„Nimm nur die `Weisheit` aus den alten Schriften `Zahn um Zahn`. Es würde mit der gesamten Grundlehre im Widerspruch stehen", sagte Johannes. Anesh schüttelte den Kopf. „Erzähl mir bitte mehr von der Urgeschichte über Adam & Eva." „Adam und Eva stehen symbolisch für die ersten Menschen hier auf der Welt. Doch der Ursprung der Menschheit liegt nicht hier. Prinz Ea war unter seinem Titel `EN.KI` bekannt, dass heißt `Herr oder Fürst der Erde`. Nach den Sumerern war Ea`s Titel jedoch nicht ganz zutreffend, da er seine Herrschaft über weite Teile unserer Welt während einer der zahllosen Rivalitäten und Intrigen, die die Herrscher dieser Zivilisation, die nicht von unserer Welt kamen, immer in Anspruch zu nehmen schienen, an seinen Halbbruder Enlil verloren haben soll. Doch Prinz Ea werden noch ganz andere Dinge zugesprochen. Er ließ die Sümpfe trockenlegen, um sie durch fruchtbares Ackerland zu ersetzen in verschiedenen Regionen unserer Welt, baute Dämme und Schiffe und soll ein guter Wissenschaftler gewesen sein.

Nach den mesopotamischen Überlieferungen wird Ea als jener dargestellt, der sich im Rat der Götter für das neue Erdengeschlecht einsetzte. Er erhob gegen viele der Grausamkeiten, die andere, darunter auch sein Halbbruder Enlil, den Menschen auferlegten, Einspruch.

Aus den Tafeln geht hervor, dass er den Menschen nicht als Sklaven wollte, er jedoch in dieser Hinsicht von den Übrigen überstimmt wurde. Die Tafeln sprechen von Hungersnöten, Krankheiten und etwas, was man am besten so beschreibt: Es greift das Kleinste in unserem Körper an, um es zu zerstören! Trotz all ihrer guten Absichten gelang es dem legendären Ea und der frühen Bruderschaft der

Schlange nicht, den Menschen aus den negativen Absichten seiner Widersacher zu befreien. In den mesopotamischen Tafeln heißt es, dass die `Schlange`, die Bruderschaft der Schlange, sehr schnell von anderen Gruppen der vom Himmel kommenden Götter besiegt worden war.

Adam und Eva werden laut der Meinung des Volkes als erste Menschen auf dieser Welt gedeutet. So lesen diese es aus den alten Schriften. Aber diese Geschichte ist nicht ganz korrekt. Es symbolisiert den Übergang", erwiderte Johannes. „Nimm die Alten Schriften. Dort steht: `Und Eva sprach zu Adam: Mein Herr, im Schlafe sah ich das Blut unseres Sohnes Abel in der Hand des Kains, der es mit seinem Munde verschlang, darum bin ich betrübt. Und Adam sprach: Wehe, dass nicht etwa Kain Abel erschlage! Doch lass uns sie voneinander trennen und jedem einen besonderen Aufenthalt geben. Und sie machten Kain zum Ackerbauer, Abel zum Hirten, damit sie voneinander getrennt wären. Und danach erschlug Kain den Abel.` Johannes holte zur Erklärung aus: „Träume sind nicht nur Schäume. Eva hatte hier also tatsächlich einen Wahrtraum, der in Erfüllung ging.

Sie hatte das schreckliche Schicksal der beiden vorausgeträumt! Festgehalten in den alten Schriften." Anesh rutschte unruhig auf dem erdigen Boden hin und her: „Was kannst du mir noch darüber sagen?" „Hör zu. Der Baum des Lebens wurde durch die Erbsünde von der Menschheit genommen. Jahwe, der sich selbst zum Gott erkoren hatte, war in Wirklichkeit einer der Nefilim. Ein gefallener Engel, ein grausamer Führer, der sich mit seinem Volke mit den Menschentöchtern einließ und Kinder gebar. Da heißt es: `Und Adam sprach zu Eva: Siehe, ich habe einen Sohn gezeugt an Abels statt, den Kain erschlug. Und nachdem Adam Seth gezeugt hatte, lebte er noch 800 Jahre und zeugte 30 Söhne und 30 Töchter, im Ganzen 63 Kinder`. Er trug den

Baum des Lebens noch in sich, der in den Letzten Tagen der Menschheit wiedergegeben werden wird.

Die Blutlinie der Nefilim verbreitete sich über die Erde in die Völker. Sie trugen bereits das Blut der Nefilim in sich, denn Adams erste Frau war nicht Eva, sondern eine Göttin. Und die Erbsünde bestand darin, dass Adam seine eigene Tochter, die er mit der Göttin gezeugt hatte, zur Frau nahm. Henoch ist ein Sohn Adams. Doch sie trugen ihn hinauf in den Himmel und wieder zurück. Durch das Meer der Zeit.

`Und sie verbreiteten sich über die Erde in ihre Völker` bedeutet nichts anderes, als der Beginn dieser Mischrasse! Aus Menschen und Göttern.

Nicht einmal besonders unmissverständlich in den alten Schriften formuliert. Eva ist nicht Adams erste Frau. Nach den Überlieferungen war Adams erste Frau Lilith. Und Lilith wurde in allen Überlieferung eindeutig als Göttin angegeben, nicht als Mensch. Sie stammte also ebenfalls nicht von dieser Welt."

Anesh überlegte:` „Vielleicht ist aus diesem Verstoß gegen das Gesetz der Elohim, die Urgeschichte, welche Lilith zugeschrieben wird, die Ermordung gebärender Frauen – zurückzuführen? Ich verstehe nicht. Wenn Adam nicht aus der Blutlinie der Nefilim, der gefallenen Engel war, wie konnte er dann so alt werden?"

Johannes lachte. „In der Genesis steht geschrieben, wie der selbsternannte Gott Jahwe zu Adam sagt: `Du darfst von allen Bäumen des Gartens essen, nur nicht vom Baum, dessen Früchte Wissen geben. Sonst musst du sterben!`

Dies beinhaltet, dass Adam ebenfalls vom `Baum des Lebens` essen durfte, der im Garten Eden stand. Sie kannten das Geheimnis des langen Lebens und der Unsterblichkeit und gaben ihm die Früchte zu essen. Nachdem Adam und Eva vom verbotenen Baum des Wissens gegessen hatten, wurde ihm auch der Zugang zum Baum des Lebens wieder verwehrt.

Im Alten Testament steht zwar eine missverständliche Aussage, die offen läßt, ob Adam vor dem Erbsündenfall überhaupt jemals vom Baum des Lebens gegessen hatte, doch sein doch sehr ansehnliches Alter sprach für sich. Denn er wurde den Überlieferungen nach immerhin 930 Erdenjahre alt. Zumal das Verbot erst lange nach der Erlaubnis ausgesprochen wurde. Adams Kinder erreichten noch eine beachtliche Lebenszeit. Denn sie trugen die Blutlinie der Nefilim noch, als direkte Nachkommen, in sich. Danach verkürzte sich die Lebenszeit der nachfolgenden Generationen wieder auf etwa 120 Lebensjahre.

Die Menschheit wurde fortan versklavt. So lesen wir nach der Vertreibung aus dem Paradies:

`Dein Leben lang wirst du hart arbeiten müssen, damit du dich von seinem Ertrag ernähren kannst`.

Auf jeden Fall gingen bei den Kindern der Nefilim jene Fähigkeiten schrittweise verloren, welche den Nefilim zugeschrieben wurden. Und welche jene über Jahrmillionen in Evolutionszyklen erlangt hatten: Hellsehen, Hellfühlen und vieles mehr", antwortete Johannes Anesh. „Mit jeder weiteren Generation entfernten sich diese Kinder von den Genen der Nefilim. Sie wurden nicht mehr so alt und ihre übersinnlichen Fähigkeiten gingen schrittweise verloren. Jesus trägt diese Kenntnisse und Fähigkeiten der Nefilim in sich." „Und?", Anesh traute sich die Frage kaum zu stellen: „Wer ist dann Jesus?"

Johannes stand auf und entfernte sich wortlos einige Schritte. Dann sagte er: „Sagen wir es einmal so: Jesus wurde nicht von Josef gezeugt."

„Dann war die Schlange wirklich keine Schlange", sagte Anesh. „Hast du das etwa geglaubt?", fragte Johannes. Dann ergänzte er: „Ich habe dir doch die Geschichte von der `Bruderschaft der Schlange` erzählt, und das in mesopotamischen Texten steht, dass diese `sehr schnell von anderen Gruppen der vom Himmel kommenden Götter besiegt worden war`. Von anderen Gruppen vom Himmel. Das bedeutet, Enlil und die anderen waren ebenfalls vom Himmel herabgestiegen. Sonst würde in den mesopotamischen Texten ja nicht `anderen vom Himmel herabgestiegen` stehen. Also waren sie nach unserer Weltansicht Götter. Und es war jene Gruppe, welche sich mit den Menschen einließ, was sich durch die gesamten Alten Schriften zieht, wie ein roter Faden."

„Wenn dies so war", erwiderte Anesh, „Dann wäre damals aber auch in unser Menschengeschlecht eine Kenntnis über Dinge eingedrungen, die wir vielleicht ohne die Nefilim erst viele Dekaden später erreicht hätten. Die Kenntnis über Gedankenlesen und Hellsichtigkeit zum Beispiel!"

„Ja. Du hast Recht", antwortete Johannes. „Bedenke aber, dass nicht alles stimmt, was man sich erzählt. So sagt Jesus, man solle sich kein Bild von Gott machen. Aber es steht auch geschrieben in den alten Schriften: `Gott schuf den Menschen nach seinem Bilde`."

„Warum kommt die Bruderschaft der Schlange und deren Anhänger von den Sternen dann nicht auf diese Welt, so wie sie es damals gemacht haben?", kam es aus Anesh. „Das tun sie. Doch vergiss eines nicht: die Nefilim wurde auf die Erde verbannt. Die Bruderschaft wird eines Tages zurückkehren und die Nefilim, welche derzeit im Verborgenen ihre Macht auf der Erde ausbauen, in eine Endscheidungsschlacht über die Macht auf dem Planeten Erde zwingen. Die Nefilim und ihre weltlichen Verbündeten hoffen diese Schlacht zu gewinnen. In den Letzten Tagen. Geht es nach ihnen, werden sie der Schlange den Kopf endgültig zertreten. Die Bruderschaft der Schlange agiert zurzeit nur als Wächter und Beobachter im Hintergrund.

Auch wenn die Wächter aussehen wie wir – ihre Evolution ist der unseren um Jahrmillionen voraus! Was sie machen, ist für uns wie Zauberei! Weil wir es nicht verstehen! Wir können nicht einmal die einfachsten Dinge, welche sie über Hunderte Millionen von Jahren ausgeprägt haben: zum Beispiel uns telephatisch verständigen.

Würden wir von ihnen telepathisch kontaktiert, wir könnten nichteinmal unsere Gedanken sortieren, was zur Folge hätte, dass bei diesen ein Mischmasch aus Wunschdenken, Angstdenken und direkter Anrede herauskommt. Dazu musst du erst einmal verstehen, was Evolution ist! Wenn unsere Kinder auf die Welt kommen, dann lernen sie nach wenigen Jahren perfekt verbal zu sprechen und sie haben zum Beispiel die Anlagen Laufen zu lernen. Bei der alten Bruderschaft der Schlange lernen die Kinder bereits nach wenigen Jahren in perfekter Form Gedanken zu lesen, den Umgang mit geistigen Dingen, welche uns wie Zauberei erscheinen. Das ist Evolution.

Es wäre ein Trugschluss zu glauben, wenn wir mit diesen Kontakt bekommen, dann würden wir von heute auf morgen alles können. Im Gegenteil: nach der ersten eventuellen Freude würden viele Menschen daran zerbrechen. Sie würden sich zweitklassig vorkommen. Weil sie vergessen, dass die Evolution bei diesen ebenso lange gebraucht hat, nur viele Jahrmillionen Jahre früher! Unsere Welt ist wie eine Blume auf einer Wiese: als sie aufging, gab es auf der Wiese schon viele andere Blumen. Und als diese aus der Erde kam, standen neben ihr schon Blumen, die groß und ausgewachsen waren. Oder nimm einen Lehrling. Wenn er sein Handwerk beginnt, wird er kaum die Kenntnisse seines Meisters besitzen, der 40 Jahren zuvor an gleicher Stelle begonnen hat. Diese Wächter wissen, durch die Erfahrungen der letzten Millionen Jahre, dass der Schaden größer wäre, als der Nutzen, solange wir nicht wenigstens die Grundregeln in uns verinnerlicht haben: Liebe, Verständnis und Standhaftigkeit. Die Weisheit kommt dann von alleine. Denn dies auszuleben, ist bereits mehr Weisheit, als die meisten Menschen auf dieser Welt vorgeben und besitzen.

Solange wir uns selbst abschlachten, unsere Ehefrauen betrügen und den Nachbarn verachten, weil er anders aussieht, warum sollten diese dann mit uns Kontakt suchen? Sie werden unter Umständen zu denen

Kontakt suchen, welche die Reifeprüfung abgelegt und verinnerlicht haben. Der Zeitpunkt, wann etwas geschieht, liegt nicht in unserer Hand.

Auch Jesus will kein Guru sein. Er sagt, wir sollen Gott kein Gesicht geben, dass heißt zum Beispiel, wir sollen unseren Glauben nicht an einem Gebäude festmachen oder einer Sekte. Sondern ihn in uns selbst suchen. Das ist der Sinn hinter `Du sollst dir kein Bildnis von Gott machen`! Einen `von Gott verwirklichten` Menschen werdet ihr immer an der selbstlosen Tat erkennen, nie an seinem Äußeren.

Solange die Menschen dies nicht verstehen und verinnerlichen, haben sie die Grundvoraussetzung nicht erreicht, welche für einen direkten Kontakt mit den Göttern notwendig ist." „Und wie stellen diese fest, ob wir verinnerlicht sind?", fragte Anesh. „Dazu gibt es mehrere Stufen, die zu erreichen sind", gab der Täufer zur Antwort. „Der erste Schritt ist das Erkennen. Der zweite Schritt das Umsetzen. Der dritte Schritt ist die Reinigung der Gedanken. Wer Gutes tut und dabei Schlechtes denkt, ist entweder noch nicht so weit, oder er will noch nicht so weit sein. Auch wenn wir diese Götter bedingt durch unsere Evolution nicht telepathisch erreichen können, so haben diese jederzeit die Möglichkeit, unsere Gedanken zu erfassen.

Wir haben die Anlage in uns. Wenn wir spüren, dass unserem Bruder etwas zugestoßen ist, dann kann uns dies bewusst werden. Aber wir müssen erst die Verbindung herstellen. Evolution ist nichts anderes als ein Lernprozess. Umso länger wir an alten Werten festhalten, umso langsamer wird unsere Evolution voranschreiten. Wir selbst bestimmen das Tempo.

So können wir umgekehrt unsere persönliche Evolution auch beschleunigen, selbst wenn die Menschheit als solches insgesamt noch weit davon entfernt ist.

Jesus lehrte zu dieser Zeit, dass der Glaube Berge versetzt. Ohne eine Vision werden wir auch keine Veränderung erreichen. Wir werden nie an einem Ziel ankommen, wenn wir nicht irgendwann einmal starten. Und dazu gehört mit Sicherheit auch, altes loslassen zu können.

Wer immer nach der Sicherheitsleine greift, der wird vielleicht damit verhindern, zu fallen. Aber er wird niemals fliegen können. Und manchmal muss man eine Schlucht überwinden, die ohne Flügel nicht zu überqueren ist. Derjenige ohne Flügel wird bis zur Schlucht gehen können, aber weiter nicht. Daran wird sich nichts ändern. Egal, wie viele Jahre er zögert."

„Was ist dann das Ziel der Wächter?", fragte Anesh. „Das Ziel der Wächter ist, uns eine Hilfe zu geben, die Schlucht zu überwinden. Denn so wie das alte Testament trotz seiner Verfälschungen an einigen Stellen Menschen eine Stütze war, so wird auch das kommende Neue Testament eine solche Hilfe sein", erwiderte Henoch anstelle des Täufers. Und Johannes fügte hinzu: „So geht es nicht nur um die heutige Generation, sondern um jene, die nachfolgen werden."

Dies waren die letzten Worte, welche in jener Nacht am Jordan gesprochen wurden. Die Dunkelheit hatte sich über das Land gelegt und die Gruppe am Fluss legte sich schlafen. Ein schwarzer Schatten entfernte sich, der zuvor in einem Gebüsch gekauert hatte. Die Gestalt trug einen langen Umhang mit einer Kapuze, die tief ins Gesicht gezogen war und sein Antlitz verdeckte. Er hatte genug gehört.

18. Kindheit

***

„Gut." Kim hatte sich gefangen.

„Mein Leben – okay..." Beinahe hätte Kim vergessen, dass er eigentlich der Grund war, warum sie hier saßen. Schließlich hatte er eine Geschichte, so spannend wie ein Krimi an Mike Aldridge weiterzugeben, bei der allerdings noch einige Puzzleteile fehlten und von denen er hoffte, dass Mike ihm weiterhelfen konnte.

„Ich habe dir gesagt, dass es in meinem Leben einen Umbruch gab. Ich war 15 Jahre alt, als ich Krebs bekam. Nein, falsch, als er diagnostiziert wurde. Lymphdrüsenkrebs. Zu dieser Zeit war ich gerade dabei, auf meine Mittlere Reife hinzuarbeiten. Die Schule hatte mich nie sonderlich interessiert. Ich glaube, ich hatte einfach kein Interesse an dem, was mir als Wahrheit verkauft wurde und was ich bis zum Abkotzen in mich hineinpauken und auswendig lernen sollte. Wenn ich gelernt hätte und es hätte nicht funktioniert, dann hätte ich mir eine gewisse Dummheit attestiert. Doch ich hatte keine Lust zum Lernen. Dabei wurde ich nach der Grundschule für das Gymnasium eingestuft. Ich habe zwar die Mittlere Reife gemacht, mich bei der Abschlussprüfung selbst übertroffen im Positivsten, aber genau wie bei der anschließenden Berufsausbildung war es doch mehr, um die Eltern zu beruhigen, als darin den Sinn des Lebens zu sehen.

Ich habe mich damals immer gefragt, was ich angestellt hatte, dass ich in so jungen Jahren so krank wurde. Ich hatte mir den Kopf zermartert, doch es half nichts. Die Behandlung war absolut nicht empfehlenswert. Das kann jeder bestätigen, der schon mal Berührung hatte mit Bestrahlungen oder gar Chemotherapie. Die Wartezimmer vor der Kobaltbestrahlung, wo einem ein Dutzend Menschen mit künstlichen Kehlkopf, Metallstimmen, haarlosen Köpfen und Bademänteln gegenübersaßen, waren nicht gerade eine Ablenkung, besonders der Geruch dieser Räume blieb mir lange im Gedächtnis. Hatte man sich an die Bestrahlung gewöhnt und die Kotzerei ließ nach, blieb einem wenig Zeit, sich darüber zu freuen. Spätestens wenn man das erste Büschel Haare in der Hand hält, wird einem dies bewusst. Hat man sich daran zwangsgewöhnt, dann stimmen auf einmal die Blutwerte wieder nicht und man muss Tage oder Wochen aussetzen, mit der Konsequenz, dass die Kotzerei wieder von vorne los geht, sobald die Behandlung wieder aufgenommen wird. Kennst du das Gefühl, sternhageldicht im Bett zu liegen und Achterbahn zu fahren, wenn du die Augen schließt? Gut. Stell dir vor, vier Monate in diesem Zustand zu verbringen, anstelle vier Stunden, dann weißt du in etwa, wie man sich während einer Bestrahlung oder Chemo fühlt. Zunehmen wirst du in dieser Zeit gewiss nicht. Die OPs vor diesen Behandlungen sind dagegen in meinem Fall reine Osterferien gewesen. Nun. Meine Mutter kam dann wohl irgendwann auf die Idee, zusätzlich einen Heilpraktiker zu Rate zu ziehen. Hätte ich das vorher gewusst, wäre ich wohl nicht ins Auto gestiegen. Denn mich erwartete ein älterer Mann, der mich zur Begrüßung prüfend anblickte – mir sagte, wie kränklich ich doch aussehe, meine Hand an irgendwelche Messinstrumente anschloss, meiner Mutter einige Ampullen überreichte und dann einen Stapel Geld kassierte. Kurz gesagt, ich mochte ihn nicht. Nach diesem Erlebnis hatte ich den Glauben an diese Art Medizin verloren, war es doch nicht das, was in das Weltbild eines Fünfzehn-, Sechzehnjährigen gehört, denn das war für mich vom anderen Stern! Wie konnte sie nur, meine Mutter! Ich schimpfte wie ein Rohrspatz, als wir zurück zum Auto gingen, um die Heimfahrt anzutreten. Es tat mir in der Seele weh, als ich mit ansehen musste, wie meine Mutter das viele Geld auf den Tisch gelegt hatte für eine halbe Stunde Betrug.

Sollte der Penner doch mal die Therapie machen, dann sage ich *ihm,* wie scheiße er aussieht. Um dies festzustellen, brauche ich keinen Heilpraktiker. Wäre ich gesund, wäre ich ja nicht dort gewesen. Nun – kurzum – wir waren nicht mehr bei ihm nach diesem Tag. Diese

Monate veränderten mein Leben von Grund auf. Ich begann mir über Dinge den Kopf zu zerbrechen, die einen normalen 15jährigen meiner Generation nicht in den Sinn kommen würden: Gibt es ein Leben nach dem Tod? Warum sind wir hier? Gibt es einen Gott? Gibt es einen Teufel? Was ist Schicksal? Was ist `Zufall`? Hab ich schon mal gelebt? Für mich war diese Veränderung normal, und als ich meine Mitschüler betrachtete, hatte ich wohl ein Gefühl in mir, dass am ehesten mit dem einer fünfzehnjährigen Mutter zu vergleichen ist, ein Teenager, doch sie fühlt sich zehn Jahre älter und hat manchmal das Gefühl, wenn sie ihre Mitschüler beobachtet, im Kindergarten zu sein. Das Erlebte hat sie jäh herausgerissen aus ihrem Kinderzimmer, in dem die anderen noch spielen. Man redet über Dinge und fühlt sich unverstanden. So als ob ich einem Achtjährigen erklären will, was der Dopplereffekt ist oder die Feinstruktur des Wasserstoffspektrums. Plötzlich lächelt man darüber, wie sich ein Mitschüler darüber aufregen kann, dass die kleine Schwester beim Essen zwei verschiedene Socken trägt. Wen interessiert das? Soll ich mir über so einen Scheiß den Kopf zerbrechen? Mich darüber aufregen, welche Socken meine Schwester trägt? Doch damit nicht genug! Diese Menschen bekommen richtig schlechte Laune deshalb! Wegen der Socken! Wegen der Zahnpasta. Wegen dem Schnürsenkel. Wegen dem abgebrochenen Fingernagel! Der Tag ist gelaufen! Scheiß Fingernagel! Abgebrochen! Wie kann er nur! Das ist wichtig! Und daheim? Schreie! Der Müll ist nicht rausgetragen! Wie kann er nur! Böser Müll! Das ist wichtig! Kaum geht man auf die Straße, sieht man jemanden, der an der Hecke des Nachbarn rumzerrt. Denn ein Ast steht über! Ja – man stelle es sich vor: In den Garten des anderen! Da wird wohl ein Nachbar den anderen hassen! Denn er lässt den Ast in den Nachbargarten wachsen! Besser wir gehen vor Gericht deshalb! Bevor er ihn abschneidet und das Beweisstück weg ist! Nun, ich begann mich also zu wundern. Zu dieser Zeit begannen sich viele Dinge zu ereignen. Es war, als ob mich ein Ozeandampfer immer weiter hinausträgt, die `normale` Welt, das Festland, immer kleiner wird am Horizont. Einige Menschen würden sagen, meine Krankheit wäre vielleicht ein Vermächtnis aus einem früheren Leben. Das ich für irgendetwas büßen musste, weil ich in diesem etwas Schlimmes getan habe. Ich gebe zu, auch ich habe mich dies des Öfteren gefragt.

Oder aber, so würden wieder andere sagen, ich hätte mir dieses Schicksal ausgesucht, bevor ich auf diese Welt kam. Natürlich gibt es noch mehr Theorien. Allerdings hat mich mein Leben danach dazu gezwungen, auch eine andere Möglichkeit mit in Betracht zu ziehen. Denn es ist nicht zu leugnen, dass ich durch dieses Ereignis einen anderen Weg im Leben gegangen bin, als ich es vielleicht ohne dieses getan hätte. Eine andere Einstellungen bekommen habe. Eine andere Sichtweise. Dadurch habe ich andere Leute in mein Leben gezogen, die ich vielleicht sonst nicht in mein Leben integriert hätte. Ich habe auf Dinge geachtet, auf die ich sonst vielleicht nicht geachtet hätte. Manchmal fühle ich mich, als ob diese Krankheit den Sinn gehabt haben sollte, diese Weiche zu stellen. Warum? Vielleicht war ich unbewusst vor dieser Krankheit auf einem falschen Weg, dabei, eine falsche Sichtweise in mir aufzubauen. Ich erinnere nur an mein Verhalten bei diesem Heilpraktiker. Meine alte Welt. Sicher, mag sein, dass dieser Typ der größte Kurpfuscher des Universums war – aber bedeutet dies, dass alle Heilpraktiker falsch liegen? Nichts können? Keine Ahnung haben? Oder war ich es, der hier im zarten Alter auf dem falschen Weg war? War ich es nicht, der bis dahin keinen Gedanken an Phänomene verschwendet hatte, die unbewussten Signale, die uns lehren und warnen sollen? Tatsache ist, dass ich durch diese Erfahrung der Krankheit ein anderer wurde. Ob beabsichtigt, oder nicht.

Glaubt man an das Schicksal, ist auch die Geschichte interessant, die mich dazu brachte, zum Arzt zu gehen. Ich trug damals während meiner Schulzeit Zeitschriften aus, die ich gegen Kasse an die Abonnenten rausrückte. Vor der Auslieferung blätterte ich daheim die interessantesten davon durch. Als ich den Stapel durchsah, nahm ich eine Zeitung in die Hand, die ich weglegen wollte, ohne sie durchzublättern. Es war eine Zeitschrift im Stile von `Das Neue Blatt` oder `Freizeit Revue`. Nicht unbedingt die Teenagerzeitschriften. Dabei öffnete sich die Zeitung durch all zu hastiges Beiseiteräumen bei einem Artikel über Gesundheit. Dort beschrieben waren die Symptome eines Leistenbruches an einem Fallbeispiel, die Rede von diesem Knubbel in der Leistengegend. Ich schaute an mir herunter – den hatte ich auch seit längerem! Mit Widerwillen ging ich etwas später zu meiner Mutter und erzählte ihr, dass ich wahrscheinlich einen Leistenbruch hätte. Diese schickte mich zur Hausärztin, welche mich ebenfalls wegen Verdachts auf Leistenbruch ins Krankenhaus einliefern ließ. Der Rest ist bekannt. Der behandelnde Arzt sagte mir in einem persönlichen Gespräch, dass ich Glück gehabt hätte, denn wäre ich ein Jahr später gekommen, wäre es wahrscheinlich zu spät gewesen. Tatsache ist, dass ich ohne diesen Artikel nicht zum Arzt gegangen wäre. Schließlich tat der Knubbel nicht weh und ich hatte ihn schon länger. So hat mir mein Job als Zeitungsausträger letztlich das Leben gerettet. Und der Umstand, dass diese Zeitung sich zufällig auf dieser Seite öffnete. Durch dieses frühe Erkennungsstadium wurde mir eine Heilungschance von 99 Prozent attestiert, nicht unbedingt die Regel, wie ich während meiner Behandlung erfahren und sehen musste.

Zu dieser Zeit begann ich auch verstärkt zu malen. Anfangs waren es nur Kritzeleien, mit den Jahren wurden es Bilder. Als ich noch klein war, machten wir des öfteren Urlaub in Österreich in einem großen, in der Seitenansicht pyramidenförmig erscheinenden Apartmentkomplex. Ich hatte damals als Kind noch blonde Haare, ebenso wie mein Vater als Kind. Ich kann mich noch zu gut an dieses komische Schillinggeld erinnern. Außerdem gab es dort sehr viele Frösche. Ich hatte so etwas noch nie gesehen! Da waren Hunderte von Fröschen in den schönsten Farben auf bestimmten Wegen, manche in einem wunderschönen Rot. Wir haben hier gerne Softeis gegessen – und bei dem Ereignis, dass ich beschreiben will, war gerade eine Art Wettkampf mit Ruderern, wie bei einer Olympiade, im Gange. Ich lief einen Waldweg zum See hinunter, auf dem ich wenige Tage zuvor eine komische und beängstigende Eingebung oder Traum gehabt hatte: Ein Mann rannte an dieser Stelle hinter mir her, und ich versuchte den Waldweg hinunter zu entkommen. Ich erinnerte mich an diesem Tag daran und drehte mich deshalb ängstlich um, ob mir jemand folgte. Und tatsächlich! Ein Stück hinter mir war ein Mann, der plötzlich anfing zu rennen, um mich einzuholen! Ich rannte, wie in dieser Eingebung, runter zum See! Ich spürte schon beim Rennen, dass ich viel zu langsam war! Ich wartete darauf, dass mich dieser Mann jeden Moment von hinten packen würde! Ich dachte noch `Jetzt ist es aus`! Doch plötzlich geschah etwas Merkwürdiges. In dem Moment, wo ich intuitiv wusste, er ist direkt wenige Zentimeter hinter mir, wurde plötzlich alles schwarz! Eben rannte ich noch in Panik durch den Wald, und plötzlich nur noch Schwärze, als ob jemand die Kassette wechselte, Film aus. Einen Moment später stand ich etwas weiter oben an diesem Hang im Wald. Einfach so. Es war kein Mann mehr da. Ich rannte also, dann wurde alles schwarz, und, aus der Empfindung einen Moment später, stehe ich plötzlich unversehrt wieder in diesem Wald, etwas weiter oben, einfach so. Ich habe die komische Seite dieses Erlebnisses immer verdrängt. Und mehr als komisch war es für mich damals auch nicht. Es war zwar geschehen, aber ich hatte immer nach einer natürlichen Erklärung dafür gesucht. Vielleicht fiel ich in Ohnmacht. Doch wieso stehe ich dann plötzlich einen Moment später wieder weiter oben alleine im Wald, und ich betone stehe, es gab kein Aufstehen – das Schwarz lichtete sich, und ich stand dort. Kein Mensch, der wegrannte. Niemand. Ich habe mir, ehrlich gesagt, auch Jahrzehnte, bis vor kurzem, nie wieder Gedanken darüber gemacht. Es gehörte eigentlich nicht mal zu den Ereignissen, die ich unter die Mysterien meines Lebens einreihte. Denn wenn ich an dieses Ereignis dachte, dann sah ich immer nur diesen Mann, der losspurtete und war froh, dass nichts passiert ist. Mehr nicht."

Kim hielt kurz inne, als würde er über etwas nachdenken. Was hatte dies alles nur zu bedeuten?

19. Die Sternenkarte

★★★

„Sag es mir!", fuhr Salome Herodes an.

Herodes, welcher im Außenbereich des Palastes saß und sich durch ein großes Palmenblatt etwas kühlere Luft ins Gesicht wedeln lies, fuhr erschrocken hoch. „Was willst Du! Das liegt lange zurück! Ich will nicht, dass du dich mit diesen alten Dingen beschäftigst! Geh und iss ein paar Datteln! Sie sind vorzüglich!" „Ich will keine Datteln! Und wenn du mir nicht bald sagst, was damals vorgefallen ist, dann kannst du deine Feste in Zukunft ohne mich feiern!" „Salome! Warum quälst du deinen alten Stiefvater!", kam es quengelnd aus seinem Mund. „Gibt es nicht weitaus schönere Dinge, mit denen sich eine Prinzessin beschäftigen kann?"

„Nein! Gibt es nicht!" Herodes verzog sein aufgeschwollenes Gesicht zu einer Grimasse, welche vermuten lies, dass er Schmerzen hatte. „Also gut... Gut. Es war zu jener Zeit, als mein Vater Herodes der Große das Land noch regierte, wie du weißt." „Ja, ja, schon gut! Fahr fort!" Salome verdrehte die Augen. „Mein Vater war ein großer Mann", kam es aus Herodes. „Sag mal, kannst du mir nun endlich sagen, was ich wissen will?!" „Nun gut... Gut!" kam es jetzt beleidigt aus dem Mund des Herodes, welcher mit einer schroffen Handbewegung der Sklavin andeutete, schneller zu fächern.

„Damals kursierten alte Prophezeiungen in unserer Region, welche die Geburt des Sohnes Gottes ankündigten. Der als der kommende König dieses Landes bezeichnet wurde!", berichtete Herodes. „Das weiß ich. Erzähle mir etwas, dass ich noch nicht weiß!" „Diesem Knaben wurden Wunderkräfte zugeschrieben." „Ja, ja, ich weiß. Rede weiter!" „Mein Vater schickte damals einige seiner Vertrauten auf die Reise, damit sie herausfänden, wo das Kind sein könne. Er sagte ihnen, sie sollen ihn schnellst möglich über dessen Aufenthaltsort informieren, damit er diesem Knaben ebenfalls seine Huldigung aussprechen konnte. Natürlich eine listige Falle!" Herodes lachte und blähte dabei seinen dicken Bauch in die Höhe. „Ja, mein Vater..."

„Erzähl weiter!" „Nun gut. Gut. Sie fanden das Kind! Ein Stern wies ihnen den Weg! Er begleitete sie bis nach Bethlehem. Dort blieb er über dem Hause des Neugeborenen stehen – so wussten diese, dass sie am Ziele waren." „Ein Stern..." Salome blickte ungläubig auf ihren Stiefvater. „Ja doch! Ein Stern! So wurde es erzählt! Diese Halunken kamen aber nicht zurück zu meinem Vater, sondern gingen weiter ihres Weges! Als mein Vater später davon erfuhr, waren nun schon zwei Jahre ins Land gezogen!" Salome dachte an den hellen Stern, der über den Himmel gezogen war, als sie mit Johannes dem Täufer gesprochen hatte. Merkwürdig. Herodes war die Empörung anzumerken, die er bei diesen Erinnerungen empfand. Nach einer kurzen Pause, in der Salome einen Strang schwarzer Trauben verschwinden sah, der kurze Zeit später wieder ohne diese herauskam: „Mein Vater war außer sich vor Wut!", kam es schreiend aus seinem Mund. Er stand auf und lief stampfend auf der Veranda des Palastes auf und ab.

Die hübsche Sklavin folgte ihm mit dem Blatt der Dattelpalme. „Er befahl, alle Kinder im Alter von zwei Jahren in Bethlehem zu finden und zu töten! Seine Männer kamen einige Zeit später zurück und gaben an, alle getötet zu haben, welche dem Alter entsprachen. 48 an der Zahl!"

Herodes beruhigte sich etwas. Nach einer kurzen Pause hob er seinen rechten Zeigefinger. Nachdem er diesen einige Zeit in der Luft geschwenkt hatte, sagte er: „100 Drachmen! 100 Drachmen hat jede dieser Frauen als Entschädigung bekommen!", dabei nickte er, als wolle er mit diesen Worten seinen Vater rühmen.

„Einige Zeit danach verstarb mein Vater. Er starb in der Hoffnung, dass unter diesen 48 Kindern auch jenes war, auf das die Prophezeiung deutete!"

Salome nahm auf einem der Stühle platz, welche die Terrasse säumten. Bislang hatte diese Herodes Worte ungeduldig im Stehen verfolgt. „Elias. Manche Leute hier in der Umgebung behaupten, der Täufer sei der Prophet Elias", berichtete er weiter. „Jesus selbst hat dies gesagt!". „Jesus selbst sagt: `Johannes ist der, von dem es in den heiligen Schriften heißt: Ich sende meinen Boten vor dir her, sagt Gott, damit er den Weg für dich bahnt` - Johannes ist tatsächlich der Prophet Elias, dessen Kommen vorausgesagt war."

„Und was meint der Täufer dazu?", fragte Salome. „Er schweigt!" Mit diesen Worten ließ Herodes sich ebenfalls wieder in einen der Stühle fallen. „Er schweigt, schweigt, schweigt!", wiederholte der König mit ansteigender Stimme. „Doch nun zurück zu unserer spannenden Geschichte. Mein Vater war längst tot, da hatte ich einen schrecklichen Traum über Schlangen! Ich rief meinen Hofastrologen Sephir, um diesen deuten zu lassen." „Mich interessiert dein Traum nicht!", fuhr sie den König an. Herodes beschwichtigte die junge Prinzessin mit einer wippenden Handbewegung. Dann fuhr er fort: „Mir kam damals zu Ohren, dass Jesus überlebt hatte. Man erzählte sich, sein Vater Josef sei mit ihm und dessen Mutter kurz bevor die Männer meines Vaters kamen, geflüchtet. Angeblich hatte eine Stimme Josef gewarnt, er solle seine Sachen packen und verschwinden!"

„Eine Stimme?!", kam es abermals ungläubig aus Salome. „Jaa! Eine Stimme! Auf jeden Fall waren sie verschwunden, was soll ich noch sagen! Ich gab Sephir den Auftrag, nach dem jungen Jesus zu suchen. Damals hätte er ein Junge im Alter von etwa sieben oder acht Jahren sein müssen. Sephir sollte das vollenden, was mein Vater befohlen hatte.

Dann geschah etwas merkwürdiges, wie Sephir berichtete. Als er nach Bethlehem kam, fiel ihm ein Haus ins Auge, da es dort hell wie eine Sonne an der Tür blitzte und funkelte. Er ging näher und fand an der Tür eine Sternenkarte aus Metall, welche dort befestigt war.

Diese hatte das helle Blitzen in der Sonne verursacht. Er erfuhr von den Nachbarn, dass es sich bei dem Haus um jenes handelte, in dem damals der kleine Jesus geboren wurde. Wäre die Sternenkarte nicht gewesen, die er an der Tür befestigt vorfand, nie hätte er dort Halt gemacht!"

„Sternenkarte? Was für eine Sternenkarte?", fragte Salome etwas irritiert. Herodes zuckte die Schultern. Dann antwortete er: „Laut Sephir war es eine Sternenkarte vom `Siebengestirn`. Auf jeden Fall nahm Sephir diese Karte mit sich. Als er das erste Mal auf den kleinen Jesus traf, verlor er die Sternenkarte. Ausgerechnet Jesus hob diese auf und gab sie Sephir zurück." Herodes schüttelte ungläubig den Kopf, bei dem was er von sich gab.

„In der Folge geschahen einige Versuche, Jesus zu töten. Natürlich sollte es wie ein Unfall aussehen! Doch sie hatten keinen Erfolg. Eines Tages kam Sephir an einen Ort, an der die gleiche Sternenkarte zu finden war, wie jene, die er bei sich trug. Aber in riesigen Ausmaßen! Dort traf er auf jemanden, der darüber Bescheid wusste, dass Sephir Jesus töten wollte, obwohl dieser ihm nichts davon berichtet hatte. Sehr merkwürdig... Er wusste es einfach! Frag mich nicht, woher, mein Kind! Als Sephir später selbst mit ansah, wie der junge Jesus eine Kranke heilte, gab er sein Vorhaben schließlich auf, ihn töten zu wollen."

Nach diesen Worten blickte er die junge Prinzessin fragend an. Diese ließ sich nicht lange bitten: „Warum hast du Sephir damit beauftragt?" „Weil Sephir bereits nach dessen Geburt nach Jesus gesucht hatte. Deshalb!"

Salome stand auf und ging zu einem der Tische, auf dem eine große Schale mit Obst ihren Platz hatte. Mit ihren zarten Händen nahm sie nun doch eine Dattel und steckte sie sich in den Mund. Als sie diese heruntergeschluckt hatte, fragte sie: „Sag. Du hast mir die Geschichte über Jesus erzählt. Doch über die Geburt des Täufers erzählt man sich ähnliches!" Herodes nahm abwehrend die Hände hoch: „Das war mein Vater! Damit habe ich nichts zu tun! Das einzige, das ich darüber weiß ist, dass es tatsächlich ähnlich wie bei Jesus geschah. Mein Vater wollte eine hereinbrechende Prophezeiung verhindern und schickte seine Leute hinaus, um das Kind zu finden und es zu töten. Doch ähnlich wie bei Jesus, erhielt der Vater von Johannes, Zacharias, angeblich kurz zuvor eine Warnung von einem Engel im Traume, welcher ihm auftrug, mit seiner Familie und dem kleinen Johannes zu flüchten!

So entwischten diese ebenfalls meinem Vater! Zacharias war übrigens im Besitz von mehreren Weinbergen!" Dabei zeigten seine dicken Finger auf die köstlichen Trauben. Salome verdrehte erneut die Augen und verließ die Terrasse.

Als Joschafat sein kärgliches Heim betrat, erschrak er. Dieser hatte nicht damit gerechnet, jemanden dort vorzufinden. Die schöne junge Frau trug ihr langes, dunkles Haar offen. Ihre dunklen Augen betrachteten den hereinkommenden alten Mann. Neben ihr lag ein zusammengefaltetes schwarzes Tuch, welches sie wohl beim Hereinkommen über dem Kopf hatte. Sie saß an einem großen Tisch, auf dem sich einige Habseligkeiten befanden. Langsam näherte Joschafat sich der jungen Schönheit. „Wer bist du?", fragte er diese. „Und was machst du hier?", fügte er hinzu. Ohne die Mine zu verziehen antwortete sie: „Ich bin Prinzessin Salome! Aus dem Königshaus Herodes Antipas! Ich habe auf dich gewartet." Der alte Mann fing an zu lachen. Sein langer, weißer Bart wippte dabei im Takt. Mit einer fahrigen Handbewegung platzierte er seine langen Haare auf den Rücken. „Du wartest auf mich? Wie soll ich das verstehen? Was will eine Prinzessin in meinem kleinen Haus? Und eine so schöne noch dazu?!"

„Du wurdest mir empfohlen!", antwortete die Prinzessin. „Empfohlen?!" Joschafat ließ sich langsam auf einem der drei freien

Stühle nieder, welche die Seiten des viereckigen Tisches zierten. „Wer sollte mich dir empfehlen? In dieser Gegend gibt es nur ein paar Esel und Schafe!" „Ich sah dein Haus. In einem Traum!"

Joschafat schüttelte ungläubig den Kopf: „Mein Haus? Du musst dich irren! Und wozu?" Salome ging auf diese Bemerkung nicht ein. „Ich sah dein Haus! Ich bin den ganzen Berg hinaufgelaufen, um zu sehen, ob es wahr ist!" Joschafat faltete die Hände vor sich auf dem Tisch: „Und was hat dir gezeigt, dass dein Traum dich nicht getäuscht hat?" „Du hast drei Schafe vor dem Hause! Ein schwarzes und zwei weiße! An der rechten Seite außen an der Tür hast du einen braunen Umhang hängen. Und das schwarze Schaf hat nur ein Auge!" Joschafat blickte sie an. „Ja. Mag sein... Aber der Umhang hängt normalerweise nicht vor dem Haus. Ich habe ihn zum Trocknen dort." „Aber jetzt hängt er dort!", antwortete Salome in fast bedrohlicher Weise.

„All das habe ich in meinem Traum gesehen. Auch den Weg, der zu deinem Haus hinaufführt!" Der alte Mann schüttelte den Kopf. „Warum sollte dir dein Traum diesen Weg zeigen und mein Haus?" „Genau das will ich herausfinden!" Joschafat zuckte mit den Schultern: „Ich wüsste nicht warum." Salome blickte sich suchend um. „Dort auf dem Schrein! Was ist das?!" Der Greis drehte sich um und blickte in die beschriebene Richtung. „Was? Du meinst die kleine Holzfigur. Es ist nur eine Holzfigur. Mehr nicht! Ich habe sie selbst geschnitzt!" „Nein! Ich meine das, was neben der Holzfigur liegt!"

„Neben ... ach hier ... daneben ... nur eine Art Haarspange..." Salome stand auf und lief zu dem alten Schrein. „Das ist keine Haarspange! Es ist eine Karte! Eine Sternenkarte! Wo hast du sie her?"

„Eine Stern... Ja, jetzt wo du es sagst. Sie lag eines Tages am Wegesrande. Etwa dort, wo der kleine Bach zu sehen ist." „Wie viel willst du dafür?" Der alte Mann blickte die junge Prinzessin mit großen Augen an. Dieser dauerte das Zögern wohl zu lange, denn sie griff in ihre Tasche und legte ihm 1000 Drachmen auf den kleinen Tisch. Dann nahm sie die Spange und sagte: „Ich war nicht hier! Danke!" Sie nahm ihr Kopftuch und legte es über das dunkle Haar. Dann lief sie hinaus. Der alte Mann stand noch lange in der Tür und blickte ihr nach.

„Was ist das?" Der römische Händler nahm den kleinen Gegenstand in seine Hände und begutachtete ihn. „Es ist eine Sternenkonstellation. Gute Arbeit! Dafür gebe ich dir 20 Drachmen!" Salome nahm dem Händler den Gegenstand aus dessen Hand. „Nein. Ich will ihn nicht verkaufen. Welche Sternenkonstellation soll dies sein?" „Welche... Nun. Es sind die Sterne des Siebengestirns. laut einer griechischen Sage sind es die sieben Töchter des Atlas, die vom Orion verfolgt unter die Sterne versetzt wurden. Möglicherweise stimmt das..."

„So ein Quatsch! Wer weiß mehr wie du über solche Dinge?!" Salome konnte ihren Ärger nicht verbergen. Der junge Händler hob die Schultern: „Du kannst es bei Joschua probieren. Dort unten. Der kleine Laden. Der kleine Laden mit ..." „Ja! Ich sehe ihn! Und nun lass mich!" Die junge Prinzessin machte sich auf den Weg zu dem beschriebenen Haus.

20. Siebengestirn

★★★

Der Laden bestand aus einem einzigen kleinen Raum, in dem sich die Gegenstände bis zur Decke türmten. Nur einen Besitzer schien es nicht zu geben. Salome betrachtete die verschiedenen Dinge, welche hier zum Verkauf angeboten wurden. Sie schüttelte den Kopf. `Ein Haufen Müll ohne jeglichen Wert`, kam es ihr in den Sinn. Angewidert rümpfte sie die Nase. „Was begehrt die junge Frau?" Salome drehte sich um. „Hier nichts! Aber vielleicht möchte ich etwas verkaufen!" Sie nahm die Sternenkarte und hielt sie dem dunkelbärtigen Mann entgegen. „Heiliger Osiris! Wo hast du sie her?!" „Ich habe sie eben! Sag mir lieber, was sie bedeutet!" „Ich dachte, du wolltest sie verkaufen." „Ich sagte, ich verkaufe sie vielleicht!" Der Händler nahm die Sternenkarte in die Hand. „Das ist eine gute Arbeit! Sehr gute Arbeit! Ich zahle dir einen Drachmen!" Salome entwich eine abschätzige Geste. „Was ... bedeutet ... sie!!" Der Händler gab die Karte an die Prinzessin zurück: „Die sieben Schwestern des Atlas!" „Ist das alles?!", kam es zynisch aus der dunkelhaarigen Schönheit.

„Nun ja ... Einige sagen, dass einst die Götter von diesem Ort kamen! Aber nicht nur von dort. Auch vom am Firmament nahegelegen erscheinenden Orion / Sirius. Das erzählen die Schriften." Salome verzog das Gesicht. Dann sagte sie nachdenklich: „Die Götter..., ja..., ich habe davon gehört.". Der Händler fuhr fort: „Diese kamen einst mit himmlischen Barken auf die Erde! Die Pyramiden. Die Pyramiden in Ägypten wurden unter der Anleitung der Götter erbaut! Sagt man..." „Tatsächlich?" „Ja. Willst du sie nun verkaufen, oder nicht?" Salome ging auf dessen Frage nicht ein. Sie hatte eine kleine Statue in der rechten Hand, welche sie zwischen dem Müll gefunden hatte. „Wer ist das?" Das Gesicht des Händlers begann sich aufzuhellen: „Gute Wahl! Dies ist eine Nachbildung der ersten Frau Adams. Mit der Schlange um den Hals! Siehst du, wie fein sie gearbeitet ist? Ich gebe sie dir für 50 Drachmen!" Wieder umging Salome die Worte des Händlers: „Die erste Frau Adams? Eva?" „Eeevaaa. Eva war Adams zweite Frau! Seine erste Frau war den Überlieferungen nach Lilith! Eine Göttin. Sie ist in den sumerischen, babylonischen, assyrischen, kanaanitischen, persischen, hebräischen und arabischen Aufzeichnungen wiederzufinden. Sie war nicht nur Adams erste Frau, sondern das Weib des Leviathan, des Königs Ashmodai, die Königin von Saba und Zamargad. Sie konnte durch die Zeiten wandeln, ohne zu sterben. Der Sohar spricht von Lilith als der ursprünglichen weiblichen Energie, die sowohl von Adam als auch von Eva getrennt wird...

Ursprünglich regierte die Göttin über die magischen Kräfte des Lebenskreises – Sexualität, Geburt, Leben und Tod. Als Lilith von Adam getrennt wurde, schrieb Moses: `Da ließ Gott der Herr einen tiefen Schlaf fallen auf den Menschen, und er schlief ein. Und er nahm eine seiner Rippen und schloss die Stelle mit Fleisch. Und Gott der Herr baute ein Weib aus der Rippe.`

In den alten Texten heißt es: `Ursprünglich hatte Adam Geschlechtsverkehr mit Lilith und mit Tieren. Doch diese unbewusste ouroborische Ganzheit war eine Beleidigung für Gott, der bewirkte, dass Adam seine Instinkthaftigkeit opferte und den Kontakt mit seiner Lilith-Anima und ihrer mondhaften Art verlor. Eva, dazu bestimmt, die Mutter aller Lebenden zu sein und aus Adams eigener Rippe gemacht, war nicht so machtvoll und ursprünglich wie Lilith.`

Der alte Bericht vom Sündenfall endet mit: `Er ließ vor dem Garten Eden ostwärts die Cherubin wohnen und das Lodern des kreisenden Schwerts, den Weg zum Baum des Lebens zu hüten`. Tatsächlich haben viele Amulette zum Schutz gegen Lilith die Form von Messern. Weil die Buchstaben von Liliths Namen sich durch die Gematria zu dem Wort `Schrei` addieren, wird Lilith oft als Dämon interpretiert. In der Symbolik wird sie oft gezeichnet mit Rute und Kreis, Symbol ihrer Herrschaft über die Sonnenlöwen, auf denen sie mit ihren Eulenfüßen steht. Sie ziert sich mit vielen Schmuckstücken und wählt ihren Platz an Kreuzwegen. Sie gehört in vielen Überlieferungen zu den weiblichen Sukkubus, jenen, welche offensichtlich einen träumenden Mann besteigen. Der Sohar erklärt, dass Eva, weil sie Kain aus dem Schmutz der Schlange gebar, für immer der Bestrafung durch Gottes `Dienerin` Lilith unterlag, die ihr die Neugeborenen entreißen konnte. Die Erzählungen von Lilith als Kindermörderin sind voller Widersprüche. Einmal ist sie die Lilith, die mit den Kindern spielt, während sie schlafen, und die bewirkt, dass sie träumen und lächeln. Und man sagt es ist Lilith, die das Durcheinander der Haare am Hinterkopf von Babys bewirkt, indem sie mit ihnen spielt, sie kitzelt und sie dazu bringt, vor Lachen und Freude herumzurollen. Dieselbe Lilith bewirkt aber auch Epilepsie, Ersticken und Tod bei jenen Babys, die von der Seite `der Unsauberkeit` stammen, sagt man. Der jüdischen Legende nach sind die Rätsel, die die Königin von Saba dem Salomo aufgab, eine Wiederholung der Worte, die Lilith bei Adam gebrauchte.

Lilith wird in der Geschichte meist mit drei Engeln abgebildet, die deutlich vogelähnlich sind. Die drei heiligen Geister, die vor Lilith herfliegen, sind niemand anderes als die drei Engel, die von Jahwe gesandt wurden, um zu versuchen, Lilith nach ihrer Flucht von Adam zurückzuholen. Der Prophet Elias soll Lilith begegnet sein, als er auf einer Straße entlang wanderte. Also steht geschrieben: `Freu dich sehr, o Tochter Zion.` Um Mitternacht betritt die Herrin jenen Ort in Zion, die Stätte des Allerheiligsten. Sie sieht, dass es zerstört und die Stätte ihres Wohnhauses und ihre Lagerstatt entweiht worden war. Sie geht hinauf und hinunter, vom Oben zum Unten und vom Unten zum Oben. Sie sieht sich die Wohnstätte der Cherubin an. Sie weint mit bitterer Stimme und erhebt diese: `Mein Bett, die Lagerstatt der Herrin!` Sie klagt und weint und sagt: `Meine Lagerstatt! Ort meines Tempels! Ort der feinen Perlen am Vorhang! Bedeckung des heiligen Schreins, der mit zehntausendmal zehntausend von Edelsteinen besetzt war, Reihe um Reihe, Linie um Linie aneinander! In dir pflegte mein Gatte zu mir zu kommen und in meinen Armen zu liegen, und alles, worum ich ihn bat, tat er!` Sie bricht in Weinen aus und ruft: `Das Licht meiner Augen hat sich verdunkelt!`"

Salome setzte die Statue zurück auf ihren Platz. Dann sagte sie: „Ich habe dir nur zugehört, weil ich einen Traum hatte vor einigen Tagen. Doch sage mir: ist Lilith nun eine schlechte Frau, oder ist sie eine gute?" Der Händler blickte auf die Ansammlungen von Hausrat in seinem Laden: „Gut und Böse liegt dicht beieinander. Was für den einen gut ist, ist für den anderen schlecht! Ich kann es dir nicht sagen! Ich habe dir nur erzählt, was überliefert wurde!" Die Prinzessin nahm ihre Sternenkarte und machte sich daran, den Laden zu verlassen. Da hielt sie inne und drehte sich nochmals um: „Sag. Wer stellt diese Sternenkarten her?" Wieder zuckte der Händler mit den Schultern: „Auch das kann ich dir nicht sagen. Diese hier habe ich nur einmal zuvor gesehen! Damals war sie im Besitz von einem, der sich Sephir nannte!"

Einige Ereignisse ließen Salome keine Ruhe. Warum hatte sie diese Sternenkarte gefunden, die zuvor Sephir besaß und welche diesen zu jenem Haus geleitet hatte, in dem der kleine Jesus geboren wurde? Sie fand diese Tafel durch einen Traum, dem sie gefolgt war. Und das Sternbild auf dieser Tafel war ausgerechnet das des Siebengestirns. Zuguterletzt hatte sie noch jenen Traum in Erinnerung, der sie zu Johannes, dem Täufer geführt hatte, und welcher mit der Göttin Isis zusammenhing, sowie der ersten Frau Adams, Lilith, die ebenfalls eine Gottheit darstellte, die von den Sternen kam. Josef wie auch Zacharias wurden von Engeln gewarnt, zu fliehen, damit sie die Schächer des Königs nicht erreichten. Und ein Stern begleitete jene zur Grippe Jesu, welche seiner Geburt beiwohnen wollten und blieb über der Grippe stehen. Johannes der Täufer war laut Angaben des Nazareners der Prophet Elias. Jener Elias wiederum hatte, glaubte sie den Ausführungen, die Göttin Lilith getroffen! Salome nahm sich vor, zuguterletzt nun nochmals Muhiddin zu befragen. Jenen alten Mann, der ihr damals riet, den Täufer aufzusuchen, um ihren Traum deuten zu lassen!

„Nun sucht sie wieder meinen Rat, die Prinzessin!" Muhiddin ließ ein kleines Lächeln über seinen fast zahnlosen Mund huschen. „Nun gut! Ich gebe dir einige Hinweise. Das Testament, die Alten Schriften, wurden von den Übersetzern an vielen Stellen falsch übersetzt. Dies beginnt schon bei der Bezeichnung `Gott`! Es gibt viele Stellen in den alten testamentarischen Schriften, an denen das hebräische `Ani ha El Schaddai` (was heißt `Ich bin der El Schaddai`) in das `Ich bin der allmächtige Gott` übersetzt wurde!

Doch noch weitaus besser ist, dass jene Stellen, an denen YHWH steht, als `Herr` oder `Gott` oder `Gott, der Herr` (=Adonai YHWH) übersetzt worden sind. Doch YHWH ist kein Titel, sondern ein Name – Jahwe – die Bezeichnung einer Person!

`Jahwe` aber ist der Name einer der Götter, die vom Himmel kamen! Jahwe kommt mit Rauch, Feuer und Getöse vom Himmel, schwängert Erdenfrauen und fliegt mit einem Schiff über seinem auserwählten Volk!

Jesus wurde nach seiner Geburt in den Reihen der mit buddhistischen Gedankengut vertrauten Glaubensgemeinschaft, den Essenern, aufgezogen, zu deren Mitgliedern auch Josef und Maria zählten. Durch die reine Lehre der sich fleischlos ernährenden Essener wurde er nach den höchsten Prinzipien und Tugenden erzogen. Dies, sowie sein Wirken in der heutigen Zeit, war seit Jahrtausenden vorausgesagt. Wo? In der Cheops-Pyramide, in der er auch später eingeweiht wurde. Um nur eine Prophezeiung zu nennen. Im Alter von etwa dreißig Jahren hatte er schließlich sein Christus-Bewusstsein erreicht. Er hatte das Wissen über die Mer-ka-bah. Seine erste Aufgabe war es, das Volk, welches den `Schwangerschaftspakt` mit Jahwe-El

Schaddai gemacht hatte und die meisten Kriege jener Zeit führte, damit zu konfrontieren!

Jesus musste also den `hebräischen Blutbund`, der zu jener Zeit noch von den Pharisäern überwacht wurde, mit seinen Taten konfrontieren. Konfrontieren heißt nicht unbedingt `bekämpfen`, sondern aufdecken. Er durfte nur lehren, was die Hebräer so alles anstifteten. Der Nazarener nennt diese Narren und Blinde, Schlangen und Natternbrut, die Kinder von denen, die die Propheten getötet haben. Jesus wusste natürlich über die jüdische Anbetung des EL Schaddai und sagte daher: `Ihr habt den Teufel zum Vater und was euren Vater gefällt, das wollt ihr tun`. Deshalb sind einige stark daran interessiert, Jesus loszuwerden!" Salome kniff die Augen zusammen:

„Beim letzten mal hast du mir geraten, ich solle den Täufer aufsuchen und mir von diesem meinen Traum deuten lassen, weil du es nicht kannst. Das habe ich gemacht. Und er hat mir den Traum so gedeutet, dass ich ihn verstanden habe." „Er ist Elias!

Er kann dir deine Träume deuten. Er kann dir deine Zukunft voraussagen. Er kann dir alles offenbaren, was geschehen wird und was geschehen ist! Deshalb ist er hier! So war es auch seine Aufgabe, den Nazarener anzukündigen!"

Als Salome die Augen öffnete, saß sie an jener Stelle auf dem mannshohen Stein hinter dem Palast, an welcher alles für sie vor wenigen Tagen begonnen hatte. Sie wusste nicht mehr, wie sie hierher gekommen war. Es war ihr auch nicht von Gewicht. Die Sonne stand bereits tief am Firmament. Das dunkle Blau des Himmels wirkte daher noch bedrohlicher. Sie versuchte, all die Eindrücke und Gedanken zu verarbeiten, welche sich ihrer bemächtigt hatten. Aber es schien ihr nicht zu gelingen. Wirr und orientierungslos zogen sie durch ihren Kopf. Als hätte jemand die Steine des Palastes vor ihr ausgeschüttet und erwartete nun, sie solle diese zusammensetzten. Sie wollte alleine sein. Denn eine tiefe, drückende Schwere zog sich in ihrem Inneren zusammen. Und sie konnte mit niemanden darüber sprechen. Nichteinmal mit sich selbst. Sie war eine Prinzessin! Sie durfte dies nicht zulassen! Das gehörte nicht zu ihren Aufgaben! Sie war hart, und das war gut so! Aber war sie das wirklich? Machte sie nicht allen etwas vor? Sie schlug die Hände vor das Gesicht und begann zu weinen. In Wirklichkeit hatte Anesh wohl Recht. Sie hatte dem Täufer die harte Stirn geboten, aus Angst, von diesem zurückgewiesen zu werden.

Der einzigen Mann, dem sie so etwas wie Respekt entgegenbringen konnte. Der wusste, was in ihr vorging. Und der trotz Salomes Schroffheit ihr mit Freundlichkeit begegnete. Der ihr Dinge erklären konnte, so dass sie diese verstand, über welche andere nur lächelten. Der ihr das Wasser reichte, ohne das sie danach fragen musste.

Das erste Mal in ihrem Leben fühlte sie sich unterlegen. Und es bereitete ihr Angst. Angst, weil sie es nicht kontrollieren konnte. Sie war es gewohnt, alles zu bekommen, was ihr in den Sinn kam. Doch diesmal spürte sie tief in sich, bei Johannes traf dies nicht zu. Er würde sich niemals mit einer wie ihr einlassen. Sie lebten in zwei verschiedenen Welten. Er predigte gegen all das, was ihre Familie reich gemacht hatte. Anesh. Ja. vielleicht würde Anesh zu ihm passen, aber nicht sie!

Dieser Gedanke verursachte unsägliche Schmerzen in ihrem Kopf. Es war Salome, als würde jemand das Herz aus ihrem Körper schneiden! Ja. Sie liebte ihn! Zum ersten Mal wurde ihr es bewusst! Und sie wusste, dass das, was sie begehrte, unerreichbar war! Ihre dunklen Augen blickten glasig zum Himmel. Warum konnte sie sich nicht in einen anderen verlieben? Warum war dies geschehen?

Sie wischte sich die Tränen von der Wange. Innerlich zerschnitten tausend Messer ihren Körper – und sie ließ es zu. Sie konnte sich ihr Verhalten nicht verzeihen. Es gab nichteinmal ein vielleicht. Der tiefe Schmerz durchzog ihre Brust, die Ausweglosigkeit zog wie ein schwarzer Vorhang über sie. Irgendwann schlief sie ein. Denn es gab nichts in ihrer Nähe, dass sie noch wahrnehmen wollte. Nichts.

Es war Nacht. Ein tiefes Donnern überzog den Himmel. Etwas, dass einem Stern glich, überflog in geringer Höhe die felsige Landschaft bei Kabul. An seiner Unterseite leuchtete etwas in einem tiefen Rot.

Über einem Bergrücken verharrte es. Das rote Licht löste sich von der Unterseite und entschwand ins angrenzende Tal. Das weiße Licht war noch einige Minuten am Kamm des Berges zu erkennen. Dann bewegte es sich weiter Richtung Norden. Nur wenige Sekunden später war das Schauspiel vorüber.

21. Jugend

★★★

Mike hatte aus seinem Chevrolet einige Getränkedosen gekramt und warf Kim aus einiger Entfernung eine zu. Hätte Kim nicht aufgepasst, wäre diese an ihm vorbei als Fischfutter in die Tiefe gestürzt, so schnell kam diese angedonnert. Wieder lachte die Sonnenbrille. „Vielleicht können wir aus den Bruchstücken deiner Vergangenheit Rückschlüsse auf den Hintergrund finden. Und was dies eventuell bedeutet." Mike ließ sich wieder auf der Klippe nieder und legte sich zurück, als wolle er ein Sonnenbad nehmen. Dabei schob er zum ersten Mal seine Sonnenbrille hoch auf die Stirn. Kim nahm einen Schluck von der klebrigen Masse. Schmeckte nach Kirsche.

„Die ersten Ereignisse, die ich wirklich als mysteriös ansah, geschahen im Alter zwischen 16 und 18. Das erste, an das ich mich überhaupt erinnern kann, war nicht unbedingt witzig. Ich lag morgens im Bett. Wieder mal war ich ein paar Minuten vor dem Klingeln des Weckers aufgewacht. Die Innere Uhr, die sicherlich jeder kennt. Es war wochentags, und ich musste um sieben Uhr aufstehen, aufgrund der Schule. Ich setzte mich im Bett auf und sah auf den Wecker. Es war ungefähr zehn Minuten vor sieben. Ich hatte also noch etwas Zeit. So habe ich mich nochmals ins Kissen gelegt und den Rollladen betrachtet, während ich an den kommenden Schultag dachte. Plötzlich brüllte mir jemand ins linke Ohr! Es kann sich keiner vorstellen, wie ich zusammen fuhr! Stell dir vor, im Bett zu liegen, und plötzlich schreit dir jemand aus nur wenigen Zentimetern Abstand direkt ins Ohr! Es ist Klasse! Man wird wirklich munter dabei. Nur: Es war niemand in meinem Zimmer! Zudem fing das Brüllen mitten in einem Wort an und hörte auch mitten in einem Wort auf, so als ob jemand das Radio einstellt und wieder aus. Die Stimmlage war so, dass ich sie zwar als weiblich einstufte, hundertprozentig sicher bin ich mir aber nicht. Es war eine ungewohnte Stimmlage. Außerdem sprach sie in einer Sprache, die ich noch nie gehört hatte. Und plötzlich, mitten in einem Wort – wie abgeschnitten – aus! So, als ob dies aus Versehen passiert wäre und nicht beabsichtigt. Ich war wie vom Donner gerührt! Ich suchte nach einer Erklärung, aber es gab keine. Vielleicht hatten sich meine Eltern wieder gestritten? Ich ging zur Tür und öffnete sie. Der Flur war dunkel. Alles war still. Sie schliefen noch.

Sie lagen tief schlafend in ihren Betten! Ich weckte meine Mutter und fragte sie trotzdem, ob sie gerade geschrien hatte, was sie verstört verneinte. Es war eine relativ helle Stimme gewesen und so laut, als ob sie mir direkt ins Ohr brüllte aus kürzester Entfernung. Und dann diese merkwürdige Sprache, die vielleicht acht, neun Wörter später abrupt ausgeschaltet wird – es hat mich damals schier umgehauen! Da lebe ich 16 Jahre in dieser Welt, und durch wenige Sekunden an diesem Morgen fühlte ich mich, als ob ich gar nichts weiß von ihr, so, als ob man sein Leben lang normal `vor sich hin lebt`, und plötzlich landet ein 120 Meter großes UFO im Garten. Genauso habe ich mich gefühlt."

„Wahrscheinlich warst du in dieser REM-Phase vor dem Aufwachen, in der man öfters Stimmen hört, genau wie vor dem Einschlafen. Diese Übergangsphase ist dafür bekannt", warf Mike ein. „Quatsch", kam es aus Kim heraus, so dass er sich fast an der Kirschlimonade verschluckte. „Ich habe ja in dem Moment nicht geschlafen, sondern schon an den kommenden Schultag gedacht, als ich `unterbrochen` wurde." Er nahm noch einen großen Schluck. "Nun. Ich kam einige Monate später mittags von der Schule heim, als ich zum zweiten Mal etwas erleben musste, was nicht in mein Weltbild passte. Diesmal aber etwas Wunderschönes! Ich schloss mittags die Türe auf, mit den Gedanken an – keine Ahnung, als ich wie vom Donner gerührt in den Flur starrte. Der gesamte Flur war voller glitzernder, leuchtender Dinge! Es war unglaublich! Und ich werde es nie im Leben vergessen. Als Realist, der ich nun mal war, ging ich daran, die Ursache zu erkunden. Deshalb zog ich es bei meinen Recherchen erstmal in Betracht, dass dies von der Sonne angeleuchtete Staubpartikel waren, die durch einen äußerst seltenen Einfallswinkel dieses wunderschöne Schauspiel boten. Nun gab es aber keine Fenster im Flur, nur Türen zu den umliegenden Räumen. Und merkwürdigerweise war das Leuchten in diesen Räumen nicht. Im Gegenteil! Ich stellte mich an den Türrahmen und musste zu meiner Verblüffung feststellen, dass dieses Phänomen wie mit dem Messer geschnitten dort endete. Sowohl Richtung Wohnzimmer, als auch Richtung Esszimmer. Trotzdem: Das waren Staubpartikel! Was sollte es sonst sein! Mitten in diesem Spektakel stand ich also, um es vernünftig zu erklären. Und zu meinem Leidwesen fiel mir auf, dass die dunkelsten Ecken des Flurs durch dieses Phänomen erleuchtet wurden! Ich spähte hinter den dunklen Vorhang der Garderobe, wo es stockdunkel war, bis auf diese hell erleuchteten `kleinen Sonnen`. Gut. Es reichte! Genug Selbstbetrug. Wir bereiten dem Spuk ein Ende und schließen einfach die Türen zu den Räumen mit Zugang zur Sonne! Dann hört es auf. Das ist Staub! Ich schloss die Türen – und – es leuchtete weiter! Ein dunkler Flur! Leuchtet! Fuck! Ich gab auf. Ich öffnete die Türen wieder. Etwa zehn Sekunden danach endete der Spuk, als ob jemand das Licht ausgeschaltet hat. Das war's. Nun. Ich bin heute immer noch davon überzeugt, dass dies Staubpartikel waren, die hier leuchteten, wie es manchmal durch die Sonne geschieht. Ganz sicher. Aber welcher Effekt diese selbst bei geschlossenen Türen, also ohne Zugang zu einer Lichtquelle, wie kleine Sonnen erstrahlen ließ, ausgerechnet im dunkelsten Raum der Wohnung, selbst im Stockfinstern – ich habe keine natürliche Erklärung dafür finden können. Es war unbeschreiblich. So wunderschön!

In dieser Zeit kam ich mir oft vor wie im falschen Film", erzählte er weiter. "Es geschahen zunehmend Dinge, die eigentlich gar nicht gehen! Wer wollte hier mein realistisches Weltbild zum Wanken bringen? War es Zufall, dass dies ausgerechnet begann, als ich mir nach meiner Krankheit zum ersten Mal über Dinge wie `Ein Leben nach dem Tod`, `Nahtodeserlebnisse`, oder `Gibt es einen Gott` Gedanken machte?

Es wird uns freigestellt, hinter die Geheimnisse dieser Welt zu kommen, oder ob wir uns freiwillig dazu entscheiden, in der Dreidimensionalität des Denkens zu verweilen – uns damit zufrieden zu geben, morgens aufzustehen, zur Arbeit zu gehen und abends nach der Kneipe ins Bett. So wie wir in einem Videospiel auch ständig nur das erste Level spielen können, wenn wir es wollen, da es das leichteste ist. Haben wir vor, ins nächste Level zu gelangen, müssen wir umdenken.

Ich denke, es hat schon begonnen. Aber es ist vielen noch nicht bewusst. Ich spüre, dass eine unbekannte Uhr im Hintergrund tickt... Etwas liegt über uns, wie eine unsichtbare Decke. Und ich spüre es geht diesmal um mehr, als jemals zuvor. Es geht um alles! Die Welt steht am Abgrund." Kims Blick fiel auf die tosende Brandung unter sich. Mit einer ungeheuren Macht wurden die Wellen auf die Steine geschoben und zerschlagen. Die weiße Gischt zischte, als diese gegen die Felsen donnerten. Sein Blick war leer. Nach einer kleinen Ewigkeit, wie es schien, meinte er zu Mike:

„Irgendetwas ist in mein Leben getreten, ohne das ich es benennen kann. Und es hängt in irgendeiner Weise mit dieser Frau zusammen. Es sind so unglaublich merkwürdige Dinge in meinem Leben geschehen. Und ich habe keine Ahnung, warum."

Mike erwiderte: "Es ist an der Zeit, dass du mir mehr über sie erzählst..."

22. Henoch

★★★

„Ein Gesicht war ihm von Gott enthüllt, und er schaute ein heiliges und himmlisches Gesicht, das mir die heiligen Engel zeigten. Von ihnen hörte und erfuhr ich alles, was ich sah. Nicht für das gegenwärtige Geschlecht dachte ich nach, sondern für das künftige. Ich spreche nun über die Auserwählten und habe meine Bilderrede über sie angehoben: Der große Heilige wird von seinem Wohnort ausziehen, und der Gott der Welt wird von da auf den Berg Sinai treten, mit seinen Heerscharen sichtbar werden und in der Stärke seiner Macht vom Himmel der Himmel her erscheinen."

Eine kleine Gruppe von Männern und Frauen hatte sich um Henoch versammelt, und lauschte seinen Worten an diesem schönen Morgen. Sie saßen auf einer kleinen Lichtung, von dem Schatten einiger Bäume überdacht. „Da werden alle Menschen sich fürchten, die Wächter werden sich erheben, und große Furcht und Angst wird sie bis an die Enden der Erde erfassen. Beobachtet, wie alle Werke am Himmel ihre Bahnen nicht ändern, und wie die Lichter alle auf- und untergehen, ein jedes nach bestimmter Ordnung zu ihrer festgesetzten Zeit, und an ihren Festtagen erscheinen und ihre besondere Ordnung nicht übertreten! Betrachtet die Erde und beachtet die Werke, die von Anfang bis Ende auf ihr geschehen, wie sich keins von ihnen auf Erden verändert, sondern alle Werke Gottes zum Vorschein kommen. Betrachtet den Sommer und den Winter, wie im Winter die ganze Erde voll Wasser ist, und Wolken, Tau und Regen sich über ihr lagern.

Beobachtet und seht, wie im Winter alle Bäume aussehen, als ob sie verdorrt wären, und wie alle ihre Blätter abgefallen sind, außer bei vierzehn Bäumen, die ihr Laub nicht abwerfen, sondern das alte zwei bis drei Jahre lang behalten, bis das neue kommt.

Beobachtet als dann, wie in der Sommerszeit die Sonne über der Erde steht! Ihr sucht dann kühle Plätze und Schatten gegen die Sonnenhitze auf, und auch die Erde ist infolge der sengenden Glut brennend heiß, so dass ihr weder auf dem Erdboden noch auf einem Stein wegen seiner Hitze treten könnt. Alle seine Werke, die er gemacht hat, geschehen von Jahr zu Jahr immerdar so.

Nachdem die Menschenkinder sich gemehrt hatten, wurden ihnen in jenen Tagen schöne und liebliche Töchter geboren. Als aber die Engel, die Himmelssöhne, sie sahen, gelüstete es sie nach ihnen.

Diese und alle übrigen mit ihnen nahmen sich Weiber, jeder von ihnen wählte sich eine aus. Sie lehrten sie Zaubermittel und das Beschneiden von Wurzeln und offenbarten ihnen die heilkräftigen Pflanzen. Sie wurden aber schwanger und gebaren. Semjasa lehrte die Beschwörung und das Schneiden der Wurzeln, Armaros die Lösung der Beschwörungen, Baraqel das Sternschauen, Kokabeel die Astrologie, Ezequeel die Wolkenkunde, Arakiel die Zeichen der Erde, Samsaveel die Zeichen der Sonne, Seriel die Zeichen des Mondes.

Die Erzengel Michael, Uriel, Raphael und Gabriel gingen vor den Höchsten! Sie sagten: ʿSie sind zu den Menschentöchtern auf der Erde gegangen, haben bei ihnen geschlafen und mit diesen sich verunreinigt. Die Weiber aber gebaren!ʿ So mussten jene ihre Lebenszeit auf Erden beenden."

Eine alte Frau beugte sich zu Johannes: „Johannes! Woher weiß Henoch diese Dinge?" Johannes lächelte und sagte: „Alles, was er während seines Lebens unternahm, geschah mit den Wächtern und den Heiligen. Henoch war der Schreiber. Sie sagten zu ihm: ʿHenoch, du Schreiber der Gerechtigkeit, geh hin, verkünde jenen unter den Wächtern des Himmels, die den hohen Himmel, die heilige ewige Städte verlassen, mit den Weibern sich verdorben und sich in großes Verderben auf der Erde gestürzt haben: Sie werden immerdar bitten, aber keine Barmherzigkeit erlangen.ʿ Henoch aber ging und sagte zu

Asael: Du wirst keinen Frieden haben; ein großer Urteilsspruch ist über dich ergangen, dich zu binden.‘‘

Henoch hatte die Unterhaltung mit angehört. Deshalb fuhr er fort: „Dann ging ich hin und redete zu ihnen allen insgesamt, und sie fürchteten sich alle, und Furcht und Zittern ergriff sie. Da baten sie mich, eine Bittschrift für sie zu schreiben, damit ihnen Vergebung zu teile werde, und ihre Bittschrift vor dem Höchsten, dem Herrn des Himmels, vorzulesen. Ihr Anführer. Sie brachen das einzige Verbot der Elohim! Dann verfasste ich eine Bittschrift und Flehschrift in Betreff ihrer Geister und ihrer einzelnen Handlungen und in betreffe dessen, worum sie baten, damit ihnen Vergebung und Nachsicht zu teil würde. Und ich ging hin und setzte mich an die Wasser von Dan im Lande Dan, das südlich von der Westseite des Hermon liegt, und ich las ihre Bittschrift vor, bis ich einschlief. Siehe, da überkamen mich Träume, und Gesichte überfielen mich; ich sah Gesichte eines Strafgerichts, und eine Stimme drang zu mir und rief, dass ich den Söhnen des Himmels anzeigen und sie schelten solle.

Als ich erwacht war, kam ich zu ihnen, und sie saßen alle versammelt in Abel, das zwischen dem Libanon und Senir liegt, trauernd, mit verhüllten Gesichtern. Da erzählte ich vor ihnen alle Gesichte, die ich im Schlafe gesehen hatte, und ich begann jene Worte der Gerechtigkeit zu reden und jene unter den himmlischen Wächtern zu schelten. Es wird ein Buch geben. Jenes Buch ist das Buch der Gerechtigkeit und der Zurechtweisung der ewigen Wächter, wie der große Heilige in jenem Gesichte befohlen hatte. Ich sah in meinem Schlafe, was ich jetzt mit Fleischeszunge und mit dem Odem meines Mundes erzählen werde, den der Große den Menschen verliehen hat, dass sie damit reden und mit dem Herzen es verstehen sollen.

Wie er die Menschen geschaffen und ihnen verliehen hat, die Worte der Erkenntnis zu verstehen, so hat er auch mich geschaffen und mir verliehen, jene unter den Wächtern, die Söhne des Himmels, zu rügen. Ich hatte eure Bitte aufgeschrieben, aber in meinem Gesichte wurde mir dies gezeigt, dass eure Bitte nimmermehr erfüllt werden wird, dass das Gericht über euch vollzogen ist, und euch nichts gewährt werden wird. Fortan werdet ihr nimmermehr in den Himmel hinaufsteigen. Trotz Weinen und Bitten sollt ihr auch nicht die Erfüllung eines Wortes aus der Schrift erlangen, die ich verfasst habe. Wolken luden mich ein im Gesicht, und ein Nebel forderte mich auf; der Lauf der Sterne und Blitze trieb und drängte mich, und Winde gaben mir Flügel im Gesichte und hoben mich empor. Sie trugen mich hinein in den Himmel. Ich trat ein, bis ich mich einer Mauer näherte, die aus Kristallsteinen gebaut und von feurigen Zungen umgeben war. Und sie begann mir Furcht einzujagen. Ich trat in die feurigen Zungen hinein und näherte mich einem großen, wie aus Kristallsteinen gebauten Hause. Die Wände jenes Hauses glichen einem mit Kristallsteinen getäfelten Fußboden, und sein Grund war wie von Kristall. Seine Decke war wie die Bahn der Sterne und Blitze, dazwischen feurige Kerube, und ihr Himmel bestand aus Wasser. Ein Feuermeer umgab seine Wände, und seine Türen brannten vor Feuer. Ich trat ein in jenes Haus, das heiß wie Feuer und kalt wie Schnee war. Siehe, da war ein anderes Haus, größer als jenes; alle seine Türen standen vor mir offen, und es war aus feurigen Zungen gebaut. In jeder Hinsicht, durch Herrlichkeit, Pracht und Größe zeichnete es sich so aus, dass ich euch keine Beschreibung von seiner Herrlichkeit und Größe geben kann. Da rief mich der Höchste mit seinem Mund und sprach zu mir: `Komm hierher, Henoch, und höre mein Wort!` Da kam einer von den Heiligen zu mir, weckte mich auf, ließ mich aufstehen und brachte mich bis zu dem Tor; ich aber senkte mein Antlitz.

Da versetzte er mich und sprach zu mir, und ich hörte seine Stimme: `Fürchte dich nicht, Henoch, du gerechter Mann und Schreiber der Gerechtigkeit. Tritt herzu und höre meine Rede. Geh hin und sprich zu jenen unter den Wächtern des Himmels, die dich gesandt haben, um für sie zu bitten: Ihr solltet eigentlich für die Menschen bitten, und nicht die Menschen für euch! Warum habt ihr den hohen, heiligen und ewigen Himmel verlassen, bei den Weibern geschlafen, euch mit den

Menschentöchtern verunreinigt? Obwohl ihr heilig und ewig lebende Geister wart, habt ihr durch das Blut der Weiber euch befleckt, mit dem Blute des Fleisches Kinder gezeugt, nach dem Blute der Menschen begehrt und Fleisch und Blut hervorgebracht. Die Geister des Himmels haben im Himmel ihre Wohnungen, und die Geister der Erde, die auf Erden geboren wurden, haben auf der Erde ihre Wohnung. Und nun sprich zu den früher im Himmel befindlichen Wächtern, die dich gesandt haben, um für sie zu bitten: Ihr seid im Himmel gewesen, und obwohl euch alle Geheimnisse noch nicht geoffenbart waren, wusstet ihr ein nichtwürdiges Geheimnis und habt dies in eurer Herzenshärtigkeit den Weibern erzählt; durch dieses Geheimnis richten die Weiber und Männer viel Übel auf Erden an. Sage ihnen also: Ihr werdet keinen Frieden haben!`"

Die kleine Gruppe um Henoch bat diesen, mehr zu berichten. Er erzählte weiter: „Sie nahmen mich fort und versetzten mich an einen Ort, wo die dort befindlichen Dinge wie flammendes Feuer sind, und wenn sie wollen, erscheinen sie wie Menschen. Sie führten mich an den Ort des Sturmwinds und auf einen Berg, dessen äußerste Spitze in den Himmel reicht. Ich sah die Lichter der Örter, die Vorratskammern der Blitze und des Donners und in der äußersten Tiefe einen feurigen Bogen. Ich sah die Winde, die über der Erde die Wolken tragen; ich sah die Wege der Engel und ich sah am Ende der Erde die Himmelsfeste oberhalb der Erde. Ich ging weiter und sah einen Ort brennend Tag und Nacht, da, wo die sieben Berge aus Edelsteinen sind, drei in der Richtung nach Osten und drei in der Richtung nach Süden. Dann ein Mittlerer, der bis zum Himmel reicht, wie der Thron des Höchsten aus Rubinstein, und die Spitze des Throns ist aus Saphir. Ich sah ein loderndes Feuer. Hinter diesen Bergen ist ein Ort, jenseits des großen Landes. Dort sind die Himmel vollendet." „Henoch! Sag uns! Wann wird Gott Erbarmen haben mit den gefallenen Engeln?" Henoch wandte sich dem Fragesteller zu. Ein kleiner Mann, weit über Fünfzig:

„Gott? Oder meint ihr Jahwe?" Sie blickten sich fragend an. War Jahwe nicht Gott? Henoch antwortete:

„Der Höchste band sie und Jahwe 10 000 Jahre bis zu der Zeit, da ihre Sünde vollendet ist."

Henoch fuhr fort: „Dies sind die Namen der heiligen Engel, welche wachen: Uriel ist einer der heiligen Engel, nämlich der über das Engel-Heer und den Tartarus gesetzte Engel. Raphael heißt ein zweiter der heiligen Engel, der über die Geister der heiligen Menschen gesetzt ist; Raguel heißt ein dritter der heiligen Engel, der Rache übt an der Welt der Lichter. Michael heißt ein vierter der heiligen Engel, nämlich über den besten Teil der Menschen gesetzt. Sariel heißt ein fünfter der heiligen Engel, der über die Geister, die gegen den Geist sündigen, gesetzt ist. Gabriel heißt ein sechster der heiligen Engel, der über das Paradies, die Schlangen und die Kerube gesetzt ist.

Ich wanderte ringsherum, bis ich an einen Ort kam, wo kein Ding war. Dort sah ich etwas Fürchterliches: Ich sah keinen Himmel oben und kein fest gegründetes Land unten. Dort sah ich sieben Sterne des Himmels gefesselt und in ihn hineingestoßen, wie große Berge, und brennend im Feuer. Darauf sprach ich: Um welcher Sünde willen sind sie gebunden, und weshalb sind sie hierher verstoßen? Da sagte zu mir Uriel, einer von den heiligen Engeln, der bei mir war und ihr Führer ist: `Henoch, weshalb fragst du und weshalb bekümmerst du dich ei-frig, die Wahrheit zu erfahren? Dies sind diejenigen Sterne des Him-mels, die den Befehl Gottes übertreten haben, und sie sind hier ge-bunden, bis 10 000 Jahre, die Zeit ihrer Sünde, vollendet sind.`

Von da ging ich weiter an einen anderen Ort, der noch grausiger als jener war. Ich sah dort etwas Schreckliches: ein großes Feuer war dort, das loderte und flammte. Der Ort hatte Einschnitte bis zum Abgrund und war ganz voll von großen herabfahrenden Feuersäulen. Seine Ausdehnung und Breite konnte ich nicht erblicken, noch war ich im-stande, sie zu ermitteln. Da sagte ich: Wie schrecklich ist dieser Ort und wie fürchterlich, ihn anzuschauen! Da antwortete mir Uriel, einer von den heiligen Engeln, der mit mir war, und sagte zu mir: `Henoch, warum fürchtest du dich und erschrickst du so?` Ich antwortete: Wegen dieses schrecklichen Orts und wegen dieses grässlichen Anblicks. Da sprach er zu mir: `Dieser Ort ist das Gefängnis der Engel.`"

„Aber ... das Gefängnis der Engel ist doch unsere Welt!", sagte ein alter Mann, der weiter hinten saß. „Wenn du es sagst!", antwortete Henoch.

Dann erzählte Henoch weiter: „Von hier ging ich weiter an einen anderen Ort, und er zeigte mir im Westen ein großes und hohes Gebirge und starre Felsen. Vier geräumige Plätze befanden sich in ihm, dem Gebirge, in die Tiefe und Breite sich erstreckend und sehr glatt. Drei von ihnen waren dunkel und einer hell, und eine Wasserquelle befand sich in seiner Mitte. Da sagte ich: Wie glatt sind diese Hohlräume, wie tief und dunkel für den Anblick! Da antwortete mir Raphael, einer von den heiligen Engeln, der bei mir war, und sagte zu mir: `Diese hohlen Räume sind dazu bestimmt, dass sich zu ihnen die Geister der Seelen der Verstorbenen versammeln. Dafür sind sie geschaffen, damit sich hier alle Seelen der Menschenkinder versammeln. Diese Plätze hat man zu Aufenthaltsorten für sie gemacht bis zum Tag ihres Gerichts, bis zu einer gewissen Frist und festgesetzten Zeit, zu der das große Gericht über sie stattfindet.` Ich sah den Geist eines verstorbenen Menschenkindes klagen, und seine Stimme drang bis zum Himmel und klagte. Da fragte ich den Engel Raphael, der bei mir war, und sagte zu ihm: Wem gehört dieser klagende Geist? Wessen ist die Stimme da, die bis zum Himmel dringt und klagt? Da antwortete er mir und sagte: `Dieser Geist ist der, der von Abel ausging, den sein Bruder Kain erschlug, und er, Abel, klagt über ihn, bis seine Nachkommenschaft von der Erdoberfläche hinweggetilgt ist, und seine Nachkommen unter den Nachkommen der Menschen verschwunden sind.` Da fragte ich den Engel in Betreff all der Hohlräume und sagte: Weshalb ist einer vom anderen getrennt? Er antwortete mir und sagte: `Diese drei Räume sind gemacht, um die Geister der Toten zu trennen; und so ist eine besondere Abteilung gemacht für die Geister der Gerechten da, wo eine helle Wasserquelle ist. Ebenso ist ein besonderer Raum für die Sünder geschaffen, wann sie sterben und in die Erde begraben werden, und ein Gericht bei ihren Lebzeiten über sie nicht eingetroffen ist. Ebenso ist eine besondere Abteilung für die Geister der Klagenden, die über ihren Untergang Kunde geben, da sie in den Tagen der Sünder umgebracht wurden. Diese Abteilung ist so geschaffen für die Geister der Menschen, die nicht gerecht, sondern Sünder, oder ganz und gar gottlos und Genossen der Bösen waren. Ihre Geister werden am Tage des Gerichts nicht bestraft werden, aber sie werden auch nicht von hier mit auferweckt werden.`

Von dort ging ich weiter an einen Ort in der Richtung nach Westen bis zu den Enden der Erde. Ich sah ein loderndes Feuer, das rastlos hin und her lief und von seinem Laufe weder bei Tage noch bei Nacht abließ, sondern sich gleichblieb. Da fragte ich, indem ich sagte: Was ist das, das keine Ruhe hat? Darauf antwortete mir Raguel, einer von den heiligen Engeln, der bei mir war, und sagte zu mir: `Dieses rotierende Feuer, das du in der Richtung nach Westen gesehen hast, ist das Feuer, das alle Lichter des Himmels in Bewegung setzt.`

Von dort ging ich weiter an einen Ort der Erde, und er zeigte mir ein Gebirge von Feuer, das Tag und Nacht brennt. Ich ging jenseits desselben und sah sieben herrliche Berge, einen jeden vom anderen verschieden. Ferner herrliche und schöne Steine, und jeder war herrlich und prächtig an Ansehen und von schönem Äußerem: drei von den Bergen lagen gegen Osten, einer über dem anderen befestigt, drei gegen Süden, einer über dem anderen, und dazwischen tiefe, gewundene Schluchten, von denen keine an die andere grenzte. Der siebente Berg lag zwischen diesen und einen Thronsitz ähnlich überragte er alle an Höhe; es bedeckten ihn ringsum wohlriechende Bäume. Unter ihnen befand sich ein Baum, wie ich noch niemals einen gerochen hatte. Weder einer von ihnen, noch andere Bäume waren ihm gleich. Er verbreitete mehr Duft als alle Wohlgerüche; seine Blätter und Blüten und sein Holz welken nimmermehr, seine Früchte aber sind wie die Trauben der Palme. Da sprach ich: Wie schön ist dieser

Baum und wie wohlriechend und lieblich seine Blätter und wie sehr ergötzlich seine Blüten für den Anblick! Darauf antwortete mir Michael, einer von den heiligen und geehrten Engeln, der bei mir war, ihr Führer, und sagte zu mir: `Henoch, was fragst du mich und wunderst dich über den Geruch dieses Baumes und suchst die Wahrheit zu erfahren?`

Da antwortete ich, Henoch, ihm, indem ich sagte: Über alles möchte ich etwas erfahren, ganz besonders aber über diesen Baum. Er antwortete mir, indem er sprach: `Dieser hohe Berg, den du gesehen hast, dessen Gipfel dem Throne Gottes gleicht, ist sein Thron, wo der große Heilige, der Herr der Herrlichkeit, der König der Welt, sitzen wird, wenn er herabkommt, um die Erde mit Gutem heimzusuchen. Diesen wohlriechenden Baum hat kein Fleisch die Macht anzurühren, bis zu dem großen Gericht, wenn die Vollendung für immer stattfindet. Dann wird er den Gerechten und Demütigen übergeben werden. Seine Frucht wird den Auserwählten zum Leben dienen, und er wird zur Speise an den heiligen Orten bei dem Hause des Höchsten, des Königs der Ewigkeit, verpflanzt werden. Dann werden sie sich überaus freuen und fröhlich sein und in das Heiligtum eingehen, indem sein Duft ihre Gebeine erfüllt.

Sie werden ein längeres Leben auf Erden führen, als das welches deine Väter gelebt haben, und in ihren Tagen wird weder Trübsal noch Leid, oder Mühe und Plage sie berühren.` Da pries ich den Herrn der Herrlichkeit, den König der Ewigkeit, dass er solches für die Gerechten zubereitet, solches geschaffen und verheißen hat, es ihnen zu geben."

„Das klingt wie eine Prophezeiung für die Tage nach dem großen Gericht!", merkte Anesh an. Henoch wirkte etwas abwesend, als er antwortete: „Wenn du es sagst..."

Er stand auf und sagte: „Von hier ging ich nach der Mitte der Erde und sah einen gesegneten Ort, wo sich Bäume befanden mit Zweigen, die aus einem abgehauenen Baume hervortrieben und sprossten. Dort schaute ich einen heiligen Berg und unterhalb des Berges ein Wasser, das östlich davon in der Richtung nach Süden floss. Gegen Osten sah ich einen anderen Berg, höher als diesen, und zwischen beiden eine tiefe, aber nicht breite Schlucht. Auch durch sie strömte ein Wasser unterhalb des Berges.

Westlich von diesem war ein anderer Berg, niedriger als jener und nicht hoch. Zwischen ihnen war eine tiefe und trockene Schlucht und eine andere tiefe und trockene Schlucht befand sich am Ende von den drei Bergen. Alle Schluchten sind tief und aus starrem Felsgestein. Kein Baum ist in ihnen gepflanzt. Ich wunderte mich über die Felsen, staunte über die Schlucht und verwunderte mich sehr.

Da sagte ich: Wozu ist dieses gesegnete Land, das ganz voll von Bäumen ist, und wozu ist diese verfluchte Schlucht dazwischen?

Da antwortete mir Uriel, einer von den heiligen Engeln, der bei mir war, und sagte zu mir: ʻDiese verfluchte Schlucht ist für die bis in Ewigkeit Verfluchten bestimmt. Hier werden versammelt alle die, welche mit ihrem Mund unziemliche Reden gegen Gott führen und über seine Herrlichkeit frech sprechen. Hier werden sie gesammelt, und hier ist ihr Aufenthaltsort. In der letzten Zeit werden sie zum Schauspiel eines gerechten Gerichts vor den Gerechten dienen bis in alle Ewigkeit.

Hier werden die, welche Erbarmung fanden, den Herrn der Herrlichkeit, den König der Ewigkeit, preisen. In den Tagen des Gerichts über sie, die Gottlosen, werden sie, die Gerechten, ihn preisen wegen der Barmherzigkeit, die er ihnen erwiesen hat.ʻ Da pries ich den Herrn der Herrlichkeit und verkündete seinen Ruhm und stimmte einen geziemenden Lobgesang an."

23. Bad Krozingen

★★★

Komisch. Irgend etwas an Mikes Mundwinkeln schien Kim das Gefühl zu geben, dieser kenne die Antwort bereits – er wolle aber nur höflich nochmals Nachfragen, damit er, Kim, nicht ganz so blöd da stand.

Kim verdrängte diesen Gedanken und ärgerte sich bereits kurz darauf über sich selbst, solche Überlegungen in sich hochkommen zu lassen. So ein Quatsch! Woher sollte dieser Aldrigde denn seine Geschichte kennen! Gedankenversunken hob Kim deshalb seinen Kopf und meinte: „Gut. Meine Geschichte, wegen der ich hier bin, begann bereits vor vielen Jahren." „Hat sie mit deinen merkwürdigen Erlebnissen zu tun, die du angedeutet hast?", hakte Mike nach. „Sagen wir es mal so", versuchte Kim eine Ordnung in seine Gedanken zu bringen, „Ich dachte lange Jahre in meinem Leben, wir wären alle hier, um mehr oder weniger in den Tag hinein zu leben, zu arbeiten und irgendwann wieder zu sterben – der komische evolutionäre Zufall, der uns ins Leben geworfen hat, uns dazu zwingt. Ohne irgendein wirkliches Konzept." Kim starrte mit zusammengekniffenen Augen aufs Meer hinaus, als betrachte er angestrengt einen Gegenstand irgendwo dort draußen.

Dabei wurde wieder eine Träne in seinen Augen sichtbar. Doch wahrscheinlich zwang der raue Wind sie dazu, wenn er fest in sein Gesicht blies. Kim wusste, dass er jetzt nicht mehr darum herum kam, vor Mike seine Geschichte zu offenbaren. Oder wie auch immer man dies nennen sollte. Doch deshalb war er letztlich hier. Würde er sich jetzt drücken, hätte er sich den ganzen Weg auch sparen können. Und eine Antwort würde er auch nicht bekommen. Also tat er es Mike gleich, lehnte sich wie auf einer Sonnenbank zurück und begann zu erzählen:

"Ein großer Wendepunkt in meinem Leben war ein Traum, den ich hatte, als ich noch zur Schule ging. Ich war 15 oder 16 Jahre alt. Auch wenn ich es damals noch nicht wusste, so sollte dieser Traum mein Leben für immer verändern. Ein besonderes Merkmal dieses Traumes war, dass ich mich noch heute an den gesamten Ablauf erinnern kann. Wir haben damals in einem ruhigen Stadtteil von Stuttgart gewohnt. Der Traum begann damit, dass vor unserem Haus ein großer weißblauer Reisebus wartete, in den ich einstieg. In diesem Bus saßen einige mir bekannte Leute. Einen möchte ich besonders erwähnen, da er Teil dieser Geschichte wird: Markus. Wir fuhren also los mit diesem Bus zu einem Ziel, dass ich zu diesem Zeitpunkt nicht kannte. Ich kann mich daran erinnern, wie ich aus dem Bus geschaut habe, um die Landschaft zu betrachten. Nach einiger Zeit kamen wir an einem gelben Ortsschild vorbei, dass ich mir ansah, und der Bus bog ab auf eine große Straße, welche direkt auf einen mir unbekannten Ort zuführte, der in der Entfernung schon zu sehen war. Wir fuhren weiter – in jenen Ort hinein – während ich auf der linken Seite aus dem Bus blickte, um mehr oder weniger gelangweilt den Straßenverlauf und die Bebauung zu betrachten. Nun. Wir kamen nach kurzer Zeit an eine Art Rondell, an dem einige Kinder spielten. Der Bus hielt dort, und wir stiegen aus. Sobald ich allerdings meinen Fuß vom Bus aus der Tür nach draußen setzte, war da plötzlich ein `Sprung`, und wir befanden uns allesamt an einem Fluss, dessen klarer Wasserlauf uns entgegen kam. Wir gingen unten neben dem Flussbett am Wasser entlang, und ich betrachtete die Landschaft. Das Wasser war sehr klar. Vereinzelt waren Steine zu erkennen, die herausragten und von diesem umspült wurden. Das Gefühl von Frühling. Wir gingen rechts dem Wasserlauf entgegen. Auf beiden Seiten des Flussbetts war zwischen Wasser und Böschung etwas Platz dazu. Diese Böschung führte ein ganzes Stück nach oben. Ich schaute auf die andere Seite des Flusses und sah oben am Abhang auf der gegenüberliegenden Seite Bäume, die, wie in einer

Kette aufgereiht, den Flusslauf oberhalb der Böschung säumten. Auch auf meiner Seite. Es war ein sehr schönes Bild. Nach kurzer Zeit des Weges `endete` der Traum, und ich befand mich wieder bei dem weißblauen Bus vor unserer Wohnung in Stuttgart.

Von nun an ging der Traum von vorne los.

Ich saß wieder im Bus, sah mir die Landschaft an. Wir kamen an dieses Ortsschild. Ich wunderte mich darüber, dass sich alles zu wiederholen schien, und nahm mir vor, nun alles genau einzuprägen! Auf dem Ortsschild sah ich den Namen `Bad Krozingen`. Wir bogen wieder ab in Richtung auf Bad Krozingen zu, und ich begann in diesem Bus zu sitzen wie ein geladenes Teilchen, denn ich wollte, dass mir nichts entging. Ich merkte mir das Stadtbild und den Straßenverlauf, den wir fuhren, penibel, immer mit der Angst etwas zu vergessen, wenn ich aufwachen würde! Die Straße führte geradewegs in den Ort hinein und machte dann einen leichten, langgezogenen Rechtsbogen, um dann genauso langgezogen wieder nach links zu verlaufen. Am Ende ging es nach links, ein kurzes Stück geradeaus, dann eine Kurve nach rechts. Wir fuhren noch ein kurzes Stück geradeaus und dann in die nächste Straße, die nach links abbog, hinein und auf dieses `Rondell` zu, an dem, wie zuvor, die Kinder spielten. Es war kein wirkliches Rondell, aber es wirkte aus der Perspektive und Entfernung beim Heranfahren so. Ich begann mich besonders zu konzentrieren, denn ich wusste aus dem ersten Traumabschnitt, dass, sobald ich aus dem Bus ausstieg, dieser `Sprung` kam, ich mich plötzlich an einem ganz anderen Ort befand, ohne Übergang. Ich wollte aber wissen, wie ich an diesen anderen Ort gelangte (!), deshalb war es mir wichtig, diesmal diesen `Sprung` in meiner Wahrnehmung zu verhindern. Nun, um es kurz zu machen, ich stieg aus dem Bus aus und – `Sprung`! – da stand ich wieder an diesem Fluss. Ich ärgerte mich! Wirklich! Ich war zu blöd, um wahrzunehmen, wie ich an diesen Fluss kam! Na ja, dafür erkannte ich diesmal, dass neben mir Markus lief. Ich sah auf die Bäume. Allerdings wanderten wir nun etwas weiter als beim ersten Mal – bis der Traum plötzlich von vorne losgegangen war.

Also, wir gingen und gingen, immer dem Wasserlauf entgegen den Fluss entlang, bis – Ende.

Der Traum ging nun zum dritten Mal von vorne los!

Ich steig in den Bus, bla, bla, bla... Noch intensiver prägte ich mir alles ein! Ortsschild, Straßenverlauf, Häuser, Bebauung und so weiter. So. Da waren wir wieder. Am `Rondell`! Ich habe noch gedacht, wenn jetzt beim Aussteigen wieder dieser `Sprung` kommt, dann bekomm ich 'ne Krise! Ich steige aus – `Sprung`! Ich wäre am liebsten wieder in den Bus gestiegen, konnte ich aber nicht, denn ich stand am Fluss! Und da war kein Bus, kein Rondell! `Ärger`! Wir liefen also wieder am Fluss entlang. Diesmal kam es mir vor wie Stunden! In meinem Leben bin ich nie so lange gelaufen, dachte ich. Ich betrachtete wieder die Bäume im Vorbeigehen, während wir unten am Wasser waren. Es schien mir, als seien wir plötzlich im Gebirge. Wir gingen plötzlich wie auf kleinen Steinen, und es wurde auch richtig bergig um uns. Wir kamen zu einer Art Lichtung, die sich rechterhand oberhalb neben dem Fluss befand. Wir bewegten uns auf eine kleine Gruppe von Menschen zu, die Markus und mich auf dieser verbreiterten `Lichtung` zu erwarten schien. Ich hatte das Gefühl, dass diese Gruppe unser Reiseziel war. Sie standen vor etwas, dass wie ein Viereck auf dem Boden aussah, wie ein zu klein geratenes Grab oder Erdfeld. Ich glaube, es waren drei Personen. Davon war eine ganz sicher eine Frau mit dunklen Haaren. Ich habe die Personen in etwa auf unser Alter geschätzt. Wir kamen bei dieser Gruppe an, und ich schaute auf dieses Viereck vor mir am Boden, das nach dunkler Erde aussah. Ich konnte keinerlei negative Empfindungen wahrnehmen, denn wäre es ein Grab gewesen, auch wenn es zu klein dafür war, dann hätte ich Trauer erwartet. Dem war nicht so. Mit dem Blick auf dieses Viereck, das nun, wie mit dem Blick durch ein Kameraobjektiv angezoomt größer wurde, endete der dritte Traumabschnitt und ich erwachte.

Ich stand auf und begann, nun in der Realität, sofort Skizzen zu zeichnen von den Bäumen, dem Fluss und der Umgebung. Ich holte meinen Schulatlas, denn ich wollte als Erstes nachsehen, ob es überhaupt einen Ort mit diesem Namen gibt. Ich fand ihn. In der Nähe von Freiburg an der französischen Grenze. Ich erzählte damals meinen Eltern und einigen Bekannten von diesem komischen Traum. Mit den Jahren verdrängte ich ihn aber. Als ich mich eines Tages wieder daran erinnerte, stellte ich zu meinem Bedauern fest, dass mir der Name des Ortes entschwunden war. Irgendetwas mit `Bad` – das wusste ich noch, aber mehr nicht. Schade, denn ich hatte mir immer vorgenommen, mal dort nach dem Rechten zu schauen.

Viele, viele Jahre später, im Jahr 1993, ich hatte inzwischen schon längst meine erste eigene Wohnung, meine Berufsausbildung und war zu dieser Zeit als Grafiker angestellt – kam mein Vater zu mir, der inzwischen von meiner Mutter getrennt lebte und eine Wohnung im selben Haus hatte wie ich. Er fragte, ob ich meinen Bruder mit dem Auto abholen könnte. Dieser war auf dem Weg in den Urlaub nach Frankreich in der Nähe der französischen Grenze mit seiner damaligen Freundin und deren Freundin mit dem Auto liegen geblieben. Motorschaden. Ich sollte diese unterhalb einer Autobahnausfahrt in der Nähe einer Tankstelle einsammeln. Also nahm ich meines Vaters Auto und fuhr los über Karlsruhe auf der Autobahn Richtung Freiburg. Ich war schon ewig unterwegs, wie es mir schien und ich wusste, dass irgendwann die besagte Ausfahrt kommen musste. Beim Überholen fiel mir auf der linken Seite in der Entfernung eine Baumkette auf, die mich plötzlich, nach all den Jahren, schlagartig an meinen Traum von damals erinnerte.

Ich hatte aber keine Zeit, mich weiter damit zu beschäftigen, denn ich musste aufpassen, dass ich die nächste Ausfahrt nicht übersah. Also achtete ich auf das große `auf mich zukommende` blaue Schild, das wenige Sekunden nach Sichtung der Bäume die Autobahnausfahrt anzeigen sollte.

Ja, es war die richtige Ausfahrt. Doch das war mir in diesem Moment egal, denn ich starrte wie gebannt auf die Namen, die sich, so schien es mir, wie im Zeitraffer von der großen blauen Verkehrstafel in mein Gedächtnis fraßen. Denn dort stand unter anderem ein Name in großen weißen Buchstaben: Bad Krozingen! Plötzlich sah ich mich um Jahre zurückversetzt vor meinem Schulatlas sitzen mit dem Finger an der französischen Grenze, und der Name hallte in meinem Gedächtnis nach, als sei er nie verschollen gewesen!

Am meisten bewegte mich die Tatsache, dass ich zuerst die Bäume sah, dadurch auf den so viele Jahre verdrängten Traum stieß, und einige Sekunden später den Namen des Ortes lese, an dem ich drei mal in diesem Traum aus meiner Jugend war, genau an der Kreuzung, an welcher ich nun raus musste, weil mein Bruder hier auf mich mit seinem Wagen mit Motorschaden wartete.

Ich fuhr wie benommen die Ausfahrt raus, als ich ihn an der unteren Biegung bereits mit seinen Begleiterinnen stehen sah. Allerdings zeigte mir das Straßenschild an der Kreuzung, dass es nach Bad Krozingen in die andere Richtung ging! Nun, um es kurz zu machen, ich tat so, als ob ich meinen Bruder nicht sah und fuhr Richtung Bad Krozingen weiter, während ich im Rückspiegel, äh, ja... Aber ich musste jetzt einfach wissen, was los ist! Das waren zu viele Zufälle! Ich nahm mir vor, so schnell wie möglich zurückzukommen und meinen Bruder aufzulesen.

Schon auf der Landstraße Richtung Bad Krozingen fiel mir auf, dass ständig blauweiße Busse, wie in meinem Traum, entgegenkamen. Diese schienen dort den Überlandverkehr zwischen den Ortschaften zu bewerkstelligen. Und war das noch nicht genug, fuhr, als ich in den Rückspiegel sah, wie zur Bestätigung auch noch einer dieser Busse direkt dicht hinter mir.

Ich kam an das gelbe Ortsschild und fühlte mich in meinen Traum zurückversetzt, als ich auf der langen Landstraße auf die Ortseinfahrt zufuhr. Die ersten Häuser kamen, und mein Traum schien schon zu zerplatzen, als es an der ersten Kreuzung durch einen die Sicht versperrenden Lastwagen den Anschein erweckte, als würde es nicht wie in diesem geradeaus weitergehen. Bis der LKW sich in Bewegung setzte und ich eines Besseren belehrt wurde.

Von da an fuhr ich wie in Trance. Wenn ich ehrlich bin, verblüffte es mich nicht mal mehr, dass die Straße genau den Verlauf nahm, den ich aus meinem Traum kannte, sowie die Häuserfronten dem Stadtbild aus meinem Traum entsprachen. Schon wieder ein `Zufall`.

Ich fuhr auf der Straße die leichte Rechtsbiegung entlang, die dann wiederum eine leichte, langgezogene Linksbiegung machte und in einer stärkeren Linkskurve endete. Wie im Traum fuhr ich das kurze Stück gerade aus und dann die Kurve nach rechts. Ich war jetzt an diesem Punkt, wo ich eigentlich, nach einem kurzen Stück geradeaus, die nächste Möglichkeit hätte nach links abbiegen müssen, um zu dem `Rondell` zu kommen. Allerdings begann ich mir für einen Moment Vorwürfe zu machen, weil ich meinen Bruder an der Kreuzung stehengelassen hatte, und irgendwie dachte ich, ich müsste umkehren. Also fuhr ich nicht nach links ab, mit dem Vorsatz, weiter vorne zu drehen und zurückzufahren.

Beim Vorbeifahren schaute ich in die Straße, in welche ich laut meinem Traum hätte einbiegen müssen – und sah – das `Rondell`, an dem Kinder spielten!

Okay. Mein Bruder konnte warten!

Das war mir jetzt doch wichtiger! Ich fuhr die nächste Möglichkeit links und dann nochmals links, um so wieder an die Stelle meines Traumes zu kommen, an das `Rondell`. Ich hielt an etwa jener Stelle, an der wir auch im Traum mit dem Bus geparkt hatten. Ich schaltete den Motor ab und starrte auf das Lenkrad. Ich war an einem heiklen

Punkt angelangt – denn in meinem Traum stieg ich damals aus dem Bus und erlebte diesen `Sprung`, der mich wütend gemacht hatte, da ich nicht wusste, wie man vom Bus aus zu diesem besagten Fluss kam. Als ich das in diese mich umgebende Stille, nun in der Realität, hinein dachte, nahm ich plötzlich ein Rauschen wahr, welches von draußen kommen musste. Ich kurbelte das Fenster herunter. Das war es!

Das Rauschen = Der `Sprung`!

Ich öffnete die Autotür und lief in Richtung des Rauschens. Nach wenigen Metern befand ich mich an einer kleinen Brücke, von der aus ich dem Wasserlauf entgegen in das klare, rauschende Wasser blickte. Doch nur kurz. Denn ich begann jetzt, wie im Traum gegen den Wasserlauf am Fluss entlang zu gehen. Nach einigen Minuten verließ der Fluss den Ort und bahnte sich den Weg außerhalb durch die Natur. Und an seinen Ufern standen genau jene Bäume außerhalb des Ortes, die ich aus meinem Traum so stark in Erinnerung hatte, aufgereiht wie an einer Schnur! Und – ich sah in einigen Kilometern Entfernung Berge, auf die der Fluss zulief. Okay. Ich hatte genug gesehen. Ich erinnerte mich an meinen Bruder und machte mich eilig auf den Rückweg.

Als ich wieder mit dem Auto an der besagten Kreuzung ankam, standen sie immer noch da wie die Ölgötzen. Ich hielt und musste mir die eine oder andere Frage gefallen lassen. Nachdem ich alle eingesammelt hatte, einige Dinge mit dem kaputten Auto meines Bruders geklärt waren und wir uns irgendwann auf dem Rückweg befanden, entschloss ich mich dann doch, die Wahrheit zu berichten. Ich erntete erstaunlich viel Verständnis, auch wenn mein Bruder etwas herum murrte, dass es unglaublich sei, dass sein Auto kaputtgehen musste, damit mein Traum in Erfüllung geht.

Dieses Erlebnis war lange Gesprächsthema in unserer Familie bei diversen Treffen. Doch je mehr darüber geredet wurde, umso deutlicher wurde für mich, dass das Ganze noch nicht abgeschlossen ist. Schließlich war ich im Traum drei Mal an diesem Ort und habe beim letzten Abschnitt Leute dort an einer bestimmten Stelle getroffen, die an ein zu klein geratenes Grab erinnerte, am Flusslauf in den Bergen.

So wurde ich regelrecht dazu gedrängt, wieder dort hinzufahren, doch ich lehnte ab. Denn schließlich hatte mich beim ersten Mal das Schicksal hergeführt, ohne dass ich es geplant hatte. So sagte ich mir, wenn die Geschichte noch nicht zu Ende ist, dann wird mich mein Schicksal wieder dorthin führen, auch ohne Beeinflussung von mir.

Es vergingen wieder einige Jahre. Bis eines Tages Markus bei mir anrief, ob ich nicht Lust hätte, am Wochenende seine Freundin zu besuchen, die in Kur sei. Das war 1996. Nun hatte er zu dieser Zeit noch keinen Führerschein, und dann muss man eben etwas betteln, damit man eine Mitfahrgelegenheit bekommt. Als ich zugesagt hatte, fragte ich ihn, wo wir diese Freundin denn besuchen müssten. `Ach, in der Nähe von Freiburg an der französischen Grenze`, meinte er ganz `nebenbei`. Da wurde mir einiges klar. Und da Markus meinen Traum aus den Berichten aus meiner Schulzeit kannte, sowie auch die Geschichte mit meinem Bruder und dem Motorschaden, sagte er denn auch gleich: `Weißt Du, dann können wir dort ja gleich mal an diesem Fluss aus Deinem Traum vorbeischauen`. Nach einigem Zögern sagte ich zu. Er konnte ja schließlich nichts dafür, wo man seine Freundin hinquartiert hatte. Und das er damals keinen Führerschein hatte, na ja, ich konnte ihn ja nicht hängen lassen. Hmm. Natürlich kam gleich in mir hoch, dass beim zweiten und dritten Traumabschnitt dort immer Markus an meiner Seite war.

Und tatsächlich schien es sich zu bewahrheiten.

Am beschlossenen Wochenende packten wir zeitig das Auto voll, nahmen einige Kassetten mit den neusten CDs und fuhren bei strahlendem Sonnenschein und lauter Musik dem Ungewissen entgegen. Wenigsten musste ich bei Markus nicht Bedenken wegen der Musik haben, denn unser Geschmack, was diese angeht, ist geradezu identisch. Wenn ich eine neue CD höre, kann ich sofort sagen, ob sie ihm gefällt.

So warte ich schon immer gespannt auf das obligatorische `Was ist das?` eine halbe Minute nach Anschalten der Kassette. Natürlich könnte man jemanden auch damit ärgern. Indem man sagt, dass es einem im Augenblick nicht einfällt.

Wir machten an einer Raststätte Halt, um Energie zu tanken, Getränke und anderes. Natürlich fiel mir gleich der `Rummelapparat` auf, in welchem Stofftiere liegen und man nach Einwurf eines Geldstückes mit einem Greifarm den Versuch starten kann, eines herauszuholen. Dieser stand im Außenbereich im Freien neben den Holzsitzbänken, wo wir es uns mit den Getränken gemütlich machten. In ihm war ein großer, wuscheliger Stofftotenschädel, und wir diskutierten, dass dieser viel zu schwer sei für den mickrigen Greifarm. Bei näherer Betrachtung waren da aber auch noch kleinere Kuschelschädel, wie Markus sie liebevoll nannte, und allerlei anderes. Das musste ich natürlich probieren! Mein erstes Ziel war eine Erdbeere mit Augen. Während ich noch die 2 DM herauskruschtelte, ging mein Gehirn natürlich schon längst den Greifweg durch, den es zu fahren galt. Und – ja (!), die Erdbeere mit Augen fuhr mit dem Greifarm zurück und plumpste in den entsprechenden Krabschschacht, aus dem ich sie jubelnd hervorzog!

Beflügelt vom Erfolg ging der Greifarm zum zweiten Mal runter und zog den kleinen, süßen Kuschelschädel hervor, Jippiiii!

Nachdem ich Markus zu erklären versuchte, dass ich eben für 4 DM zwei Spielzeuge aus Stoff erworben hatte, grinste mich schon der große, überschwere Schädel aus der Glasbox an. Na, auf die 2 DM kam es jetzt auch nicht mehr an. Also, zurück ins Gefecht, Geld in die Box und mit dem Greiffarm zum Riesenkuschelschädel. Doch dann geschah es! Der Schädel war zu schwer und plumpste, obwohl ich ihn am Haken hatte, durch sein Gewicht zurück ins Innere der Box. 2 DM!! WEG!! Für nichts und wieder nichts!! Der Tag war gelaufen! Wütend ging ich ins Innere der Raststätte, um Geld zu wechseln, da ich kein 2-DM-Stück mehr hatte. Ich machte Markus klar, dass dieser große Kuschelschädel mir gehöre und er in diesem Glashaus gefangen sei! Also ging ich zum letzten Anlauf über! Geld rein, Greiffarm bedienen, und – runter! Wieder bohrte sich der mickrige Greifarm kraftlos in den großen Schädel. Schaudernd wendete ich mich ab! Ich war schon auf dem Rückweg Richtung Biertisch, um das Unheil nicht mit ansehen zu müssen, als ich einen verstohlenen Blick zurück warf – und nicht glauben konnte, was ich sah. Der lasche Greiffarm hatte wie befürchtet aufgrund der Schwere des Schädels versagt. Aber bei dessen Rückzug hatten sich die krausen Haare des Kuschelschädels im Greifer verfangen, so dass dieser, gegen seinen Willen, den großen Kuschelschädel Richtung Ausgang zog! Und – plumps: Ich konnte den Stoffkopf durch den Ausgabeschacht ins Freie ziehen! Nach dem ich Markus` `will auch...`-Blick auf mir spürte, gab ich mir einen Ruck als guter Mensch und schenkte ihm den kleinen Kuschelschädel. Den großen natürlich nicht."

Mike lachte: „Ein Totenschädel ohne Korpus, für jeden von euch, wurde also der begleitende Aspekt eurer Reise. Na, wenn das mal nichts zu bedeuten hat..." Kim schaute ihn fragend an, überging aber die Bemerkung, da sie ihm unwichtig erschien. Vielleicht war er zu weit vom Thema abgekommen. Er nahm sich vor, sich wieder auf das Wesentliche bei seinem Bericht zu konzentrieren.

„Wir tranken aus und machten uns wieder auf die Socken. Wenn auch etwas abgelenkt. Ich brauchte nicht lange zu suchen, denn wie beim ersten Mal bemerkte ich kurz vor der Ausfahrt die Baumkette aus meinem Traum, und unsere Jubel-Trubel-Stimmung wich wieder einer gewissen Angespanntheit. Diesmal war ich nicht unvorbereitet gekommen. Ich begann Fotos zu machen fürs Heimische. Wieder überkam mich dieses merkwürdige Gefühl. Als wir am `Rondell` ausstiegen, mussten wir nicht lange bitten, bis die erste Merkwürdigkeit geschah. Ich hatte die Autotür gerade zu und wollte abschließen, als ein etwas älterer Mann, der zuvor dort gewartet zu haben schien, auf mich zukam. Während Markus sich noch reckte und auf der Beifahrerseite neben dem Auto stand, um sich umzusehen mit seinen langen, dunklen Haaren, streckte der ältere Mann, der dort gewartet hatte, die Arme aus und umarmte mich! Markus hatte den Mund noch nicht zu, als der Mann sagte: `Endlich seit ihr gekommen!`

Ich wollte nicht unhöflich sein, besonders weil ich Markus` verschmitztes Lächeln sah, und fragte den Mann, ohne auf seine Worte einzugehen, ob wir hier für einige Zeit parken könnten, was dieser freundlich bejahte. Noch etwas verblüfft über diesen Empfang liefen wir Richtung Fluss. Der ältere Mann hatte wohl seine Aufgabe erfüllt, denn ohne Anstalten zu machen, sein Verhalten zu erklären, blickte er uns wortlos lächelnd hinterher.

Wieder ging ich an diesem Fluss entlang. Und als ich zu Markus hinüberschaute, war es mir, als ob ich für einen kurzen Moment in meinem Traum sei – schließlich sah ich auch dort im `2. Abschnitt` bei einem Blick nach rechts, wie Markus neben mir her lief. Wir waren noch nicht allzu lange unterwegs, als dieser zum ersten Mal davon anfing, dass er ebenfalls das Gefühl habe, diesen Ort zu kennen! Er blickte sich um und schüttelte den Kopf. Er hatte von diesem Ort ebenfalls geträumt. Aber sein Traum handelte zu einer ganz anderen Zeit. Er berichtete mir von Menschen mit Lederkappen, wie man sie aus dem Mittelalter und der Zeit der Kreuzritter kannte. Immer wieder betonte er, er würde diesen Ort ebenfalls aus einem Traum kennen.

Wir redeten, während wir langsam unseren Weg fortsetzten. Ich wiederholte noch einmal beim Blick auf die weit entfernten Berge, dass in meinem Traum der `3. Abschnitt` in den Bergen endet, und dass wir im Anschluss mit dem Auto zu diesen fahren sollten, um zu sehen, ob der Fluss tatsächlich `in die Berge geht`, beziehungsweise natürlich aus diesen kommt. Wir redeten auch über die drei Personen, die im `3. Abschnitt` des Traums das Ziel zu sein schienen, und dass die Frau dunkle, halblange Haare trug. Als wir schon eine ganze Zeit durch die Bäume liefen, fiel uns auf, dass wir beobachtet wurden. In einiger Entfernung standen auf der anderen Seite des Flusses drei Personen, wovon die eine eine junge Frau mit dunklen, halblangen

Haaren war. Sie schienen dort zu warten und lehnten mit den Armen auf einem geländerähnlichen Metallvorsatz, der auf einem Sockel aus Beton befestigt war. Die beiden anderen Personen waren zwei Männer mit kurzen Haaren und sie trugen, ebenso wie die Frau, dunkle Kleidung. Als wir auf der rechten Seite des Flusses vorübergingen, verließen die drei ihre Position und machten sich daran, über die Steine im Fluss auf die andere Seite zu gelangen, auf welcher auch wir uns befanden.

Als wir uns umdrehten, bemerkten wir, dass sie nun nur etwa 30 Meter konstant hinter uns herliefen. Nach einer Weile zog mich Markus am Ärmel und sagte, wir sollten hier am Fluss warten, bis diese vorübergezogen seien, da ihm das unheimlich vorkomme. Dies taten wir dann schließlich auch. Wir warteten unten am Flussufer, bis die Gruppe langsam vorbeigelaufen und ein Stück entfernt war. Dann setzten wir unseren Weg fort. Ansonsten kann ich mich an nicht sehr viel Spektakuläres erinnern, außer, dass wir, genau wie in meinem zweiten Traumabschnitt, die `Reise` am Flussufer irgendwann abbrachen. Beziehungsweise im Traum endete der Abschnitt einfach. Wir wollten seine damalige Freundin nicht allzu lange warten lassen. Schließlich waren wir nicht zuletzt wegen einem Kurbesuch hier. Wir nahmen noch die letzte Etappe, die wir eingeplant hatten und fuhren mit dem Auto in der Nähe des Flusses entlang zu den Bergen, um festzustellen, dass er tatsächlich zwischen diesen in einer Schlucht, beziehungsweise einem Tal, verschwindet und seinen Lauf dort fortsetzt.

Auf dem Weg dorthin sahen wir noch eine burgähnliche Behausung: Die Staufer Burg. Denn hier befand sich der Ort Staufen, durch den der Fluss in die Berge verschwindet, die „Fauststadt des Teufels", am Eingang eines tiefen Tals. Hier verstarb der echte Faust vor etwa 500 Jahren, dessen Geschichte um die Verführung der Menschheit durch den Teufel, der am Ende den Kampf verliert, durch Goethe weltbekannt wurde."

„Und? Denkst Du, dies ist ein Zufall, nach all den Dingen aus Deinem Traum, die Realität geworden sind?", warf Mike als Bemerkung ein. „Keine Ahnung... Kann ich Dir nicht sagen. Wie meinst Du das? Meinst Du, da hier der Teufel der Sage nach die letzte alles entscheidende Schlacht verloren hat? Was soll das mit meiner Geschichte zu tun haben?" „War nur eine Frage. Berichte weiter."

„Es gibt nicht mehr viel zu berichten. Ob sich auch der `3. Abschnitt` meines Traumes noch bewahrheitet, was uns dort erwartet und vor allem wer, das ist in dem Moment, wo ich dir dies erzähle, nicht absehbar. Denn ich befinde mich noch mittendrin – in diesem `Traum`."

Kim machte eine Pause. Dann sagte er leise: „Und da ist noch etwas. Ich habe es bisher noch niemanden gesagt. Aber als ich in diesem Traum das Ortsschild sah, da hatte ich noch irgendwie das Gefühl, ohne Zusammenhang den Buchstaben `t` darauf zu sehen. Ich habe es bisher niemandem berichtet, weil ich mir inzwischen des Öfteren überlegt habe, ob das `t` gar nicht als Buchstabe zu verstehen gewesen sein sollte, sondern als Kreuz! Als würde hier jemand sterben. Aber ich habe, wie ich schon sagte, beim Anblick des `grabähnlichen` Fleckes an der Stelle am Fluss, wohl nicht zuletzt deshalb, unbewusst sehr stark darauf geachtet, ob ich dort negative Energien wahrnehme und dies ein viel zu klein geratenes Grab darstellen sollte. Aber dem war definitiv nicht so! Deshalb verstehe ich dies alles nicht!" Nach einiger Zeit ergriff Mike das Wort und sagte: „Keine Ahnung. Mir ist bekannt, dass der Ort Bad Krozingen in der Vergangenheit auch zeitweise mit „t" geschrieben wurde. Vielleicht sollte es dies deutlich machen. Die differenzierte Schreibweise von Krozingen und Krotzingen in den verschiedenen Zeiten. Auf jeden Fall klingt deine Geschichte alles andere, als ob es sich hierbei und Zufälle handeln würde, die nichts zu bedeuten haben. Zumindest auf mich. Hast du schon mal von der Matrix gehört? Ich meine nicht diese Art Matrix, wie in dem gleichnamigen Film. Es gibt Leute, die behaupten, dass wir alle eine Matrix besitzen, die es gilt, sich bewusst zu machen und zu entdecken.

Danach sind einige Zielpunkte in unserem Leben schon gesteckt, bevor wir überhaupt auf diese Welt kommen. Wenn man das nicht weiß, wird es immer wieder Punkte im Leben geben, über die man sich wundert. Weil man die Zusammenhänge nicht versteht."

Kim schüttelte ungläubig den Kopf. "Was für einen Sinn sollte so eine Matrix haben?", fragte er mit einer etwas abfälligen Geste. Mike lachte. „Gib mir deine Hand." Kim schaute ihn verwundert an. Dann streckte er die rechte Hand in seine Richtung aus. Dieser nahm sie und zwickte hinein. Erschrocken zog Kim sie zurück. Mike lachte. Doch dann wurde er wieder ernst. „Das hat meine Mutter immer gemacht, wenn ich dachte, ich träume." Kim schüttelte den Kopf. Mike aber fuhr fort: „Warum spürst du das, Kim? Warum siehst du mit deinen Augen das, was du siehst?" Kim wusste nicht, worauf Mike hinaus wollte und sagte: „Sag du es mir."

„Das wir uns hier treffen, ist kein Zufall!" Kim hatte das Gefühl, ein Schüttelfrost würde ihn überkommen, als er diese Worte hörte. Antworten konnte er in diesem Moment nicht. Dann fuhr es doch aus ihm heraus: „Was für einen Sinn hat dann das Leben, wenn alles vorherbestimmt ist?"

„Falsch", antwortete Mike direkt. „Eine Matrix ist nur ein imaginäres Netzgitter. Wie du zu den Ausläufen des Netzgitters kommst, ist deine Sache." Und als wäre das nicht schon verblüffend genug für Kim, fügte er noch hinzu: „Heute ist so ein Tag, an dem du einen festgelegten Ausläufer deiner Matrix erreicht hast!"

„Heute?", fuhr es aus Kim heraus. „Ach, und was hätte meine Matrix gemacht, wenn ich nicht zu diesem Treffen gekommen wäre und mich lieber in die nächste Kneipe gesetzt und ein Bier getrunken hätte?" „Nichts", antwortete Mike. „Wir hätten uns heute nicht getroffen.

Du wärst an einem Zielpunkt vorbeigelaufen, ohne ihn zu finden. Wie ich schon sagte, der Weg, den du auf dieser Matrix gehst, ist deine

Sache. Aber Tatsache ist, dass sie da ist und du in ihr lebst. Dass sie mit deiner Geburt für dich beginnt und mit deinem körperlichen Tod endet." Kim starrte geistesabwesend auf eine Möwe, die krächzend einige Meter weiter Platz nahm und den Anschein machte, mithören zu wollen. „Welchen Sinn hätte das?", fragte er schließlich. „Welchen Sinn hätte es, wenn es diese Matrix nicht gäbe?", antwortete Mike mit einer Gegenfrage. „Manche Dinge existieren eben, ohne das wir Einfluss darauf haben" „Ja. Aber ich meine, was ist der Grund? Haben wir hier eine Aufgabe, oder laufen wir planlos auf dieser, wie du es nennst, `Matrix` spazieren, bis wir eines Tages einen dieser Spinnenfäden erwischen, die diese `verwebt`?" „Alles hat einen Grund!" „Wie meinst du das?" „So wie ich es sage. Auch ein Buch, das du zu einem bestimmten Punkt in deinem Leben liest, kann ein festgelegter Punkt in deiner Matrix sein." „Du meinst, es ist festgelegt, wann ich ein Buch lese?" „Nein. Das meine ich nicht. Ich sagte, es kann festgelegt sein, dass es besser für dein persönliches Leben ist, ein bestimmtes Buch zu lesen. Für dein Weiterkommen. Ob du es dann letztendlich tust, ist deine Sache. Wenn es aber besonders entscheidend und wichtig ist, dann wirst du irgendwie zu diesem Buch hingeführt. Oder auch zu einem Menschen oder einem Ort. Würdest du die Hinweise ignorieren, was ja viele Menschen ohne Zweifel tun, dann werden wir das Gefühl bekommen, unsere Entwicklung läuft rückwärts – oder es geht nicht voran." „Und du denkst, das mit dem Flusslauf ist kein Zufall – dem Traum – vielleicht sogar der Stadt Staufen, durch die er in die Berge läuft? Weil dort Faust den Teufel besiegt hat, der die Menschheit verführte?"

Mike zuckte mit den Schultern. „Ich sagte nur, wenn deine Geschichte wahr ist, dann liegt es nahe, dass auch dieser Aspekt kein Zufall sein könnte. Kennst du die Offenbarung? Am Ende, nach der letzten Schlacht, wird von einer Stadt berichtet, durch die ein Fluss läuft und an dessen Ufern angeblich der `Baum des Lebens` steht. Er soll am Throne Gottes entspringen." „Ja, gut, aber es wird doch gesagt, dass „ZION", um wieder zum Film Matrix zurückzukommen, in Israel liegt." „Das behaupten viele durch die Interpretation der heiligen Schriften. Allerdings steht dort auch, dass die offiziellen Behauptungen über den Zeitpunkt und den Ausgangspunkt der Letzten Schlacht nicht stimmen... Und jetzt überlege mal: Am Thron Gottes! Wie heißt die nahegelegene Region, wo Dein Traum gehandelt hat?" „Staufen? Bad Krozingen?" „Das meine ich nicht. Denk weiter!" „Schwarzwald!" „Denk weiter..." „Keine Ahnung".

Mike lächelte wissend und schubste Kim leicht in die Seite. „Überleg doch mal! Am Thron Gottes! Und was liegt in der Region deiner Erlebnisse? Der `Kaiser-Stuhl`!" „Das meinst du jetzt nicht im Ernst." „Ich sage ja nur, dass überliefert wird, dass in den prophezeiten letzten Tagen sich die Heere am Thron Gottes versammeln sollen. Und deine Erlebnisse spielen sich sozusagen direkt bei der Region am Kaiserstuhl ab. Also beim Kaiserstuhl. Mehr nicht. Aber angenommen, es liegt ein ausgeklügelter Plan für die Endzeit vor, dann würden Aspekte eine Bedeutung bekommen, die auf den ersten Blick wie ein Zufall aussehen. Und wahrscheinlich sollen sie das auch. Denn schließlich geht es um ein Geheimnis, welches erst in einer ganz bestimmten Zeit an die Öffentlichkeit dringen soll. Dann, wenn die überlieferten Letzten Tage anbrechen."

Kim schloss die Augen. Irgendetwas drängte ihn, jetzt, wo er darauf achtete, die Chance zu nutzen, die seine Matrix ihm – falls sie existierte – mit diesem Treffen gab, und Mike noch etwas auszufragen. Da die Chance vielleicht nie wieder kommen würde, wenn er sie jetzt und heute verstreichen ließ.

24. Am Fluss

***

„Von hier ging ich in der Richtung nach Osten mitten in das Gebirge der Wüste und ich sah eine Steppe und eine vereinsamte Gegend,
voll von Bäumen. Aus ihren Samenfrüchten rieselte Wasser von oben
herab; es erschien wie ein reichlich fließender Wasserstrom, der, wie
nach Norden so nach Westen, von allen Seiten her Wasser und Tau
heraufführte.

Von dort ging ich an einen Ort in der Wüste und machte mich auf in
der Richtung nach Osten von jenem Gebirge. Ich sah Duftbäume duft-
end von Weihrauch und Myrrhe, und die Bäume ähnelten Mandelbäumen!" „Wie meinst du das, Henoch? Mandelbäumen?" fragte
Anesh. Henoch zeigte auf deren Umgebung und erwiderte: „Ähnlich
auch wie diese von Form." Er hielt einen Moment inne. Es wurde still.
Dann sagte er: „Merkwürdig. aber jene Umgebung hier, der Fluss, der
durch die Berge läuft, die hohen Bäume, die oberhalb den Verlauf säu-
men. All das ist dem sehr ähnlich, was ich damals zu Gesichte bekam.
Fraget mich nicht, wieso! Da sagte ich: Wie schön ist dieser Baum,
und wie ergötzlich sein Anblick! Da antwortete mir der heilige Engel
Raphael, der bei mir war, und sagte zu mir: `Dies ist der Baum der
Weisheit, von dem dein greiser Vater und deine betagte Mutter, die
vor dir waren, gegessen haben; da erkannten sie die Weisheit, und ihre
Augen wurden aufgetan, und sie erkannten, dass sie nackend waren,
und wurden aus dem Garten fortgetrieben.`

Von da an ging ich weiter bis an die Enden der Erde und sah dort
große Tiere, eins vom anderen verschieden; auch Vögel sah ich,
verschieden nach Aussehen, Schönheit und Stimme, einem vom anderen verschieden. Östlich von diesen Tieren sah ich die Enden der

Erde, worauf der Himmel ruht, und die Tore des Himmels waren offen.

Ich sah, wie die Sterne des Himmels hervorkommen, zählte die Tore, aus denen sie hervorkommen, und schrieb alle ihre Ausgänge auf und zwar von jedem einzelnen Stern besonders, nach ihrer Zahl, ihren Namen, Verbindungen, Stellungen, Zeiten und Monaten, so wie der Engel Uriel, der bei mir war, es mir zeigte. Er zeigte mir alles und schrieb es auf. Auch ihre Namen schrieb er für mich auf, ebenso ihre Gesetze und Verrichtungen.

Von da an ging ich in der Richtung nach Norden an den Enden der Erde hin und dort sah ich ein großes und herrliches Wunder an den Enden der ganzen Erde. Hier sah ich drei offene Himmelstore am Himmel; durch jedes derselben kommen Nordwinde hervor. Wenn sie wehen, gibt es Kälte, Hagel, Reif und Schnee, Tau und Regen. Aus dem einen Tore wehen sie zum Guten. Wenn sie aber durch die zwei anderen Tore wehen, geschieht es mit Heftigkeit, und es kommt dann Not über die Erde, wenn sie heftig wehen. Von da an ging ich in der Richtung nach Westen an den Enden der Erde hin und ich sah dort drei offene Tore, so wie ich sie im Osten sah, die gleichen Tore und Ausgänge sah ich. Von da an ging ich Richtung nach Süden an den Enden der Erde hin und ich sah dort drei offene Himmelstore. Daraus kommt der Südwind hervor, sowie Tau und Regen und Wind. Von da ging ich weiter in der Richtung nach Osten an den Enden der Erde hin und ich sah dort die drei östlichen Himmelstore geöffnet, und über ihnen befanden sich kleine Tore. Durch jedes jener kleinen Tore gehen die Sterne des Himmels hindurch und wandeln gegen Westen auf dem Wege, der ihnen gezeigt ist."

„Das macht zwölf große Tore!", rief ein alter Mann nach vorne. „Ist nicht die Zwölf ein Hinweis auf die uns umgebende Zeit? Wie eine Uhr. Könnten die zwölf Tore nicht darauf deuten, hier eine Botschaft zu verbergen?" „Wenn du es sagst", antwortete Henoch. „Doch hör weiter zu! Als ich es sah, pries ich ihn und zu jeder Zeit preise ich den

Herrn der Herrlichkeit, der die großen und herrlichen Wunderwerke geschaffen hat, um die Größe seines Werkes seinen Engeln und den Seelen der Menschen zu zeigen, damit sie sein Werk und seine ganze Weisheit preisen, damit sie das Werk seiner Macht sehen und das große Werk seiner Hände preisen und ihn rühmen bis in die Ewigkeit."

„Was meinst du, Johannes?", fragte Anesh. Dieser sagte: „Das Gesicht, das schaute, das zweite Gesicht der Weisheit, das schaute Henoch, der Sohn Jareds, des Sohnes Mahalalels, des Sohnes Kainans, des Sohnes Enos, des Sohnes Seths, des Sohnes Adams.

Dies aber ist der Anfang der Weisheitsreden, die ich die Stimme erhebend den Bewohnern des Festlandes mitteilen und erzählen will. Hört, ihr Urväter, und vernehmt, ihr Nachkommen, die heiligen Reden, die er vortragen wird!" Henoch begann: „Dann sah ich eine Frau, die über die Hügel der sieben Berge fuhr. Sie trug ein rotes Kleid, ihre Haare waren blond, und ihre Augen blau wie der Himmel. An ihrem Körper trug sie den Schmuck der ganzen Welt. Auf ihrem Rücken hatte sie das Zeichen des Tieres. Ich fragte den Engel, der bei mir war: Was hat dies zu bedeuten? Und er sagte zu mir: `Diese Frau wird in den letzten Tagen die Fesseln der sieben Berge lösen. Die sieben Berge sind gleichbedeutend der gefallenen Engel, bis die Frist von zehntausend Jahren vorüber ist. Doch dies wird erst geschehen, wenn sie den letzten der sieben Berge passiert hat.

In jenen Tagen wird eine Umwandlung für die Heiligen und Auserwählten stattfinden. Das Tageslicht wird über ihnen wohnen, und Herrlichkeit und Ehre werden sich den Heiligen zukehren. Am Tage der Not wird sich das Unheil über den Sündern versammeln, und die Gerechten werden siegreich sein im Namen des Höchsten, und er wird es die anderen sehen lassen, damit sie Buße tun und von dem Tun ihrer Hände ablassen. Sie werden keine Ehre erlangen, jedoch durch seinen Namen gerettet werden. Wer aber keine Buße vor ihm tut, wird untergehen durch die eigenen Taten.`

Nach jenen Tagen, an jenem Orte, wo ich alle Gesichte über das Verborgene gesehen hatte, ich war nämlich durch einen Wirbelwind entrückt und nach Westen geführt worden, dort sahen meine Augen alle die verborgenen Dinge des Himmels, die da geschehen sollen auf der Erde: Einen eisernen Berg, einen von Kupfer, einen von Silber, einen von Gold, einem von weichen Metall und einen von Blei. Da fragte ich den Engel, der bei mir war, indem ich sagte: Was sind das für Dinge, die ich im Verborgenen gesehen habe? Er sprach zu mir: `Alles dies, was du gesehen hast, dient dem Erweis der Herrschaft seines Gesalbten, damit er mächtig und stark auf Erden sei.` Jener Engel des Friedens antwortete mir, indem er sprach: `Warte ein wenig, und alles Verborgene, was der Höchste gepflanzt hat, wird dir geoffenbart werden. Jene Berge, die deine Augen gesehen haben: der Berg von Eisen, der von Kupfer, der von Silber, der von Gold, der von weichem Metall und der von Blei, sie alle werden vor dem Auserwählten wie Wachs vor dem Feuer sein und wie Wasser, das von oben her über diese Berge herabfließt. In jenen Tagen wird keiner sich retten, weder mit Gold noch mit Silber, noch wird einer entfliehen können.`

Dort schauten meine Augen ein tiefes Tal mit offenen Schlund, und alle, welche auf dem Festlande, dem Meer und in den Inseln wohnen, werden ihm Gaben, Geschenke und Huldigungszeichen herbeibringen, aber jenes Tal wird davon nicht voll werden.

Danach sah ich wiederum eine Schar von Wagen, in denen Menschen fuhren, und sie kamen auf Windesflügeln von Osten und Westen zum Süden. Man hörte den Lärm ihrer Wagen, und als dieses Getümmel entstand, da bemerkten es die Heiligen vom Himmel her, und die Grundpfeiler der Erde wurden von ihrem Platz bewegt, und man hörte das Gelärm von einem Ende des Himmels zu dem anderen einen ganzen Tag hindurch. Sie werden alle niederfallen und den Höchsten anbeten.

Am Tage des großen Gerichts sah ich, wie in jenen Tagen Engeln lange Schnüre gegeben wurden, und sie nahmen sich Flügel, flogen und wandten sich nach Norden zu. Ich fragte den Engel, indem ich sagte: Warum haben jene lange Schnüre genommen und sind weggegangen? Er sprach zu mir: `Sie sind weggegangen, um zu messen.` Der Engel, der bei mir war, sagte zu mir: `Diese bringen für die Gerechten die Maße der Gerechten und die Schnüre der Gerechten. Die Auserwählten werden anfangen, bei den Auserwählten zu wohnen, und dies sind die Maße, die dem Glauben gegeben werden und das Wort der Gerechtigkeit festigen. Diese Maße werden alle Geheimnisse in der Tiefe der Erde offenbaren und die, welche in der Wüste umgekommen sind, oder von den Fischen des Meeres und von den Tieren verschlungen wurden, damit sie wiederkehren und sich auf den Tag des Auserwählten stützen. Denn keiner wird vor dem Höchsten umkommen und keiner wird umkommen können`.“

„Das verstehe ich nicht. Sie sind doch schon tot“ sagte ein alter Mann, dessen Mund kaum noch Zähne besaß. Es war Muhiddin. Henoch blickte zu ihm und erwiderte: „Es wird die Zeit kommen, da wird man verstehen! Alle oben im Himmel befindlichen Kräfte erhielten einen Befehl und eine Stimme und ein Licht, dem Feuer gleich. Sie priesen jenen den Messias einstimmig, erhoben und lobten ihn mit Weisheit und zeigten sich selbst weise in der Rede und im Geiste des Lebens.“

25. Die dunkle Verbindung

★★★

Kim schüttelte den Kopf. Dann sagte er: „Ist das alles nicht ein bisschen weit hergeholt? Ich meine, ich habe selber keine Erklärung für all das, was passiert ist, aber einige deiner Schlussfolgerungen gehen doch etwas weit. Wahrscheinlich gibt es tausende von Menschen, die, jetzt wo wir sprechen, ebenfalls etwas Merkwürdiges erlebt haben und es auf die Offenbarung projizieren. Und es ist davon auszugehen, dass alle falsch liegen." „Alle, bis auf einen, wenn wir an die Prophezeiung glauben", erwiderte Mike.

„Aber das bin sicher nicht ich", bemerkte Kim. Mike lachte. „Es trifft einen immer unvorbereitet. Auch wenn man von einem Auto überrollt wird, fragt man sich: Warum ich? Die Erklärung dahinter findet man möglicherweise erst, wenn man die Gesetze von Karma akzeptiert. Doch was die Offenbarung betrifft, so handelt es sich um eine Art globales Karma, das in sein entscheidendes Stadium kommt. Außerdem habe ich nur gesagt, es ist auffallend, was deinen Bericht angeht. Mehr nicht." „Keine Ahnung, aber auch das mit der Matrix – ich meine viele beziehen sich hier auf einen Spielfilm und ziehen daraus Schlüsse. Ist doch Blödsinn.

Oder denkst du tatsächlich, die Matrix-Filme enthalten eine verborgene Botschaft?" „Sie handeln auf jeden Fall ebenfalls von der letzten, alles entscheidenden Schlacht und sind voller Symbolik, wie die Stadt Zion im Film. Natürlich enthalten sie eine geheime, verschlüsselte Botschaft. Ob die Macher diese bewusst eingefügt haben oder diese in Form von Indoktrination von außen in die Filme getragen wurden, ist eine andere Frage." „Was meinst du mit „Indoktrination?" „Ganz einfach, eine uns noch unbekannte Macht könnte seit Jahrtausenden Schlüsselwörter in die Geschichte der Menschheit einsetzen, um damit an einem ganz bestimmten Tag eine Türe zu öffnen. Vielleicht wurden einige deiner Gedanken von außen als Ideen an dich herangetragen und du hast sie nur aufgenommen. Ebenso könnte es bei Träumen und Visionen sein. Dann wäre es in vielen Fällen kein Zufall, wenn ein Berg heißt wie er eben heißt. `Kaiser-Stuhl` könnte so eine indoktrinierte Botschaft sein, als Hinweis auf den `Thron Gottes`...“

Kim erwiderte: „Ja, könnte... Könnte aber auch nicht.“ „Ich komme aus dem amerikanischen Geheimdienst CIA und kann dir sagen, dass die psychotronische Forschung schon heute zu den wichtigsten Gebieten überhaupt gehört. Wir reden hier von dem Eindringen in den menschlichen Verstand und dessen Beeinflussung durch Schlüsselwörter und ähnliches. Und nun stell dir mal vor, eine unbekannte Macht, die uns Millionen Jahre voraus ist, würde hier eingreifen. Diese wären sicherlich weit fortschrittlicher und nahezu perfekt auf diesen Gebieten und der Anwendung von Indoktrination.“ „Klingt einleuchtend... Aber was für Botschaften sollen denn beispielsweise in dem Film Matrix versteckt sein? Und wozu?“ Mike schaute fast belustigt. „Du darfst das Gesamtbild nicht aus den Augen verlieren. Wie bringst du Milliarden von Menschen dazu, langsam aber sicher zu verstehen, dass sie in einer Verschwörung durch einige wenige Mächtige leben, obwohl die Massenmedien ein ganz anderes Bild zeichnen? Ein einzelner Film bewirkt nicht viel. Aber hunderte oder tausende von Büchern und Filmen können im Gesamtbild die Meinung einer Bevölkerung kippen und sie in die richtige Spur lenken. Egal, was die Massenmedien behaupten. Und an einem unbekannten `Tag X` könnte das eintreten, was von der Gruppe der Verschwörer als größter anzunehmender Unfall und nahezu unmöglich angesehen wird: sie verlieren die Bürger und damit ihre Sklaven und die Macht, weil diese sich gegen sie wenden. Vielleicht ist die prophezeite Letzte Schlacht aus der Offenbarung der `Tag X`... Der Film Matrix verbirgt mehr, als du denkst. Nimm zum Beispiel den im ersten Teil des Films ziemlich am Anfang gezeigten Ausweis von Neo. Das Datum darauf ist der 11.

September 2001. Jener Tag, an dem die Anschläge auf New York und das Pentagon stattfanden. Auf dem Ausweis ist der Name „Capital City" vermerkt. Nun ist der erste Teil der Matrix-Trilogie aus dem Jahr 1999 – und somit kann man hier kaum eine Art Verarbeitung der tragischen Ereignissen in den Verlauf des Films unterstellen."

„Interessant. Gibt es da noch mehr Beispiele?"

„Viele. Ein Beispiel, welches dich interessieren dürfte, ist der als `Merowinger` in der Trilogie benannte dunkelhaarige Typ. Er wird dort als `Der Schlüsselmacher` bezeichnet, durch den Neo in die Verbannung gerät. Er hält die Schlüssel der Welt in der Hand. Man behauptet, die Merowinger könnten die Blutlinie Jesus in sich tragen. Danach ist Jesus gar nicht am Kreuz gestorben, sondern hat mit Maria Magdalena Kinder gezeugt. Das wahre Geheimnis um Jesus und dessen Blutlinie soll von den Kreuz- beziehungsweise Tempelrittern bewahrt worden sein, was auch der wahre Grund für den Vernichtungsfeldzug der katholischen Kirche gegen die Kreuzritter an einem Freitag, den 13. ist. Denn die katholische Kirche wollte mit aller Macht das von ihr aufgebaute Glaubensbild aufrechterhalten. In der Bibel gibt es ebenfalls einen Schlüsselmacher: Petrus. Er bekam von Jesus, wenn du das Matthäus-Evangelium kennst, die Schlüssel über die Welt überreicht. Viele haben keine Ahnung davon, dabei müssten sie die Bibel nur einmal richtig lesen."

„Und was willst du mir damit sagen?", erwiderte Kim. „Der Papst der katholischen Kirche wird von dieser als der offizielle Nachfolger Petrus benannt. Er ist also der offizielle Nachfolger des Schlüsselmachers, der die Macht über die Erde in den Händen hält. Wir reden hier von Petrus – jener Person, die Jesus später drei Mal nach Vorankündigung verleugnet hat. Jenem Petrus, der ein Problem hatte mit Maria Magdalena und in ihr nur eine Hure sah. Jenem Petrus, der später mit dem Kopf nach unten gekreuzigt wurde, was später als das Symbol für den Antichristen in die Geschichte einging. Offiziell, weil er damit ausdrücken wollte, dass die Welt auf dem Kopf steht. Doch in Wirklichkeit war Petrus der Verräter und nicht Judas. Judas war sogar der engste Vertraute von Jesus. Der einzige, der die komplette Wahrheit kannte: Über den alttestamentarischen grausamen Herrscher Jahwe, der nicht Gott war, sondern sich selbst zum Gott erhob. Wichtig ist die Frage, warum Jesus ausgerechnet Petrus den Schlüssel über die Welt in die Hände gab. Und das kurz bevor er diesem ins Gesicht sagte, dass er ihn drei Mal verleugnen würde. Nicht nur das. Es gibt eine eindeutige Stelle in der Bibel, aus der hervorgeht, dass Petrus vom Satan verführt wurde. Ich rede von jenem Satan, der in der Bibel auch Jesus verführen wollte und ihm als Lohn die Macht über die Welt anbot, wenn er für ihn arbeiten würde. Jesus blieb standhaft. Petrus nicht. Das macht Jesus selbst in einer Rede deutlich, in welcher er angibt, dass aus Petrus der Teufel sprechen würde.

Fragst du dich nicht, wenn Jesus vorher wusste, dass Petrus ihn drei Mal verraten würde, wenn der Hahn kräht, dass er dann auch wusste, dass er einem Mann den Schlüssel über die Welt gab, der vom Teufel verführt würde? Und wenn er es wusste, können wir hier eine Brücke zur Offenbarung schlagen und den Letzten Tagen, von denen auch Jesus sagte, dass in dieser Zeit die Macht des Antichristen ein Ende haben wird?"

„Ich frage mich, warum dann die katholische Kirche in dem Papst ausgerechnet den Nachfolger von dem Verräter Petrus, der Jesus verleugnete und von dem Jesus sagte, der Teufel würde aus ihm sprechen, sieht?", sprudelte es aus Kim heraus. „Weil er von Jesus die Schlüssel für die Welt bekommen hat. Die katholische Kirche hütet eines der größten Geheimnisse der Menschheit. Und dazu gehört das Wissen, dass der alttestamentarische Gott nicht derselbe ist wie der neutestamentarische. Denn der brutale alttestamentarische Gott war der, den wir heute als den Antichristen bezeichnen würden. Die Geschichte um Jesus, ebenso wie die über ihn überlieferten Verführungsversuche durch den Teufel im Neuen Testament, sind in der Wirklichkeit nichts anderes als die überlieferten Machtspiele zwischen dem alttestamentarischen Antichristen und dem Gott des neuen Testaments. Das ist das Geheimnis. Der brutale alttestamentarische Gott Jahwe ist jene Person, die Jesus gegenübertrat, um ihm das Angebot zu unterbreiten, für ihn zu arbeiten und dafür die Schlüssel der Welt in die Hände zu bekommen. Im Neuen Testament überliefert als die Begegnung von Jesus mit dem Teufel.

Jesus lehnte ab und wusste zugleich, dass Petrus dieses Angebot nicht ablehnen würde. Also kündigte er ihm an, dass er die Schlüssel über die Welt erhalten würde, so wie er auch wusste, dass Petrus ihn dreimal verleugnen würde. In der Bibel schrieb man dies so nieder, als hätte Jesus ihm die Schlüssel übergeben. Aber er hatte sie ja gar nicht. Denn er hatte das Angebot von Satan abgelehnt… Er hat Petrus nur prophezeit, dieser würde die Schlüssel erhalten. Weil er wusste, was geschehen würde. Wir leben in der Welt des Antichristen. Doch seine Tage sind bereits seit Jahrtausenden angezählt. Von jener Person, die auch vorher wusste, dass Petrus ihn, wenn der Hahn kräht, dreimal verleugnen wird. Und die Frage ist: Hat Jesus auch diesmal Recht?" „Woher willst du wissen, dass die Offenbarung nicht schon längst eingetroffen ist? Viele Skeptiker weisen ja darauf hin, dass auch zur letzten Jahrtausendwende und zu einigen anderen Anlässen die Menschen behaupteten: Jetzt sei es soweit..."

Mike blickte sich um. Dann meinte er: „Die Offenbarung ist sicherlich noch nicht eingetreten. Oder hast du die Wiederkehr von Jesus und ein darauffolgendes tausendjähriges Friedensreich in den Geschichtsbüchern überliefert gefunden? Die Zeichen deuten auf Sturm. Glaub mir. Jesus ist wahrscheinlich der einzige, der das genaue Jahr und den genauen Monat kannte. Ebenso wie er den genauen Zeitpunkt kannte, wann Petrus ihn drei Mal verleugnen würde. Judas wiederum hatte Jesus nur durch den Bruderkuss verraten, weil es ihm Jesus aufgetragen hat, damit die Dinge so eintreten und ihren Lauf nehmen, wie sie überliefert wurden. Obwohl – ich sollte sagen, damit sie so überliefert werden, wie sie überliefert wurden. Denn wenn Jesus nicht am Kreuz gestorben ist, dann können wir Teile des geheimen Plans erahnen. Das Judasevangelium, welches gefunden wurde und nur wenigen bekannt sein dürfte, ist das einzige, in dem überliefert wurde, wie Jesus sich über seine Jünger lustig macht, weil sie den alttestamentarischen Gott mit dem neutestametarischen Gott in Bezug auf `seine` Taten in einen Topf werfen, was nicht verstanden wurde."

„Wenn das Alte Testament aus der Bibel die Bibel des Antichristen ist, stellt das natürlich einiges auf den Kopf. Aber es erklärt auch den Widerspruch zwischen dem liebenden Gott des Neuen Testaments, der im Alten Testament augenscheinlich gegen seine eigenen Gesetze verstößt. Nicht auszudenken, wenn das stimmt und die Menschheit dahinter kommt", sinnierte Kim nachdenklich. „Natürlich stimmt es", sagte Mike. „Du musst nur die Taten des `lieben Gottes` im Alten Testament betrachten. Die sprechen für sich. Wobei natürlich vieles in den heiligen Schriften auch einem angeblichen Gott angedichtet wird, was eigentlich die Taten von ganz irdischen Menschen waren. Aber auch das ändert dann natürlich an der Tatsache nichts, dass das Alte Testament die Bibel des Antichristen ist. Denn auch das Verteilen von eigenen Straftaten auf einen liebenden Gott, die er nicht begangen hat, ist antichristlich. Ich habe vor Jahren mit einem hohen Geistlichen aus dem Vatikan gesprochen. Er hat genau diese Wahrheit gekannt und mit mir darüber geredet. Heute ist er tot."

Kim überlegte: „In der Gegenwart würde derzeit wohl kaum jemand auf die Idee kommen, das Alte Testament als ein Machwerk des Teufels anzuerkennen. Es klingt blasphemisch. Doch du hast recht. All die für einen liebenden Menschen grausam wirkenden Taten und Morde, hinter der der `liebe Gott` stecken soll? Eigentlich ist es merkwürdig, dass sich kaum jemand aus der christlichen Gemeinde über den Widerspruch Gedanken zu machen scheint. Denn der `liebe Gott` tut dort am laufenden Band genau das, was er dem Satan anlastet. Gehen wir etwas weiter in die Gegenwart. Satanismus wird ja heute hauptsächlich in der Gesellschaft mit Personen wie diesem Aleister

Crowley verbunden. Würdest du sagen, es gibt hier eine Verbindung zu dem alttestamentarischen Antichristen und den alten Geschichten? Und was ist mit diesem Crowley?", fragte Kim.

Mike blickte ihn an: „Aiwass, der Gesandte des ägyptischen Gottes Horus, der Aleister Crowley angeblich das Buch des Gesetzes diktierte, sei ihm, so berichtete Crowley, in einer finsteren Wolke schwebend, erschienen. Das klingt doch sehr alttestamentarisch und erinnert an die Auftretensweise von Jahwe.

Aleister Crowley schrieb das magische Hauptwerk `Das Buch des Gesetzes`, das Liber Legis, The Book of Law. Ein kurzes, sehr intensives Werk, welches durch die verschiedensten Gelehrten und Magier interpretiert worden ist. Man dachte, es enthielte den Schlüssel zur Magie. Am 12. August 1903 heiratete Crowley eine Frau mit dem Namen Rose Kelly. Doch leider interessierte sich diese nicht für Esoterik. Trotzdem wäre ohne sie das `Buch des Gesetzes` nie zustande gekommen. Aus diesem Grund wird ihr Hochzeitstag auch jedes Jahr in den verschiedenen OTO, den Ordo Templi Orientis-Logen, mit einem Fest gefeiert.

Sie reisten nach ihrer Heirat für längere Zeit durch den Orient. So auch in die Mars-Stadt Kairo. Dort gingen diese zu den großen Pyramiden und verbrachten einen Abend in der Königskammer." Mike machte eine kurze Pause. Dann sagte er: „Wie Jesus damals...

Bei Rose hinterließ dies richtig Eindruck. Zurück in Kairo fiel sie den Berichten zufolge in einen veränderten Bewusstseinszustand, ungewöhnlich, da sie doch augenscheinlich keinerlei okkulte Interessen hatte. In diesem wiederholte sie ständig, Crowley hätte den ägyptischen Gott Horus beleidigt. Zum Erstaunen Crowleys, da Rose ansonsten keine Ahnung von der ägyptischen Mythologie hatte.

Sie sagte ihm, wie er Horus herbeirufen könne und brachte ihn dazu, ins damalige ägyptische Boulak-Museum zu gehen. Dort bekam er einen Schock. So zeigte sie sofort auf eine Darstellung des Gottes Horus als Ra-Hoor-Khuit, welche Teil eines Steinmonuments war, die als die Stele Ankh-Af-an-khonsu bezeichnet wird, bekannt als der Priester von Mentu. Die Museumsnummer der Stele: 666!

Jene Nummer, mit der sich Crowley selbst identifizierte! Dieses Erlebnis veränderte sein Leben für immer! Seit diesem Tag sah er sich selbst in der Rolle des Tieres aus der Offenbarung, platziert von einer überirdischen Macht. Es ist wichtig zu wissen, dass das `Buch des Gesetzes` auf unglaubliche Weise fehlinterpretiert worden ist. Vor Crowley war die Stele des Ank-af-an-khonsu als die `Stele 666` bekannt. Crowley nannte sie `die Stele der Offenbarung`. So steht in der Offenbarung des Johannes, 13 Vers 15:

`Das zweite Tier konnte sogar das Standbild des ersten Tieres beleben, so dass dieses Bild sprechen konnte`. Hier wurden das Medienzeitalter und der Fernseher angekündigt, durch den diese die Botschaften des wahren Tieres unter das Volk bringen!

Und Vers 16: `Das Tier hatte alle Menschen in seiner Gewalt: Hohe und Niedrige, Reiche und Arme, Sklaven und Freie. Sie mussten sich ein Zeichen auf ihre rechte Hand oder Stirn machen. Nur wer dieses Zeichen hatte, konnte kaufen oder verkaufen. Das Zeichen bestand aus dem Namen des Tieres oder der Zahl für diesen Namen. Dazu braucht man Weisheit. Wer Verstand hat, der kann herausfinden, was die Zahl des Tieres bedeutet, denn sie steht für den Namen eines Menschen. Es ist die Zahl Sechshundertsechsundsechzig.` "

„Ich kenne diese Stelle in der Bibel", antwortete Kim. „Gut", erwiderte Mike, um dann fortzufahren: „Stimmt diese Geschichte in Gänze über die Stele in Kairo, dann hätte hier tatsächlich nicht Crowley sich diese Stele und deren Zahlenkombination zum Instrument gemacht, sondern das Tier in Menschengestalt die Stele des Ank-af-an-khonso, zu der ihn seine ansonsten spirituell total uninteressierte Frau Rose durch ihrer Vision in Kairo nach der Nacht in der Königskammer der Großen Pyramide führte.

Crowley war eingewiesen in das Illuminatenwissen der absteigenden Bewusstseinzustände der Menschheit. Aleister Crowley zählte man zur dunklen Bruderschaft, zur okkulten Gesellschaft. `Das Buch des Gesetzes`, welches Crowley verfasste, wurde ihm angeblich von einem Wesen mit dem Namen `Aiwass` diktiert, wobei Crowley in der Rolle eines Mediums fungierte. `Das Buch des Gesetzes` zeigt Crowley als den Propheten des Mentu oder Priester des Mentu. Crowley, der mit bürgerlichen Namen Eduard Alexander hieß, hat in seinem selbst gewählten Namen Aleister eine weitere Verbindung, denn dieser stammt von einer griechischen Bezeichnung für den Gott der Vergeltung ab. Er wählte den Namen, lange bevor er das `Buch des Gesetzes` diktiert bekam. Auch hier wird sein magischer Einfluss deutlich, denn sein geheimer Name war angeblich OTO Phönix.

In der ägyptischen Mythologie war der Phönix ein großer Vogel, der angeblich in Zyklen seinen eigenen Scheiterhaufen aufbaute und sich erneuerte, indem er sich verbrannte und danach wieder jung aus der Asche aufstieg."

„Und warum wird dieses Symbol verwendet?" warf Kim ein. „Du willst wissen, was damit gemeint ist? Der Phönix wurde durch einen Falken oder Reiher als Vehikel des Gottes Horus dargestellt. Eine außerirdische Verbindung! William Cooper, Ex-Navy Geheimdienst, behauptete, Einblicke in hochgeheime Dokumente erfahren zu haben und dass außerirdische Kulturen die menschliche Rasse über Religion, Satanismus, Zauberkraft, Magie und Okkultismus manipulieren.

Das Problem war, dass die Schreiberlinge hinter dem lieben Gott, wenn man es mal so pauschal sagen will, Jahwe und einigen anderen Gesellen ein und dieselbe Person gesehen haben. Diese Dummheit und Unwissenheit der Menschheit wurde von der dunklen Bruderschaft natürlich wohlwissend benützt. So wie es die Staatsführer auch heute tun. Nimm die Anschläge vom 11. September 2001. Angeblich haben dort islamische Terroristen, die merkwürdiger Weise allesamt nicht auf den Passagierlisten auftauchten und von denen eine Vielzahl heute noch lebt, unter der Leitung des vom CIA aufgebauten Terroristen Osama Bin Laden durch die Terroranschläge etwas mehr als 3000 Opfer zu verantworten. Die Bösen, wenn man so will.

Durch die Vergeltungsaktionen der USA und seiner Verbündeten kamen aber in Afghanistan und im Irak bis heute durch den Krieg und vor allem durch die Kriegsfolgen, über eine Millionen Menschen ums Leben. Durch die `Guten`. Eine Millionen gegen 3000. Das ist die Bilanz. Ich würde sagen, den Menschen, die durch die angeblich `Guten` ermordet wurden, ist es ziemlich egal, ob diese sich als die Heilsbringer aufspielen. Sie sind tot. In Wirklichkeit haben die Bösen natürlich `1 Millionen + 3000` getötet, wenn du verstehst. Fakt ist, du wirst heute keine Bevölkerung hinter dich bringen, wenn du ihnen sagst `Ich bin ein Satan und vernichte jetzt mit den Soldaten eure Familien`. Die Menschheit lässt sich immer wieder verführen von diesen Wölfen im Schafspelz. Durch die gezielt aufgebauten Feindbilder über die Massenmedien. Genau wie damals. Doch zurück zu Crowley.

Der OTO gibt sich selbstbewusst und behauptet, den Schlüssel zu hüten, der alle freimaurerischen und esoterischen Geheimnisse öffne – vor allem der Lehre der Sexualmagie, die ausnahmslos alle Geheimnisse der Natur erkläre, sowie alle Symbolismen der Freimaurerei und der Glaubenssysteme. Das sogenannte Templerkreuz ist heidnischen Ursprungs, es ist nicht aus Balken gefügt, sondern aus vier in den Knien rechtwinklig gebeugten, laufenden Menschenbeinen. Von den Satansjüngern im Templerorden wird berichtet, sie seien die titanischen Templer, die den Satan zum Schöpfer der Welt erheben. Crowley hatte eine Vorliebe für die Magie des Zauberers Abra-Merlin, bei der es besonders darum ging, Kontakt zum persönlichen Schutzengel herzustellen."

Mike machte eine kurze Pause. Dann sagte er: „Einige werden zum Beispiel bei den Themen Kindesentführungen und Kindesmissbrauch auch sofort an die Vorgänge auf dem Montauk-Stützpunkt auf Long Island denken, bei denen sich unter anderem auch wieder der Kreis zum Militär schließt, auch wenn vielen Nichteingeweihten die dort angeblich behandelte Thematik der Zeitforschung und Wetterbeeinflussung fraglich erscheint. Auch wenn die Geschichten über die angeblichen Versuche auf diesen Stützpunkten einen an den Film `Die Zeitmaschine` erinnern lassen. Betrachtet man allerdings die Thematik, dann wird der Kenner der Montauk-Vorgänge geradezu erschreckende Parallelen feststellen, die hier zumindest am Rande erwähnt werden sollen. Es gibt wohl eine erstaunliche okkulte Verbindung zum Montauk-Projekt. Jeder, der sich ernsthaft mit dem Okkulten beschäftigt, wird früher oder später auf die Arbeit von Aleister Crowley stoßen. Dies ist kein Zufall.

Crowley war sehr einflussreich und wohl kurz vor dem Höhepunkt seiner Laufbahn, als er sich dazu entschied, im Sommer 1918 am Montauk Point Urlaub zu machen. Was sich dort im Detail ereignete, ist nicht überliefert. Auch die Frage, ob diese Ereignisse für die Wahl des Standorts des späteren Montauk Projekts mit eine Rolle spielten, ist noch unbeantwortet. Interessanterweise erwähnte er aber einen Duncan Cameron in seiner Autobiographie, einen angeblich Überlebenden des Philadelphia Experiments, der in eine andere Zeit geschleudert und später auch Teil der Geschichte um das Montauk Projekts wurde."

Kim schüttelte den Kopf. Dann erwiderte er: „Das erinnert mich wiederum an das offiziell nicht existente Buch `In God we Trust` von Todd Hoper aus dem Jahr 1947. Diese ganze Zeitreisegeschichte und das Zeug. Auch die Berichte des Grafen von Saint Germain, der angeblich durch die Zeit reist. Gibt es hier eine Verbindung zum Montauk-Projekt?"

„Das Montauk-Projekt, welches wiederum ein nachfolgendes Projekt des Philadelphia-Projekts war, hat in Wirklichkeit seinen Ursprung in Deutschland. Fast 30 % der in Montauk beteiligten Wissenschaftler waren Deutsche. Man suchte für die Versuche auch gezielt nach blonden, blauäugigen Jungen. Und in der Anfangszeit wurde es größtenteils mit Nazigold finanziert. Der Ursprung selbst liegt in einer Anlage in Deutschland, in der, wie bei Montauk, mit Technologie zur Manipulation der Zeit experimentiert wurde, die aus einer anderen Welt stammt. Der Graf von Saint Germain war ebenfalls Freimaurer.

Und Todd Hoper ist ein Pseudonym für eine Person, deren Existenz heute noch im Dunkeln liegt. Die Bücher von Todd Hoper sind Realität. Doch sie existieren nur in minimaler Stückzahl, da sie alle von ihm selbst gebunden und hergestellt wurden. Es ist nahezu unmöglich, an eines dieser dilettantisch verarbeiteten Bücher zu kommen. Und es ist nur natürlich, dass seine Berichte angezweifelt werden. Da die wenigen Menschen, die ein Buch von ihm haben, es entweder hüten wie ihren Augapfel, oder nicht wissen, in was für einem Besitz sie sind. Todd Hoper, beziehungsweise die Person dahinter, soll aber ebenfalls Mitglied einer geheimen Loge sein. Ich vermute aber, bislang sind seine Berichte nur sehr wenige Menschen auf der Welt bekannt. Es wird hier vom selben Phänomen wie beim Montauk- und Philadelphia-Experiment berichtet, den Auswirkungen durch die Manipulation der Zeitlinie. Heute gibt es ein hochgeheimes Nachfolgeprojekt von Montauk. Die Anlagen stehen tief unter der Erde. Wobei nicht alle überlieferten Fakten zu Montauk und Philadelphia stimmen."

Kim schüttelte ungläubig den Kopf. „Und was soll das mit den sogenannten `Illuminaten`?" „Die Illuminaten sind die weltbekannte verschwörerische Gruppe, die für die Fadenzieher gehalten werden, welche das Bewusstsein der Erde und des Universums beherrschen. Ihr Symbol, das Auge in der Pyramide, erscheint sogar auf dem amerikanischen Ein-Dollar-Schein. Es ist nicht nur ein freimaurerisches Symbol. Die Freimaurer wurden vor langer Zeit von den Illuminaten unterwandert. Adam Weishaupt, der im Jahre 1776 den Orden der bayrischen Illuminaten in Ingolstadt gründete, verwendete das Symbol des Allsehenden Auges schon viele Jahre zuvor. So existieren Schriften von Weishaupt in Museen aus den Jahren 1774, die bereits mit dem Symbol versehen sind. Der Orden der Illuminaten wurde offiziell zerschlagen. Übrigens und bezeichnenderweise federführend unter der Leitung eines Mitglieds des Ordens selbst. Angeblich hatte man kurz zuvor einem vom Blitz erschlagenen Kurier auf dem Weg nach Regensburg gefunden, der eine Mitgliederliste der Illuminaten bei sich trug. All das war fingiert. Es gab keinen durch einen Blitz getöteten Kurier. Der Mann wurde ermordet, damit man die Liste bei ihm findet. Es war ein Planspiel, denn die Illuminaten nahmen zu ihrer Zeit fast ausschließlich Hochgradfreimaurer auf, um die Freimaurer zu unterwandern und einen übergeordneten offiziell nicht existenten Grad an der Spitze der Geheimgesellschaft zu platzieren. Es gab innerhalb kürzester Zeit zwei rivalisierende Gruppen innerhalb der Illuminaten. Als das Ziel der Unterwanderung der Freimaurer erreicht wurde, ging man planmäßig in den Untergrund und entledigte sich dabei gezielt der Mitglieder, die andere und weitaus humanere Ziele mit dem Orden der Illuminaten verbanden und anstrebten. Darunter auch Adam Weishaupt.

Er hatte keine Ahnung davon, dass eine Person in seinem Umfeld hinter seinem Rücken einen schwarzen Arm gegründet hatte. Die dunkle Unterorganisation der Illuminaten existiert offiziell nicht. Und genau das war das Ziel. Es ist bis heute wahrscheinlich die einzig echte Geheimgesellschaft. Denn sie ist wirklich geheim. Und das soll mit allen zu Verfügung stehenden Mitteln auch so bleiben, wenn es nach der dunklen Bruderschaft geht. Aussteiger und Verräter werden unverzüglich eliminiert. Man kann zwar die Gerüchteküche nicht verhindern, aber dafür sorgen, dass keine verwertbaren Beweise auftauchen. Sie tragen auch einen anderen Namen. Und wer ist tief mit den neuzeitlichen Illuminati verbunden? Niemand anderes als der Hochgradfreimaurer Aleister Crowley! Ich stieß in New York auf ein seltenes Buch. Es heißt `The Secrets of Aleister Crowley`. Laut Amado Crowley waren die Gebrüder Wilson eng mit Aleister und Großvater Crowley befreundet gewesen. Sie standen auch mit dem Schriftsteller H. G. Wells auf vertrautem Fuß, dem Autor von `Die Zeitmaschine`, der möglicherweise von ihnen beeinflusst war, als er seine Romane über die Zeit schrieb. Denke an die Montauk Boys! Falls du dich nicht mehr daran erinnerst: Die Montauk-Boys waren mittels psychosexueller Gedankenkontrolle programmiert worden. In den frühen Siebziger Jahren des zwanzigsten Jahrhunderts begann die Montauk-Gruppe sich für die Programmierung von Kindern zu interessieren. Sie wurden programmiert und in drei Altersgruppen eingeteilt: 6 - 12 Jahre, 13 - 16 Jahre und 17 - 22 Jahre. Nach der Bearbeitung wurden diejenigen aus der ersten Gruppe, welche die Behandlung überlebt hatten, in zwei verschiedene Gruppen aufgeteilt. Einige davon wurden für genetische Experimente herangenommen, die andere wurde programmiert und wieder in die Gesellschaft zurückgebracht. Manche kehrten zu ihren ursprünglichen Familien zurück, andere wurden in neue Familien gesteckt. Die Idee war, dass sich diese jüngeren Kinder in die Gesellschaft integrieren sollten. Sie sollten zu normalen Stützen der Gesellschaft werden, würden auf die Universität gehen und Anwälte, Ärzte, Politiker und so weiter werden. Diese Leute sind Schläfer, dass heißt, wenn die geheime Regierung sie aktivieren will, werden sie in Bereitschaft stehen.

Der Plan besteht darin, solche Leute in chaotischen Zeiten zu aktivieren. Die Programmierungen der anderen zwei Gruppen sollten hingegen sofort Ergebnisse bringen. Wie bei den jüngeren Boys wurden die Programmierten in zwei Untergruppen eingeteilt, vorausgesetzt, sie überlebten die Programmierung. Die erste Gruppe war eine Todesschwadron. Diese Agenten konnten so programmiert und aktiviert werden. Die zweite Gruppe wurde `Discrupters`, Störenfriede, genannt. Diese waren die Antreiber der satanischen Bewegung und anderer ähnlicher Kulte. Die Programmierung all dieser Jugendlichen begann 1973, aber es gab Anzeichen dafür, dass sie schon viel früher in den Brookhaven National Laboratories auf Long Island ausgeführt wurden. Die Sprache der Montauks ist als `*Vril*` bekannt gewesen, einer alten atlantischen Sprache. Dies wäre eine Version einer noch viel älteren Sprache, der Sprache der Engel, die man `Enochisch` genannt hätte. Interessanterweise wird die deutsche Vril-

Gesellschaft, die aus diesem geheimen Wissen mit ihren Namen abgeleitet hat – der übrigens auch in einem Roman von Edward Bulwer-Lytton Jahre zuvor bereits Verwendung fand – im Zusammenhang mit einem UFO-Absturz im Jahre 1936 im Schwarzwald erwähnt, über den auch der Autor Jan van Helsing in seinem verbotenen Buch `Geheimgesellschaften und ihre Macht im 20 Jahrhundert, Band 1` berichtet hatte. Und ohne Frage liegt es nahe, hier den Bogen zum deutschen Vorläufer des Montauk-Projekts zu spannen, aufgrund der dort vorgefundenen Technologien.

Wenn man Crowleys geheime Verbindungen weiter untersucht, scheint dies alles noch interessanter. Crowley war nicht nur mit dem O.T.O. verbunden, er war auch Mitglied einer obskuren Geheimgesellschaft, der A.:A.: (Argentum Astrum), den Orden des silbernen Sterns. Der `Silberne Stern` selbst ist der Sirius, der hellste am Himmel und der Hauptstern in der alten Konstellation des Phönixes. Die alten Assyrier und Phönizier leiteten beide ihre Namen aus diesem Erbe ab. Crowley bezeichnete den Orden des Silbernen Sterns als die Illuminati. Den alten Ägyptern zufolge gab es eine spezielle Verbindung zwischen dem Sirius und der Erde. Und natürlich wurde der Montauk-Stuhl, die Zeitreisevorrichtung, angeblich von den Sirianern geliefert."

„Das ist unglaublich", meinte Kim kopfschüttelnd. Langsam begann sich ein Puzzle in seinem Kopf zusammenzusetzen. Allerdings waren es noch zu wenige Teile, um das Bild erkennen zu können. „Hier. Trink noch etwas!" Mit diesen Worten unterbrach Mike Kims Versuche, das Gehörte zu verarbeiten.

„Erzähl mir jetzt aber mehr von deinen persönlichen Erfahrungen sowie über diese mysteriöse Frau, von der ich erfahren habe und die einer der Gründe war, warum du mich treffen wolltest", ergänzte Mike, um die Spannung etwas aufzulockern.

26. Bea

✦✦✦

„Gut", antwortete Kim.

„Ich habe schon oft einschneidende Dinge in meinem Bekanntenkreis vorausgeträumt, obwohl nach außen nichts daraufhin gedeutet hat. Zum Beispiel hatte ich einen Traum, in dem mir Maya ein Jahr vor unserer Beziehung begegnet ist. Sie hat mich im Traum an die Hand genommen und wir sind in ein Hotel hineingelaufen. Ich durfte sie sehen, wie auf einem Foto. Ihre Haare, ihre Augen, ihre Größe, ihr Lächeln. Ich sah sie auf dem Foto auf einer Treppe in einem Treppenhaus sitzen. Als ich sie ein Jahr später kennenlernte, erfuhr ich, dass sie Hotelfachfrau lernte. Und sie schenkte mir das Foto, auf dem sie auf dieser Treppe sitzt."

Nach einer kurzen Pause, die eine Ewigkeit zu wirken schien, meinte Kim: „Mein jetziges Licht, den Menschen, den ich momentan liebe und den ich vor einigen Jahren kennengelernt habe, über den gäbe es ein ganzes Buch zu schreiben, was übernatürliche Phänomene angeht. Ich würde mir wünschen, dass dieses Licht ewig leuchtet. Und hiermit sind wir bei der mysteriösen Frau angelangt, über die du mehr erfahren wolltest..."

„Na denn – leg mal los", kam es unter der dunklen Sonnebrille hervor. „Ok. Wenige Wochen, bevor wir uns in der Realität begegnet sind, habe ich ein wundervolles Erlebnis haben dürfen, aber es war kein Traum! Es war ein `Hologramm`? Oder ein Wechsel in eine andere Ebene, wie auf der Skala eines anderen Fernsehkanals. Aber es war kein Traum!"

Dann meinte er gedankenverloren zu Mike: „Wenige Wochen bevor wir uns kennengelernt haben, hatte ich einen Kontakt! So möchte ich es einmal nennen. Ich nenne es nicht Traum, weil ich nicht geschlafen habe! Aber es war trotzdem ähnlich, wie ein Traum, weil es zwar bildlich genauso real war, wie die Umgebung, in der du hier neben mir sitzt, aber nicht körperlich. Ich war also körperlich in der sogenannten `Normalität`, aber das dazu passende Bild dazu verschwand und wurde ersetzt durch diese Vision. So ist es am Naheliegendsten.

Die `Realität` verschwand vor meinen Augen, obwohl ich noch in ihr saß und fühlte – doch diese nahmen jetzt mit der selben Intensität etwas anderes wahr. Wie in einem Kino! Ich befand mich plötzlich auf einer Straße, die ich kannte. In einem Auto. Es war Nacht. Diese Straße führt direkt in Cannstatt auf den Wasen zu und ich erkannte die Fahrgeschäfte und Rummelbuden, eine Achterbahn. Ich blickte in den Rückspiegel und erkannte an den Scheinwerfern, dass hinter mir ein Daimler fuhr. Er war in der Dunkelheit nicht allzu gut zu erkennen, aber ich sah, dass er keine helle Lackierung hatte, eher dunkelblau oder schwarz. Er fuhr hinter mir her. Dann sah ich plötzlich das Telefon bei mir daheim auf dem Nachttisch und eine Hand, die mir mit den Fingern die Zahl 2 deutete. Plötzlich fand ich mich wieder in all dem Rummel auf dem Cannstatter Wasen, zwischen all den Fahrgeschäften, wo ich durch die Menge ging unter den dort vorherrschenden Bedingungen – Lärm, Kindergeschrei, Musik, Lautsprecherstimmen, Schreie aus den Fahrgeschäften. Ebenfalls bei Nacht.

Dann tauchte wieder eine Hand auf, die mir mit Zeige- und Mittelfinger die Zahl 2 deutete, bevor ich mich wieder auf dem Rummel befand. Mir wurde ein ganz bestimmter Ring gezeigt. Ich wusste in diesem Moment, dass diese Vision sich um eine ganz bestimmte Frau und um mich dreht, auch wenn ich diese selbst nicht sah! Ich erreichte eine ganz bestimmte Stelle auf dem Wasen, an einer Imbissbude. Und wieder erschien eine Hand und sie deutete die Zahl 2. Ich fragte in diese Situation hinein `Wann geschieht dies?`, und eine Stimme antwortete mir, da müsste ich den `Araber` fragen. Aus der Menge heraus kam daraufhin ein hübscher, dunkelhäutiger Mann auf mich zu, der eine ungemein freundliche und kluge Ausstrahlung hatte. Er antwortete mir nach einigen zögerlichen Sekundenbruchteilen, als ob er selbst erst irgendwo nachfragen müsste, mit: `In etwa 2½ Wochen`. Dann endete die Vision und das Bild - meine Wohnung und die `normale` Realität waren wieder um mich, als wären sie nie verschwunden gewesen."

„Deine Vision weist schon Parallelen zu visionären Bilderschauen in der Bibel und den Apokryphen auf. Natürlich nicht thematisch – aber die dahinterstehende Technik, wenn man es mal so umschreiben will, scheint identisch zu sein. Und so stellt sich natürlich die Frage, ob es nicht nur dieselbe Technik, sondern auch dieselbe Gruppierung ist, die hier ihre Finger mit im Spiel hat", warf Mike ein.

Kim zuckte mit den Schultern. „Keine Ahnung. Ich war nach diesem Ereignis sehr glücklich. Denn ganz unabhängig von der Botschaft war allein die Tatsache dieses eben erlebten `Übertragungssystems` für mich der Hammer! Da ich dieses Erlebnis jetzt aus dem chronologischen Zusammenhang gerissen habe, muss ich dazu sagen, dass ich solche Dinge schon öfters erleben durfte. Aber dazu später mehr. Als ich diese Nachricht bekam, war es Frühling. Wie jeder dort in der Region weiß, beginnt das sogenannte Volksfest aber erst im September. Nun findet allerdings im Frühling auf demselben Platz das sogenannte Frühlingsfest statt, der gleiche Rummel, aber ein paar Losbuden kleiner, dafür aber drei und nicht nur zwei Wochen lang. Nun wusste ich, dass in etwas mehr als drei Wochen auf dem Wasen das Frühlingsfest begann. 3½ Wochen sind aber nicht 2½! Hatte sich der Araber verrechnet?

Damals dachte ich natürlich: ja. Umso enttäuschter war ich dann, als das Frühlingsfest vorüberging und gar nichts passierte. Obwohl ich öfters dort gewesen bin. Trotzdem war ich nicht unbedingt sauer, denn mir konnte ja keiner die wirklich erlebte Vision nehmen.

Und ich fragte mich deshalb, wo der Fehler lag. Vielleicht hatte ich die anderen Details zu sehr vergessen und mich zu intensiv auf das Fest konzentriert? War es möglich, dass dieses Fest gar nicht der `Start` war, sondern ein anderes Detail?

Das Auto vielleicht? Oder das Telefon? Aber ich hatte keine Verabredung mit irgendeiner hübschen Unbekannten zu dieser Zeit übers Telefon gemacht. Und es hatte sich auch keine fremde Sie übers Telefon aus irgendeinem Grund bei mir gemeldet, wodurch ich auf dieses Datum kam. Und was bedeutete die Zahl 2? Warum wurde sie ständig wiederholt? Sollte es bedeuten, dass ich mit jemand zusammenkomme? Aber dafür hätte doch die Botschaft mit dem Ring schon ausgereicht, oder zumindest mal, wenn die Zahl 2 einmal vorkommt. Warum wurde sie ständig wiederholt? Es schien fast so, als solle mir dies mit der 2 eingemeißelt werden. Als sei dies das Wichtigste, der Hauptgrund für die Botschaft. Ich hatte zu diesem Zeitpunkt schon so viele Visionen und Wahrträume, erinnere dich zum Beispiel an Bad Krozingen, dass ich eines wusste: In den Visionen wird versucht, ein Geschehen so präzise wie möglich anzugeben und so kurz wie nötig. Ohne irgendwelche Details, die nichts mit der Sache zu tun haben und die Nachricht verwässern, weil sie den Betrachter auf eine falsche Fährte locken. Deshalb beschäftigte mich das Detail mit der Zahl 2 besonders! Weil es eigentlich für die Botschaft einer Zusammenführung gereicht hätte, die Zahl einmal zu bringen. Für ganz Bescheuerte wie mich vielleicht zweimal – aber nein, es wurde mindestens dreimal lang und ausführlich aufgezeigt. Und obendrauf noch die Botschaft mit dem Ring! Da musste noch eine ganz andere Bedeutung dahinterstecken wie `nur` eine Zusammenführung.

Etwa vier bis fünf Wochen nach dieser Vision lernte ich eine Frau kennen: Bea. Übers Telefon.

Warum und weshalb, wie es dazu gekommen ist, sind private Dinge, die nicht relevant sind. Wir trafen uns dann einige Tage später an einem Ort, den Sie auswählte und der mit dem Ort übereinstimmt, an dem ich sie vor etwa acht Jahren in einem anderen Traum in der Nacht zu meinem 25. Geburtstag getroffen habe!

Wichtig ist aber ein anderer Punkt, der mir nie bewusst war und der mit meinem und ihren Arbeitsplatz zusammengehangen hat, der mir aber erst wie eine Ohrfeige ins Gesicht schallte, als sie dies nach einem Jahr nebenbei erwähnte. Sie sagte: `Weißt Du noch, als wir uns kennengelernt haben? Du hast mir ja schon lange vorher auf die Mailbox gesprochen, aber zu der Zeit war ich gerade nicht zu erreichen. Erst als du dich mehrmals wieder gemeldet hast, habe ich mich zurückgemeldet, als ich Zeit hatte`. So in etwa. Ich möchte jetzt nicht zu sehr ins Private gehen, aber ich habe dies wirklich nicht mehr gewusst. Du weißt selber, wenn man in einem Büro arbeitet, telefoniert man ständig mit irgendwelchen Leuten. In dem Bereich, in dem ich arbeitete, teilweise mit mehreren hundert an schlimmen Tagen. Man weiß oft gar nicht mehr, wem man eine Nachricht hinterlassen hat, weil Dinge dann oft schon wieder erledigt sind über jemand anderes. Und wenn man die Leute nicht persönlich kennt, sind dies alles nur Nummern! Für mich hat der Kontakt in dem Moment angefangen, wo ich sie zum ersten Mal `in der Leitung hatte`. Und weil es zu diesem Zeitpunkt damals auch noch keinen Kontakt gab, habe ich das Ganze natürlich auch nicht mit der Vision in Verbindung gebracht.

Ich wusste zwar noch, dass ich ihr einmal auf die Mailbox sprach, kurz bevor ich sie am Hörer hatte, aber das die anderen Male, sorry.

Gut, wichtig ist, dass ich sie, ohne es zu wissen, zu dem Zeitpunkt angerufen hatte, so blöd es klingt, den mir der Araber genannt hat! Muss ich jetzt noch sagen, wer den besagten Ring in der Realität trägt? Wir haben uns tatsächlich übers Telefon kennengelernt. Also auch dieser Teil hat gestimmt. Bei unserem ersten Treffen sagte sie mir nebenbei, dass sie nicht mit ihrem Auto da sei. Soll ich jetzt noch sagen, was für ein Auto sie hatte? Genau: Einen dunklen Daimler! Fehlte noch der letzte Teil: Das Fest bei Nacht und die Zahl 2, die bis zur Vergasung wiederholt wurde. Ich könnte es mir jetzt einfach machen und sagen `Gut, wir sind zusammengekommen, und auf dem Volksfest waren wir ebenfalls. Stimmt.` Doch auch wenn es stimmt, dass wir auf dem kommenden Volksfest waren, dieser Tag etwas ganz Besonderes wurde, war das nicht die Botschaft! Und auch die Zahl 2 konnte ich nicht damit abtun, dass wir uns gefunden hatten. Dafür wurde sie mindestens einmal zu oft wiederholt.

Außerdem war ich `alleine`, als ich auf diesen bestimmten Punkt auf dem Fest in der `Vision` zuging, und dieser bestimmte `Punkt` ist mir bei unserem Festbesuch vor zwei Jahren nicht sonderlich in Erinnerung geblieben – wir haben uns weder dort getroffen, noch ist mir dort die Zuckerwatte runtergefallen. Es fällt mir etwas schwer – aber ich glaube, hier war von einer Trennung die Rede! Denn wir waren ziemlich genau zwei Jahre zusammen, bis sie eines Tages spurlos verschwand.

Bea und ich haben von Anfang an gespürt, dass zwischen uns etwas anders ist als normal. Wir hatten so viele Gemeinsamkeiten, nach denen man normalerweise ewig sucht, selbst in den verrücktesten Dingen, dass man das Gefühl haben könnte, jemand hätte uns wie in einer überirdischen Partnerschaftsvermittlung danach ausgesucht und zusammengeführt.

Wir sind nach außen beide relativ hart, würde ich mal sagen, insofern, dass wir uns immer in den Wind drehen, anstelle vor ihm wegzulaufen. Aber wir haben beide einen sehr weichen, zerbrechlichen Kern, der schon unzählige Kratzer hat, und der ab und zu droht, zu zerbrechen. An diesen lassen wir niemanden ran. Wir verstecken ihn, um all die Schnitte zu verbergen, die uns das Leben auferlegt hat und an denen wir oft die Kraft fast verloren haben.

Ich glaube inzwischen, dass die `andere Seite` dies weiß, und dass der Grund dieser Botschaft nicht der war, dass wir zusammenfinden, wenn, dann nur in zweiter Linie, sondern um mir mitzuteilen, dass es eine Trennung geben würde. Ich denke, wir kommen wieder zusammen!"

„Woraus schließt du, dass ihr wieder zusammenkommt? Denn die Zahl 2 in der Vision hat ja offensichtlich die Zeit vorgegeben, wie lange ihr vereint seid. Und so war es auch. Also. Woraus schließt du, dass ihr wieder zusammenkommt?", fragte Mike.

„Ganz einfach. Der entscheidende Punkt ist der Rummelplatz. Alles in der Vision hat sich um den Rummelplatz gedreht. Wie ich schon sagte, waren wir mal dort in den zwei Jahren, aber es wäre doch ziemlich weit hergeholt, aus dieser Tatsache nun einen Bezug zu dem Rummelplatz in der Vision zu schließen. Und es war nun mal das entscheidende Element. Und ich bin definitiv alleine in der Vision auf dem Rummelplatz gewesen und habe mich noch darüber gewundert. Denn ich würde niemals alleine auf einen Rummelplatz gehen und war es auch bisher nicht. Also schließe ich daraus, dass diese Sache noch nicht abgeschlossen ist. Zumal ihr plötzliches Verschwinden Rätsel aufgibt.

Denn vielleicht muss erst ein Weg geebnet, alte Sachen abgeschlossen werden, ohne die eine Weiterführung der Beziehung ohne diese Trennung keine großen Chancen auf ein langes Glück gehabt hätte. Vielleicht war der erste Abschnitt notwendig, um zu erkennen, dass wir zusammen gehören, was aber zum Zeitpunkt der Trennung noch keiner wahrgenommen hat. Oder vielleicht liege ich total falsch." Kim spürte, wie ihm die Tränen über die Wangen liefen, obwohl er alles dafür gegeben hätte, dies willentlich vor Mike zu verhindern. Doch die Gefühle waren zu stark. Mike klopfte mit seiner Hand beruhigend auf Kims Oberschenkel und meinte dann: „Spricht dies nun für das Vorhandensein einer Matrix, oder dagegen?" Kim antwortete nach einer kurzen Pause: „Ich habe immer das Gefühl gehabt, Bea weiß mehr, als sie zugibt! Sie hat mich auf Dinge angesprochen, die sie eigentlich nicht wissen kann. Sie hatte manchmal merkwürdige Anwandlungen, und ich erinnere mich daran, dass sie sich eines Nachts im Bett aufsetzte und sagte: `Eines Tages werde ich für Dich sorgen!`

Ich habe sie gefragt, was sie damit meint, doch sie antwortete nicht.

Die Trennung kam für mich sehr plötzlich. Wir hatten uns mittags noch gesehen, und sie erzählte mir, dass sie einige Dinge zu erledigen hätte – dass sich bei ihr etwas ändern würde, was ihren Job anging. Und im Radio lief das Lied `Life is a Rollercoaster`. Sie sagte, `Hörst Du, das Leben ist eine Achterbahn...`.

Dabei lächelte sie, als ob sie an etwas Schönes denken würde. Erst vor kurzem dachte ich zum ersten Mal an den komischen Zusammenhang: Diese Vision mit dem Rummelplatz und der Achterbahn und dann läuft an unserem `letzten Tag` dieses Lied, und sie redet darüber. Ich möchte hier anmerken, dass Bea diese Vision nicht von mir kennt! Ich hatte einfach noch nicht den richtigen Zeitpunkt für mich, ihr davon zu berichten.

Ich rief Bea an diesem `letzten Abend` an und sie legte auf. Ich habe sie danach mehrmals angesimst, und sie simste mir zurück, dass Schluss sei. Fertig."

„Bea scheint mehr über dich und die Zukunft gewusst zu haben, als du denkst. Die Frage ist nur, warum und woher sie das wusste...", erwiderte Mike.

27. Achterbahn

***

Kim saß zusammengesunken da.

`Gib mir nur noch eine Chance...!`, sprach er in Gedanken zu jener Stelle, die er Gott nannte. Ein Blick in seine Augen verriet die Hoffnungslosigkeit, die er sich selber aufgebürdet hatte. In seinen Gedanken hörte er plötzlich durch das Tosen des Windes hinweg die Bruchstücke eines Liedes, bei dem eine weibliche engelsgleiche Stimme eine Melodie anstimmte. `Be with you ... It`s what I´m longing for … Give me your hand … Give me a chance… Be with you … Be with you…` drang es leise aber bestimmt engelsgleich durch sein Unterbewusstsein. Merkwürdig. Er konnte sich nicht erinnern, den Song jemals zuvor gehört zu haben, der jetzt, augenscheinlich aus dem Nichts kommend, in seinem Kopf herumspukte.

„Als ich sie fragte, was geschehen sei und warum sie so reagiere, hat sie mir jeden Tag eine andere Ausrede genannt, und zwar immer die, welche ich ihr selber mit meinen Erklärungsversuchen in den Mund legte. Damit wollte sie mir wohl sagen: `Hinter die Wahrheit kommst du sowieso nicht`. Sie sagte aber auch mehrmals, dass sie sich lieber die Zunge rausbeißen würde, als mir die Wahrheit zu sagen. Und sie unterstellte mir mehrmals, ich hätte sie betrogen an diesem Tag, und ich sei gesehen worden.

Ich wünschte, ich könnte diesen verdammten Tag rückgängig machen. Ich würde alles dafür geben."

„Ich muss dir noch etwas sagen", kam es nach einer Weile zögernd aus Kims Mund: „Ich hatte das Gefühl, sie wollte mir damals sagen, ich solle an ihr festhalten, denn wir hatten des Öfteren aus Spaß am Handy eine Art Rollenspiel gemacht – und sie benützte in dieser anderen Rolle ein bestimmtes Handysymbol in Form einer Art Mistgabel (ψ), dass sie hinten an die Nachricht hängte, damit ich weiß, ob es ihr Ernst ist oder nur ein Spiel. Und an diesem Abend hat sie dieses Symbol für `Spiel` an zwei ihrer Nachrichten gehängt, als wolle sie mir sagen, `Hab keine Angst, dies geschieht nicht wirklich / es bin nicht ich, der dir das schreibt`. Sie hat mir damals keine Antwort darauf gegeben, warum sie dies tat. Sie ist kurze Zeit später verschwunden. Ihr Haus, in das sie so viel Geld investiert hatte, und in das sie gerade erst eine neue Einbauküche in wochenlanger Arbeit für einen fünfstelligen Betrag einbauen ließ, und bei dem sie immer betonte, dass sie dies gerne investieren würde, da sie hier alt werden wollte, hat einen neuen Besitzer. Kurz zuvor hat sie mich einmal wegen einer Sache angerufen in meiner damaligen Firma. Ich erwartete, dass sie mich anschreien würde, aber ihre Stimme klang geradezu zärtlich, als hätte sie Sehnsucht nach mir und wäre froh, einen Vorwand zu haben.

Und es gibt noch einen ernsten Hintergrund. Sie ist in einem Zeugenschutzprogramm und hat gegen jemanden und eine Gruppe ausgesagt, die in hochkriminelle Dinge verwickelt waren, worauf einige sehr hohe Haftstrafen bekamen. Ich habe in den zwei Jahren mit ihr deshalb viel erleben müssen. Und ich weiß, dass sie Angst hatte. Nicht unbegründet. Wer sich mit solchen Programmen auskennt, dem ist bekannt, dass alle Kontakte zu früheren Personen abgebrochen werden müssen, aus Sicherheitsgründen. Und das dies ein scheiß Leben ist! Ich muss wohl nicht dazu sagen, dass ihr richtiger Name nicht Bea ist!

Selbst meine Familie kennt nicht ihren richtigen Namen. Und diese Typen waren hinter ihr her. Trotz all den Sicherheitsvorkehrungen bestand Gefahr. Vielleicht war das der Grund, warum die Wohnung geräumt ist."

„Was ist damals geschehen?", fragte Mike. „Warum ist sie im Zeugenschutzprogramm?" „Sie hatte einen Exfreund, mit dem sie auch eine gemeinsame Tochter besitzt. Die ganze Sache hat sich damals in München abgespielt. Ich muss dazu sagen, dass Bea mit Sicherheit kein Unschuldslamm in ihrem Leben war. Wenn all das stimmt, was sie mir erzählt hat. Doch wer kann das schon von sich behaupten, ohne zu lügen? Sie hatte mit diesem Typ und ihrer Tochter eine Penthousewohnung. Er war irgendein Arschloch aus dem Rotlichtmilieu. Bea hat mir mal erzählt, dass sie nach Hause gekommen ist, und dieser Typ vergnügte sich gerade mit einer anderen in ihrem Bett, während die Tochter im Kinderzimmer schlief. Sie fragte die beiden, ob sie einen Kaffee machen soll. Und Bea revanchierte sich später, indem sie ohne sein Wissen Hundefutter in das Mittagessen mischte. So war ihre Art.

Tatsache ist wohl, dass dieser Penner während der Beziehung mit Bea einige Leute umgebracht hat und der Fall damals auch durch die einschlägige Presse ging. Bea wusste nichts davon, wie sie sagte. Sie erzählte mir mal, dass es im Nachhinein ein merkwürdiges Gefühl war, mit einem Mörder eine Beziehung zu führen, ohne es zu wissen, diesen sogar mal geliebt zu haben. Eines Tages hat sich dieser Typ nach dem Frühstück ganz normal verabschiedet, und als er abends nach Hause kam, hatte er an diesem Tag wieder jemanden umgebracht. Sie konnte sich noch abends an seine Rückkehr erinnern und das er ganz normal war und freundlich, während sie in den Nachrichten von dem Mord hörte. Als sie von seinen Taten erfuhr, konnte sie es nicht glauben, wie normal er sich an den angeblichen Mordtagen verhalten hatte."

Kim putzte sich die Nase. "Eines Tages klingelte es wohl, und die Kriminalpolizei stand vor ihrer Tür. Diese haben sie dazu überredet und ihr nahegelegt, der Polizei zu helfen, weil man ihr im anderen Fall später auch Mitwisserschaft anlasten könnte. Als Absicherung wurde ihr die Aufnahme ins Zeugenschutzprogramm zugesagt. Für eine neue Identität reichte der Fall wohl noch nicht aus. Also hat sie selbst dafür gesorgt, wo es möglich war." Kim knetete seine Hände. „Als ich sie kennenlernte, war gerade ihre Schwester irgendwann um diesen Zeitpunkt gestorben. Verunglückt mit Beas Auto. Sie hinterließ einen kleinen Sohn. Und in der Familie glaubt eigentlich keiner an einen Unfall. Es war wohl irgendeine Ungereimtheit mit den Bremsleitungen. Und dies würde bedeuten, eigentlich sollte nicht ihre Schwester sterben, sondern Bea! Denn es konnte nach Aussagen der Familie an diesem Tag niemand wissen, dass ihre Schwester ausgerechnet an jenem Tag auf ihr eigenes Auto verzichtete und mit dem ihrer Schwester zum Einkaufen fuhr. Seitdem macht ihre Mutter sie für den Tod der Schwester verantwortlich und sagte, dass eigentlich Bea tot sein müsste!"

Mike stieß die Luft hörbar aus und zischte: „Nach dem Motto, hätte sich Bea nicht mit so einem Arschloch eingelassen, dann würde ihre Schwester jetzt noch leben." „Genau." „Aber wie hätten diese sie finden sollen? Wenn sie doch durch das Zeugenschutzprogramm eine gewisse Sicherheit genoss?" „Durch das Schutzprogramm bekam sie eine offizielle Adresse, die nur ein Briefkasten in Köln war. Die Post wurde in regelmäßigen Abständen von der Polizei geleert. Ihre wahre Wohnanschrift und Telefonnummer waren nach den üblichen Sicherheitsvorschriften für den Normalbürger nicht mehr zugänglich. Die Wohnung, in der sie lebte, war offiziell auf einen anderen Namen gemeldet. Sie hatte einen Anschluss mit mehreren Geheimnummern. Nur der Briefkasten vor Ort erinnerte noch an ihren echten Familiennamen. Allerdings gab es natürlich Schwachstellen. Sie bekam keine neuen Pässe, keine neue Identität, etc.. Und auch ihre Familie war ein großer Schwachpunkt. So wollte ihre Mutter nichts mit der Sache zu tun haben und auf keinen Fall aus ihrer Eigentumswohnung ausziehen, die die Täter aber kannten."

Mike stieß die Luft hörbar aus: „Dann sag ich dir, was passiert ist! Ihre Sicherheitsstufe wurde erhöht. Vielleicht ist sie nicht einmal mehr in Deutschland. Aber frag mich das ein anderes Mal. Wie lautete das offizielle Untersuchungsergebnis des `Unfalls`?" „Unfall!", antwortete Kim.

„Ich glaube allerdings, was auch immer passiert ist, hängt mit mir zusammen. Sie hat eines Tages von mir erfahren, dass ich Leute aus jener Region kenne, wo sie damals mit diesem Typen zusammengewohnt hatte. Aber was sollte ich machen? Meine Tante wohnt dort ganz in der Nähe. Vielleicht war ich einigen Leuten, die im Zeugenschutzprogramm im Hintergrund die Fäden für sie zogen, deshalb ein Dorn im Auge. Vielleicht hatten sie die Befürchtung, ich hätte Kontakte zu dieser Gruppe und somit mussten sie das Leck schließen. Denen war es ohnehin von Anfang an ein Gräuel, dass Bea mir überhaupt eines Tages von ihrer Vergangenheit berichtet hatte.

Ich möchte hier noch etwas erzählen, weil es auch ein merkwürdiger Zufall ist! Sie saß eines Tages neben mir und streckte ihre Hand aus. Da entdeckte ich an der Rückseite des Gelenks einen kleinen Knoten. Ich sagte ihr, dass ich mit 15 Lymphdrüsenkrebs und auch so einen Knoten an der Hand hatte, sowie in der Leistengegend. Ich riet ihr, zum Arzt zu gehen, was sie erst ablehnte, weil der Knoten nicht wehtat. Ich erzählte ihr, dass diese nicht wehtun. Ich hatte sie wohl so verunsichert, dass sie doch irgendwann zum Arzt ging, und der stellte an ihr ebenfalls Lymphdrüsenkrebs fest. Sie begann mit der gleichen Scheißbehandlung wie ich und wurde durch das Erkennen in diesem frühen Stadium genauso geheilt wie ich. Ich meine, ist das nicht ein `Zufall`?

Hätte Bea nicht gerade *mich* kennengelernt, dann wäre sie nicht zum Arzt gegangen und wäre vielleicht erst dann darauf aufmerksam geworden, wenn es zu spät gewesen wäre! Nur dem `Zufall`, dass wir uns kennengelernt hatten, ich ausgerechnet diese Krankheit hatte und bei mir die Alarmglocken schrillten, ist es zu verdanken, dass sie nicht daran gestorben ist! Natürlich ist auch das spekulativ, aber mir wird schlecht, wenn ich daran denke, was passiert wäre, wenn sie mich nicht zu diesem Zeitpunkt kennengelernt hätte. Ich selbst wurde damals im Alter von 15 Jahren durch das zufällige Aufblättern einer Zeitung gerettet. Ach, hab ich ja schon erzählt..."

Wieder drang dieser merkwürdige Song mit der engelsgleichen weiblichen Stimme in Kim hoch: `... It´s what I´m longing for ... Give me your hand Give me a chance ... To be with you... Be with you...`

Give me your hand? Give me a chance? To be with you?

Wieder bekam Kim das komische Gefühl, etwas Unbekanntes im Hintergrund würde die Regie führen! Hatte er nicht eben davon gesprochen, wie er Beas Hand nahm. Give me your hand... Und dort den Knoten feststellte und ihr damit das Leben rettete und eine Chance auf ein Weiterleben gab? `...Give me a chance...` Und woher kam dieser Song aus seinem Unterbewusstsein überhaupt? Verdammt, er hatte ihn noch nie vor dem heutigen Tage gehört. Irgendetwas kreierte ihn scheinbar in ihm.

Kim behielt seine Gedanken für sich. Doch sie erinnerten ihn an den Song `Life is a Rollercoaster´ von Ronan Keating, der im Hintergrund trällerte, als Bea am letzten Tag seiner Beziehung mit ihr im Auto saß. Moment mal! Da gab es noch etwas! Kim blickten zum Himmel. Erneut hörte er das Krächzen einer Möwe über sich.

„Sie hatte mich einmal auf einen Vorfall in einem für mich lebenswichtigen Traum angesprochen, den sie nie und nimmer kennen konnte, denn ich hatte zu keinem darüber geredet! Der Traum hatte auch nicht mit ihr zu tun. Der einzige `Kontaktpunkt`, den ich heute irgendwo sehe, ist der, den ich dort traf, und den ich heute als den `Araber` identifizieren würde.

`Life is a Rollercoaster`. Das Leben ist eine Achterbahn... Mein Gott! Natürlich...!", fuhr es aus Kim heraus, als hätte er den Wald vor lauter Bäumen nicht gesehen.

Mike schaute ihn gespannt an. „Was ist? Raus mit der Sprache. Hast Du etwas entdeckt?" Entdeckt? Ja! Er hatte etwas entdeckt! Und vielleicht war es die erste heiße Spur zu Wahrheit.

„Wenn ich dieses Lied `Life is a Rollercoaster` höre, denke ich an unseren letzten Tag. Unsere letzten Minuten. Vielleicht ist es Zufall, dieser Zusammenhang. Doch wenn nicht, was dann? Sie hat mich sehr merkwürdig dabei angeschaut, als wollte sie mir sagen `Erinnere dich...` Und was ist die Botschaft dieses Liedes: Es geht mal runter und dann wieder hoch im Leben. Doch erst jetzt wird mir bewusst, das es kein Zufall war, dass dieser Song an unseren `Letzten Tag` im Radio lief und sie mich darauf aufmerksam machte. Denn was ich Dir jetzt erzähle, wird dich von den Socken hauen!"

28. Föderation

***

Ein kleiner Punkt bewegte sich auf die Umlaufbahn des Planeten zu. Als er näher kam, konnte man den riesigen Umfang eines zigarrenförmigen Objekts ausmachen, das einen Durchmesser von über 1000 Metern besitzen musste. Es hatte keine Ecken und Kanten, wirkte wie aus schwarzem, eloxierten Metall. Lautlos glitt es in die Atmosphäre. An seiner Vorder- und Rückseite war unterhalb ein kleines rotes Licht zu erkennen, das pulsierte.

Der Planet wirkte erdähnlich, war aber sehr viel größer. Während des Fluges schwenkte das Objekt einmal um die eigene Achse und veränderte seine Flugbahn Richtung Norden. Zwei grüne Strahlen tauchten wie aus dem Nichts von der Oberfläche des Planeten auf, die dem eines Lasers glichen, und kreuzten sich für einen kurzen Moment in der Flugbahn des Objekts, das sich noch etwa 11 Kilometer über der Oberfläche befand. Es wirkte wie ein großer Scanner, der den ankommenden Flugkörper abtastete. Es hatte aber womöglich eine andere Bedeutung.

Dann verschwanden die grünen Strahlen ebenso schnell, wie sie aufgetaucht waren. Etwa acht Kilometer über der Oberfläche bekam das Objekt unterhalb ein blaues, intensives Leuchten. Doch nur für kurze Zeit. Es näherte sich einer riesigen Anlage, welche in etwa die Ausmaße von 20 Kilometern hatte. In seiner Nähe waren am Boden schemenhaft drei weitere dieser riesigen Schiffe zu erkennen. Etwa einen Kilometer über dem Boden begannen die roten Lichter unterhalb ihren Puls zu verändern. Sie blinkten jetzt in einem sehr viel kürzeren Intervall und wirkten heller als zuvor. Etwa zehn Meter über dem Boden verharrte das Objekt über der Oberfläche und blieb lautlos in der Luft stehen. Die roten Lichter leuchteten nun durchgehend an dessen

Seiten. Ein blauer Strahl kam aus der Unterseite und richtete sich automatisch auf den Eingangsbereich eines riesigen Gebäudes. Kurze Zeit später sah man in diesem einige Gestalten, die wie in einer Art Aufzug nach unten glitten. Dann verschwand das blaue Licht.

Tanael richtete noch einen kurzen Blick auf das monströse, schwarze Objekt, dem er eben entstiegen war, und lief dann zielstrebig in die monumental wirkende Eingangshalle. Eine junge hübsche Frau kam auf ihn zu. Sie hatte blonde Haare und wirkte wie eine Fünfundzwanzigjährige. „Tanael! Schön dich zu sehen! Ich hoffe, ihr hattet einen angenehmen Flug!" „Ja! Aber wie immer viel zu kurz! Toreana Sale Madrea! Hallo Silendea!" Er hob seinen rechten Arm zum Gruß. Ein alter Brauch, der seit Jahrtausenden in ihrem Volk seine Gültigkeit hatte. „Toreana Sale Emida! Ich grüße dich in den Mysterienschulen von Tepla! Du kommst direkt von Sol 3, der Erde?" „Ja. Das Programm wird in die entscheidende Phase treten. Wir haben getan, was wir konnten, ohne für die Terraner sichtbar in deren Zivilisationsgefüge einzudringen. Aber du weißt selbst, acht von zehn Welten dieser Kategorie überleben dieses Stadium nicht!" Silendea schaute ihn aufmunternd an, während sie durch die überdimensionale Halle schritten: „Du hast Recht! Aber ohne unser Eingreifen wären die Chancen so aussichtslos wie bei den Karenern! Wir sind diesem Volk verpflichtet! So unterentwickelt es auch ist! Bedanke dich bei unseren Vorfahren! Ea hat entschieden!" Sie legte ihre Hand an den Gürtel, den sie um die Hüfte trug. Zwei Augengläser erschienen vor ihrem Gesicht. Sie ähnelten einer Brille, hatten aber kein Gestänge und waren jetzt frei schwebend im Abstand weniger Zentimeter vor ihren hübschen blauen Augen zu erkennen. Sie dienten aber nicht dem Zweck einer Sehhilfe.

Silendea blieb für einen Moment stehen. Dann sagte sie: „Die anderen sind bereits im Kame El Tu, dem Haus der Schlange. Komm!" Die beiden Gläser verschwanden vor ihren Augen und die beiden liefen weiter.

Sie kamen in einen großen Raum, der wie ein Parlamentsgebäude wirkte. Oder einem futuristischem, geschlossenen Kolosseum. Hunderte von Menschen saßen in ihm und schienen zu warten. Silendea und Tanael nahmen ebenfalls Platz und richteten ihre Blicke hinunter zu einem pultartigen Gebilde mit zwanzig Sitzplätzen. Nach wenigen Minuten nahmen dort einige Männer und Frauen mit bunten, aber sehr eleganten, Kleidern Platz. Die Männer trugen eine Art Schurz. Das Licht ging aus und in der Mitte des Raumes tauchte ein riesiges, dreidimensionales Hologramm auf: Sol 3. Die Erde.

Sie drehte sich langsam und war durch nichts vom Original zu unterschciden.

Dann wurde einer der Rednerpulte in ein blaues Licht getaucht. Ein Mann, den man auf etwa 40 Jahre nach erdlichen Maßstäben schätzen könnte, der einen lilafarbenen Umhang mit Goldverstickungen trug, eröffnete das Wort. Er hatte blonde, lange Haare, die zu einem Pferdeschwanz zusammengebunden waren.

„Liebe Vertreter der Raumföderation! Mein Name ist Athena vom System Siriaus-MC. Wir haben gebeten, heute an diesem Treffen teilzunehmen, da es um die Zukunft eines Planeten im Entwicklungsstadium 5 geht, der sich im Radius Sol 3 befindet, einem Sonnensystem der Kategorie 1, das wir Solaris nennen! Anwesend sind heute je zwei Vertreter der Föderalen Bindung, die im Sektor 4 ansässig sind, sowie vier stationäre Gruppen, die im Normalfall vor Ort ihren Dienst haben und teilweise die Informationen kennen. Zu diesen zählt auch Befegor, der aus der Kolonie Aldebaran kommt und später das Wort ergreifen wird. Nun zurück zum Planeten Terra: von den Bewohnern der menschlichen Zivilisation vor Ort wird der Planet im Sol 3-Radius Erde genannt! Wir sehen ihn hier vor uns! Der Durchmesser des Probanten betragt etwa 8214 Kyca (etwa 12 756,32 Kilometer)! Also ein Planet der unteren Kategorie bezüglich der Größe! Die Atmosphärenwerte sind denen der Bentalwerte gleichzusetzen, die hier vorherrschen!

Wir alle hier im Raum wissen, wovon ich rede: Wir reden hier von unserer Urheimat, die damals im Entwicklungsstadium 5 vernichtet wurde.

Vor langer Zeit hatten wir auf Terra eine Kolonie in der Vergangenheit des Planeten.

Damals haben einige der Kolonie sich mit der dort ansässigen Bevölkerung eingelassen und Nachkommen gezeugt. Und damit in das Zeitgefüge unserer Urzivilisation eingegriffen und unsere Zukunft verändert. Dadurch wurde zudem unsere Erbinformation an die Bevölkerung von Terra weitergegeben, welches zu Recht als evolutionärer Verstoß des kosmischen Gesetzes der Raumföderation gewertet wurde und den Rat Tagen ließ. Zu diesem Rat wurde auch ein Bewohner des Planeten Terra hinzugezogen, als Vertreter seiner Rasse: Ein Mann Namens Henoch.

Jene Rasse kennt unser Sternensystem unter der Bezeichnung `Siebengestirn`... Für die Terraner im Entwicklungsstadium 5 ist jener Ort, an dem wir uns heute hier befinden, nichts weiter als eine unwirtliche und lebensfeindliche Umgebung, da sie aus unserer Sicht betrachtet in der Vergangenheit leben. Als unsere Kolonien dort noch nicht existierten.

Der Rat unter der Leitung von Ea entschied unserer föderalen Verfassung entsprechend, dass alle Beteiligten, die den Verstoß gegen das Gesetz begangen hatten, Terra nicht mehr verlassen durften. Die auf der Erde befindlichen Technologien unserer in der Zeit zurückgereisten Männer wurden größtenteils aufgespürt und von uns zerstört oder zurückgeführt, ohne dass die Bevölkerung vor Ort etwas mitbekam. Jedoch gelang es einigen der damals auf die Erde verbannten Kolonisten, die sich mit den Menschen, unseren Vorfahren, dort einließen und somit deren und unsere Zukunft veränderten, Teile der Zeit- und Raumtechnologien zu verstecken und in andere Zeitabschnitte zu befördern. Einer der auf die Erde Verbannten ist FEliask Kah – auf Terra unter vielen Namen bekannt, unter anderem als der Graf von St. Germain. Er hat sich mit einigen anderen eine Zeitmaschine in eine andere Zeitlinie verlagert, und FEliask Kah ist Teil des Projekts `MAGOG`.

Um den evolutionären Prozess durch unsere Einmischung zu beobachten, inwieweit dieser Auswirkungen auf die Bevölkerung hat, wurde vom Rat beschlossen, etwa 200 Nabu später ein Analysetest zu machen. Wir schickten unsere Raumsonden in die besagte Zeitperiode und mussten feststellen, dass wir in ein schreckliches Szenario tauchten! Doch dazu wird sie gleich Befegor vom Planeten Aldebaran unterrichten.

Nur soviel: Die Bevölkerung von Planet Terra wird sich größtenteils genau 0,07 Nabu über dem besagten Zeitraum vernichten. Diese Vernichtung wird so groß sein, dass wir die überlebende Bevölkerung planetar vom Entwicklungsstand 5 auf 1 zurückstufen müssten. Es werden nur eine Handvoll Menschen auf einem nahezu toten Planeten zurückbleiben. Jene Überlebenden würden innerhalb kürzester Zeit zum großen Teil aussterben. Sie kennen bereits die Auswirkungen, welche die Beeinflussung der Vergangenheit hatte. Nicht zuletzt auch auf unsere Kolonie vor vielen Millionen Jahren.

Wir geben ihnen noch etwa 0,012 Nabu nach der Zerstörungswelle. Aus diesem Grund hat der hohe Rat beschlossen, ein Erziehungsprogramm in die Wege zu leiten, das den ethischen Reifungsprozess anheben soll, um der anstehenden fast vollständigen Vernichtung entgegenzuwirken. Dies sind wir letztlich auch unseren Vorfahren schuldig, die sich ohne Zweifel mit schuldig gemacht haben, aber doch ein Teil der unseren sind. Und so müssen wir auch hier dem kosmischen Gesetz der Föderation nachkommen!

Allerdings wissen sie alle, dass es sehr schwer ist, innerhalb dieser kurzen Periode das zu bewerkstelligen. Eigentlich fast unmöglich, nehmen wir Vergleichswerte heran. Dies resultiert daraus, dass wir nicht Einzelpersonen ethisch in einen höheren Prozess bringen müssen, sondern Milliarden von Humanoiden!

Es ist davon auszugehen, dass dies nicht gelingen wird. So tragisch es klingt! Dieses Programm wurde eingeleitet und läuft bereits seit Sira Null. Deshalb sind wir heute hier! Doch dazu und zu den dahinterstehenden Problemen wird sie später die heilige Eminenz, der Vorsitzende des Rates, Ea, unterrichten!

So gibt es unter anderem eine Gruppierung auf Terra, die in der veränderten Vergangenheit die Weltmacht erlangt hat und die hinter der normalen, der Bevölkerung bekannten Regierung, arbeitet. Eine Gruppierung, die ihr dunkles Geflecht nach der Manipulation bis hinein in unsere Gegenwart in die Kolonien getragen hat.

An deren Spitze sitzen in der Vergangenheit des Planeten Terra, auch Erde genannt, für die meisten in diesen Geheimlogen und in der Normalbevölkerung ohnehin nicht bekannt, Mitglieder aus der auf die Erde verbannten Kolonie.

Sie zettelten Kriege an und korrumpierte die Gesellschaft. Jene werden es sein, welche das Ende des Bevölkerungszyklusses zu verantworten haben, sollte unsere Hilfe scheitern. Denn ihre Absicht ist und war es durch die Veränderung der Vergangenheit, sich selbst in der Zukunft an die Macht zu katapultieren. Und damit die Herrschaft über alle Kolonien der Menschheit zu erlangen. Da sie die Zukunft kennen, wissen die Überlebenden, wo sie ansetzen müssen, um ihre Ziele zu erreichen. Es geht am Ende also um nichts anderes, als die bereits eingesetzte Unterwanderung unserer Kolonien durch die Verschwörer weitestgehend rückgängig zu machen und somit das dunkle Netzwerk zu zerstören, das in der Gegenwart kaum mehr zu bewältigende und zu durchschauende Ausmaße angenommen hat. Und dies geht nur über eine erneute Manipulation der Vergangenheit. Um den entstandenen Schaden so gut es geht rückgängig zu machen. Die Manipulation durch unsere Kolonisten, die einst Kinder mit den Ureinwohnern, unseren Vorfahren, zeugten, und deren Machtausbreitung, ging bereits unter anderem als das `Testament` in die Geschichte der dortigen Bevölkerung ein. Dabei machten es sich die auf die Erde verbannten Kolonisten zu eigen, den Einsatz der ihnen verbliebenen Hochtechnologie, die wir noch nicht aufspüren konnten, dazu zu nutzen, sich selbst als Götter aufzuspielen und Raka Matu, dort bekannt als der testamentarische Gott, auch Jahwe genannt, erhob sich selbst in den Rang von Gott und täuschte damit die Bevölkerung. Während er unsere Versuche, diesen Eingriff und seine Auswirkungen rückgängig zu machen, als das Böse in der Welt verkaufte. Dabei spielte es ihm in die Hände, dass wir unsere Aktionen so planen müssen, dass die dortige Bevölkerung bis zu einem gewissen Zeitpunkt nicht noch weitere Veränderung im Zeitgefüge erdulden muss, die möglicherweise unabsehbare Folgen für uns alle haben könnten. Und somit muss unsere Aktion auch bis in die letzten Tage verdeckt ablaufen. Was bedeutet: Keine weiteren Beweise zu hinterlassen, die einen Eingriff deren zeitreisender Nachfahren belegen.

Erst in den letzten Tagen der Operation werden wir langsam aber sicher in das Bewusstsein unserer Urbevölkerung treten. Uns bleibt keine andere Wahl, da die Vergangenheit und somit auch unsere Zukunft seit damals immer wieder von unseren Widersachern mit gezielten Operationen verändert wird. Deshalb sind auch wir gezwungen, eines Tages unsere Vorfahren darüber zu informieren. Doch nur nach festen Planverfahren und einer zuvor streng überprüften Vorgehensweise nach dem RIMARHR-Verfahren, die beste Technologie, die wir derzeit besitzen, um Eingriffe in der Vergangenheit und deren Auswirkungen auf die Zukunft zu erkennen.

Wir werden die Eliminierung der alten Kolonie und die Unterwanderung in zwei Schritten durchführen, nachdem wir in der Vergangenheit von Terra ein NEUES TESTAMENT einfügen. Unsere Eingriffe werden von der Bevölkerung nicht als das Handeln von Zeitreisenden in deren eigene Vergangenheit angesehen werden. Sondern wir werden einen neuen Gott-Glauben erschaffen, der dem blutigen Bild des alttestamentarischen Gottes von Jahwe widerspricht, um so die

Bevölkerung durch diese Manipulation langsam aber sicher auf einen höheren und weniger blutigen Reifegrad zu lenken.

Dann, zu einem nur Wenigen bekannten Zeitpunkt hier bei uns in der Kolonie, wird die Operation `ZUKUNFT` in Gange treten, bei der in den `Letzten Tagen` in der Vergangenheit die entscheidende Schlacht heranbrechen wird. Diese müssen wir aufgrund des multidimensionalen Aspekts in zwei Schachzügen durchführen, damit die Operation auf Dauer ihre Früchte trägt. Wir werden etwa 200 Nabu nach dem ersten Eingriff in den `Letzten Tagen`, was etwa 1000 Terrajahre sind, dann die letzten noch wieder aufkeimenden Strukturen der alten `Neuen Weltordnung` an einem weiteren geheimen Tage eliminieren. Und damit, so hoffen wir, Terra und unsere Kolonien von der dunklen Macht endgültig befreit haben. Wir werden die Verantwortlichen in speziell konstruierte Hochsicherheitsgefängnisse bringen, die deren Verwahrung bis ans Ende ihrer Tage gewährleisten sollen.

Dieser Eingriff wird ganz sicher auch unsere Gegenwart beeinflussen. Doch was haben wir für eine Wahl? Und so haben wir uns dafür entschieden, um das Unheil jetzt, wo alle Daten auf dem Tisch liegen, aus der Geschichte der Menschheit herauszuoperieren. Und somit, so hoffen wir, die Operation am Ende auch für unsere Gegenwart und Zukunft einen positiven Effekt ergeben wird, der sich über viele Bereiche des Lebens ausdehnen wird."

„Frage!" Eine Frau mit blonden, langen Haaren stand auf: „Warum gehen wir nicht weiter in der Zeit zurück. So könnten unsere Sonden den optimalen Zeitpunkt für einen Eingriff errechnen, bevor unsere Kolonie damals auf die Erde gelangte!" Athena ergriff wieder das Wort. „Nein! Dies ist nicht mehr möglich, da die Vergangenheit bereits manipuliert wurde und Mitglieder der damaligen Kolonisten mit unbekannten Ziel Maschinen in eine unbekannte Zeit manövriert haben. Würden wir dies machen, dann könnten wir auch gleichzeitig jede Möglichkeit verlieren, diese Maschinen und Personen aufzuspüren. Denn leider hatte Einstein damals eben nicht in allen Aspekten Recht, wie sie alle wissen. Wir müssen in der Praxis leben und nicht in der Theorie. Und diese besagt, dass es Ausnahmesituationen gibt, die nicht so einfach zu korrigieren sind. Nehmen sie das Beispiel, dass sie in die Vergangenheit reisen und sich dort selbst töten können, sie als Mörder aber weiterhin existieren. Da sie aus der vorgegebenen Zeitlinie ausgebrochen sind und es keine Verbindung mehr gibt, die durchtrennbar wäre und mit der alten verbunden ist. Denn sie durchtrennen diese ja bereits mit der Reise in die Vergangenheit. Sonst könnten sie sich dort nicht selbst begegnen.

Sie werden zwar ihre Zeitlinie und die damit verbundenen bis zum Abflug in die Vergangenheit durch die Ermordung dort auslöschen – aber sie als Mörder werden weiter existieren. Das klingt wie ein Paradoxon für Menschen aus der Vergangenheit. Aber jene Forscher sollten bedenken, dass es auch ein Paradoxon ist, sich selbst in der Vergangenheit zu begegnen. Und trotzdem ist es möglich. Und weil dies möglich ist, gibt es daraus resultierende kosmische Gesetze, die überall gültig sind. Aber auf Terra für viele Dekaden noch für Blödsinn gehalten wurden. Weil man es nicht besser wusste.

Wir haben alle Szenarien bereits durchgespielt. Der von uns verabschiedete Plan war am Ende die einzige sinnvolle und erfolgversprechende Lösung. Nämlich in der Vergangenheit innerhalb eines geheimen Programms die geheime Weltregierung auf Terra, wo sie ihren Ursprung hat, zu unterwandern. Und in den `Letzten Tagen` dadurch die notwendigen Erkenntnisse zu besitzen, um wirklich alle Elemente auszumerzen und aufzuspüren. Und für jene, bei denen wir es nicht schaffen, etwa 1000 Terrajahre später, also 200 Nabu, durch das Wissen aus Aktionsfeld 1, dann die letzten Nester in einer zweiten geheimen Offensive auszumerzen, wo auch immer sie sich auftun.

Die Bevölkerung von Terra wird uns überwiegend nicht mit offenen Armen empfangen. Dafür werden die Mächte um Jahwe und die geheime Weltregierung durch die bewusste Verdrehung der Wahrheit sorgen. Wir werden also überwiegend auf feindlichem Terrain agieren, bis alles vorüber ist.

Zudem möchte ich daran erinnern, dass es nicht Sache der Raumföderation ist, jeder Bevölkerung aus der Wiege zu helfen. Und auch auf uns werden auf Terra unzählige Bewohner mit Fragen und Bitten zukommen, die wir nicht erfüllen können. Da jeder Eingriff, der für diese wie ein Akt zur Hilfe aussieht, später wieder Elemente der bereits existierenden und gewachsenen Gegenwart verändern würde. Dies wird Feindschaft erzeugen bei jenen, die nur ihre eigenen Interessen in den Fordergrund stellen und nicht das Gesamtgefüge kennen.

Am Ende geht es aber auch darum, die Vernichtung von Milliarden von Menschen zu verhindern. Und so ist unsere moderne RIMARHR-Technologie eine uns zur Verfügung stehende Möglichkeit, die uns hilft, auch bei diesem Projekt zu erkennen, wo wir eingreifen dürfen und können, und wo nicht.

Es ist bekannt, dass 8 von 10 Planeten den Sprung naturgemäß nicht schaffen, ohne sich selbst zu vernichten! Weil die nötige Reife dazu fehlt! Wir haben schon heute das Problem bei einigen Zivilisationen. Am beliebtesten sind hier die Doppelsternsysteme, bei denen sich der technische Fortschritt signifikant schneller entwickeln kann, als die ethische Reife. Durch die geringen Entfernungen zueinander bedingt. Wir würden der Menschheit einen schlechten Dienst erweisen, wenn wir nur noch damit beschäftigt wären, ethisch unterentwickelte Bevölkerungen zu retten, die selbst dazu nicht in der Lage sind, weil das Verständnis fehlt!

Terra ist eine Ausnahme! Wenn auch bei Weitem nicht die einzige. Da wir einen bereits geschehenen Eingriff ins Zeitgefüge mit all seinen hervorgetretenen Folgen rückgängig machen müssen.

Wir werden große Evakuierungsszenarien in den ʼLetzten Tagenʼ haben. Die meisten werden von unseren Sonden in Träumen und Visionen darauf hingewiesen und informiert, wo in einem Kriegsszenario der sicherste Ort für sie ist und wo sie sich hinbegeben sollten. Doch es können nur die berücksichtigt werden, welche nach den Scan-Zyklen unserer Sonden ein entsprechend hohes Frequenzmuster aufweisen!

Ich werde nun das Wort an Befegor erteilen! Er wird sie darüber informieren, was unsere Sonden in der besagten Zeitperiode gefunden haben! Welche Zukunft der Menschheit dort ohne unser Eingreifen bevorsteht! Im Anschluss wird die Eminenz das Wort ergreifen, der Vorsitzende des heiligen Rates: Ea! Er wird ihnen mitteilen, welche Änderungen es im Plan geben wird. Das Abschlusswort wird Tsita bekommen, eine Vorsitzende der Föderation. Sie ist seit Nabu Zerao in das Programm involviert, also seit Anbeginn. Ich danke Ihnen!"

Das Blaue Licht veränderte seine Position und hüllte einen anderen Platz ein. Nach wenigen Sekunden ergriff die erleuchtete Person das Wort:

„Mein Name ist Befegor. Ich vertrete die Raumföderation und bin zuständig für den Sektor 4. Mein Heimatplanet ist die Kolonie Aldebaran. Athena hat Ihnen bereits eine Einleitung über das anberaumte Thema gegeben. Ich werde nun mit meinem Teil fortfahren. Da wir sehr nahe am Bezugspunkt liegen, hat Aldebaran die Aufgabe erteilt bekommen, Sonden auf Terra in den entsprechenden Zeitperioden zu stationieren. Athena hat sie bereits darüber informiert, dass wir vor einiger Zeit durch unsere Sonden erfahren haben, dass der im Sektor Sol 3 befindliche Planet Terra des uns unter dem Namen Solaris bekannten Systems in der Vergangenheit vor der Vernichtung durch seine Bevölkerung steht! Für die Schulklasse im Sektor B dieses Raumes: Sol ist die Bezeichnung, welche wir als Messeinheit eines jeden Sonnensystems zur Kartographisierung verwenden. Sol 1 würde bedeuten, der Planet ist der naheliegendste zur Sonne des Systems. Sol

2 der zweitnächste, und so weiter. Dies ist notwendig, weil wir bei der Erforschung nur Namen für Regionen und Systeme erteilen müssen. Spezifische Namen werden später zugeordnet.

Doch nun zurück zu Terra: Die Vernichtung wird ausgelöst durch einen weltumspannenden Krieg, bei dem auch Waffen der Kategorie 2 der Metsche-Skala von 1-10 eingesetzt werden. Atomare und biologische Waffen sowie andere Technologien. Also Waffen, die teilweise auch das Netzgitter anderer Dimensionen verletzten. Auch wenn die Mächte der Kriegführenden in der Vergangenheit größtenteils hiervon keine Kenntnisse besitzen.

Als wir diese Zerstörung sahen, gingen wir in Abschnitten von 0,01 Nabu in der Zeit zurück, um nach der Ursache zu suchen. Das Ergebnis der Untersuchungen ist, dass jene Zivilisation, wie wir alle wissen, von einer Hintergrundregierung beherrscht wird, was mein Vorredner bereits ansprach. Es kommt zum Showdown, da einige Länder über diese Hintergrundregierungen informiert sind und aufwachen, welche hauptsächlich im arabischen Sektor des Planeten zu finden sind. Ebenso Länder mit Namen wie Afghanistan, Irak, Iran, sowie einige andere. Und Regionen, die zum Beispiel mit China und Korea bezeichnet werden. Hinter dieser illuminatischen Regierung ist eine Sekte verborgen, in welche die meisten Regierungen von Terra involviert sind! Es gibt eine Gegenbewegung, allerdings ist sie zu schwach.

Wir haben zu allem Übel festgestellt, dass die geheime Weltregierung mit einer anderen Rasse kooperieren werden, die sie als die Citwzikz kennen! Jene dort haben für diese im landläufigen den Namen Greys oder Kondrashkin, Bezug nehmend auf die Hautfarbe derer, welche von dem Doppelsternsystem Ceta-Reticuli kommen, oder wie wir sagen: Gema Oe.

So werden sie in späterer Zeit der Hintergrundregierung Technologie liefern, um für den Zeitpunkt der Endschlacht besser gerüstet zu sein. Was ihnen auch gelingt. Ohne die Kondrashkin wäre das Ende etwa 0,4 Nabus später. Aber sie gewinnen dadurch einen Teil der Macht auf Terra, um diese für Studienzwecke zu nutzen.

Zum zweiten können sie auf diese Art und Weise ein Bündnis gegen uns eingehen, weil sie wissen werden, dass wir versuchen, dies zu vereiteln. Technologisch sind diese uns weit unterlegen. Aber sie werden versuchen, unsere eigenen ethischen Grundsätze gegen uns zu verwenden, um uns in eine Situation zu bringen, welche es uns unmöglich machen soll, einzugreifen, wollen wir nicht die eigenen Gesetze brechen und verletzen...

Sie werden die Hintergrundregierung antreiben, ein Programm ins Leben zu rufen, mit dem sie uns schaden könnten. Und sie haben Pläne, uns auf der Welt zu diskreditieren. Wie, das kann ich Ihnen zum jetzigen Zeitpunkt noch nicht sagen, da die Greys ebenfalls in der Zeit reisen. Sie werden abwarten, was wir tun. Wir sollten deshalb verstärkt mit jener Gruppe zusammenarbeiten, die vor uns Terra erforschte: Die Drakonier!"

„Einspruch!" Ein junger Mann aus den hinteren Rängen der Anwesenden ergriff das Wort: „Die Erde wurde durch die Kondrashkin nicht verstrahlt!" Befegor antwortete vom vorderen Pult aus: „Eine verstrahlte Erde. Wie reinigen wir denn Verstrahlungen? Sie könnten Terra innerhalb weniger Millisekunden mit den Frimb-Teks, den sogenannten `Green Balls`, wieder lebensfähig machen. Wenn die derzeitige Erdbevölkerung eliminiert ist. Und so haben sie es gemacht.

Ceta Reticuli ist ein Sternsystem, das viele Jahre älter ist als Terra! Reticuli ist eine sterbende Welt.

In absehbarer Zeit wird einer der beiden Doppelsterne zum Ink, oder wie die Terraner sagen würden, eine Supernova!

Ich sagte in absehbarer Zeit bezogen auf die Zeitzone 7 auf Terra. Denn wir wissen längst, was passiert ist... Aber man sollte bedenken, dass es nicht allzu viele Planeten der Kategorie 1 in nähere Umgebung zu deren Heimatplaneten gibt. Und sie wissen, wenn sie diese Chance nicht nutzen, tun es womöglich andere. Terra ist ein junger Planet. Der Stern von Solaris, genannt Sonne, ebenso! Darum geht es für diese!"

„Einspruch!" Ein Mann aus der Föderation meldete sich zu Wort: „Dies mag alles korrekt sein, aber die Kondrashkin sind eine andere Spezies! Die Atmosphärenwerte sind nicht identisch zu Terra. In der Atmosphäre der Erde haben diese eine Lebenserwartung von weniger als 5 Terrajahren. Die Greys sind nach der Vernichtung von Terra abgezogen. Geplant war aber seitens der Grey ein Terraforming-Projekt zur Veränderung der Atmosphäre. Dann kam für sie einiges doch überraschend, obwohl sie in der Zeit reisen. Sollte uns dies nicht zu denken geben?!" Befegor ging gerne auf diese Bemerkung ein: „Das stimmt! Und das haben die Terraner auch in der Zukunft erfahren! Wo auch immer sie zu Beginn des Kontaktes `Greys` nach Abstürzen einfingen, sie überlebten nicht allzu lange! Sie wurden krank und starben! Meines Wissens hat der längste damals nur wenige Jahre auf einer Basis überlebt. Deshalb haben die `Greys` in der Vergangenheit von Terra eine Vereinbarung mit der führenden Weltmacht getroffen, im Gegenzug für Technologie Menschen für genetische Experimente zu entführen! Wieder ohne dabei gegen ihr Gewissen zu verstoßen, denn sie bringen diese wieder zurück! Lebend. Wie gesagt, die Kondrashkin hielten sich für hoch ethisch! Doch wir wissen auch, dass sie in der uns umgebenden Gegenwart ausgestorben sind. Sie gehören zu jenen Zivilisationen im Universum, die es nicht geschafft haben.

Nur einige wenige Tausend existieren heute noch. Die meisten davon im Verbund mit unserer Föderation. Der Rest einer einst so stolzen Zivilisation.

Sie werden in der Vergangenheit versuchen, durch eine Art Mischwesen ihr Überleben zu sichern. Und es wird ihnen auch einige Zeit gelingen.

„Einspruch!" Der Mann meldete sich erneut. „Sollten wir nicht versuchen, die Greys ebenfalls im Rahmen des Programms vor ihrer Vernichtung zu retten?" „Die Greys haben sich in der Vergangenheit in

Folge selbst vernichtet. Nicht zuletzt durch die kriegerischen Aktivitäten, die durch die Zerstörung von Terra und ihrer Schlüsselrolle hierbei zutage traten. Wenn wir die Vernichtung von Terra rückgängig machen können, deren Auslöser die Kolonie von Zeitreisenden war, die später als die Nefilim in die Geschichte eingingen, dann könnte dies auch den Untergang der Kondrashkin aufhalten oder gar abwenden.

Aber nicht, um auf Terra ihr Überleben zu sichern. Sie wussten, dass gerade die Tatsache, dass die Erde ein Planet ist, welcher evolutionsbedingt erst beginnen wird, diese Fähigkeiten zu entwickeln, sie vor dem Verbot der Elohim bewahrt. Da sie selbst evolutionär für uns unterentwickelt sind. Auch wenn ihre Technologie der Technologie der Erdenmenschen von damals voraus ist.

Zu einem kam dies durch deren Heimat, ein Doppelsternsystem, die so frühzeitig den Kontakt mit einer anderen ihnen artverwandten Rasse ermöglichte. Zum anderen wiederum durch die dadurch entstandenen Kontakte zu Rassen außerhalb von ihrem Sonnensystem. So zum Beispiel Zeitreisetechnologien. Sie haben den Verstand, sie anzuwenden. Aber die Technik kommt von anderen. Es war eine unserer eigenen Kolonien vom Sirius-System, die ihnen in ferner Vergangenheit die Zeitreise-Technologien zur Verfügung gestellt haben. Noch heute leitet sich nach der neuen Einteilung in Sektoren die Bezeichnung `Siriaus-MC` von Sirius ab. Das System, zu dem auch die Plejaden und wir jetzt gehören. Denn Sirius gehört zu unseren 8 Kolonien in diesem Sektor. Doch ihre eigene Welt konnten sie nicht retten. Die Katastrophe kam ihrer technischen Entwicklung zuvor.

Die Greys kreierten eine Art Mischwesen, welche Teile ihres eigenen Erbgutes enthalten und Teile des menschlichen Erbgutes.

Diese Kinder werden auf dem derzeitigen angesprochenen Sol 3 Planeten nicht lebensfähig sein. Solange die Atmosphäre nicht gewandelt wurde. Deshalb mussten sie diese in Brutanlagen großziehen und von ihren leiblichen Müttern der ersten Generation trennen. Ihr Plan war es, wenn sich die Menschheit auf Sol 3 selbst ausgelöscht hat, die Atmosphärenwerte zu verändern. Damit diese lebensfähig für jene Kinder wird. Dazu sollte der Amoniakgehalt in der Atmosphäre erhöht und dem ihres Heimatplaneten angeglichen werden.

Die Kondrashkin können, wie angesprochen, unter gewissen Vorraussetzungen einige Monate bis wenige Jahre auf dem Planeten in der Atmosphäre von Terra überleben. Das ist nicht lange. Aber es zeigt auf, dass die Grundwerte der Atmosphäre von Terra für diese lebensfreundlich sind. Deshalb kreierten sie ja Mischwesen als zukünftige Generation. Letztlich verabschiedeten sie sich in diesen Regionen damit von ihrer Urrasse, um so etwas Neues zu erschaffen. Eine neue Superspezies. Eine universelle Superspezies. Um zu überleben, bevor das inzwischen eingetroffene Ende durch eine Supernova, die ihre Welt zerstört hat, ihre Zivilisation, sie auslöschen würde.

Die Kondrashkin werden den bevorstehenden Krieg in der Vergangenheit auf Terra nicht mit Kampfhandlungen unterstützen! Dies würde auch gegen deren ethische Werte verstoßen. Außerdem würden sie mit diesem Vorgehen die Raumföderation auf den Plan rufen... Sie werden ihre in unseren Augen unterentwickelte Einstufung durch uns, was deren Evolutionsstufe angeht, gegen uns anwenden. Sie werden es so auslegen, dass sie eine Art *Austausch* mit einem ebenfalls von uns als evolutionär unterentwickeltem Volk betreiben werden: Sie liefern den weltbeherrschenden Großmächten auf der Erde Technologie. Und erhalten dafür von diesen das Einverständnis für genetische Experimente und Tests.

Dabei werden sie nicht gegen unsere kosmischen Gesetze verstoßen."

„Einspruch!" Wieder meldete sich der junge Mann. „Wenn die Kondrashkin so auf die kosmischen Gesetze achten, warum haben sie sich dann überhaupt mit der geheimen Weltregierung auf Terra eingelassen?" „Ganz einfach. Durch ihre Zeittechnologie war ihnen bekannt, dass sich die Menschheit selbst auf Terra nahezu vernichten würde. Und die geheime Weltregierung hatte damals bereits die Weltmacht erlangt. Diese waren somit ihre Ansprechpartner. Und für sie war es nicht verwerflich, sich den Planeten einer Spezies anzueignen, die sich programmgemäß selbst vernichten wird."

„Einspruch!" Erneut meldete sich der Mann. „Haben die Kondrashkin durch den Technologietransfer mit Terra nicht erst deren Vernichtung eingeleitet?" „Nein. Die Vernichtung wurde durch uns selbst eingeleitet. Als die Kolonie der `Nefilim` damit begann, sich an die Macht von Terra zu platzieren, mit jedem Mittel, was dazu notwendig war. Die Vernichtung der Erde wäre auch ohne den Technologietransfer mit einiger Verzögerung eingetreten. Die Kondrashkin haben den Prozess nur etwas beschleunigt, da ihnen selbst die Zeit weglief. Auch wenn sie sich in vielen Fällen als die Verbündeten der geheimen Weltregierung auf Terra zu verstehen gaben, so waren sie es in Wirklichkeit nie. Sie verfolgten immer ihre eigenen Interessen."

„Befegor!" Eine junge Frau meldete sich zu Wort. Es war Silendea. „Können sie uns noch etwas über das Programm mitteilen, das den Bewusstseinsgrad innerhalb der Bevölkerung von Terra vor den `Letzten Tagen` anheben soll?"

„Mit dem Programm soll eine größtmögliche Zahl an Terranern zum ethischen Umdenken bewogen werden! Damit unsere Sonden ihre neue Welteinsicht in Form von Frequenzscans abtasten und als positiv identifiziert. Diese Menschen werden so gut wie möglich getestet. Doch nur selten von Terra aus. Wir werden dies überwiegend per technischer Telepathie, sowie Hologrammen und übermittelten Bildabfolgen machen!

In einigen wenigen Fällen werden wir direkten Kontakt aufnehmen, doch das wird bei der Masse der Menschen nicht möglich sein! Dies wird nur dann geschehen, wenn es keine andere Möglichkeit gibt:

Bei zur Erfüllung der Aufgabe für uns wichtigen Personen, wie einigen Forschern, Schriftstellern, Künstlern und Gelehrten. Wenn sie eine Aufgabe für uns erfüllen sollen bei diesem Plan. Durch ihr Wissen, Bewusstes wie auch Unterbewusstes zu transformieren.

Eine unserer Gruppen wird diese Dinge von den stationär um die Erde bezogenen Raumstationen aus machen, die zur Sicherheit in einer anderen Zeit, unweit der operativen, stationiert wurde und von der aus Erkundungsschiffe in die besagte Zeit vordringen, wenn es notwendig ist. Die andere Gruppe wird direkt auf der Erde agieren. Ein Computersystem wird zum Beispiel Bildabfolgen in die Köpfe der Menschen projizieren.

Diese werden, als eine Möglichkeit, Geschehnisse der Zukunft aufzeigen.

Bilder sind nicht sprachgebunden und Multikulturell.

Deshalb wird das der erste Schritt sein!

Es können in einigen Fällen ebenso Hologramme eingesetzt werden auf der selbem Ebene und zum gleichen Zweck. Zum Beispiel in Form von Heiligenbildern, die dort auch unter anderem als sogenannte Marienerscheinungen bekannt werden, oder in Form von Verstorbenen.

Es kann auch eine Kombination verschiedener Techniken stattfinden, sowie Filme, die vor den Augen der Menschen ablaufen. Wenn die übermittelten Geschehnisse eingetreten sind, wird ein zweiter Scan erfolgen, der registriert, ob sich das Erlebte auf den Betreffenden so ausgewirkt hat, dass er sein Leben positiv ändert im Vergleich zu der unmanipulierten Vergangenheit.

Als Vergleichwert gilt der Testwert des ersten Scans. Bei einer Änderung der Einstellung zum Positiven bekommt ein Mensch eine Einstufung, welche die Systeme ablesen und erkennen können. Und diese wird gescannt und beurteilt.

Wir werden mehrere Abläufe machen. Beim Durchschnittsbürger mindestens drei. Ergänzt durch das Projekt, das auf Terra unter `Neues Testament` und einigen anderen Weltreligionen von außen ihr Bewusstsein anheben soll.

So weit, so gut. Ich werde jetzt abgeben an den Erhabenen, den Höchsten, unseren Vorsitzenden des Hohen Rates: Ea!

Er wird allen hier näheres zu den Abläufen erklären und zu dem notwendigen Zusatzprogramm, das ich `Offenbarung` betitelt habe. Wer sie übermitteln wird und wann. Ich danke für die Aufmerksamkeit!"

Auf der Raumstation 32 im Orbit von DX-14 01 erschien der Kopf von Drohan, der in einem Hologramm im Kontrollzentrum in der Luft schwebte. Den Betrachter würde Drohan an die Bilder von Perry Rhodan erinnern. Mara blickte auf den schwebenden Kopf, der nun zu sprechen begann: „Wir reisen zurück in die Vergangenheit ... In die Zeit, als die Erde noch existiert hat ... Unsere Spähersonden haben uns die Daten übermittelt ... Wir werden die geheime Weltregierung unterwandern. Damit in den `Letzten Tagen` das System zusammenfällt. Dies wurde auf ICBN-Ne 1 beschlossen!" Die codierte Übertragung wurde beendet.

Die junge Mara, Mitglied des Sondereinsatzkommandos für Spezialoperationen, rannte aus dem Raum.

29. Der Araber

***

Inzwischen war es Nachmittag. Der blaue, klare Himmel strahlte, als hätte es noch nie eine Wolke an diesem gegeben. Kim stand an der Klippe und schüttelte ungläubig den Kopf. „Das gibt es nicht! Es ist nicht zu fassen, aber das mit dem Volksfest lässt mich nicht los! Warum? Weil ich eben erst Zusammenhänge entdecke, nur durch das Erzählen. Ich wollte jetzt von diesem Ereignis sprechen, wo Bea mich auf einen Traum ansprach, den ich niemanden erzählt habe. Eben habe ich mir überlegt, wie ich am besten an dieses Thema herangehe, also dachte ich, fange ich doch mit diesem besagten Abend an.

Und dann will ich erzählen, wie es dazu kam, dass sie mich auf einen Traum ansprach, den sie gar nicht kennen durfte, und stelle fest, dass Sie an dem Tag eigentlich abends zu mir kam, weil wir aufs Volksfest wollten. Ich meine, wir sind an diesem Abend dann doch nicht gegangen, weil wir so in das Nachfolgende vertieft waren, dass das Fest schon bald zumachte und wir lieber weiterredeten, aber schon wieder stelle ich fest, dass auch hier erneut dieser Rummel auftauchte, wenn auch nur als Hintergrundfassade. Shit! Ich meine, das Jahr hat 365 Tage! Hätte das Erlebnis, dass ich dir jetzt schildere, nicht an einem anderen Zeitpunkt sein können? Okay..." Kim schüttelte den Kopf. „Wir wollten zum Volksfest.

Es war schon dunkel. Wir hatten bis dahin noch nie über übersinnliche Sachen gesprochen, aber ausgerechnet an diesem Abend fragte sie mich, ob ich einen ganz bestimmten Traum gehabt hätte in meiner Vergangenheit, durch den ich aufgewacht wäre, und den ich dann später nach dem erneuten Einschlafen an der gleichen Stelle weitergeträumt habe, an der er zuvor geendet hatte. Ich blickte sie etwas verdutzt an, denn darauf war ich nicht vorbereitet. Ich gab ein `Ja` heraus, das wohl eher klang wie ein `woher weißt du das`? Sie hat mich geradezu euphorisch angestrahlt und ein langgezogenes `Jaaaa!` rausgelassen, was sie normalerweise nur dann machte, wenn ich mit meinen Gedanken genau in Schwarze getroffen habe. Doch woher konnte sie den Traum kennen?

`Wer bist du?`, dachte ich in dem Moment. Bevor ich diesen Teilabschnitt erzähle, gebe ich dir kurz wieder, was Bea erzählte, um von diesem mir unangenehmen Thema wegzukommen, ohne nochmals nachzuhaken: Sie erzählte mir, dass sie eines Morgens aufgewacht sei, und ein alter Mann saß an ihrem Bett. Sie hatte diesen Menschen nie zuvor gesehen, aber sie würde ihn überall wiedererkennen.

Dieser Mann wäre auf der Bettkante gesessen und hätte gesagt: `Dich holen wir auch noch!`. Dann soll er plötzlich wieder verschwunden sein. In Luft aufgelöst. Weg..." Kim berichtete Mike von den Ereignissen, über die er bereits mit Martin gesprochen hatte. Dann kam er wieder auf den besagten Abend zu sprechen, von dem er zuvor erzählt hatte.

„Wie auch immer, ich wollte ihr dann eine Geschichte erzählen, die meine Schwester, deren Sohn Lukas und die Freundin meiner Schwester vor nicht allzu langer Zeit erlebt hatten, worauf sie mich relativ unsanft unterbrach und sagte, sie wolle nicht wissen, was meine Schwester erlebt hat, sondern was ich erlebt habe.

Das Verhalten war wirklich sehr merkwürdig. Also erzählte ich ihr die Sache mit Bad Krozingen, worauf sie wieder ruhig und gespannt zuhörte. Das Verhalten erinnerte mich an eine Katze, der man auf den Schwanz getreten ist und die dann wieder zu schnurren beginnt. Oder wie man reagiert nach dem Motto `Das kenn ich schon – weiter!`

Aber sie wird wohl kaum wissen können, was meiner Schwester und ihrem Sohn widerfahren ist – schließlich hatten sie sich nie gesehen, aber so in etwa klang es damals für mich. Ich möchte jetzt mit einigen Auslassungen den Traum schildern, um den es hier in meinem Fall ging. Shit!

Darin war ich mit zwei mir bekannten Männern auf einem geteerten Waldweg oder einer kleinen geteerten Straße. Der eine war jemand in meinem Alter, mit dem ich immer sehr gut klar kam. Der andere war ein älterer Mann, den wir beide kannten. Als ich den älteren Mann ansah, wunderte ich mich, dass er auf mich mindestens zehn Jahre älter wirkte, als ich ihn von damals kannte. Es war wie ein Blick in die Zukunft.

Er hatte mehr Falten. Die Gegend erinnerte mich an Südtirol. Ich weiß nicht, ob es Südtirol war, aber wenn nicht, kommt es diesem sehr nahe. Shit... Es war überhaupt keine betrübte Atmosphäre. Im Gegenteil, alles war grün und hell, und man hörte fröhliche Stimmen im Hintergrund. Ich blickte erst zu dem jüngeren Mann in meinem Alter. Danach zu dem älteren Mann. Als ich dessen Hand sah, erkannte ich darin eine Pistole, die auf mich gerichtet war, und kurze Zeit später spürte ich die Einschläge. Bang! Bang! Bang! Mindestens drei Kugeln, die so hart in meinen Körper eindrangen, dass ich davon aufgewacht bin! Shiiit..!

Ich hatte noch die Schmerzen der Einschläge in der Brust, als ich aufwachte, weshalb ich mich in Panik aufsetzte! Ich fühlte in diesem Moment noch alle drei Kugeln dumpf in mir. Und erst mit den Sekunden verschwand der Druck, ganz allmählich.

Natürlich versuchte ich mir in der ersten Panik einzureden, es wäre vielleicht wirklich nur ein Traum gewesen, und vielleicht hatte ja mein Körper Schmerzen bekommen und daraufhin die Pistole in meinen Traum `projiziert`.

Aber die Erklärung war mehr als schlecht, denn als ich die Pistole erkannte, hatte ich noch Sekundenbruchteile, mich darüber zu wundern, und erst dann schoss er und ich bekam die Einschläge zu spüren! Ich schaute auf die Uhr. Shit! In einer halben Stunde würde der Wecker klingeln, und ich musste zur Arbeit! Ich wusste aber, dass dies kein normaler Traum war, sondern meine Zukunft, und ich wollte diese Zukunft nicht!

Ich habe angefangen zu beten! Wirklich. Ich habe gebetet und darum gebeten, dass es eine andere Lösung gibt, ohne dass es soweit kommt. Ich wollte, ja ich musste(!) in diesen Traum zurück. Etwas, dass mir noch nie gelungen war, und ausgerechnet heute war ich darauf angewiesen, wollte ich nicht dieses Schicksal teilen! Und das noch unter Zeitdruck, da ich in wenigen Minuten aufstehen musste. Super...

Und tatsächlich: Ich bin nach diesen zehn Minuten Beten wieder eingeschlafen und war wieder in dem gleichen Traum!

Diesmal befand ich mich linkerhand des Waldweges vor einem grünen Hügel, hinter dem ich Stimmen hörte, die lachten und anscheinend gut drauf waren. Ich schrie all meine Angst heraus! Ich wollte, dass diese zu mir kommen und mir helfen! Ich habe um Hilfe geschrien, bis eine junge Frauenstimme hinter dem Hügel plötzlich aufhörte zu lachen und etwas in der Art wie: `Pssst! Hört ihr das nicht? Da ruft jemand um Hilfe!`, zu den anderen hinter dem Hügel sagte.

Plötzlich war da ein `Sprung`, und ich sah eine schöne Hütte aus dunklem Holz auf einer grünen Wiese. Dann befand ich mich im Inneren der Hütte, in der sich ein Holztisch befand. Ein sehr schöner Mann kam herein, ein südländischer Hauttyp mit kurzen, dunklen Haaren. Er lächelte mir zu und setzte sich an den Tisch. Ich setzte mich ihm gegenüber. Er sah mich an, und ich erzählte ihm die Geschichte mit den Schüssen, und dass ich wüsste, dass dies kein Traum, sondern meine Zukunft wäre.

Ich bat ihn mir zu helfen, damit dies nicht geschieht, und versprach auch so einiges, das mir in dem Moment sehr ernst war.

Dann wachte ich wieder auf.

Ich hatte das Gefühl, dass er mir helfen würde. Und einige Erlebnisse aus der Realität in Bezug auf diese zwei Personen aus dem

Traum haben mir die Hoffnung gegeben, dass er meinen Tod verhindert hat, in dem er meine Zukunft veränderte. Wie auch immer er das gemacht hat. Keine Ahnung.

Denn wenige Wochen danach geschahen einschneidende Veränderungen in meinem Leben, die mich für immer in der Realität von diesen zwei Personen aus meinem Traum trennten, die bis dahin mit mir und meinem Leben verbunden waren. Mehr möchte ich dazu hier nicht sagen. Aber ich möchte mich ständig irgendwie bei ihm bedanken. Das habe ich zwar schon getan, aber ich kann es nicht oft genug tun! Denn er hat mein Leben gerettet. Da bin ich absolut sicher.

Naja. Und Bea hat mich genau auf diesen Traum angesprochen. Und jetzt frage ich dich: wie soll das gehen? Das Erlebte war mein Geheimnis. Niemand kannte es.

Als dies geschah, hatte ich noch relativ wenig Erfahrung mit diesen Phänomenen, speziell was es heißt, sich, wie dort im Traum geschehen, telepathisch zu unterhalten. Als Mensch kann man nach außen seine Worte sortieren. Ich wusste ja aber nun im Traum, dass ich träume, denn ich war ja extra wieder eingeschlafen, um das zu klären. Und klären konnte ich es nur, weil mir das alles bewusst war.

Wenn man nun plötzlich telepathisch angesprochen wird, ohne Erfahrung in diesem Bereich zu haben, dann kann einem das sehr schwer fallen. Das klingt jetzt total bescheuert. In meinem Fall habe ich gedacht: `Shit, hoffentlich denke ich jetzt kein schlechtes Wort, wie `Scheiße...`, was ich gar nicht böse meine, nur weil ich Angst davor habe, es zu denken, weil ich telepathisch ungeübt bin – und prompt kommen mir natürlich die Begriffe in den Sinn, vor denen ich Angst hatte, sie zu denken, weil ich alles richtig machen wollte!"

Kim schüttelte bei den Gedanken an das Erlebte unweigerlich den Kopf. „Ich meine, über so was machst du dir gar keine Gedanken, bis dich mal jemand real telepathisch anspricht. Wozu auch. Erst dann fällt dir das auf.

Ich versuchte, ihm meine beschissene Situation im Traum mitzuteilen, zwischen all den Worten, die man nicht sagen und denken sollte. Shit! Sie sprudelten aus mir heraus wie ein verdammter Wasserfall! Ich hoffte, er hat meine Angst gespürt, etwas falsch zu machen, etwas Falsches zu denken, nur weil ich verhindern wollte, dass diese Begriffe, die ich nicht denken will, sich in meine Gedanken mischen! Ich meine, das war eine beschissene Situation. Denn schließlich wollte ich was von ihm. Er sollte mir helfen! Ja, klasse. Super! Naja – auf jeden Fall bekam ich in dem Moment keine Reaktion zurück. Weder positiv noch negativ. Aber ich hoffe mal, wenn er schon wusste, was in meiner Zukunft passiert, dann hat er auch gespürt, dass dies Reaktionen aufgrund meiner Ungeübtheit waren.

Und somit musste er auch gemerkt haben, wie ich in dem Moment ticke."

Mike lachte. Dann erwiderte er: „Ja. Ist schon komisch. Eine einzige Minute im Leben kann einem das komplette Weltbild über den Haufen werfen und alles auf den Kopf stellen. Da brach wohl zu viel über dich herein. Erst die Sache mit den Schüssen und das Realisieren, es konnte kein normaler Traum sein. Und dann das Wiedereinschlafen und Weiterträumen unter den Bedingungen. Am Ende noch die Aufregung, den Kontakt zustandegebracht zu haben und dann noch jemanden gegenüberzusitzen, der deine Gedanken lesen kann."

„Genau. Und eben das fühle ich nun wieder. Jetzt, wo ich realisiere, jahrelang mit einer Frau zusammengewesen zu sein, die plötzlich ganz nebenbei auf Dinge aus meinem Unterbewusstsein eingeht, die ich niemanden in meinem Leben bis zu diesem Zeitpunkt jemals erzählt hatte. Ich meine, da würde sich doch plötzlich jeder fragen, mit wem man da eigentlich die ganze Zeit verbracht hat. Und was hier gespielt wird.

Als ich diese Vision mit dem Volksfest, dem Rummel, Jahre nach diesem Traum dann in Bezug auf Bea hatte, dachte ich, diesen Mann in der Hütte in dem `Araber` wiedererkannt zu haben. Oder war es nur eine zufällige Ähnlichkeit? Keine Ahnung." Mike hakte nach: „Was glaubst du? Warum durftest du dies erleben? Und wie konnte Bea wissen, wovon du geträumt hast, obwohl du es niemand erzählt hast? Und warum hast du die Vision mit dem Fest gehabt, in der du Hinweise über sie und euch erhalten hast, bevor ihr euch in der Realität kennengelernt habt? Warum ist alles so geschehen, Kim? Was denkst du?" Kim war etwas irritiert! Waren das jetzt Fragen an ihn, oder befand sich in der Tonlage von Mike mehr, als er seit Beginn der Unterhaltung zur Kenntnis genommen hatte? Zum ersten Mal stutzte Kim, als er Mike anschaute. Nein. Das konnte nicht sein. Kim verwarf seinen Gedanken, der ihn in diesem Moment wie ein Feuerblitz in den Kopf fuhr. War etwas an Mike anders, als er dachte?

Er hatte gesagt, er sei ein Aussteiger vom amerikanischen Geheimdienst. Und er würde verfolgt. Kein Wunder, dass er Fragen stellte. Aber war da nicht noch etwas anderes in seiner Stimme gewesen? Kim verkniff sich die Gedanken, die von allen Seiten auf sein Gehirn einzutreffen schienen.

„Du weißt noch etwas mehr, Kim. Etwas, dass du mir noch nicht gesagt hast! Ich fasse zusammen:

Du hattest vor acht Jahren einen Traum, in dem du Bea an der Stelle getroffen hast, an der du sie Jahre später wirklich triffst, ohne dies selber beeinflusst zu haben.

Es geschehen dort von ihrer Seite aus die gleichen Abläufe, die du Jahre vorher im Traum schon durchlebt hast.

Jahre nach diesem Traum, aber noch rechtzeitig vor dem ersten realen Treffen, hattest du eine Vision, in der dir der Zeitpunkt des ersten Kontaktes genannt wurde, diese Sache mit dem Araber, dem Fest, der Zahl 2 und dem Ring sowie dem Telefon. Der Termin hat gestimmt, der dir genannt wurde. Punktgenau! Das sind ja schon mal sehr merkwürdige Zufälle, wenn du sie rational erklären willst!

Aber das war ja erst der Anfang: Du stellst an ihr zufällig dieselbe Krankheit fest, die du auch hattest. Eine tödliche Krankheit. Ausgerechnet du, der diese Krankheit hatte und durchlebte, der all diese Visionen hatte, die eintrafen, über sie, stellt zufällig an ihr ein relativ seltenes Krankheitsbild fest, an dem sie mit Sicherheit genauso gestorben wäre wie du, Junge, wenn du nicht damals diese Zufälligkeiten in deinem Leben gehabt hättest. Als du die Krankheit an dir entdeckt hast. Als die Zeitung zufällig an dieser einen besagten Stelle aufschlug.

Halt mich bitte nicht für verrückt, aber übersetzt man deine Theorie als Außenstehender, dann könnte man natürlich darauf kommen, dass ihr euch eigentlich erst einige Jahre später in eurem Leben finden solltet. Es gibt allerdings bei der Sache ein Problem: Es würde überhaupt kein späteres Treffen geben können, wenn sie tot ist! Und sie wäre vermutlich tot, wenn du Bea nicht zu der Behandlung gedrängt hättest. Sie wäre aufgrund der kleinen Geschwulst am Handgelenk wahrscheinlich selbst nie zum Arzt gegangen. Sie hat deine Geschichte gebraucht."

Kim saß mit offenem Mund da, versuchte zu verstehen, was Mike damit sagen wollte. „Verstehst du?" „Nein!" „Man, das ist kein Zufall, Kim! Das Mädchen wäre heute mit ziemlicher Sicherheit tot, wenn sie nicht zum Arzt gegangen wäre! Und warum ist sie zum Arzt gegangen?" Kim begann langsam zu verstehen, worauf Mike hinaus wollte.

„Kim, überlege mal! Was du erlebt hast, war möglicherweise ein Notfall. Verstehst Du? Krebs kann auch ein Zeichen von seelischen Schmerzen sein. Die Geschichte, die du über Beas Vergangenheit berichtet hast, passt da optimal ins Bild. Das würde dir jeder Heilpraktiker bestätigen. Was gibt es Belastenderes, als festzustellen, mit einem Mörder Jahre lang ein Bett geteilt zu haben, den du dann auch noch an die Polizei auslieferst, um deine Schnauze zu retten?"

Kim war aufgestanden und einige Schritte den steinigen Weg heruntergelaufen, um ihn jetzt wieder Richtung Klippe zurückzugehen. „Sie hat mir mal erzählt, dass seine Freunde sie wahrscheinlich suchen würden und er gedroht habe, sie umzubringen, wenn er wieder rauskommt! Später hat er aus dem Knast Briefe an die Scheinadresse in Köln gesendet, in denen er behauptete, sie noch zu lieben und das er sich geändert habe. Doch Bea behauptete, zwischen den Zeilen versteckte Drohungen herausgelesen zu haben."

„Und da lebenslänglich bei uns nun mal nicht lebenslänglich ist..." „Hör auf!" Kim blickte zum Himmel, um dann leise ein „Schon klar..." hinten dran zu hauchen. Mike fuhr fort: „Das war vielleicht der Auslöser für die Krankheit! Dazu kommt der Autounfall ihrer Schwester, die Mutter, die sie für deren Tod verantwortlich macht, und, und, und...

An welchem Punkt in eurer Beziehung hattest du das Gefühl gehabt, dein großes Glück entgleitet dir, und die Beziehung zerrinnt, weil der richtige Zeitpunkt noch nicht da zu sein schien? Ich sage es dir: Es hat angefangen, als du sie auf die Krankheit aufmerksam gemacht hast und sie behandelt wurde!"

Kim schaute ihn an wie einen sprechender Wäschetrockner, der Bonbons ausspuckt: „Woher weißt du das?" „Du Idiot! Kim! Scheiße! Weil genau das der Zweck eures Kennenlernens war! Als du sie `gerettet` hattest, war dein Part erfüllt!

Und es war höchste Eisenbahn! Denn sie war so in ihrem psychischen Stress, dass sie ohne deine andauernden eindringlichen Worte nicht zum Arzt gegangen wäre nur wegen diesem kleinen Hubbel, der nicht mal wehtat!" „Du redest manchmal, als wärst du dabei gewesen", rutschte es aus Kim heraus, worauf Mike seltsam still wurde, um dann den Kopf zu schütteln. „Nein, war ich nicht.

Aber Du wolltest mir noch etwas erzählen, dass an deinem 25. Geburtstag geschehen war."

Kim blickte kurz auf den ehemaligen CIA-Agenten, dann hob er abwehrend die Hände und lief rückwärts zum Auto zurück, während er Mike zurief: "Okay. Shit! Du weißt etwas! Wer bist *Du* denn eigentlich wirklich?!

Ich verschwinde. Irgendetwas stimmt hier nicht. Und ich komme noch dahinter!"

Die letzten Worte konnte Mike kaum mehr verstehen, denn Kim war schon zu weit entfernt. Dieser hatte sich jetzt auf dem Absatz herum gedreht und lief zum Jeep. Mike fing an zu grinsen. Dann berührte er mit der rechten Hand etwas an seinem Gürtel, woraufhin zwei krächzende Möwen wie ausgeknipst vom Himmel verschwanden. Ebenso wie ihre Schreie. Dann stand er auf und machte sich auf den Rückweg zum Parkplatz.

30. Terra

★★★

Ein lautes Raunen ging durch die Anwesenden der Föderation. Plötzlich tauchte ein blauer Strahl aus dem Nichts auf und richtete sich auf die Mitte des Saals. Er schien immer heller zu werden, bis die Farbe sich in einem strahlenden Weiß auflöste. Ein Hologramm manifestierte sich in deren Mitte. Schemenhaft wurden Konturen sichtbar. Umhüllt von diesem hellen Licht war ein alter Mann zu erkennen, der sich manifestierte und auf einer Art Thron saß. Sein Haar war lang und weiß. Ebenso sein Bart. Seine Statur war schlank. Hinter dem faltigen, sonnengegerbten Gesicht funkelten zwei muntere, strahlend blaue Augen. Das Raunen verstummte abrupt zu einem anmutigen Schweigen, voller Demut und Respekt. Ea war unter ihnen. Für die meisten im Raum einer der größten Momente in deren Leben! Viele hatten von ihm gehört, doch leibhaftig zu Gesicht bekam man ihn nur bei den ganz großen Entscheidungen.

Er war eine lebende Legende in den Augen vieler. Sein Wissen war unbezahlbar. Die Menschen auf dem Planeten Terra würden später den Fehler machen, seinen Namen in den alten Schriften mit ˋGottˋ zu übersetzen. Ebenso wie den Namen des blutrünstigen Gottes Jahwe – der führende im Bunde der Nefilim. Ea hob seine rechte Hand zum Gruß und blickte in die Runde. Ein herrschsüchtiger und fehlgeleiteter Führer würde in der Vergangenheit diese Jahrmillionen verbreitete Gestik ebenfalls auf Terra für sich vereinnahmen. In Wirklichkeit aber war es der „Gruß der Götter", den auch schon das Römische Reich und Cäsar verwendet hatte. Ea war das Ebenbild für den ˋAlten, weisen Mannˋ.

„Ich danke allen Anwesenden für die Zeit, die sie geopfert haben, um dieser schicksalhaften Stunde beizuwohnen, die über die Zukunft eines Planeten entscheiden wird. Und über die Zukunft des Abtrünnigen Jahwe und seinen Verrätern, welcher sich mit den Feinden der Föderation verbunden hat, um dialten Kasten aufrechtzuerhalten, die bereits für viel Zerstörung gesorgt haben!" Ea begann seine Rede. Es war so still im Saal, als würde die Natur ihren Atem anhalten. Er blickte von seinem hohen Stuhl aus in die Runde, der von einem hellen, weißen Licht umschmeichelt wurde. „Die meisten hier im Raum kennen mich nur vom Hören und Sagen. Sie wissen, dass ich in jenem Rat saß, der zu Anbeginn der Föderation das `Kosmische Gesetz` für unser Wirken und Handeln in Kraft treten ließen. Das ist lange her. Sehr lange. Und sie beruhen auf jenen Kenntnissen, die Hunderte von Millionen Jahren vor der damaligen Zeit sich nach unzähligen Fehlschlägen bewährt hatten, um das Überleben aller in Frieden zu gewähren. Warum wir heute hier zusammensitzen, haben meine beiden Vorredner bereits deutlich gemacht. Ihnen gebührt mein Dank! So werde ich deren Rede nicht wiederholen, sondern zu dem kommen, was ergänzend notwendig ist für ihre Arbeit.

Wir alle leben in einer universellen Welt, in der Telepathie, Präkognition, Telekinese oder Teleportation zu den natürlichsten Dingen in unserem Umfeld gehören! Ohne diese wäre unser Leben kaum mehr vorstellbar! Unsere Kommunikation beruht darauf, unsere Technik, unsere Geräte und unser Wissen über alles, worin wir leben. Selbst unsere Raumschiffe sind impulsgesteuert und arbeiten teilweise gekoppelt mit Gedankenübertragung. Wir haben das `Mysterium der Zeit` unserer Vorfahren aufgelöst und sind seitdem in der Lage, jeden Punkt zu jeder beliebigen Zeit zu erreichen. Krankheiten, die einst ganze Zivilisationen zerstört haben, sind binnen weniger Minuten heilbar. Wir wissen um die Unsterblichkeit unserer Seelen. Können den Seelenweg eines jeden sichtbar werden lassen und den Film des Lebens anschauen. Doch dies alles war nicht immer so!

Die Evolution ermöglicht es, dass immer wieder neue Blumen auf einem Feld emporsprießen, die nicht umhin kommen, dort zu beginnen, wo wir einst begonnen haben. Sind die Unterschiede auf einem bevölkerten Planeten schon groß, unterschiedliche Rassen und Entwicklungsstufen betreffend, so wachsen diese bei universellen Betrachtungsweisen ins Unermessliche. Der erste Schritt einer heranwachsenden Zivilisation liegt immer darin, zu erkennen, dass sich das Universum nicht um deren Planeten dreht. Der nächste Schritt ist die Achtung und Akzeptanz aller Rassen, die auf dem eigenen Planeten vorhanden sind. Denn ohne diese gibt es Kriege, Auseinandersetzungen und Hass. Umso länger eine Zivilisation braucht, um zu dieser Erkenntnis zu kommen, umso mehr wird sich eine Technik heranentwickeln, die vom Missbrauch geprägt sein wird! Wir kennen es aus Millionen von Beispielen der Vergangenheit in unseren Archiven. Denn diese sind nicht mehr unter uns. Sie haben sich buchstäblich selbst vernichtet, so wie eine Liebe gepaart mit Hass keinen Bestand hat. Wirkliche Reife ist, zu erkennen, dass man nicht alles ausprobieren sollte, das möglich ist. Denn die Forschung an zerstörerischen Waffensystemen kann am Ende nur Zerstörung bringen.

Und so, wie eine angehende Zivilisation irgendwann das Weltbild aufgeben muss, dass sich das gesamte Universum um deren Planeten dreht, so muss sie auch eines Tages erkennen, dass der Samen der humanoiden Rassen nicht auf deren Planeten alleine niedergegangen ist – sie wieder einmal nicht der Ursprung sind – sondern nur die Blume auf einer großen Wiese.

Viele Zivilisationen zeigten sich überrascht, wenn sie eines Tages mit einer außerirdischen Spezies Kontakt bekamen, die von der ihren optisch nicht zu unterscheiden war! Sie konnten nicht verstehen, dass sie nur eine Blume auf einem Feld waren, und es neben ihnen noch andere dieser Art gab.

Wir haben unsere Föderation damals nicht zuletzt gebildet, um unsere Erkenntnisse an andere weitergeben zu können, wenn wir auf diese treffen. Ohne ihren Freien Willen zu zerstören. Wir haben sehr bald festgestellt, dass es zu viele Blumen im Universum gibt, um sie ohne Programme und Technologien wie EMIID zu zählen. So kann unsere Hilfe auch immer nur jenen zukommen, die unsere Möglichkeiten nicht überfordern. Denn auch wir sind Teil der Entwicklung. Und nicht das Ende dieser. Unsere frühen Zivilisationen haben eines Tages festgestellt, dass man mit einem Flugobjekt, welches innerhalb einer Atmosphäre agieren kann, nicht gleichzeitig zwingend einen unserer Monde erreicht.

Auch wir stoßen täglich an die Grenzen unseres Wissens, wenn auch nach Milliarden von Jahren auf einer anderen Ebene, wie früher, als wir noch auf Terra waren. So hat unsere damalige Zivilisation feststellen müssen, dass man mit einem linearen Flug kaum ein anderes Sonnensystem in einer anderen Galaxie erreichen wird. Denn unabhängig von dem Problem der damals unüberwindlich erscheinenden Entfernungen, gab es das Problem der Zeit.

Es war eine logische Schlussfolgerung, dass man das Problem der Entfernungen somit nur mit dem Faktor Zeit überwinden konnte. Also setzten wir all unsere Forschungen auf dieses Gebiet.

Zuerst war die Theorie, mit der wir bewiesen, dass Zeitreisen prinzipiell möglich wären, auch wenn die dazu notwendige Technologie weit, weit jenseits von dem war, wo wir damals entwicklungsmäßig standen. Bei jenem Planeten, aufgrund dessen wir uns heute hier versammelt haben, unserer inzwischen untergegangenen Urheimat, wird sich diese Erkenntnis durch ein Wissenschaftlerteam um einen Kip Thorne in der Vergangenheit einstellen. Er wird dort beweisen, dass Zeitreisen prinzipiell möglich sind. Zu dieser Zeit wird das Thema Zeitreisen in deren Kultur nichts weiter als Stoff von Science Fiction sein. Doch der eigene evolutionäre Entwicklungsstand war zu niedrig, um diese Realität werden zu lassen.

Aber jene Theoretiker in der Vergangenheit werden sich darüber im Klaren sein, dass, wann immer dieser technische Stand erreicht sein wird in deren Evolution, egal ob in 10 000 Terrajahren oder 1 Milliarde Terrajahren, er eines Tages wieder auf sie zurückkommt. So ist das Jahr der technischen Umsetzbarkeit im Nachhinein immer zweitrangig. Viele Faktoren sind dabei zu berücksichtigen. Hoch waren die Gefahren. Kompliziert sind die notwendigen Berechnungen. So wurde uns damals sehr schnell klar, dass hinter dieser Technik ein multidimensionaler Kosmos steckt. Und wie sollten wir den bezwingen, ohne die geringsten Kenntnisse? Doch wir forschten weiter.

Dabei überprüften wir alle Behauptungen über damals angebliche ˋübernatürliche` Phänomene auf wissenschaftlicher Basis. Wo geht unsere Seele nach dem Ableben des sterblichen Körpers hin? Und ist diese andere Ebene wichtig bei der Realisierung von Zeitreisen? Gibt es Parallelwelten? Wir haben eines Tages in dieser grauen Vergangenheit damit begonnen, uns aus dem dunklen Mittelalter der Zivilisation ins Licht zu begeben, indem wir jene Wissenschaftler entließen, die alles in Lächerliche zogen und anderen den Vortritt gelassen, die für alles offen waren und die überprüften, was Menschen behaupteten erlebt zu haben. Bis sie eines Tages die Nadel im Heuhaufen fanden und mit diesem Wissen weitere Nadeln. Und sich das Dunkel lichtete.

Eines Tages mussten wir zu unserem Bedauern feststellen, dass jenes, an dem wir forschten, und das wir als ˋZeit` definierten, überhaupt nicht existierte! Es war eine Illusion. Ein Maßstab, um Dinge erklärbar zu machen, mehr nicht. Heute wissen wir, dass Vergangenheit und Zukunft gleichzeitig existieren, lediglich getrennt durch verschiedene dimensionale Zustände, die wir auch als multidimensionale Matrix bezeichnen. Die Gegenwart hingegen existiert als Ebene überhaupt nicht. Sie ist nur der wahrnehmbare Stand, welcher uns anzeigt, wo wir uns gerade im Kaa, auf der Matrix, befinden. Denn Gegenwart ist dort, wo Vergangenheit und Zukunft sich im Hologramm für einen winzigen Moment scheinbar überscheiden.

Dazu benenne ich das nur allzu bekannte Beispiel: Blicken wir zu den Sternen, werfen wir einen Blick in die Vergangenheit. Denn das, was wir sehen, existiert zu diesem Zeitpunkt in jener Realität, in der wir es betrachten, oftmals schon gar nicht mehr. Bedingt durch die großen Entfernungen. Wir erleben also ein scheinbares Paradoxon vor unseren Augen, was keines ist. Wir betrachten dort die Vergangenheit. Verringern wir den Abstand zweier Sonnensysteme nun so weit, dass er auf zwei Menschen zusammenschmilzt, die sich unterhalten und gegenüberstehen, so blicken wir letztlich immer noch in die Vergangenheit, nur wird die Differenz messtechnisch kleiner. So konnten unsere Vorfahren bereits feststellen, dass Atomuhren unterschiedlich gingen, wenn eine von ihnen stationär auf Terra verblieb und die andere in 10 Kilometer Höhe in einem Flugzeug aufbewahrt wurde. Obwohl sie zuvor exakt gleich liefen. Zeit und Gegenwart sind somit Begriffe, die, aus einem Erklärungsversuch geboren, nur Momentaufnahmen aus dem Meer der Geschichte auftauchen, als Spitzen von Eisbergen an der Wasseroberfläche, die es zu entdecken und zu erforschen galt.

Gibt's nicht gab es ab einem bestimmten Tag nicht mehr. Und mit dieser Erkenntnis verschwanden auch die Forscher dieser alten Weltsicht. Wir wollen gar nicht daran denken, wo wir heute entwicklungstechnisch stehen würden, wenn wir weiterhin auf diese Riege gehört hätten, die alles aussortierten, an was sie nicht glauben wollten.

Solange Zivilisationen dieses alte Weltbild nicht aufgeben, werden sie niemals hinter die Aufklärung von Phänomenen wie Hellsehen, Wahrträumen und Prophezeiungen kommen. Denn es ist nichts mystisches, sondern technisch gesehen eine Standpunktveränderung auf der Matrix, welche wir mit dem einzig wahren machen, dass wir besitzen – unserer Seele. Wir wissen, dass nur unser fleischlicher Körper es ist, der uns fest auf der Matrix `stationiert`. Wo auch immer. Wir wissen inzwischen auch, dass es nicht eine Zukunft gibt, sondern unzählige. Aufgebaut auf die Erforschung der `Chaos-Theorie` arbeitet unsere RIMARHR-Technologie.

Ohne technische Systeme ist es nahezu unmöglich, die Zukunft einer Einzelperson vorauszusagen, wenn der anvisierte Zeitpunkt sehr weit in der `Zukunft` liegt. Auch wenn es einige Quacksalber aus dem dunklen Zeitalter gerne anders verkauft haben, um damit zu ihrer Zeit Vermögen zu erlangen. Doch Scharlatane und Betrüger haben die Forschung nicht aufhalten können. Nach dem Motto `Lieber einmal zuviel überprüfen – als den entscheidenden Moment zu verpassen, der die Menschheit in die Zukunft führt`. Zumal über lange Zeit der wahre Stand der Technik und des Wissens vor der Bevölkerung verborgen wurde, um sie zu kontrollieren.

Die Zukunft einer Zivilisation ist dagegen sehr viel leichter einzusehen, da diese sich entgegen des Einzelnen sehr viel weitsichtiger entwickelt. Dies ist nicht positiv zu werten. Hat ein Mensch ein bestimmtes Wissen erlangt in einer Zivilisation, so ist er für sich seinen Weg gegangen. Aber es wird vielleicht Jahrtausende von Terrajahren dauern, bis die Gesamtbevölkerung nachgezogen hat und insgesamt auf diesem Stand ist.

Denn jeder ist ein Individuum und geht seinen eigenen Weg. Alle müssen aus Fehlern lernen. Der eine tut es schneller, der andere vielleicht zeitweise überhaupt nicht. Und dies wirkt sich wiederum auf den Entwicklungsstand des Ganzen in einer Bevölkerung aus. Es gibt keinen einzigen Humanoiden im ganzen Universum, der noch nie etwas mit Hellsehen und Telepathie zu tun hatte. Nicht einen! Nur nehmen die Zivilisationen im Entwicklungsstadium 1-5 diese nicht als solche wahr. Für jene waren es Zufälle, oder es fiel ihnen nicht einmal auf, was um sie herum geschah.

Unsere Technik hat uns gelehrt, dass es immer zwei Gegenpole geben muss. Plus und Minus. Wahrheit und Lüge. Es läuft immer ein Impuls zurück zum Ursprung. Ja selbst in jedem Stromkabel auf Terra. Sie sind stets miteinander verbunden. Alles ist gegenläufig. So wissen wir auch, dass bei Flügen durch die Zeit immer eine Verbindung mit dem Ausgangspunkt bestehen bleiben muss. Sonst werden wir nie wieder zurückfinden und uns in einer der möglichen Varianten der Zukunft verlieren. So sind wir stets rückläufig mit unserem Ausgangspunkt verbunden, wo wir gestartet sind. Dieser Ausgangspunkt nennt sich einfach umschrieben `Dimension`.

Es gibt Dinge, die in niedereren Welten fälschlicherweise ebenfalls als `Dimensionen` bezeichnet werden, sogenannte Hyperwelten. andere Bewusstseinsebenen, wenn wir unseren Körper verlassen, sowie gänzlich andere Welten mit anderen Lebensformen.

Zur Überraschung der Welt, um die es uns heute geht, haben wir bei ihren Forschungen über dieses `Chaos` festgestellt, dass es eigentlich kein Chaos gibt und Chaos nur die Umschreibung von etwas ist, dass man in seiner Komplexität ohne Technologien wie RIMARHR nicht überschauen kann.

Unsere Computersysteme nehmen also einen Ausgangspunkt, der in unserer Vergangenheit `Gegenwart` genannt wurde und lokalisieren seine Koordinate mit Hilfe von RIMARHR. Die holographische Gitternetzstruktur, in der wir alle uns befinden, die wir auch als KAA, oder veraltet als Matrix bezeichnen, wächst jede Millisekunden um etwa 158.76457 hoch 187653475321 Mega-PONs im Sinne der uralten Chaos-Theorie. Dies ist unvorstellbar! Ohne RIMARHR wären wir ebenso in der Zeit gefangen wie unsere Vorfahren.

Wir haben dies bei Terra angewendet. Wie bereits berichtet, kamen unsere Sonden in einer Zeit heraus, wo sich die besagte Menschheit nahezu selbst vernichtet hatte. Was wiederum unsere eigene düstere Vergangenheit erklärt, die wir über Millionen von Jahren durchleiden mussten. Also reisten diese wiederum in der Zeit etwas zurück, um die Ursache zu verifizieren. Jene, um die es hier geht, aufgrund der wir heute hier zusammensitzen.

Wir haben möglicherweise einen Feind unter uns. Ich bitte sie deshalb ihre Cusatoren auf Delta IV zu lassen.

Die Bevölkerung auf Terra in der Vergangenheit, wo wir das Programm `Neues Testament` und infolge `Offenbarung` installieren, kennt dies nicht. Für sie ist ein Seher, dessen Prophezeiung nicht eintrifft, in der Regel ein Scharlatan. Doch es besagt nicht zwingend, dass er nichts gesehen hat, sondern das sich infolge die Koordinaten verändert haben können. Warum auch immer. So sieht der beste Seher nicht die tatsächlich eintreffende Zukunft, sondern eine Variante, die am wahrscheinlichsten ist, wenn sich nichts ändert an den grundlegenden Faktoren. Höre ich zum Beispiel auf diese Warnung des Sehers und verhalte mich anders, dann trifft die Variable nicht ein, weil ich mich auf der imaginären Gitternetzstruktur von dieser Variablen wegbewege.

Es gibt also tatsächlich noch eine Variante außer der Scharlatanerie, wenn etwas nicht eintrifft wie angekündigt. Doch auch da sage ich ihnen nichts Neues.

Zudem ist das Reisen in die Zukunft mit dem Geiste nur dann sinnvoll, wenn der Seher es in der Hand hat, Dinge zu verändern. Geht es nicht um ihn, bleibt ihm meist nichts anderes, wie im Idealfall zu warnen.

Dieses Geflecht aus Raum und Zeit, das Zukunft und Vergangenheit einschließt, nennen wir also `Kaa`.

Durch die Beschränkung der Lebenszeit gibt es auch nur eine begrenzte Anzahl an Variablen für jedes Lebewesen, dass inkarniert. Doch wie wir wissen, ist dies nicht das Kaa. Denn unser Geist lebt fort. Und kann neu in der grobstofflichen Welt inkarnieren, wenn er es denn will.

Auf Terra in der betreffenden Vergangenheit ist dies nach deren Weltsicht noch unvorstellbar. So wissen diese in der Masse noch nichteinmal, dass viele Menschen nach dem Tod Entscheidungen in ihrem zurückliegendem Leben bereuen. Dieses Leben nochmals leben wollen. Zur selben Zeit, um vielleicht etwas anders zu machen. Wenn dort so etwas geschieht, nehmen diese es als `Zwillinge` wahr. Ein

Mensch, der wieder zurückkommt, um in der selben Zeitspanne zu leben wie schonmals, mit den selben Eltern.

Er kann allerdings seine damalige körperliche Inkarnation nicht löschen. Deshalb inkarniert er neben sich selbst und verändert damit auch die Vergangenheit.

Aufgrund der bekannten Gefahren gibt es dieses Phänomen nicht allzu häufig. Manche kommen allerdings auch ein drittes oder viertes Mal.

Dadurch verändern sie aber auch multidimensionale Variablen ihrer eigenen Vergangenheit. Denn nun nimmt sie plötzlich ihre eigene Vergangenheit als Zwilling wahr. Und damit löschen sie ihren ursprünglichen Impuls aus.

Es ist nichteinmal selten, dass die selbe Seele in derselben Zeitperiode neu inkarniert. Meist aber aus besagten Gründen nicht in der gleichen Familie. Wie oft hören manche Menschen von ihren Mitmenschen den Spruch: `Gestern habe ich jemanden gesehen, der genauso aussah, wie du`. Meist sehen diese Menschen nur ähnlich aus, nicht genauso. Sie übernehmen oft Merkmale ihrer ursprünglichen Persönlichkeit, wenn diese zum Beispiel zurückkommen, um ihre große Liebe wiederzufinden. Und wenn sie wissen, was dieser an ihnen gefallen hat.

Ich habe dieses Beispiel bewusst aufgegriffen, um allen Anwesenden nochmals zu verdeutlichen, dass die Veränderung von Zeitlinien und der Vergangenheit im kosmischen Sinne ein ganz alltäglicher Vorgang ist, der stetig neue Dimensionszweige hervorbringt, die sich überlagern.

Sind wir zum ersten Mal in einer Zeitperiode, dann sind unsere Bekanntschaften oftmals nur Zufall für uns. Doch wenn wir wieder inkarnieren, können wir unsere Parameter so setzen, dass es wahrscheinlich ist, dass wir einer Person wieder begegnen. Ob in dieser `Zeit`, oder auch einer anderen.

Es gibt auch in der Vergangenheit genügend Menschen, die sogar von ihren ehemaligen Familien wiedererkannt werden. Wenn zum Beispiel ein Mensch erschossen wird, dann kann er sich unter Umständen an sein früheres Leben erinnern, als dies geschah, und er hat Muttermale an den Einschussstellen, die gläubigen Familien die Gewissheit geben, dass ihr Sohn wieder in einem anderen Körper auf dieser Welt ist.

In den letzten Jahren vor der fast vollständigen Zerstörung unserer Zivilisation in der Vergangenheit wird es die ersten Ausläufer einer Gruppe auf Terra hinter der Regierung geben, die den wahren technischen Fortschritt vor deren Bevölkerung bewusst geheim hält. Sie werden diesen Lügen erzählen. Ihre eigenen Forschungen und Techniken zur Verstandeskontrolle verstecken, oder, falls eine gewisse Gruppe dahinter kommt, die Schuld auf höchster Ebene von sich schieben.

Es wird deren eigene Technologie sein, die dem uninformierten Volk immer mehr wie außerirdisch erscheint. Diese Verbrecher werden ihren Machtapparat durch kriminelle Machenschaften schützen und unter dem Deckmantel der `Nationalen Sicherheit` Überprüfungen zu verhindern wissen!

Die Bevölkerung ist zuweilen Opfer jener Technologien, die Teile der eigenen Regierungen gegen sie verwenden. Die Bevölkerung wird dumm gehalten, so dass sie diese Technik nicht kennt und sie durch die kontrollierten Massenmedien für unmöglich hält.

Sie wird zum Beispiel auftretende Stimmen Geistern zuordnen, ihrem Gott, Außerirdischen und Verstorbenen! Doch es ist in vielen Fällen der Missbrauch der eigenen Hintergrundregierung, die wiederum von unserer Kolonie um Jahwe unterwandert und kontrolliert wird, um das von diesen erschaffene Weltbild zur Versklavung der Menschheit aufrechtzuerhalten!

Die Bevölkerung wird dies bis zuletzt nicht wahrhaben wollen. Ihr wird bereits durch deren Schulsysteme gelehrt, was `wahr` und was `falsch` ist. Sie wurden in eine große Lüge, ein kriminelles System, geboren.

Obwohl sie Dinge besitzen, die sie Radio nennen, Fernsehen und Telefone, die drahtlos Informationen in ihre Häuser senden und die sie mit Gerätschaften mit eben genannten Namen abrufen können. Das soll verdeutlichen, wie blind diese gehalten werden, dass sie trotz dieser Techniken in ihren Häusern nicht wissen, dass Gedanken ebenfalls messbar und abhörbar sind, wenn man die richtigen Empfänger hat.

Sie werden kaum auf die Idee kommen, den Fernseher einzuschalten, wenn sie Radio hören wollen. Oder das Radio zu nehmen, wenn sie telefonieren möchten. Doch sie verschließen durch die dort vorherrschende Medienkontrolle ihren Geist überwiegend vor den wahren Möglichkeiten und der wahren Geschichte, die gegen sie inszeniert wird!

Das macht alles viel komplizierter, denn für diese wird es sehr schwer sein, echte Außerirdische von Regierungsaktivitäten zu unterscheiden, sowie `Gut und Böse`, wenn sie nur eine Stimme in ihrem Kopf hören.

Durch solche Techniken bringen sie Menschen dazu, ihre Liebsten umzubringen, politische Attentäter zu werden und sich selbst von einem Hochhaus zu stürzen – da die Opfer in dem Glauben gehalten werden, Gott würde zu ihnen sprechen und sie auf die Probe stellen oder ihnen den Weg weisen.

Es wird einige Zeit dauern, bis diese aufwachen.

Auch wir sind für viele von diesen Außerirdische.

Denn sie sehen nur woher wir kommen. Nicht aber, wo und auf welchem Planeten der Ursprung unserer Kolonien ist. Kurze Zeit, bevor die letzte Stufe unseres Planes in Erfüllung gehen wird, werden wir jene, die reif dafür sind, mit der Wahrheit konfrontieren.

Dann liegt es an ihnen zu entscheiden, ob sie ihren falschen Göttern weiterhin nach dem Mund reden, oder erwachen.

Und deshalb meine Botschaft an diese:

Aufruf an die Bewohner von Erde/Terra:

Huldigt keine Götter, die euch und anderen schaden. Huldigt keine Götter, die euch und andere auffordern, euch und andere zu töten. Denn dies sind keine Götter. Es sind die letzten Tests der Zeit, die eure Welt euch auferlegt. Wacht auf. Lernt zu unterscheiden. Ignoriert Stimmen in eurem Geist, die euch zu solchen Unrecht aufrufen! Und stellt sie auf die Probe! Dann erwartet euch die Wahrheit! Und die Freiheit! Denn dies wird ihnen die Macht nehmen. Die Wahrheit wird sich verbreiten. Und am Ende siegen. Dann ist es vollbracht. Eure falschen Führer werden euch hinters Licht führen anstelle in die verkündete Erleuchtung.

Sie werden den Krieg von der Straße in euren Geist verlagern. Sie werden sich sicherer fühlen, den letzten Kampf zu gewinnen, als je zuvor! Denn solange ihr verzaubert seid, werden sie euch mehr zerstören, als jemals zuvor.

Ihr werdet die verlassen, welche euch lieben, weil die Stimmen es euch auftragen und es als zeitgemäß gilt, untreu zu leben und die Familie zu verlassen! Und ihr werdet jene verraten, welche euch heilig sein sollten! WACHT AUF! Merkt ihr nicht, dass sie euch ins Unglück führen? Seid ihr so blind? Vertraut auf eure Intuition. Dann braucht ihr keine Stimmen und Götzenbilder!

Jene wie wir werden mit einer gänzlich anderen Technik auf euch einwirken, wenn wir mit euch Kontakt wollen. Unsere Stimmen und Bilder werden nicht alleine kommen! Sie werden euch nicht auffordern, Schlechtes zu tun! Wir werden kurzzeitig alles um euch verändern. Eure gesamte Realität!

In den Letzten Tagen. In einer einzigen Minute wird sich alles verändern!

Wir können eure dimensionalen Wahrnehmungen verändern, eure Zeit, alles wird sich vor euren Augen verändern.

In euren Filmen und Vorstellungen ist allzu oft vieles untergliedert in schwarz oder weiß. Doch seid euch bewusst, ihr seid für diese nichts mehr als dumm gehaltene Sklaven, Marionetten, die entsorgt werden, wenn ihre Zeit abgelaufen ist.

Nehmt den Vergleich dessen, was ihr Telefon nennt. Euch kann damit jemand anrufen, der euer Freund ist – oder aber genauso euer Feind! Die Technik alleine ist kein Garant!

Fürchtet euch nicht! Wir werden wiederkommen mit den Wolken.

In den Letzten Tagen der Alten Welt.

Ich musste diesen Aufruf starten. Denn er wird eines Tages vor ihnen liegen und einige werden ihn lesen.

In deren letzten Tagen.

Dann wird nur noch wenig Zeit sein. Denn wir werden die Gesamtheit ihrer Machenschaften erst in der allerletzten Phase aufdecken. Und auch das wird seinen Sinn haben. Seid versichert.

Wir werden unterschwellige Nachrichten in ihre Kulturen setzen. So wird die Zahl SIEBEN überall in ihren Mythen, Sagen und Überlieferung auftauchen, die ein weiterer Hinweis auf uns sein soll.

Bei dieser geistigen Entwicklung behindern sie sich bis zuletzt oftmals selbst. In dem jene für sich entschieden haben, dass sie es nicht wollen. Warum? Um dies zu wollen, muss man akzeptieren, dass andere Zugang bekommen. Doch in allen Anfangsstadien der Zivilisationen sind die Egostrukturen noch so weit unterentwickelt, dass sie bewusst eine Freizone in sich schaffen, um schlechte Taten vor anderen geheim halten zu wollen. Und solange dies anhält, jene sich vor dieser Weiterentwicklung bewusst verschließen, wird ihre persönliche Evolution pausieren.

Sobald sich das einzelne Individuum öffnet, setzt es einen Prozess in Gang. Es sind wie Nervenzellen, die erst zusammenwachsen müssen. Um so öfter das Individuum von seiner positiven Einstellung abweicht, zum Beispiel durch ein altes Weltbild, dass es nicht aufgeben will oder negative Absichten – um so langsamer werden sich diese Bewusstseinsstränge verbinden. Sind sie einmal da, ist man ein `Kanal`. Man hat nun Zugriff auf Dinge, die anderen noch verborgen sind durch deren Evolutionsstand. Es ist wie ein technisches Gerät, das angeschlossen wird. Und um es anschließen zu können, muss man ein imaginäres Kabel legen. Ohne dieses Kabel ist es zwar vorhanden, aber ohne Funktion.

Viele Menschen können sich nach dem Erwachen nicht mehr an ihre Träume erinnern. Doch Jahre später kommt ein verschütteter Traum durch einen zufälligen Gedanken wieder an die Oberfläche. Dies bedeutet, er war nie weg! Er wurde nie gelöscht! Nur die Verbindung zu ihm wurde unterbrochen.

Bei Terra haben unser Sonden damals zum anvisierten Zeitpunkt eine unglaubliche Vernichtung gesehen. Sie manifestierten sich in einem Zeitkorridor, in dem dieses Geschehen im Gange war. Aufgrund der Vorkommnisse durch unserer Kolonie in der Vergangenheit, habe ich mit dem Rat entschieden, dass wir eine Verpflichtung gegenüber Terra besitzen. Deshalb wurde damals entschieden, Projekt `Offenbarung` samt seiner Nebenprojekte zu starten und hiermit die Vergangenheit unserer Vorfahren durch einen chirurgischen Eingriff zu verändern. Unterprogramm `Neues Testament` wird im Bewusstsein mit dem Tod dieses Menschen enden. Doch wir werden ihn und einige andere natürlich nicht wirklich sterben lassen. Er wird es auch sein, der zeitversetzt in den Letzten Tagen dieser Zivilisation wieder dort erscheinen wird. Da er lebt, kann er dort nicht geboren werden. Er wird `mit den Wolken kommen`.

Auch Elias wird, wie in den Schriften angekündigt, zurückkehren. Er hat sich hierzu bereit erklärt. Er wird zu gegebener Zeit das Augenmerk der Menschen auf den Himmel richten.

Wir werden dafür Sorge tragen, dass die Grundaussage der Texte bei diesem zweiten Testament nicht wieder verfälscht wird, wie es die Schreiber der alten Tage machten. Deshalb werden sie versuchen, die Menschen von ihrem Glauben abzubringen. Wenn das Rätsel aufgelöst ist, werden sich alle entscheiden müssen. Wenn die Offenbarung eingetreten ist. Jeder für sich. Sie werden ihr Leben weiterführen können, wie zuvor. Oder sich für die Zukunft entscheiden. Lüge und Betrug in der Gesellschaft wird schon alleine durch die von uns allen zur Verfügung gestellte Technologie und der damit verbundenen technischen und lernbaren Telepathie in sich zusammenfallen.

Unsere Feinde wissen um diesen Plan. Sie wollen uns, der überlieferten Schlange, in den Letzten Tagen den Kopf zertreten!

Doch das wird ihnen nun unsere Raumkommandantin und Beauftragte der Föderation, Tsita, erklären.

Vielen Dank für ihre Aufmerksamkeit!"

Wieder wurde es dunkel. Die Projektion verschwand und das blaue Licht erstrahlte jetzt einen weiteren der vorderen Plätze. Eine blonde Frau mittleren Alters ergriff nun das Wort. Sie trug ein wallendes purpurnes Gewand und war schlank. Ihre markanten Gesichtszüge, die von ihren halblangen Haaren umschmeichelt wurden, ließen sie geradezu `allwissend` erscheinen. „Vielen Dank. Was ich ihnen nun mitteilen werde, unterliegt der strengsten Geheimhaltung! Keine Schrift auf Terra wird das enthalten, was ich ihnen nun mitteilen darf. Es sind die geheimen Pläne und Daten zum anstehenden Projekt in der Vergangenheit unserer Urheimat Terra. Sie werden erst offen auf dem Tisch liegen, wenn die Operation erfolgreich abgeschlossen wurde..."

Was nun folgte, war ein langer Vortrag von Tsita über die technischen und strategischen Details zur Operation.

Als sie geendet hatte, sagte sie: „Ich danke ihnen für ihre Aufmerksamkeit. Wir werden nun mit der Verwirklichung dessen beginnen. Sie können noch unbeantwortete und offene Fragen an die Vertreter der Föderation richten. Soweit wir diese zugänglich machen dürfen, werden wir darauf eine Antwort geben. Ich werde an anderer Stelle gebraucht. Mir wurde die Leitung der Operation übergeben. Alle hier Anwesenden wurden ausgesucht, wichtige Entscheidungsträger an den verschiedensten Stellen zu sein. Jeder Einzelne wird in den kommenden Tagen mit seiner speziellen Rolle und Aufgabe vertraut gemacht werden. Deshalb wurden sie eingeladen. Sie alle sind Freiwillige im Dienste der Föderation. Dafür danken wir ihnen. Ich wünsche einen schönen Tag hier auf unserer Kolonie ICBN-Ne 1 und einen angenehmen Aufenthalt."

Planet Erde:

Ein singender Pfeifton durchdrang die Nacht. Die dunkle Gestalt nahm ihre Kapuze ab und blickte auf ein rotes Licht, das sich vor ihm in die Höhe schob. Plötzlich bildete sich ein hologrammartiger Schirm und ein grauhaariger Mann war darauf zu erkennen. „Wir sind in der richtigen Zeit! Einer unserer Späher hat uns die Koordinaten geschickt. Warten sie auf weitere Befehle." „Verstanden!" Das Hologramm fiel in sich zusammen und das rote Licht senkte sich wieder herab. Also war die Reise doch nicht umsonst gewesen. Die Gestalt mit der schwarzen Kapuze betätigte noch ein Gerät, welches einen tiefen Summton erzeugte. Danach entschwand sie in die Nacht.

31. Die Freimaurer

★★★

Kim blickte auf den kleinen gelben Zettel, der vor ihm auf dem Armaturenbrett in seinem Auto lag. `Ich bin der Verräter! Doch Verrat ist keine Sünde. Verrat ist Licht!` stand dort in krakeliger Schrift. Unterzeichnet war die Nachricht mit `St. Germain`. Wie kam der Zettel in Kims Auto? Er hatte doch abgeschlossen, bevor er zu dem Treffen mit Mike den Wagen verlassen hatte.

Ein wildes Pochen riss ihn aus seinen Gedanken. Mike klopfte gegen die Beifahrerscheibe und machte mit dem Kopf eine Bewegung, die Kim dazu bringen sollte, die Türe zu öffnen und nicht wie ein trotziges Kind sein Lenkrad zu umklammern. Nach einiger Zeit hatte er Erfolg. Kim öffnete die Türe, und Mike stieg auf der Beifahrerseite in den alten Jeep, genau auf die dort abgelegten Kartoffelchips vom Vortag, was Kim zum nächsten Schrei veranlasste. Die nun etwas zerkleinerten Kartoffelchipsteile fanden, sobald sie samt Tüte von Mike konfisziert wurden, ihren Weg in seinem weit geöffneten Mund. „Okay. Ich bin dir eine Erklärung schuldig! Du willst wissen, was hier gespielt wird." Kim hielt ihm wortlos den kleinen gelben Zettel hin und erwiderte: „Ja..." „`Ich bin der Verräter! Doch Verrat ist keine Sünde. Verrat ist Licht!` St. Germain...", kam es mit dem Blick auf den gelben Zettel unter der Sonnenbrille aus Mikes mit Kartoffelchipsresten übersäten Mund. „Der Graf von St. Germain. Hier will sich wohl jemand einen Spaß erlauben", ergänzte Mike. „Auf jeden Fall war der Zettel noch nicht auf meiner Ablage, als ich den Jeep verließ und zuschloss, um mich mit dir hier zu treffen. „Du bist ein Sklave. Du bist die Blume, die langsam verwelkt...", gab Mike nachdenklich von sich. „Kannst du mich aufklären, was du damit meinst?", fragte Kim. „Das sind Zitate aus einer geheimen Schrift, die den

Wortlaut des Grafen von St. Germain wiedergeben sollen, die er vor Jahren an einen alten Bekannten von mir geschrieben hat..."

„Ach nein – du hältst mich wohl für dämlich. Das sind doch Verschwörungstheorien. Du hast doch den Zettel in meinem Auto versteckt!" „Nein. Ich kenne diese krakelige Schrift. Der Graf muss hier gewesen sein, während wir uns an der Klippe die Möwen ansahen." Kim schüttelte ungläubig den Kopf: „Kann ich mir nicht vorstellen. Der Mann ist doch eine Legende. Oder glaubst du den Mist um seine Person?" „Auf jeden Fall besagt die Legende, das der Graf in der Zeit reist und immer wieder auftaucht, um unter falschem Namen die Menschheit einen Schritt voranzubringen. Und dann gibt es noch die Behauptungen von Walter Ernsting, Mitbegründer der Perry Rhoda-Saga, der in seinem Roman „Die unterirdische Macht" von einer Zeitmaschine sprach, die in einem Bergmassiv in Österreich versteckt sein soll." Kim hob verwundert die Augenbrauen: „Glaubst du etwa, da ist was dran? Das hinter der Geschichte mehr steckt, als ein Roman? Das der Graf ab und an auftaucht und in unsere Zeitlinie eingreift? Und diese durch seine Taten manipuliert? Ich denke eher, es ist ein Mythos." „Ach. Da wäre ich mir nicht so sicher. Der umstrittene Verschwörungsautor Jan van Helsing veröffentlichte den Roman in seinem Verlag und hat diesem eine denkwürdige Fußnote verpasst. Indem er die Frage aufkommen lässt, was wäre, wenn dieser Roman keine reine Fiktion ist.

Es könnte durchaus sein, dass es sich bei der Zeitmaschine um Geheimtechnologie der Nefilim handelt. Angeblich ist die Geschichte ja ein Tatsachenroman. Und laut diesem wird der Graf von einer Geheimgesellschaft durch die Zeit gejagt, der er selbst lange Zeit angehörte. Diese soll auch im Besitz der Zeitmaschine sein, die zeitweise im Untersberg versteckt gewesen sein soll. Einem Ort, um den sich unzählige Geschichten ranken, dass Menschen in ihm verschwanden und Jahrhunderte später, ohne gealtert zu sein, wieder auftauchten. Tatsache ist jedenfalls, dass der Graf von St. Germain zu seinen offiziellen Lebzeiten Hochgradfreimaurer war.

Und vergiss nicht, dass Walter Ernsting noch einen weiteren Tatsachenroman um eine angebliche Zeitmaschine mit dem Titel `Der Tag an dem die Götter starben` schrieb, in dem vom bekannten Autor Erich von Däniken zu Beginn des Buches ein Brief an Walter Ernsting abgedruckt wurde, in dem Däniken die Realität der Zeitmaschine und viele der dort im Roman gemachten Aussagen als Tatsachen darstellt. Däniken ist bei einem Interview auf das Thema angesprochen worden und bestätigte auch hier, dass viele Dinge aus dem Buch von Walter Ernsting keine Fiktion sind, auch wenn Namen und Daten aus verschiedenen Gründen verändert wurden. Und wenn einem bekannt ist, das der Graf Freimaurer war, dann ist es auch leicht zu deuten, welche Geheimgesellschaft ihn laut dem Buch `Die unterirdische Macht` durch die Zeit jagt. Denn wer dieses kennt, weiß: St. Germain ist ein Verräter! Zumindest aus deren Sicht...“

Wieder verschwanden einige Kartoffelchips unter der dunklen Sonnenbrille im Mund. „Was weißt du über die Freimaurer?“ Kim zuckte die Schultern. Ohne auf eine wirkliche Antwort zu warten, begann Aldrigde mit seinen Ausführungen:

„Ok. Die Freimaurer sind die größte auf der Welt existierende Geheimgesellschaft. Auch wenn sie sich nach außen nicht als Geheimgesellschaft identifiziert sehen möchten. Nahezu alle gewichtigen Ämter, vor allem in der westlichen Welt, werden in regelmäßigen Abständen von Freimaurern besetzt. Auch fast alle US-Präsidenten in der Geschichte der Menschheit waren Freimaurer, nehmen wir JFK mal aus. Das ist die geheime Macht, die durch zahlreiche Unterorganisationen ein Netzwerk hinter dem Rücken der Bevölkerung aufgebaut hat. Man munkelt ja, wie ich dir bereits erzählt habe, sie wären damals von den Illuminaten unterwandert worden. Nachdem die Übernahme der Freimaurerei erfolgreich durch Positionierung eines geheimen Grades über jenen der Freimaurerei gelungen war, wurde der Orden der Illuminaten also planmäßig offiziell aufgelöst und angeblich zerschlagen. Viele Freimaurer rühmen sich aus den Tempelrittern hervorgegangen zu sein, die damals das Geschlecht und die Blutlinie der Merowinger verteidigten: Die Blutlinie Christi, der nicht, wie offiziell angegeben, am Kreuz gestorben, sondern mit Maria Magdalena Kinder gezeugt haben soll. Nur eines der großen Geheimnisse, die die Tempelritter seit damals vor der Welt bewahren sollten. Und dessen Inhalte als der sagenumwobene `Schatz der Tempelritter` in die Geschichte eingingen.

Die Kreuz- beziehungsweise Tempelritter wurden ja damals angeblich an einem Freitag den 13. vernichtend geschlagen. Deshalb gilt der Freitag der 13. bis heute in vielen Ländern noch als Unglückstag. Ebenso wie die Zahl 13.

Doch was wäre, wenn die Berichte stimmen und die Freimaurer tatsächlich aus den Tempelrittern hervorgegangen wären? Haben sie dann auch den Schatz der Tempelritter, und somit die Wahrheit über Jesus Christus und viele andere hochgeheimen Zusammenhänge in ihren Besitz bringen können? Und wenn ja – wo könnte dieser sagenumwobene Schatz heute sein?"

„Ich kann mir nicht vorstellen, dass die Freimaurer eine teuflische Sekte aus Kriminellen sind", kam es aus Kim. „Das ist doch wie in der katholischen Kirche. Es gibt gute und schlechte Eier im Korb." Mike nickte: „Ja, stimmt. Doch das ist nicht die Frage. Wenn die Freimaurerei einst von den Illuminaten unterwandert wurden, dann arbeitet das komplette freimaurerische System für eine dunkle Sache, ohne es größtenteils selbst zu wissen. Illuminiert bedeutet übersetzt `Erleuchtet sein`. Und wer war der Legende nach der größte Lichtbringer? Luzifer! Und Luzifer wiederum hat eine entscheidende Rolle im Freimaurertum. Die unteren Grade der Freimaurer sind lediglich ein Auffangbecken größtenteils rechtschaffener und gütiger Menschen. Ebenso wie bei Scientology werden auch in der Freimaurerei durchaus rechtschaffene Menschen über die Jahre innerhalb des Systems umgepolt, um so weiter sie aufsteigen. Wobei Scientology durchaus als ernstzunehmdster Konkurrent zu den Freimaurern beim Ziel zur Erlangung der Weltmacht bezeichnet werden kann. Zudem ja aus dem Wort Scientology auch `Science to the lodge` hervorgeht, das mit `Alles Wissen für die Loge` umschrieben werden kann. Beide Systeme bauen auf ein luziferianisches, nicht sonderlich erstrebenswertes, Denkmodel auf, kennt man die Hintergründe. Ein bekanntes Sprichwort besagt jedoch: `Der Fisch fängt am Kopf zu stinken an`!

Die Grundlagen der Freimaurerei, die alle Freimaurer durchlaufen müssen, ist die blaue Loge: diese blaue Loge stellt die ersten drei Grade der Freimaurerei dar: 1. Grad: Eingetretener Lehrling, 2. Grad: Mitwerker, 3. Grad: Meistermaurer. Die meisten Maurer kommen nie über den 3. Grad hinaus. Doch wenn jemand wählt, den 3. Grad zu überschreiten, gibt es zwei Wege, die man einschlagen kann: Der eine ist der York-Ritus, der andere der Schottische Ritus. Der Schottische Ritus besitzt 32 Grade. Diese werden auch die roten Grade genannt. Blaue Grade für die unwissenden Unteren – Rote Grade für die Wissenden Oberen… Denk an den Film Matrix: Die blaue Pille für die Unwissenden und die rote für die Wissenden… Das ist kein Zufall! Der 33. Grad in der Freimaurerei ist offiziell größtenteils ehrenhalber. Die Republik von Platon war im 16. Jahrhundert ein populäres Werk. Platon war griechischer Philosoph und hatte im 5. vorchristlichen Jahrhundert gelebt. Er hatte auch die Korruption, die in der Regierung Gang und Gebe war, völlig satt. Er sagte, wenn wir eine Gruppe von weisen Männern haben würden, die gut bezahlt werden dafür, dass sie über die Menschenregierungen regieren, dann würde es keine Korruption mehr geben. Doch auch dies kann in einer Verschwörung enden. So wie es zwischenzeitlich geschehen ist.

Von den Maurern wird verlangt, dass sie mit verbundenen Augen einen Blutschwur ablegen, dass sie die Geheimnisse der Freimaurerei nicht preisgeben werden, oder sie werden ihr Leben verlieren. Jeder Maurer legt seine Hand auf das Schwert und schwört einen Blutschwur, dass er nicht die Geheimnisse der Freimaurerei offenbart, weil sonst schlitzt man seinen Hals von Ohr zu Ohr auf und zerreißt seine Eingeweide, um diese den Tieren auf dem Feld zum Frass vorzuwerfen! Und dieser Blutschwur wird abgelegt. Um sie auf die Geheimhaltung einzuschwören, damit sie nicht die Geheimnisse offenbaren, was sie lernen, während sie in der Loge voranschreiten. In jeden dieser 33 Grade huldigen sie die Anbetung verschiedener ägyptischer Götter und Gottheiten. Und sie durchlaufen eine Reihe von Ritualen. Vieles davon wird durch Symbole und Allegorien verdeckt, so dass die Maurer, die diese durchlaufen, nicht wirklich verstehen, was sie machen. Die Blutschwüre gibt es in fast identischer Weise beim Satanismus. Auch das ist kein Zufall!

Die ersten drei Grade werden übrigens nicht nur `blaue`, sondern auch `Johannis-Maurerei` im Zinnendorf Ritus genannt. Sie entsprechen auch den drei Lebensaltern Jüngling, Mann, Greis – oder auch Geburt, Leben und Tod. Dann folgen die `roten Grade` oder auch `Hochgrad-Maurerei` genannt. In der DDR war die Freimaurerei verboten und konnte erst nach dem Fall des kommunistischen Regimes 1989 wiederbelebt werden.

Im Dritten Reich wurde ebenfalls ein Verbot der Freimaurerlogen erlassen! Versuche, dem entgegenzuwirken, waren vergeblich. Im Jahre 1935 musste der `Nationale christliche Orden` seine Selbstauflösung beschließen. Das gesamte Vermögen wurde eingezogen. Erst nach Ende des Zweiten Weltkrieges konnten diese wieder in Deutschland Fuß fassen und sich neu formieren. Namentlich in Form der `Großen National-Mutterloge`.

So wurde die Thule-Gesellschaft wieder von den freimaurerischen Logen gestürzt.

Auch der Graf von St. Germain war, wie gesagt, Freimaurer. Man sagte, dass St. Germain nicht gealtert sei und 200 Jahre nach seinem Verschwinden später in Paris wieder aufgetaucht und dann später noch einmal in Deutschland gewesen wäre. Er sei die Inkarnation eines gefallenen Engels gewesen.

Doch kommen wir zurück zu dem Geheimnis der Tempelritter. Wikipedia..." Kim schaute verdutzt auf: „Was Wikipedia?" „Wikipedia! Die Merowinger haben einst auf dem Feldberg eine Bastion errichtet. Steht in Wikipedia." „Aha. Und die Tempelritter hatten eine Bastion auf dem Untersberg. Steht nicht in Wikipedia... Warum? Was willst du damit sagen?" Mike klopfte taktlos gegen die Seitenscheibe des Wagens. „Erinnere dich an den Film Matrix. In dem Film sind unglaublich viele versteckte Botschaften enthalten, wie du weißt. Der Ausweis von Neo trägt ja beispielsweise das Datum 11. September 2001 und als Ort `Capital City`. Doch der Film Matrix erschien lange vor den Anschlägen vom 11. September 2001 und New York war ganz ohne Frage schone lange vor 9/11 die Capital City der Gegenwart. Hatte ich ja schon angesprochen. Oder erinnere dich nochmal an den Schlüsselmacher in Matrix. Er hatte im Film die Schlüssel der Welt in der Hand. Und er hatte einen bezeichnenden Namen: er war der Merowinger!"

Kim blickte in fragend an: „Worauf willst du hinaus?" „Ist dir schon aufgefallen, dass der Petersplatz in Rom einschließlich des Doms in Form eines riesigen Schlüssellochs gebaut wurde? Und das in Mitten auf dem Petersplatz, genau im Zentrum des Schlüssellochs, ein riesiger Obelisk steht?" Kim schien schwer von Begriff. Aber er wusste immer noch nicht, worauf Mike hinaus wollte. „Kann sein. Aber warum erzählst du mir das? Weil die Merowinger der Legende zufolge auf die Blutlinie Christi zurückgehen?" „Nicht schlecht. Das ist schon nahe dran.

Im Zentrum von Bad Krozingen ist auf dem Lammplatz ein Brunnen. In ihm wurde dort an den Toren zum Hochschwarzwald ein auf den ersten Blick keltisch wirkendes unscheinbares Kunstwerk eingelassen. Es ist aber bei genauerer Betrachtung der obere Teil eines Schlüssels. Er steckt symbolisch in dem Brunnen in der Ortsmitte. Es ist ein Hinweis! Dieses Geheimnis und seine Bedeutung kennen jedoch nur sehr wenige. Ein Schlüsselloch, in dem ein Schlüssel steckt, mitten im Zentrum von Bad Krozingen! Warum…?"

„Schön. Und warum kamst du auf diese Wikipedia-Sache und den Feldberg? Versteh ich trotzdem nicht." „Na. Die Tempelritter waren die Hüter des Geheimnisses um Jesus Christi, sowie der ungekürzten Fassung des Matthäus-Evangeliums. So wird es überliefert. Das rote Balkenkreuz der Tempelritter wird bei uns übrigens immer noch symbolisch für das Rote Kreuz in Deutschland verwendet und steht für Hilfe und Gesundheit. Ebenso wie das Symbol der Schlange, deren ursprünglich positive Aussage im Alten Testament ins Negative umgedeutet wurde, dass auf fast jeden Apothekenschild zu erkennen ist..." Ah. Doch ein Witz! Mike hatte es tatsächlich geschafft, dem Ganzen noch eins drauf zu setzen. Respekt! Kim hatte es gewusst! Er begann schallend zu lachen und sich im Auto auf dem Fahrersitz zu krümmen. Bis er in Mikes Gesicht sah. Warum lachte er nicht?

„... Der ungekürzte Originaltext des Matthäus-Evangeliums befindet sich im Archiv des Societas Templi Marcioni, dem Marconiderorden, einem Orden der Tempelritter...", fuhr Mike unbeirrt fort. „...Und aus diesen Originaltexten geht hervor, dass Jerusalem nicht der Platz sein kann, an dem sich der Mittnachtsberg, der Berg Zion, befindet. Denn wir lesen in der Neuen Jerusalemer Bibel, Psalm 48: `Der Berg Zion liegt weit im Norden...` Als Jesus gefragt wurde, wo die Letzte Schlacht ihren Anfang nehmen würde, zeigte er auf einen Germanen, der in einer römischen Legion diente."

Kim kapierte immer noch nicht. „Ja, ok, so ähnlich habe ich das auch schon gehört. Auch die Sache, dass der Ausgangspunkt `Hinter den großen Bergen` sein soll. Aber gibt es nicht überall Berge? Allerdings gebe ich dir recht. Dass Jesus auf den Germanen zeigte, ist letztlich eine nicht falsch zu deutende Sache. Doch der Feldberg als Mittnachtsberg? Ist das nicht ein bisschen weit hergeholt, auch wenn die Merowinger dort, warum auch immer, eine Bastion errichtet haben?"

Die Unterhaltung hatte wieder einen ernsten Charakterzug angenommen. „Vielleicht solltest du dich mal mit der Sage um `Siegfried und den Drachen` und dem Nibelungenlied beschäftigen. Einer Sage zufolge soll dort der Göttervater Odin auf dem Feldberg einer Walküre einen Schlafdorn ins Haupt gesenkt haben. Eine andere Variante des Dornröschen-Märchens. Der Legende zufolge wurde diese erst wieder von Siegfried, dem Drachentöter, erweckt. In der Offenbarung soll das `Tier` besiegt werden. Im Nibelungenlied, das ebenfalls auf die Siegfried-Sage zurückgeht, hat Brunhild mehrere Tage auf dem Feldberg am nördlichen Ende eines Plateaus geschlafen. Heute wird dieser Felsen auch Brunhildesfelsen genannt. In Matthäus 13, 33-35 sagte Jesus `Er werde in Gleichnissen sprechen`. Und fast unmittelbar danach sagte er über die Letzten Tage: `...Wer gerade auf dem FELDE steht, soll nicht nach Hause laufen...` Also – was wäre, wenn Jesus tatsächlich, wie angekündigt, in Gleichnissen gesprochen hatte, und mit `Felde` nicht das naheliegende Feld gemeint ist, sondern ein Gleichnis, das erst in den Letzten Tagen sein Geheimnis lüftet? Ein Geheimnis, bei dem man den Wald vor lauter Bäumen nicht sieht und welches mit dem Fingerzeig auf den Germanen Übereinstimmung bringt, auf den Jesus deutete?

Und das ist noch nicht alles: Die 5 höchsten Berge dort sind der Schauinsland, der Feldberg, Herzogenhorn, Belchen und der Hohe Blauen. Ihre Anordnung entspricht einem auf die Erde gefallenen Teil des Sternbildes der Plejaden. Namentlich Asterope, Celaino, Elektra, Alkyone und Atlas! Und in der Bibel in der Offenbarung wird zu dem geheimen Ort gesagt, an dem der Thron Gottes stehen soll: „Hier ist Sinn, zu dem Weisheit gehört! Die 7 Häupter sind Berge, auf denen die Frau sitzt, und es sind 7 Könige. 5 sind gefallen…" – Die Hure Babylon, 17, 9-10. Das Sternbild der Plejaden – am Himmel und auf Erden! 5 liegen wie auf die Erde herabgefallen hier an den Toren zum Hochwarzwald! Und das in der Bibel nicht umsonst namentlich erwähnte Siebengestirn an anderer Stelle ist auch kein Zufall…

Der UFO-Kontaktler Billy Meier ist mit ziemlicher Sicherheit ein Schwindler! Wer von sich sagt und behauptet, nur er alleine habe Kontakt mit diesen und alle anderen sind Scharlatane, zeigt das schon sehr deutlich. Vielleicht hatte er aber Kontakt zu den Nefilim, die sich als das Gute verkauften und ihm Schießunterricht gaben... Keine Ahnung. Dann wäre er zwar kein Schwindler, aber hinters Licht geführt worden. Absichtlich. Damit niemand das echte Geheimnis um die Plejaden aufdeckt und sich noch für dieses Thema interessiert. Aber denk daran: Laut den Überlieferungen der Mayas kamen einst 400 Götter von den Plejaden auf die Erde zu ihnen hernieder und lehrten sie in vielen Dingen. Aus diesem Grund feierten die Azteken, die Nachfahren der Mayas, noch alle 52 Jahre die „Zeremonie des Feuers" und warteten auf dem Berg Cerro de la Estrella um Mitternacht auf das Vorbeiziehen der Plejaden am Firmament. Überschritten diese den Zenit nach Mitternacht, ohne das die Welt unterging, jubelte man und der Zeitabschnitt der neuen Sonne wurde mit Festen und religiösen Riten gefeiert.

Das klingt doch verdächtig nach einer Interpretation der Geschichte um den Mitternachtsberg, die den Mayas damals schon für die Letzten Tage mit auf den Weg gegeben wurde!

Ein lautes Donnern unterbrach die Unterhaltung! Ein dunkler Schatten huschte blitzschnell an der Fahrertür von Kim vorbei, was ihn dazu brachte, wie von der Tarantel gestochen hochzufahren. Direkt vor dem Wagen schwebte für Sekundenbruchteile ein schwarzes, rundes, etwa 30 Meter großes Objekt über der Straße, bevor es wie ausgeknipst wieder verschwunden war.

Es war totenstill im Wagen. Eine Halluzination? Kim blickte zu Mike. Nein, keine Halluzination...

Es dauerte etwa zwei Minuten, bevor Aldridge die Stille unterbrach: „Das ist das Problem!"

War das jetzt eine Antwort auf das eben Gesehene – oder auf seine vorangegangenen Schlussfolgerungen? Kim öffnete die Fahrertür und schielte nach draußen. Ein merkwürdiger metallischer Duft lag in der Luft. Keine Spur von etwas, dass den vorbeihuschenden Schatten erklären würde, der kurz vor dem Auftauchen der riesigen Kugel auf seiner Seite am Fahrzeug vorbeiglitt.

„Shit! Leck mich am Arsch! Hey, Alter, was war das denn?" Mehr fiel Kim dazu nicht ein. „War wohl doch kein Traum. Die Sache, die du erlebt hast...", kam es trocken unter der Sonnenbrille hervor.

„Waren das jetzt die Guten oder die Bösen?" „Keine Ahnung", antwortete Mike. Er nahm seine Sonnenbrille ab, worauf ein versteinerter Blick zum Vorschein kam. Nach einer Weile fügte er hinzu: „Auf jeden Fall sind sie wieder weg".

Kim stieg aus und blieb einige Minuten regungslos neben dem Fahrzeug stehen. Dann schüttelte der den Kopf und stieg wieder ein. „Ok. Die meisten Menschen ahnen nicht mal etwas von dem, was hinter ihrem Rücken geschieht. Aber das ändert alles nichts daran, dass du mir vorher ausgewichen bist, was meine Frage betrifft. Wer bist du?" Jetzt war Mike es, der das Lenkrad zu hypnotisieren drohte: „Ich habe dir gesagt, das jeder Mensch eine Art Matrix besitzt. Ich habe dir auch gesagt, dass heute vielleicht dein Leben dich an so eine Schnittstelle geführt hat. Ich glaube, es wäre der falsche Zeitpunkt, dir jetzt zu sagen, wer oder was ich bin. Doch du wirst es erfahren. Sehr bald. Vielleicht solltest du dir mehr Gedanken darüber machen, wer du bist." „Wer ich bin? Wie meinst du das?" Kim wirkte irritiert. „Und wer ist Bea? Warum glaubst du, ist ihre Sicherheitsstufe heraufgesetzt worden? Und warum hinter deinem Rücken?", fügte Mike hinzu.

Kim war zu verblüfft, um zu antworten. Also gab Mike selbst die Antwort: „Es war niemals wegen dem Unfall ihrer Schwester! Als sie dir von allem berichtete, wäre der normale Weg gewesen, dass sie aus dem Zeugenschutzprogramm rausfliegt, und nicht höher eingestuft wird, wenn es bekannt wird. Und du wirst doch nicht im Ernst glauben, dass sie einerseits im Schutzprogramm ist, aber andererseits eure Beziehung und Gespräche vor den Behörden geheim geblieben sind – als `Kronzeugin` wird sie doch selbst überwacht. Und was die anderen Schwachstellen angeht: Was interessiert es die Behörden, wenn Teile ihrer Familie durch ihre Naivität nicht ausziehen wollen wegen einer Eigentumswohnung. Es ist nicht das Problem der Behörden, wenn ihre Mutter dieses Risiko eingeht. Sie können sie nicht dazu zwingen. Und das mit dem Unfall war doch gar nicht zu beweisen, wie du selbst sagtest. Es war eine Vermutung, die aber von der Polizei offiziell nicht geteilt wurde. Es muss etwas geschehen sein, was die Sachlage geändert hat. Etwas, bei dem die Alarmglocken bei den Behörden schrillten.

Etwas, was größer war und bei dem es nicht mehr um die kleine Bea mit ihrem `Rotlichtproblem` ging, sondern um ein Leck im Staatssicherheitssystem! Und dieser Auslöser warst du!" Wieder verschwanden einige Kartoffelchips unter der Sonnenbrille in Mikes Mund.

32. Die Botschaft

★★★

Sie betrachtete einen merkwürdigen Kasten, in dem ein Standbild belebt wurde. Darin waren menschliche Puppen zu sehen, die an Schnüren hingen, welche im oberen Bildteil Richtung Decke verschwanden. Ein alter Mann saß auf der Kante eines Schlafgemachs im Raum einer jungen Frau und sagte: `Dich kriegen wir auch noch!` Die blonde Frau im Bett reagierte verblüfft, doch da war der alte Mann mit einem Mal verschwunden. Sie stand auf und schaute hinter die Vorhänge und in einen viereckigen Gegenstand, in dem Kleider hingen. Aber sie war wieder alleine.

Man sah nun eine Puppe, die einen jungen Mann mit dunklen kurzen Haaren an einem Tisch sitzend in einem anderen Raum darstellte, der etwas auf ein weißes dünnes Objekt schrieb. Die Augen... Woher kannte sie diese nur? Sie wirkten so unglaublich vertraut. Was für eine merkwürdige unkönigliche Umgebung, in der die Szenerie auf billige Weise nachgespielt wirkte. Und was hatten diese Puppen für komische Kleider am Leibe?

Der alte Mann erschien jetzt neben diesem aus dem Nichts und stand plötzlich im Raum. Der Mann am Schreibtisch mit den vertraut wirkenden Augen zuckte zusammen, als der alte Mann plötzlich dort stand. Er lief zu ihm an den Tisch und schien verärgert über das, was dieser dort niederschrieb, denn er sagte: „Wenn wir nicht belogen werden – warum müssen wir heute sterrrben...?"

Der junge Mann mit den vertraut wirkenden Augen schüttelte den Kopf und versteckte das weiße Etwas. Dann erwiderte er: „Das sind doch nur Verschwörungstheorien!" Daraufhin blickte ihn der ältere Mann entschlossen an und sagte: „Nein! Du bist ein Sklave!"

Der junge Mann mit den vertrauten Augen wiederholte seinen Satz: „Das sind doch nur Verschwörungstheorien. Das sind doch nur Verschwörungstheorien!"

Wieder erwiderte der alte Mann: „Nein! Du bist ein Sklave!", um sich dann langsam abzuwenden und traurig hinzuzufügen: „...Du bist die Blume, die langsam verwelkt..."

Der alte Mann lief einige Schritte im Zimmer umher, bis er sich blitzschnell drehte und dem jungen Mann mit den vertraut wirkenden Augen zurief: „ICH bin der Verräter...! Doch Verrat ist keine Sünde! Verrat ist LICHT!"

Der jüngere Mann am Tisch mit den vertraut wirkenden Augen schüttelte energisch den Kopf und erwiderte: „Nein, was ist das...", da der alte Mann einen kleinen Gegenstand aus seiner Tasche zog. Um dann erneut zu erwidern: „Das sind Verschwörungstheorien!"

Da kam der alte Mann zu dem jungen Mann und zeigte ihm ein viereckiges Etwas, auf dem eine blonde junge Frau zu sehen war, und legte es vor ihm auf den Tisch. Es war das Abbild der blonden Puppe von vorhin, an deren Schlafgemach der Alte saß.

Der junge Mann mit den vertrauten Augen schien entsetzt zu sein. Denn er rief: „Neeein!" Und dann ergänzte er: „Wir haben alles verloooren!", beim Anblick der Frau.

Da fing der alte Mann an zu lachen und zeigte ihm eine lange Nase. Und plötzlich war er mehrfach im Raum zu sehen. Und alle bewegten Abbilder des alten Mannes lachten hämisch: „Hä ha ha hä, ha ha, ho ho ho, Hä haa haa hä, ha hah, haaa, he he he, hi hi hi, ho ho ho..."

Plötzlich waren die Abbilder in sämtlichen Variationen verschwunden. Der jüngere Mann mit den vertrauten Augen saß über seinen Tisch gebeugt und betrachtete das Abbild der blonden Puppe in seinen Händen, das plötzlich das Gesicht einer realen jungen Frau zeigte. Dann sagte er zu sich selbst: „Der Tag ist wie die Nacht ... So dunkel ... Ich fühle mich so schwer. Wo soll ich nun mit meiner Liebe, meinen Tränen, meiner Sehnsucht hin? Geliebtes Weib! Geliebtes Weib... So schwer ist mein Leid..."

Plötzlich verschwand das Bild vor ihren Augen und eine merkwürdige Musik ertönte, gefolgt von Worten in einer ihr unbekannten Sprache.

Dann erwachte sie.

Salome räkelte sich auf ihrem Schlafgemach. Was für ein komischer Traum. Was für ein merkwürdiges Szenario in einer ihr unwürdigen Umgebung, kam es der Prinzessin in den Sinn. Als ob es jemals möglich wäre, ein bewegtes Bild in einen kleinen Kasten zu sperren, ein Standbild zu beleben. Aber die Augen der Puppe... Sie wirkten so vertraut... Ein kurzes Stöhnen drang aus ihrem vollen Mund, dann wurde sie wieder in ihre Träume gerissen und verstummte.

Salome räkelte sich im Schlaf und murmelte: „Zwei laufen ins Gebirge. Auf einen hohen Berg zu. Der eine wird genommen. Der andere nicht..." Dann schlief sie wieder ein und träumte weiter.

Die Prinzessin spürte plötzlich eine tiefe Kälte in sich heraufziehen. Es wurde dunkel um diese. Sie konnte die Tränen nicht verhindern, welche ihr bei dieser Szene über die Wangen nach unten liefen. Ohne zu wissen, warum. Sah sie doch nur Schwärze. Doch es war die Stimmung und die bedrohliche Atmosphäre, welche in dieser Dunkelheit lagen. Es war das Ende. Es war das Gefühl von Etwas, dass in der Luft lag, ohne dass sie es bildlich sehen konnte, aber das alles zerbrach, nach was sie in ihrem ganzen Leben gesucht hatte. Es war Endgültigkeit. Tiefe Reue. Aber auch gleichzeitig die Gewissheit, es nicht mehr rückgängig machen zu können. Was auch immer. Es war das Gefühl, einen Fehler begangen zu haben, aber ihn nie wieder berichtigen zu können. All das lag in dieser tiefen Schwärze vor ihr.

Sie sah die Zukunft, und ihr wurde bewusst: es war ihre Zukunft. Nie im Leben zuvor hatte sie etwas Schrecklicheres erlebt. Obwohl es nur Schwärze zeigte. Aber war da nicht etwas in dem tiefen

Schwarz...? Hatte sie nicht etwas gehört? War da nicht ein leises Schluchzen oder hatte sie sich dies nur eingebildet? Sie hielt es nicht mehr aus! Sie öffnete den Mund und holte tief Luft. Dann kam ein markerschütternder Schrei aus ihrem Hals:

„NIEEEMAALS !!!!!!!!!!!!!!!!!!!!!!!!!!!!"

Der Schrei verhallte in den Räumlichkeiten ihrer Schlafgemächer. Erschrocken richtete sich die Prinzessin auf. Sie hatte geschrien! Aber nicht im Traum! Sie war durch ihren eigenen Angstschrei aufgewacht und hochgefahren. An ihren Augen liefen Tränen über die Wangen in Mund, Nase und Ohren. Als sie sich dessen bewusst wurde, versuchte sie sich zu erinnern, was eben geschehen war. Es stiegen die Bilder der tiefen Schwärze auf, in der sie vor wenigen Sekunden diese Emotionen durchlebt hatte. Sie schüttelte den Kopf. Es waren die schlimmsten Emotionen und Gefühle, die sie je durchlebt hatte. Hätte Salome vor wenigen Sekunden die Wahl gehabt zu sterben, sie hätte es dem Leben vorgezogen. Und nun wusste sie mit aufsteigender Nüchternheit nicht mehr, was das sollte.

Zwar waren die Gefühle in ihr aufgetreten, doch sie hatte nicht die leiseste Ahnung, warum. Es war ihr absolut unverständlich. Es war in diesen Sekunden, an welche sie zurückdachte, als ob ihr Unterbewusstsein sehr genau die Ursache des Schmerzes kannte, aber ihrem Verstand fehlten noch die dazu gehörenden Bilder. Wenn sie ehrlich war, bezweifelte sie schon jetzt, kurz darauf, dass es etwas gab, was außerhalb eines Traumes diese Gefühle in ihr auslösen hätte können. Sie blickte auf ihre Hände. Sie zitterten.

Als sie dies sah, brachen erneut Tränen aus ihr heraus. Sie vergrub ihr Gesicht zwischen den Händen und weinte.

Von diesem Tag an lag ein unsichtbarer Schleier über der Welt. Als Salome an diesem Morgen durch ihren finsteren Traum erwachte, lagen dunkle Wolken über der ganzen Stadt. Nichts mehr schien, wie am Abend zuvor. Traurig zogen schwarze Vögel durch die Lüfte und schlugen mit ihren dunklen Flügeln peitschend über den Himmel. Niemand wusste, warum sie überhaupt flogen. Das Wasser, Bindfäden gleich, prasselte bedrohlich durch alle Öffnungen des Palastes.

Salome saß im strömenden Regen auf der Terrasse. Ihr Blick war in die Ferne gerichtet. Ihre dunklen Haare klebten an ihrem wunderschönen Gesicht. Das dunkle Nass überzog ihren Körper in nie endend wollenden Bahnen. Aus Minuten wurden Stunden. Niemand kümmerte sich an diesem schwarzen Morgen um sie. Das tosende Nass der herabfallenden Wasserwand war das einzige, dass sie wahrnahm. Erschrocken blickte sich die junge Prinzessin um. Ihr war es, als hätte sie hinter sich einen dunklen Schatten wahrgenommen. Doch es war nichts zu sehen. War das ihr Land dort draußen? Alles schien ihr fremd! Salome ging langsam auf die Brüstung der großen Veranda im Außenbereich zu. Vorbei an den dort aufgestellten Dattelpalmen und Pflanzen, die nun nur ein trauriger Schatten in dieser dunklen gepeitschten Umgebung waren. Sie blickte nach unten. Vor ihr tat sich eine unendliche Schlucht auf. Eine Schlucht, welche sie nie zuvor an dieser Stelle gesehen hatte. Es ging Kilometer weit hinab und eine undurchsichtige Suppe machte es ihr unmöglich, den Grund auszumachen. Salome beugte sich über die steinerne Brüstung, um ihren Blick in der sich vor ihr auftuenden unendlichen Tiefe zu verlieren.

Dann stieß sie sich ab und sprang!

Sie stürzte in die Schlucht. Flog durch die tiefen Schwaden einem nicht sichtbaren Untergrund entgegen. Sie schloss die Augen und wartete auf den Aufprall. Ihr schossen Gedanken durch den Sinn über ihre Missetaten. Das war es nun also. Das Ende. Alles vorbei.

Und alles in ihr krampfte sich zusammen und wartete auf den Aufprall. Ihre Hände ballten sich zu Fäusten und ihre Nägel bohrten sich ins Fleisch.

Doch es kam kein Aufprall. Bestimmt würde er gleich kommen! Nein, sie würde die Augen nicht öffnen so kurz vor dem Boden! Es dauerte endlose Sekunden, bis Salome registrierte, dass nichts geschah.

Langsam öffnete sie doch die Augen.

Sie saß in einer großen weiten Steinwüste. Der Himmel strahlte blau am weiten Firmament. Vor ihr stand ein kleines Mädchen im Alter von etwa sieben Jahren. Es lächelte die Prinzessin an. Sie hatte dunkle lange Haare, die von einem roten Tuch über ihren Kopf verborgen wurden und nur an den Seiten ihres zierlichen Gesichtes zum Vorschein kamen. Das Mädchen trug Sandalen und ihre etwas verdreckten Zehen schienen Salome lustig anzublinzeln. Ihr schlanker Körper war in ein violettes Gewand mit goldenen Stickereien gehüllt. Die Prinzessin hatte keine Ahnung, wie sie an diesen Ort gelangt war. Die Sonne stand hoch, doch ein kühler Wind lag in der Luft. „Wer bist du?", fragte sie das kleine Mädchen. Das Mädchen lachte noch lauter und fing an vor Freude zu glucksen. Dann blickte sie der Prinzessin nett aber ernst in Gesicht und sagte: „Ich bin hier, weil du hier bist! Sieh!" Das Mädchen streckte seine kleinen Finger in die Luft und zeigte auf etwas am Himmel, dass sich bewegte. Salome kniff die Augen zusammen. Es war ein Adler. „Warum zeigst du mir das?", fragte sie das Kind. Das Mädchen gluckste wieder vor Freude und begann von einem Fuß auf den anderen zu hüpfen. „Der Adler hat dich hergebracht!", kam es aus ihr. „Was machen wir hier?", fragte die schöne Prinzessin das Kind weiter. „Wir warten auf deinen Prinzen!", antwortete dieses.

Plötzlich tauchte aus der Entfernung, einer Fata Morgana gleich, schemenhaft ein junger Mann am Horizont auf. Er war in ein braunes Leinentuch gehüllt, hatte ein ebensolches Beduinentuch über dem

274

dunklen Haar und seine schlanke Gestalt war wie eine Spiegelung der Sonne. Als er vor ihr stand, lächelte dieser sie freundlich an. Salome erhob sich und nahm seine ausgestreckte Hand. „Erkennst du mich?", fragte dieser sie. Salome überlegte. Seine Augen... Sie kannte seine Augen. Aber woher...? „Ich bin ein Teil von dir", kam es aus seinen schmalen schönen Lippen. „Wie meinst du das?" „So, wie ich es sage. Ich bin dein Mann. Schon seit vielen Jahrtausenden." „Warum erkenne ich dich dann nicht?" Der junge Mann lachte sie freundlich an. „Du erkennst mich doch. An meinen Augen... Der Körper ist nicht wichtig. Er ist nur eine Illusion. Er ist nur eine Hülle, die vergeht. Was bleibt bist du. Mal ist die Illusion schöner, mal nicht so schön. Daraus sollen wir lernen. Doch jedes Mal, wenn wir geboren werden, wird es etwas an mir geben, dass dich erkennen lässt, wer hinter dieser Hülle steckt. Mal ist es der Körper. Mal sind es nur die Augen. Oder meine Art, dich anzuschauen.

Auf diese Weise sollen wir lernen, die Wahre Liebe hinter einer sterblichen Hülle zu finden. Mal ist es leichter, mal ist es schwerer. Ein drittes Mal laufen wir ein Leben lang aneinander vorbei, ohne uns zu finden. Wir Seelen brauchen das Spiel der Sterblichkeit. Um unsere Unsterblichkeit zu `ertragen`. Um zu lernen."

„Wie meinst du das?" „Wir selbst haben die Möglichkeit, den Schwierigkeitsgrad mit zu beeinflussen, in den wir hineingeboren werden. Am Anfang macht man es sich leicht. Je länger man durch diesen Zyklus reist, um so mehr Bürden lastet man sich zumeist freiwillig auf. Um neue Erfahrungen zu machen in der Sterblichkeit. Und daraus zu lernen. Wenn ich immer nur Rotwein trinke, werde ich nie erfahren, wie mir der weiße Wein mundet. Wenn ich immer nur auf der Stelle von dem rechten auf den linken Fuß springe, werde ich nie erfahren, wie es ist, wenn ich einen Fuß vor den anderen setze und dadurch tausende von Kilometern zurücklege und in andere Länder komme. Und wenn ich den Schmerz nie erfahre, so werde ich nie Trauer empfinden."

„Heißt dies, dass alle Seelen Partner haben?" „Nein. Aber du hast einen." Die männliche Gestalt hob ihren rechten Arm zum Himmel.

Dieser tat sich über Salome auf und sie konnte die Sterne sehen. Als sie das Firmament betrachtete, wurde ihr bewusst, dass sie durch jenes hindurchschauen konnte, als wäre es ein Vorhang. Dahinter erblickte sie zwei Menschen. Sie trugen schwarze Kleider. Der eine war ein junger Mann mit kurzen, dunklen Haaren und mit ihr vertraut wirkenden Augen, die andere eine junge Frau mit langen, schwarzen Haaren, bevor der Sternenhimmel sie wieder verschluckte. Eine Sternenkonstellation war dort zu erkennen, die sie aus Erzählungen kannte.

Der Mann richtete wieder seine Stimme an Salome: „Ich bin heute zu dir gekommen, da mir etwas gezeigt wurde, was ich selbst nicht zuordnen kann. Doch mir wurde gesagt, es werde der Tag kommen, an dem ich es verstehe und andere auch. Mir wurde aufgetragen, deshalb in deine Träume zu kommen. Was du eben sahst, waren jene zwei Menschen, welche auch ich sah. Das junge Mädchen wurde von dem jungen Mann Maya genannt. Der junge Mann deutete hoch zum Firmament und zeigte auf einen Stern. Daraufhin sagte das junge Mädchen zu ihm: `Das ist falsch. Dies ist der Orion. Das habe ich in der Schule gelernt`. Daraufhin brach die Vision ab.

Nimm den Schlüssel und versuche, den Himmel zu öffnen. Denn ich sehe dunkle Wolken über deinem Haupt. Erkenne mich, bevor es zu spät ist. Denn ansonsten wird die Liebe zu mir dein Haupt verdunkeln." Als Salome nun auf die Person vor sich blickte, wurde ihr bewusst, dass es der junge Mann aus ihrem vorangegangenem Traum mit den vertrauten Augen war, die Puppe, die an dem Tische saß mit dem Abbild einer blonden Frau in ihrer Hand. Und er sagte: „*FINDE DIE SIEBEN SCHLEIER*! Sonst wirst du alles verlieren!" Nachdem der Mann mit den vertrauten Augen diese Worte gesprochen hatte, war er plötzlich verschwunden.

„Prinzessin!" Salome begann sich suchend umzusehen, doch sie konnte niemanden erkennen. „Salome!" Abermals war eine Stimme um sie zu hören. „Prinzessin!" „Jaaa?!", fuhr es aus Salome heraus.

Mit einem Ruck bäumte sich ihr makelloser, kaffeebrauner Körper auf den Laken ihres Schlafgemaches auf! Eine ihrer Dienerinnen stand vor ihr und schaute besorgt auf sie. Es war nur ein Traum!

Und das zuvor? Ein Traum in einem Traum? War sie jetzt wach?

„Die Prinzessin hat im Schlaf gesprochen und sich unruhig auf ihrem Gemach gewälzt, so habe ich versucht, sie zu wecken!", kam es stotternd aus der jungen, dunkelhaarigen Dienerin. Salome wirkte abwesend: „`Finde die sieben Schleier`?", murmelte sie anstelle einer Antwort und fuhr sich mit den Händen verschlafen über das ebenmäßige Gesicht. Nachdem die junge Dienerin keine Antwort erhielt, verbeugte sie sich kurz vor der Prinzessin und verließ den Raum. Die Prinzessin aber richtete sich auf und ging auf die große Terrasse. `Finde die sieben Schleier...` Was sollte das bedeuten? Und warum sollte sie überhaupt etwas suchen? Es war bereits Mittag und die Sonne stand hoch am Himmel, als wäre sie in ein tiefblaues Meer gefallen.

War es tatsächlich nur ein Traum? Sie wollte Gewissheit haben. Und deshalb würde sie sich auf die Suche begeben.

33. Die sieben Schleier

★★★

Es war hell. Sehr hell!

Johannes befand sich in einem weißen, großen Raum. Da öffnete sich plötzlich die Wand zu einer Tür und ein weiß gekleideter Mann kam herein. Er lächelte ihn an. War das ein Engel? Es dauerte nicht lange, als sich ein blauer Lichtstrahl über jener Stelle von der Decke löste. „Johannes!", richtete dieser die Stimme an den staunenden Mann. „Hab keine Angst! Bald wirst du verstehen. Du hast viele Namen. Doch diese Botschaft ist an jene gerichtet, die die Letzten Tage erleben! Wir werden sie dir übermitteln und ich möchte, dass du sie niederschreibst. Denn du bist unser Bote!"

Johannes blickte staunend auf die Szenerie und begann zu schlucken: „Ja, Herr! Das werde ich!" Der Mann in weißer Kleidung sagte daraufhin: „Das, was du erfahren wirst, ist eine Botschaft für die Nachfolgenden. Was du sehen wirst, sollst du nicht deuten, sondern so niederschreiben, wie du es siehst und hörst!" Johannes nickte. Dann veränderte sich die Realität um ihn. Und er sah und hörte Dinge, die ihn erschreckten.

Als er geendet hatte, wachte Johannes auf. War dies nur ein Traum? Hatte er wirklich all dies nur geträumt? Er begann damit, alles niederzuschreiben, was ihm aufgetragen wurde.

Sobald Johannes fertig war, legte er sein Schreibgerät beiseite und atmete tief durch. Irgendwann würden diese Zeilen dort vorzufinden sein, wo es notwendig war. Viele würden sie fehlinterpretieren. Doch auch dies war beabsichtigt.

Denn es war ein Geheimnis!

Und es sollte so lange ein Geheimnis bleiben, bis es sich in den Letzten Tagen erfüllen würde. Schritt für Schritt.

Die Offenbarung war zu Papier gebracht. Einschließlich der „Sieben Siegel", die ebenfalls erst in den prophezeiten „Letzten Tagen" gebrochen werden sollten. Es würde eine ganze Weile dauern, bis die Welt davon Kenntnis nimmt. Und auch das war wiederum beabsichtigt. Es wird dem wahren Tier die Zeit gegeben werden, alles zu leugnen. Alles zu ignorieren. Bis zu einem bestimmten Tage. Erst dann würde die Welt erwachen. Wie aus einem tiefen Schlaf. Und in Erfurcht versinken. Denn dann würde nichts mehr sein, wie es zuvor war. Und das Ende über sie hereinrechen, um ein neues Zeitalter zu entfachen.

Wenn sich die Schleier lichten – und die „Sieben Siegel" gebrochen werden...

Denn die sieben Schleier waren die Sieben Siegel...

34. Die Wächter

***

„Ich?" Kim prustete dieses Wort geradezu aus sich heraus.

„Ich soll ein Leck im Staatssicherheitssystem hervorgerufen haben? Bullshit!" „Auf jeden Fall wurde Bea vor eine Alternative gestellt. Und das nicht ohne Grund. Du musst irgendetwas gemacht haben, was dies verursacht hat." „Ich? Nie im Leben." Inzwischen wurde es bereits dunkel. Mike schaute auf seine Uhr: „Es muss mit deiner Geschichte zusammenhängen. Ich werde es dir sagen, wenn ich darauf komme. Ich habe noch eine Stunde Zeit. Ich werde Dir in dieser Zeit noch einige wichtige Dinge erzählen."

Am zuvor so blauen Himmel waren einige kleinere Wolken aufgetaucht. „Machs nicht so spannend!", antwortete Kim, während er versuchte, die Füße über das Lenkrad zu legen. Es folgte eine kurze Pause mit einer nahezu gespenstischen Stille. Für Kim wirkte sie wie eine Art Zeitloch. Dann hörte er Mikes Stimme wieder neben sich: „Nicht nur Jesus Christus hat prophezeit, dass er wiederkehren wird in den letzten Tagen, der Endzeit, sondern er hat auch prophezeit, dass er nicht alleine wiederkehren wird! Er sagte, dass jemand wiederkehren werde, der ihm den Weg bereiten würde, so wie er es schon vor 2000 Jahren unserer Zeitrechnung getan hat: Johannes der Täufer! In jenen Tagen, wenn die `Sieben Siegel` gebrochen werden.

Erst danach wird Jesus zurückkehren. Johannes der Täufer zählt zu den großen Gestalten der Bibel. Alle Evangelien beginnen mit dem Werk und der Mission des Johannes, dem Vorläufer Christi. Die Mohammedaner verehren den Täufer unter dem Namen Yahia. Ihnen gilt er als Vorläufer des Propheten Mohammed. In der christlichen Welt hat er unter anderem die Namen Johannes der Täufer, Johann Baptist, John the Baptist, Giovanni Battisa, Jean Baptiste oder auch Ionnis Prodromos. Unmittelbar nach der Verklärung auf dem Berg antwortet Jesus seinen Aposteln Petrus, Jakobus und Johannes: `Ja, zuvor kommt Elias und bringt alles wieder zurecht`, Mk 9,12. Denkwürdig ist diese Schilderung deshalb, weil hier Jesus einen Teil seiner Jünger die Wiederkehr Elias verkündete, während er geraume Zeit zuvor den Menschen über Johannes den Täufer sagte: `Und so ihr`s wollt annehmen, er ist Elias, der da kommen soll`, Mt 11,14.

Wenige Seiten zuvor in der Bibel sagte Jesus auch über den Täufer: `Dieser ist`s, von dem geschrieben steht: Siehe, ich sende meinen Boten vor mir her, der mir den Weg bereiten soll.` Jesus wusste also um die Sendung Johannes des Täufers und um die Identität von Elias. Er wusste offenbar auch um die doppelte Funktion und Aufgabe des Täufers. Die erste war die Vorläuferschaft und Wegbereitung für Jesus selbst. Die zweite aber liegt noch vor uns: Seine Wiederkehr vor den Tagen des Endgerichts!

Diese erneute Wiederkehr Johannes des Täufers beschreibt auch Hildegard von Bingen sehr ausführlich in ihrer visionären `Schau des wahren Lichts`. Es ist ihr eigentliches Hauptwerk, in dem sie das lange und schmerzhafte Ringen des Elias beziehungsweise Johannes mit dem Antichristen detailliert voraussagt. An die Seite des Elias ist ein treuer Gottesmann gestellt: Henoch, der zum Himmel auffuhr. Auch die bekannte Seherin Bertha Dudde erhielt zur Mitte des 20. Jahrhunderts eine ausführliche geistige Schau über die Wiederkehr des Täufers zur Endzeit. Ihre Prophezeiung ist deckungsgleich mit der Vision Hildegard von Bingens. Jakob Lorber, 1800 – 1864, ist ein weiterer Mystiker, der in einer geistigen Schau durch die Stimme Jesu die Wiederkehr Johannes des Täufers zur Endzeit schildert. Gibt es zu all den biblischen und außerbiblischen Prophezeiungen eine Parallele in der Offenbarung des Johannes? In Offb. 11, 3-13 heißt es:

`Und ich will meinen zwei Zeugen geben ... Das sind die zwei Ölbäume und die zwei Lichter, die vor dem Herrn der Erde stehen ...

So geht Feuer aus ihrem Munde und verzehrt ihre Feinde ... Diese haben Macht, den Himmel zu verschließen ... Und haben Macht über die Wasser, sie zu wandeln in Blut...`"

„Und was bedeutet das?", fragte Kim Mike. „Sind Jesus und Johannes etwa die angekündigten zwei Zeugen?" „Nein. Fast alle Menschen denken, es handelt sich bei den zwei Zeugen um zwei Menschen. Einige glauben darin Henoch und Elias zu erkennen, zugrundeliegend auf eine Aussage im Petrus-Evangelium in den Apokryphen. Doch vergiss nicht, wer Petrus war. Die beiden Zeugen, welche die Flüsse in Blut verwandeln und als die zwei brennenden Ölbäume beschrieben werden, sind die beiden inzwischen bereits stattgefundenen Weltkriege! Das sind die zwei Zeugen! Glaube mir! Und der Hinweis auf die Letzte Schlacht, den 3. Weltkrieg, findet man sogar am Ende des Textes als zusätzlichen Marker, wenn wir dort lesen: `Das war der zweite Schrecken. Aber gebt acht, der dritte Schrecken wird bald folgen!`

Kim schaute Mike verwundert an. Konnte das sein? Was wäre, wenn dieser Recht hatte? „Und du denkst, die geheime Weltregierung unter Führung des Antichristen ist die Botschaft, was es, durch die Offenbarung angekündigt, in den Letzten Tagen auszumerzen gilt?" „Ja! Der Hinweis steht doch dort niedergeschrieben! Die Freimaurer und Illuminaten werden immer wieder symbolisiert durch eine Pyramide mit einer abgehobenen Spitze mit dem Allsehenden Auge. Das Allsehende Gottesauge ist in der Freimaurerei die geheime Symbolik für Luzifer. In Wirklichkeit ist es aber das Auge des gnädigen gutmütigen Horus, den Crowley beleidigt haben soll. Erinnerst du dich? Und in der Offenbarung lesen wir als Hinweis: `Der bildliche Name dieser Stadt heißt Sodom oder Ägypten`! Sodom steht bildlich für das Verwerfliche, den Antichristen. Und das Symbol für Ägypten..."

„...ist eine Pyramide!" vervollständigte Kim staunend den Satz.

„Genau!", erwiderte Mike. Um danach fortzufahren: „Nach biblischen Quellen ist Johannes der Täufer, die Wiedergeburt von Elias, sechs Monate vor Jesus von Nazareth geboren. Beide Geburten wurden den Eltern durch den Engel Gabriel angekündigt, der zugleich den Namen der Kinder festlegte. Beide Zeugungen liegen im Bereich des Wundersamen. Unterschiedliche frühchristliche Texte berichten im Zusammenhang mit der Geburt Johannes des Täufers und Jesu vom Besuch dreier Magis. Beide Kinder sollten getötet werden. Wiederum erscheint der Engel und befiehlt die Flucht. Neben den Gemeinsamkeiten, dass beide zur gleichen Zeit lebten, für das gleiche Ziel mit gleichen Mitteln wirkten und im gleichen Lebensalter von etwa vierzig Jahren durch mysteriöse Urteile offiziell eines gewaltsamen Todes starben, zeigt sich noch eine weitere Parallele am Rande:

Herodes Antipas wollte die Enthauptung des Täufers nicht. Aus Überlieferungen wissen wir, dass dieser den Täufer sogar in hohem Maße schätzte und achtete und oftmals das Gespräch mit ihm suchte, im Besonderen während seiner Inhaftierung auf der Feste Machaerus. Widerwillig gab er jedoch dem Drängen seiner Frau Herodias und deren Tochter Salome nach.

Auch bei Jesus wissen wir, dass Pilatus gegen dessen Kreuzigung war. Doch er gab dem Drängen der Priesterschaft nach.

Und es wird auch von einem treuen Weggefährten des Elias beziehungsweise Johannes des Täufers gesprochen, wie ich dir bereits habe: Henoch. Der dritte im Bunde.

Was wissen wir über ihn? Biblische Geschichten erwähnen und spielen auf die Wächter an. Der erste Hinweis befindet sich in der Genesis, aber auch später wird auf sie in den Büchern des Neuen Testaments angespielt. Um zu verstehen warum, müssen wir uns zuerst den Büchern außerhalb des biblischen Kanons zuwenden: Den Büchern Henochs. Die Bücher von Henoch sind apokalyptisch und enthalten versteckte Geheimnisse. Die geheimen Botschaften von Henoch I, II und III gehören zu einer Reihe von Schriften, die das

Pseudepigraphische Alte Testament, Bücher, die unter einem falschen Namen geschrieben wurden, genannt werden. Das heißt jedoch nicht, dass der Inhalt des Buches keine alten Traditionen widerspiegelt, die möglicherweise auf wahren, historischen Begebenheiten beruhen. Henoch starb laut Genesis 5,24 nicht, sondern wurde körperlich in den Himmel entrückt.

Wie dies geschah, ist in den `Geheimnissen des Henoch` beschrieben. Dieses neue Fragment früher Literatur wurde durch gewisse Manuskripte entdeckt, die vor einiger Zeit in Russland und Serbien gefunden wurden, und ist, soweit wie bisher bekannt, nur auf slawisch erhalten. Man weiß sehr wenig über den Ursprung. Außer, dass es in der gegenwärtigen Form etwa zu Beginn des Christentums entstand. Der endgültige Herausgeber war ein Grieche, und es wurde in Ägypten zusammengestellt. Obgleich die Existenz eines solchen Buches wahrscheinlich vor etwa 1200 Jahren in Vergessenheit geriet, so wurde es doch gleichermaßen oft von Christen und Häretikern in den frühen Jahrhunderten benutzt. Ich schildere dir einen Bericht über Henochs Aufstieg in den Himmel. Wie du sehen wirst, weist er alle Bestandteile einer modernen UFO-Begegnung auf:

`Ich war alleine in meinem Haus, ruhte auf einer Liege und schlief. Und während ich schlummerte, kam mein Ohr in große Bedrängnis .... Ich konnte nicht begreifen, was diese Bedrängnis war, oder was mit mir geschehen würde. Dann erschienen mir zwei Männer ... Ihre Gesichter leuchteten wie die Sonne, ihre Augen waren wie brennendes Licht ... Sie standen am Kopfende meiner Liege und riefen mich beim Namen. Und ich erhob mich vom Schlaf und sah deutlich diese beiden Männer vor mir stehen ... und wurde von Furcht ergriffen ... Und diese Männer sagten: Fürchte dich nicht, du sollst mit uns in den Himmel aufsteigen ... Und sie setzten mich auf den ersten Himmel ... Sie brachten vor mein Angesicht die Ältesten und die Herrscher der stellaren Ordnung.`"

Kim unterbrach Mike: „Erinnert mich an die Erzählung von Bea. Das mit den beiden Männern, die plötzlich am Bett von Henoch erschienen... Sie hat ja angeblich fast das gleiche erlebt".

Der ehemalige CIA-Agent nickte: „Ja. Komisch." Ein Lächeln huschte über seine schmalen Lippen, um dann ohne Umschweife weiter mit seinem Bericht fortzufahren: „Henoch I ist das älteste aller vier Bücher und besteht aus fünf Hauptabschnitten. Wir werden uns mal mit den einschlägigen Inhalten des ersten befassen, das `Das Buch der Wächter` heißt. Aber zuerst möchte ich einen kurzen Einblick über den geschichtlichen Hintergrund von Henoch I geben. Henoch I, auch bekannt als Äthiopische Apokalypse von Henoch, ist das älteste der pseudoepigraphen Bücher, die Henoch zugeschrieben werden. Der Inhalte der Bücher veranlasste die christliche Kirche, die Offenbarung anstatt Henoch in den Kanon des Neuen Testaments aufzunehmen. Das geschah, obwohl Henoch I seit mehreren Jahrhunderten als heilige Schrift akzeptiert worden war. Er wurde gerade wegen des Themas, das wir besprechen, abgelehnt.

Obgleich die primitive christliche Kirche und die frühesten Kirchenväter daran glaubten, dass himmlische Wesen physisch und sexueller Natur sein konnten, verwarfen die späteren Kirchenväter diesen Gedanken. Sie legten per Dekret fest, dass solche Wesenheiten rein geistiger Natur zu sein hatten, daher war das, was in Henoch I geschrieben stand, unmöglich. Es wurde geglaubt, dass eine Bande bösartiger Wächter, angeführt von Azazyel, auf der Erde landeten und sich mit den menschlichen Frauen paarten. Daraus entstanden angeblich große Hybriden, die sich der Menschen bedienten und sie terrorisierten. Gott, in Wirklichkeit Jahwe, schickte eine Sintflut, die angeblich sie und die Menschen außer Noah und seine Familie vernichtete. Denke an Atlantis. Hier kurz einige einschlägige Auszüge aus Henoch I. 10,12,18:

`Die ganze Erde ist durch das schändliche Werk von Azazyel korrumpiert worden ... Merzt alle Seelen aus, die der Tändlei zugetan sind, und auch die Nachkommen der Wächter, denn sie haben die Menschheit tyrannisiert`. In Wirklichkeit war aber der blutige Jahwe nicht Gott und Azazyel, auch bekannt als Luzifer, ein anderer Name für Jahwe.

Weil die unnatürliche Hybridisation die Bande der bösartigen Wächter nährte, wurde Henoch von den wohlwollenden Wächtern auserwählt, den Nefilim eine Botschaft der Verdammnis zu überbringen.

Henoch 12.4,7: `Und siehe, die Wächter nannten mich Henoch, den Schriftgelehrten. Dann sagte der Herr zu mir: `Henoch, Schreiber der Rechtschaffenheit, geh zu den Wächtern des Himmels, die die sich auftürmenden Himmel verlassen ... und sich mit den Frauen besudeln und gemäß der Söhne des Menschen gehandelt haben, indem sie sich Frauen nahmen und auf der Erde korrumpiert wurden, sage ihnen, dass sie auf der Erde niemals Frieden und Vergebung der Sünden erlangen werden.`

Henoch 15.1,2,8: `Gehe und sage den Wächtern des Himmels: Wo ihr zuvor den hohen und heiligen Himmel entsagt habt ... und bei den Frauen gelegen ... und Riesen gezeugt habt ... Jetzt, da die Riesen, geboren aus Geist und Fleisch, böse Geister auf Erden genannt werden, soll die Erde ihre Wohnstatt sein. Sie werden böse Geister auf Erden sein und Geister der Verruchten genannt werden.`"

„Sag mal, kennst du die Bibel auswendig?" Mike grinste erneut: „Nur das, was wichtig ist... Vielleicht ist mein Gehirn eher dazu in der Lage. Ne, Kumpel, kleiner Scherz. Lass mich noch etwas zu den Schriftrollen vom Toten Meer erzählen:

Die Entdeckung der Schriftrollen vom Toten Meer zeigte, dass weit mehr Kopien vom Buch Henoch I und vom Buch der Jubiläen in Umlauf waren als andere Bücher, die von den Essenern, eine jüdische

Sekte, in Qumram benutzt wurden. Beide Bücher enthalten die Legende der Wächter. Das Buch Henoch enthält einen Kalender – dem in Qumram nachgegangen wurde. Es spricht von den Engeln in den Himmeln, die auf die Erde niederkamen und sich vor der Sintflut mit den Töchtern der Menschen paarten – eine sehr wichtige Legende in einigen Qumram-Schriften und anderen Texten. Ein Beispiel aus den Schriftrollen vom Toten Meer ist die folgende Passage ˋii.18ˋ im Zadukitischen Dokument, dass sich mit der praktischen Organisation der Essener-Gemeinschaft in Qumram beschäftigte:

ˋDenn viele haben sich von alters her bis jetzt verwirrt – und selbst starke Helden sind gestrauchelt. Weil sie in Verstocktheit gewandelt sind, stürzten die Wächter des Himmels ... So fielen ihre Söhne, deren Wuchs hochragenden Zedern ähnelte ... Ebenso alles Fleisch auf dem trockenen Land. Sie gingen ebenfalls unter, in der Sintflutˋ.

Sehr wenige Verse in der Bibel benutzen spezifisch den Ausdruck ˋWächterˋ, andere hingegen beziehen sich auf ihn. Im Buch Daniel werden die Wächter wie folgt erwähnt. Sie sind der überarbeiteten Ausgabe der Bibel entnommen. Daniel 4,10:

ˋUnd ich sah ein Gesicht auf meinem Bett und siehe, ein heiliger Wächter fuhr vom Himmel herab...ˋ Daniel 4,14: ˋSolches ist im Rat der Wächter beschlossen und im Gespräch der Heiligen beratschlagt...ˋ Daniel 4,20: ˋ...dass aber der König einen heiligen Wächter gesehen hat, vom Himmel herabgefahren...ˋ.

Hinweise auf die Wächter werden ebenfalls im sechsten Kapitel der Genesis gefunden, wo sie ˋdie Söhne Gottesˋ genannt werden. Dieser oft benutzte Ausdruck beschreibt die himmlischen Wesen in der Bibel. Die Hybridennachkömmlinge werden Nefilim genannt, was ˋdie Gefallenenˋ bedeutet, vom hebräischen Wort Nephal oder ˋfallenˋ, weil ihre Väter augenscheinlich ˋvom Himmel fielenˋ.

Genesis 6,1.: ˋDa aber die Menschen begannen, sich zu vermehren auf Erden und ihnen Töchter geboren wurden, da sahen die

Gottessöhne nach den Töchtern der Menschen, wie schön sie waren, und nahmen zu Weibern, welche sie wollten.`

Genesis 6,4: `Es waren auch zu den Zeiten Tyrannen auf Erden, denn da die Kinder Gottes zu den Töchtern der Menschen eingingen und ihnen Kinder zeugten, wurden daraus Gewaltige in der Welt und berühmte Männer.`

Die Nefilim werden wieder unter 13,33 erwähnt: `Da sahen wir die Nefilim, die Söhne des Anak, die von den Nefilim abstammen`.

Hier könnte man fragen, wie kann das sein, wenn alle durch die Sintflut dahingerafft wurden? Die Antwort findet sich in der Genesis 6,4, wo wir lesen:

`In jenen Tagen gab es auf der Erde die Riesen, und auch später noch, nachdem sich die Gottessöhne mit den Menschentöchtern eingelassen und diese ihnen Kinder geboren hatten. Das sind die Helden der Vorzeit, die berühmten Männer`.

Die Sintflut beschreibt den Untergang von und durch Atlantis. Und Atlantis wiederum war der Stützpunkt der Nefilim auf Erden. Der Name Atlantis leitet sich nicht, wie viele meinen, vom Atlantik ab. Denn Atlantis befand sich dort, wo heute die Antarktis liegt. Durch einen Polsprung, verursacht durch eine fürchterliche Waffe, die zum Einsatz kam, verschob sich die Erdachse. Man würde heute kaum noch etwas davon unter dem `Ewigen Eis` finden. Hitler versuchte aus diesem Grund und mit diesem Hintergrundwissen, Neuschwabenland, ein Gebiet in der Antarktis, für das Deutsche Reich zu gewinnen. Und es war auch kein Zufall, dass er wieder ein blondes, blauäugiges Volk herauszüchten wollte – so wie Platon einst das Volk der Atlanter beschrieben hatte.

Adolf Hilter stand in Kontakt mit den Nefilim und wollte das atlantische Urvolk wieder mit diesen zusammen aus der Bevölkerung herauszüchten. Um auf diese Weise wieder an die verloren geglaubten Gene zu gelangen – an Fähigkeiten wie Hellsehen, Hellfühlen oder

Telephatie. Denke daran, dass ich dir berichtet habe, dass die Sprache der Atlanter als `Vril` beschrieben wurde. Und die deutsche Vril-Gesellschaft hatte angeblich durch medial begabte Personen Kontakt zu diesen.

Atlantis leitet sich von `Atlas` ab. Der griechische Gott Atlas ist der Mythologie nach der Vater der Plejaden und der geheime Herrscher der Welt!

Die Vril-Gesellschaft bekam angeblich den Bauplan für eine Jenseits-Flugmaschine übermittelt. Und sie erforschten auch das UFO, das 1936 im Schwarzwald abgestürzt ist. Die mit der Vril-Gesellschaft in Verbindung stehende Thule-Gesellschaft leitet ihren Namen von der ehemaligen atlantischen Hauptstadt Ultima Thule ab. Die Menschheit, wie wir sie heute kennen, hat ihren Ursprung in Mesopotamien, dem ehemaligen biblischen Babylon. Hier fand einst der erste Kontakt und der überlieferte Erbsündenfall statt! Hier nahmen die Nefilim die Töchter der Erde und zeugten Kinder mit ihnen.

Hier ist die Urzelle der europäischen blonden, blauäugigen Völker, die sich danach überwiegend nahe dem ehemaligen Thule ansiedelten. Also in Teilen von Europa und angrenzenden Regionen.

In Genesis 14,5 waren sie bereits als Rephaim und Emim bekannt. Andere hießen Anakin und stammten von einem Anak ab, der wiederum von den Nefilim abstammte, 13,23, und Rephaim, der von einer anderen Berühmtheit unter ihnen, von Rapha, abstammte. Auf diese mächtigen Männer begründet sich der Ursprung der griechischen Mythologie, nämlich der `Männer von hohem Ansehen`. Diese Mythologie war keineswegs eine Erfindung des menschlichen Geistes, sondern entstand aus Tradition, aus Erinnerungen und Legenden über das Schalten und Walten dieser mächtigen Rasse, und sie entwickelte sich schrittweise aus den Helden der Genesis 6,4. Die Tatsache, dass ihre Herkunft übernatürlicher Natur angesehen wurde, erleichterte den

Schritt, sie bei den Griechen zu Halbgöttern zu erheben. In Petri II.2,4,5, in dem Neuen Testament lesen wir:

`Denn so Gott, der Engel, die gesündigt haben, nicht verschonet hat ... Und nicht verschonet hat der vorigen Welt, sondern bewahrte Noah ... und führte die Sintflut über die Welt der Gottlosen...`

Wen stellten die Wächter in den Köpfen der ältesten Völker dar? Wir müssen uns der Region von Sumer in Babylon zuwenden, um die Antwort auf diese Frage zu finden. Die Chaldäer, ein altes Herrschervolk in Babylon, glaubten, dass diese Wesen verantwortlich waren, um über die Belange der Menschheit auf Erden zu wachen. Sie gaben dieser Sorte von himmlischen Wesen den Namen `Ir`, was übersetzt wieder `Wächter` bedeutet.

Unter allen von den Menschen der Frühzeit verehrten Tieren war keines so markant und bedeutend wie die Schlange, und zwar, weil die Schlange das Zeichen einer Gruppe war, die in den frühen Kulturen beider Hemisphären großen Einfluss gewonnen hatte. Bei dieser Gruppe handelte es sich um eine gelehrte Bruderschaft, die sich der Verbreitung geistiger Kenntnisse und der Erlangung geistiger Freiheit verschrieben hatte.

Diese Bruderschaft der Schlange bekämpfte angeblich die Versklavung geistiger Wesen und versuchte, wie aus den ägyptischen Schriften hervorgeht, die Menschen aus der Knechtschaft der Herrgötter, der Nefilim, zu befreien. Versucht man herauszufinden, wer die Bruderschaft gegründet hat, findet man in mesopotamischen Texten direkte Hinweise auf jenen rebellischen Führer Ea.

Auf alten mesopotamischen Tafeln heißt es, dass Ea und sein Vater Anu eine umfassende ethische und geistige Bildung besaßen, und es gerade dieses Wissen war, das später in der biblischen Geschichte von Adam und Eva durch Bäume versinnbildlicht wurde. Die Schlange, welche Eva dazu verführen wollte, von den Früchten vom Baum der Weisheit zu essen, war also in Wirklichkeit das Gute.

Und jene Kräfte, die sie davon abhalten wollten, unter Führung des alttestamentarischen Gottes Jahwe, waren das Böse.

Trotz all ihrer guten Absichten gelang es dem legendären Ea und der frühen Bruderschaft der Schlange zweifellos nicht, die Menschen zu befreien. Nach der Bibel wurde die Schlange im Garten Eden überwältigt, bevor sie ihre Mission vollenden und Adam und Eva die Frucht vom zweiten Baum geben kann. Ea, dessen Sinnbild ebenfalls die Schlange war, wurde von seinen Gegnern gründlich verleumdet, um sicherzustellen, dass er unter den Menschen nie wieder viele Anhänger finden würde. Eas Titel wurde von `Fürst der Erde` in `Fürst der Finsternis` geändert. Und er wurde mit weiteren schrecklichen Beinamen belegt, wie Satan, Teufel, Verkörperung des Bösen, Fürst der Hölle. Man stellte ihn als `Wächter` der Hölle dar. Und im Gegenzug benannte man den waren Übeltäter, nämlich den alttestamentarischen blutigen Gott Jahwe, der die Völker gegeneinander aufhetzte, Massenmorde und Attentate befehligte und durchführen ließ, in den Schriften als `lieben Gott`.

Man lehrte die Menschen, dass alles Schlechte auf Erden nur von Ea komme und er die Menschen nur geistig versklaven wolle. Die Menschen wurden aufgefordert, ihn in all seinen zukünftigen Auftretensweisen zu entlarven und ihn und seine Kreaturen zu vernichten. Für die Letzten Tage wurde der Schlange angekündigt, ihr den Kopf zu zertreten.

Die Korrumpierung der Lehren der Bruderschaft der Schlange war bereits im alten Ägypten deutlich. Die größte und vielleicht berühmteste ägyptische Pyramide ist die Cheopspyramide, auch genannt die `große Pyramide`, in der Crowley sein Erlebnis hatte, das ich dir geschildert habe. Sie steht heute neben einigen anderen auf einem erhöhten Plateau in Gizeh in Ägypten. Die Ausmaße der Pyramide sind beeindruckend. Sie erreicht eine Höhe von fast 146 Metern. Das gesamte Bauwerk, das aus Steinen besteht, von denen jeder im Durchschnitt 2,5 Tonnen wiegt, ist weit über 5.000.000 Tonnen schwer. Ein außergewöhnliches Merkmal, das die Cheops-Pyramide zu einen der `Sieben Weltwundern` macht, ist die Genauigkeit, mit der dieser Bau ausgeführt wurde. Vielleicht willst du über die neuesten Erkenntnisse, die die Pyramiden in ein anderes Zeitalter datieren, Bescheid wissen: Dieses neue Zeitalter soll kurz nach der Sintflut sein. Also kurz nach der in der Bibel beschriebenen Reinigung des Planeten. So deckt sich dieser Zeitraum auch mit dem angeblichen Untergang von Atlantis. Um etwa 10-11000 v. Christus. Und wie du aus der Bibel weißt, wurde die Verbannung der Nefilim auf die Erde auf einen Zeitrahmen von 10000 Jahren festgelegt, bevor das große Gericht kommen soll. Siehe Henoch. Und wenn du rechnen kannst… Atlantis ist angeblich ebenfalls einer großen Katastrophe zum Opfer gefallen. Genau wie der Rest der Menschheit angeblich bei der Sintflut, die inzwischen auch geologisch um diesen Zeitraum, mit ihrem Ende etwa 10-10500 v. Christus, nachweisbar ist. Auch wenn einige Forscher der Ansicht sind, dass die Sintflut nicht weltumfassend war. Und da ist wohl etwas dran.

Peter Moon, Autor des Buches `Das Montauk Projekt`, sagte in der gleichnamigen Dokumentation: „Es gibt eine Verbindung zwischen den blonden, blauäugigen und den Plejaden!"

Und Duncan Cameron, ein angeblich Überlebender des Philadelphia-Experiments und des Montauk Projekts, der in der Zeit versetzt wurde, sagte dort: „Und schließlich gab es das Gerücht, vielleicht etwas mehr als das Gerücht, dass die Deutschen bereits eine funktionierende Zeitmaschine in ihrem Besitz hatten."

Al Bielek, ein anderer in der Zeit Versetzter und Überlebender vom Philadelphia- und Montauk-Experiment, dessen Seele angeblich ebenfalls dadurch in einen anderen bereits existierenden Körper implantiert wurde, sagte: „Aufbauend auf diese Kontakte mit Deutschland fanden ab 1936 erste, eigene Entwicklungen statt…" Und von wem hatte Jan van Helsing damals die Daten zum UFO-Absturz von

1936 im Schwarzwald? Von dem ehemaligen CIA-Mitarbeiter Al Bielek! Das sind Facts. Keine Fiction.

Die Ägypter schrieben, dass ihre `Götter` in fliegenden Barken zum Himmel fuhren. Die Götter der Frühzeit Ägyptens sollen leibhaftige Wesen aus Fleisch und Blut gewesen sein und ebenso wie die Menschen ein Dach über dem Kopf und Nahrung gebraucht haben. Die alten Ägypter glaubten an eine `Seele` oder ein `Selbst` als eine von der `Person`, das heißt dem Körper, völlig getrennte Wesenheit. Diese geistige Wesenheit wurde als `ka` bezeichnet. Nach dem Glauben der Ägypter war das `ka`, und nicht der Körper, die wahre Person. Der Körper an sich, ohne das `ka`, besaß weder Persönlichkeit noch Intelligenz. Diese richtige und aufgeklärte Ansicht wurde jedoch verdreht. Die Verkehrung des geistigen Wissens beruhte auf der Korrumpierung der Lehren der Bruderschaft der Schlange. Wie bereits an früherer Stelle erwähnt, übte die Bruderschaft auch noch nach der ihr Jahrtausende zuvor von den `Herrgöttern` zugefügten Niederlage einen beherrschenden Einfluss auf das Leben der Menschen aus. Um verstehen zu können, auf welche Weise die Lehren der Bruderschaft und die geistige Wahrheit verdreht wurden, die theologische Irrationalität auf ewig fortbestehen ließ, müssen wir uns zunächst Wirken und Lehrmethoden der Bruderschaft in ihren Anfängen anschauen.

Der Unterricht bei der Bruderschaft vollzog sich schrittweise. Im alten Ägypten fand der Unterricht in den sogenannten `Mysterienschulen` statt. Laut Dr. H. Spencer Lewis, dem Begründer des Rosenkreuzerordens, dessen Hauptsitz sich in San Jose, Kalifornien, befindet, wurde der erste Tempel für die Mysterienschulen von Pharao Cheops errichtet. Innerhalb der Mauern dieses Tempels verfiel das geistige Wissen, was dazu führte, dass die Pharaonen ihre Körper einbalsamieren ließen und in hölzerne Barken bestatteten. Nach alter ägyptischer Überlieferung wurden die Lehren der Mysterienschulen vom `großen

Lehrer` Ra, einem bedeutenden angeblichen `Gott`, verfälscht. Die Mysterienschulen verdrehten fortan nicht nur das geistige Wissen der Bruderschaft der Schlange, sie beschränkten auch weitgehend den allgemeinen Zugang zu allen noch bestehenden Wahrheiten.

Nur die Pharaonen, die Priester und einige Auserwählte wurden in die Schulen aufgenommen. Die Eingeweihten mussten einen feierlichen Eid schwören, die `geheime Weisheit`, die ihnen vermittelt wurde, keinem Außenstehenden zu offenbaren. Den Schülern wurden für den Fall, dass sie den Eid brächen, schlimme Konsequenzen angedroht. Mit der Zeit wurde die Bruderschaft so restriktiv, dass die meisten Priester Ägyptens von der Zugehörigkeit ausgeschlossen waren. Das traf ganz besonders in der Regierungszeit König Thutmosis III. zu, der etwa 1200 nach Cheops regierte. Das alte ägyptische Reich zerfiel schließlich und ging unter.

Der Bruderschaft der Schlange erging es wesentlich besser. Sie überdauerte und breitete sich aus, indem sie von Ägypten aus Missionare und Eroberer aussandte, die in der gesamten zivilisierten Welt Zweige und Unterorganisationen begründeten.

Im alten Ägypten nahmen Ingenieure, Zeichner und Maurer, die an großen Bauvorhaben mitarbeiteten, eine besondere Stellung ein. Sie waren in exklusiven Zünften zusammengeschlossen, die von der Bruderschaft in Ägypten gefördert wurden. Diese Zünfte hatten in etwa die Funktion der heutigen Gewerkschaft. Als Organisationen der Bruderschaft verwendeten sie auch viele Grade und Titel dieser Bruderschaft. Sie pflegten eine mystische Tradition. Die Maurerzünfte der Bruderschaft überdauerten die Jahrhunderte.

Ihre Mitglieder waren häufig auch in Feudalsystemen freie Männer und wurden darum oft als `Freie Maurer` bezeichnet. Aus diesen Zünften der freien Maurer ging auch die heute als `Freimaurerei` bekannte mystische Praxis hervor. Man kann also daraus schlussfolgern, dass die Bruderschaft der Schlange damals ebenso umgedreht wurde wie später die Freimaurer durch die Illuminaten, die `Erleuchteten`.

Von den handwerklich orientierten Freimaurern, die der Bruderschaft der Schlange im gewissen Sinne als Werkzeug diente, im wahrsten Sinne des Wortes, unterschied sich der Zweig der `Theoretischen Freimaurer`, die mit den praktischen Freimaurern im Grunde nichts zu tun hatte, sondern das mystische Wissen bekam und Rituale abhielten. Die mystischen Freimaurer entwickelten sich zu einer wichtigen Unterorganisation der inzwischen nach außen gekehrten und umgedrehten Bruderschaft der Schlange und spielten daher in der Geschichte eine große Rolle.

Da das geistige Wissen innerhalb der Bruderschaft im alten Ägypten immer mehr durch Symbole und Allegorien ersetzt wurde, kam der Kleidung aufgrund ihres Symbolwertes zunehmend größere Bedeutung zu. Das sichtbarste und wichtigste zeremonielle Gewand ist in vielen Organisationen der Bruderschaften, einschließlich der Freimaurer, seit langem der Schurz. Der symbolische Schurz, der wie eine Küchenschürze um die Taille gebunden wird, ist ein phantastisches, sichtbares Bindeglied zwischen den `Herrgöttern` der Frühzeit und dem Netzwerk der Bruderschaft.

In vielen ägyptischen Hieroglyphen werden die außerirdischen Götter mit einem Schurz dargestellt. Auch die Priester im alten Ägypten trugen als Zeichen ihrer Ergebenheit gegenüber den Göttern einen solchen Schurz."

Kim war sprachlos. „Woher weißt du das alles?" Mike lachte, „Gut auswendig gelernt. Du musst nur Punkt A mit Punkt B verbinden, damit sie ein gemeinsames Bild ergeben. Einzeln gesehen haben diese Bruchstücke keinerlei Verbindung, erst wenn du das Puzzle zusammensetzt, wirst du anfangen, die Welt, in der wir hier leben, zu verstehen." Draußen war es bereits dunkel geworden. Mike machte sich daran, die Beifahrertüre zu öffnen. „Ich muss jetzt los! Vielleicht werden wir uns irgendwann einmal wiedersehen. Bestimmt sogar." Dann ging er mit federndem Gang zu seinem Chevrolet und öffnete die Türe. Kim hatte sein Fenster heruntergekurbelt.

„Hey, aber was ist mit mir? Du wolltest mir doch noch einige Fragen beantworten!" Mike ließ, während der tiefe Motor des Wagens von ihm angelassen wurde, die Scheibe herunter und rief zu Kim: „Das habe ich bereits! Du musst es nur noch zusammenfügen ... Hörst du? Von A nach B ... Denke an die Matrix! Es war kein Zufall, dass wir uns getroffen haben!"

Nach diesen Worten heulte der Motor des Chevrolets auf, und Kim sah, wie der Wagen sich mit durchdrehenden Reifen in Bewegung setzte, wobei eine hohe Staubfontäne seinen Blick auf die umliegende Umgebung verbarg. Es dauerte nicht lange, da waren die Rücklichter des Chevrolets in der Dunkelheit verschwunden. Erst jetzt bemerkte Kim, dass sich ein weiteres Auto auf dem nächtlichen Parkplatz befand, das er nur schemenhaft erkennen konnte. Dieser ließ jetzt ebenfalls seinen Motor an, schaltete sein Licht ein und fuhr davon.

Er war zu weit weg, um von Kim identifiziert werden zu können. Eine schwarze Limousine. Merkwürdig. Er hatte dieses Auto die ganze Zeit nicht bemerkt. Es musste bereits gekommen sein, als es noch hell war. Aber anscheinend war er so in das Zuhören vertieft gewesen, dass alles andere um ihn herum aus seiner Wahrnehmung verschwunden war.

Er hatte es vergessen. Jetzt ärgerte er sich darüber. Kim nahm sich vor, Mike in naher Zukunft nochmals auf das mysteriöse Buch von Todd Hoper anzusprechen.

35. Raubmord

★★★

„Freddy Krüger? Hör mir auf mit Freddy Krüger!", sagte der junge Polizeibeamte zu seinem Kollegen. „Das hier war irgendein Irrer, der Geld gebraucht hat! Sieh dir das an! Der gesamte Inhalt seines Geldbeutels ist über den Teppich verteilt! Für mich eine klare Sache von Raubmord!" Sein Kollege zuckte die Schultern: „Wenn du meinst. Vielleicht soll es aber auch nur danach aussehen!" „Blödsinn! Der Typ hat Geld gebraucht und den Zeugen ausgeschaltet! Mann! Das sieht doch`n Blinder mit Krückstock! Du schaust zu viele Horrorfilme, Kollege!" Die beiden waren die ersten am Einsatzort gewesen. Inzwischen suchte die Spurensicherung in der Wohnung nach Beweismaterial, das den Täter überführen könnte. In ihren weißen Anzügen wirkten diese wie aus einem billigen Science Fiction Film.

Vor ihnen lag eine aufgeschlitzte männliche Leiche im Alter von etwa fünfzig Jahren mit grauem kurzem Haar, das an einigen Stellen noch seine ehemalige schwarze Farbe durchschimmern ließ. Diese wirkte, als habe Freddy Krüger höchstpersönlich seine Scherenhand über das Gesicht und den Oberkörper des Opfers gezogen. Eine Wunde am Schädel verriet, dass das Opfer womöglich durch einen Schlag auf den Kopf getötet wurde.

Es war der 13. Februar 1995. Schon wieder ein Mord im Rotlichtmilieu. Die Fälle begannen sich zu häufen. Es wurde Zeit, dass hier jemand der ganzen Sache einen Riegel vorschob. Das konnte so nicht weitergehen.

Als wären seine Gedanken erhört worden, so kam einer der weißen Aliens, die in ihren Anzügen nach Spuren suchten, zielstrebig zu dem

Beamten: „Frank, wir haben hier etwas gefunden!" „Und was?", gab der Beamte miesepetrig zur Antwort. „Eine Zigarettenkippe. Ich glaube nicht, dass sie vom Opfer ist, denn Enrico Peréz war Nichtraucher." Der Beamte schaute auf den Zigarettenstummel in der durchsichtigen Plastiktüte, den der Alien ihm entgegenhielt und flüsterte: „Marlboro Light. Schon wieder..."

Dann gab er laut zur Antwort: „Überprüfen sie die DNA und vergleichen sie diese mit der Zigarettenkippe vom letzten Mord. Beten sie, dass es eine Übereinstimmung gibt!"

36. Das Treffen mit Ines

★★★

Der Wecker klingelte.

Erst als Kim im Halbschlaf mit der Hand versuchte, dieses nervtötende Monster abzuschalten, fiel ihm auf, dass heute Sonntag war. Erleichtert ließ er sich zurück in sein Kissen sinken und schloss wieder die Augen. Er konnte den Tag mit Mike nicht vergessen. Es waren zu viele Dinge passiert, die erst einmal verarbeitet gehörten. Und was hatte Mike damit gemeint, als er sagte `Ich habe dir bereits alle Informationen gegeben, du musst sie nur noch zusammenfügen`?

Warum hatte er sich so merkwürdig verhalten? `Denke an deine Matrix`, sagte er zum Abschied ... Matrix ... Was wusste Kim überhaupt darüber? Nicht viel. Zum einen gab es eine gleichnamige Film-Trilogie, in dem es darum ging, dass wir alle in einer `konstruierten` Simulation leben. Einer Art Computerspiel, und wir alle nur Schachfiguren waren. Daran konnte und wollte Kim nicht glauben. Es klang für ihn unlogisch – wenn auch spektakulär. Der Grund hierfür war, dass man bei einem solchen Weltbild davon ausgehen musste, dass eine solche Matrix von irgendeiner hochtechnisierten Zivilisation entwickelt wurde. Aber wer hat dann diese Zivilisation geschaffen, die diese Matrix baute? Lebte diese etwa auch in einer Art Hologramm? Wie weit man hier auch zurückgehen würde, irgendwann kam man an einen Punkt, an dem man nicht ohne einen Gott oder etwas Göttliches auskam. Aber waren es tatsächlich nur Zufälle, die Sachen mit dem Datum des Passes von Neo, dem 11. September 2001? Der Schlüsselmacher, der den Namen Merowinger trug?

Der blauen Pille der Unwissenheit und der roten Pille der Wissenden – sowie den blauen Graden der Freimaurer und den roten für jene, die weiter aufsteigen im System?

Und am Ende ging es im Film um Zion – und die Rebellion der erwachenden Sklaven: Die erwachende Menschheit!

Es gab auch noch andere Theorien über die Matrix. Und er hatte mit Mike darüber gesprochen. Kim hatte zudem in einem Buch gelesen, dass man sich die Matrix wie eine Diskette vorstellen kann. Grundlegende Dinge sind darauf bereits abgespeichert und festgelegt. Was nicht festgelegt war, ist der freie Wille des Wesens, zu welchem die Matrix gehörte. Dies erinnerte ihn an die Maus im Labyrinth. Sie kann für sich augenscheinlich frei entscheiden, ob sie nach rechts oder nach links laufen möchte, nach vorne oder zurück. Betrachtet man die Situation aber von außen, dann ist diese allerdings nur bedingt frei. Denn die Maus ist immer Teil des Labyrinths, in welchem sie leben muss. Kim kam bei seinen Überlegungen dazu, dass die Genetik eines Lebewesens letztlich darüber entscheidet, in welchem Labyrinth beziehungsweise Lebensraum man lebt, beziehungsweise wie groß sein Spielraum ist. Eine Maus wird sich niemals in einen Jet setzen und damit über London fliegen können.

Und so wie es bei der Maus Grenzen gibt, gibt es sicherlich auch bei uns Menschen festgelegte Grenzen, die besagen: `Bis hier hin und nicht weiter`. Ob uns dies passt, oder nicht. Man könnte eine Maus aber in einen Käfig packen und sie auf einen Rundflug über London mitnehmen – und ihr so zeigen, dass es noch etwas anderes dort draußen gibt, außer ihrem Labyrinth. Voraussetzung ist dazu eine höhere Spezies, die sich dazu bereit erklärt. In diesem Fall der Mensch. Nur wenn der Mensch sagt: `Maus, wir machen jetzt einen Rundflug über London`, wird diese die Möglichkeit dazu bekommen. Sie ist sozusagen auf den Menschen angewiesen, will sie mehr über unsere Welt erfahren.

Erst vor kurzem hatte Kim mit einen Wissenschaftler über Kausalität beziehungsweise Akausalität unseres Universums gesprochen.

Dabei hatten sie darüber diskutiert, ob das für uns sichtbare Universum aus sich selbst heraus entstanden ist, oder durch eine Art Tunnel

- Effekt aus einer anderen Dimension. Wir bei uns also nur die Auswirkungen sehen, während der Ursprung für uns immer spekulativ sein würde, da er nicht in dieser Dimension liegt.

Allerdings musste Kim zugeben, dass er bereits einige Erlebnisse in seinem Leben haben durfte, die bewiesen, dass das Wort `Zeit` ganz anders definiert werden müsste. Da er bei einigen Ereignissen Dinge sehen konnte, die erst Tage oder Wochen später dann in der Realität eintrafen. So hätte unser gängiges Bild von der Zeit, das eher eine lange Gerade von der Vergangenheit über die Gegenwart in die Zukunft darstellt, nur eine untergeordnete Funktion. Es wäre nur der für uns normalerweise erkennbare Aspekt des Phänomens, während sich hinter dem Ganzen wohl dann doch eher ein holographisches Gebilde verbirgt, anstelle einer Geraden von A nach B. So wie es auch Mike behauptet hatte.

Holographie war ein gutes Stichwort! Denn auch das Phänomen der Matrix ließ sich nicht mit einem drei- beziehungsweise vierdimensionalen Weltbild erklären. Kim erinnerte sich an das Erlebnis, das er als kleiner Junge hatte, als ihm in Österreich ein Mann hinterher rannte, und er sich plötzlich in der selben Umgebung, aber zeitversetzt wiederfand.

Oder wie konnte man es sich vernünftig erklären, dass einen Informationen über die Zukunft durch Wahrträume, Visionen und Bilder erreichen, egal, ob über eine zukünftige Lebenspartnerin oder das Schicksal eines Menschen, die dann tatsächlich punktgenau so eintreffen? Sicher, man könnte jetzt wieder wie in der gängigen Wissenschaft, alle Ungereimtheiten, die nicht ins derzeitige Weltbild passen, unter den Tisch kehren, um so zu einem Ergebnis zu kommen, das in das rationale Denkmuster passt. Kim musste lachen. Denn konservative Wissenschaftler gaben in der Regel keine Erklärungen ab, sondern verwiesen nur auf gängige Modelle und sagten letztendlich: `Lass diesen Punkt weg und jenen, und siehe da, es passt wieder – und weil es nur so passt, müssen die anderen aussortierten Punkte, die nicht ins Weltbild passen, falsch sein`. Kim dachte an einen Science-Fiction-Roman, den er als Kind gelesen hatte, in dem diese Taktik bewusst von einer wissenden Oberschicht angewendet wurde, um den aufgebauten Machtkontrollapparat nicht zu gefährden.

Letztendlich erinnerte ihn dieses Buch an die Bibel, die für Kim auch nichts anderes war als ein Science-Fiction! Schließlich ging es auch dort zum Großteil um damalige Zukunftsszenarien, die dann tatsächlich eintrafen, Gut und Böse, Visionen, Phänomene, die über das Weltbild der dort lebenden Menschheit hinausgingen. Ja sogar als Eingriffe einer außerirdischen Macht auslegbare Handlungen und Besuche. Und letztlich sind Science Fiction nichts anderes als Zukunftsszenarien, die früher oder später so kommen können. Oder schon gekommen sind? Science Fiction ist ja letztendlich auch ein holographischer Begriff, kam es Kim in den Sinn. Denn sie handeln letztendlich immer ortsbezogen. Was für uns Science Fiction ist, kann ein paar Millionen Lichtjahre weiter zeitgleich schon zum alten Tobak gehören und auf der Schrotthalde vermodern, oder im Museum bestaunt werden.

Von daher wäre es überlegenswert, ob eine außerirdische Macht eher aus kosmischer Sicht agieren würde, um das Universum als Ganzes voranzubringen, oder wartet, bis ein unterentwickelter Planet die gleiche Reife erreicht hat. Kim hatte dazu eine eher direkte und unbürokratische Meinung. Wenn auf der Erde jedem Menschen, der nicht mindestens das Abitur hat, der technische Fortschritt verweigert werden würde, dann wäre das doch schon eher hinderlich für eine Zivilisation im Ganzen.

Viel wichtiger ist letztendlich die geistige Reife. Und diese agiert unabhängig von einem Hochschulabschluss, wie man an der Kriminalitätsbereitschaft in höheren Gesellschaftsschichten ersehen kann. Auch wenn diese oft die Macht besitzen, solche Taten unter den Tisch zu kehren oder als Kavaliersdelikt auslegen zu lassen. Seine Gedanken gingen zurück zur Matrix.

Er hatte irgendwo einmal gelesen, dass man die Existenz der Matrix erst dann entdecken wird, wenn man daran glaubt und danach lebt. Stichwort Placebo-Effekt. Er erinnerte sich auch an die Buchreihe `Das magische Auge` aus seiner Kindheit, in dem man Bilder erkannte, aber nur, wenn man die farbigen Seiten auf eine bestimmte Weise betrachtete und sozusagen `hinter` das gedruckte Bild schaute. Viele seiner Bekannten hielten das für Humbug. Sie hatten keine Zeit und keine Lust, die dazu notwendige Technik zu erlernen und legten die Bücher nach kurzer Zeit genervt weg. Trotzdem funktioniert es. Allen Zweiflern zum Trotz.

Die Matrix war kein buntes Bilderbuch. Aber genau wie beim nachgewiesenen Tunneleffekt, der ja bekanntlich nicht bloß beim Tunneln durch Röhren funktioniert, sondern zum Beispiel auch bei einer Glaslinse, um so überlichtschnelle Aktivitäten zu erreichen, funktionieren bestimmte Phänomene nun mal unabhängig davon, ob wir daran glauben wollen, oder nicht. Wer hätte vor vielen Jahren schon daran geglaubt, das kleine Teilchen durch feste Materie fliegen können, ohne diese als Hindernis anzusehen? Heute, nachdem wir die Aktivitäten der Sonne erforscht haben, wissen wir, dass dies funktioniert. Wenn auch nicht genau, wie. Daher kam ja schließlich die Forschung bezüglich des Tunneleffektes, bei dem Teilchen es schaffen, feste Materie zu überwinden, ohne Schaden zu nehmen oder aufgehalten zu werden. Unabhängig der vor wenigen Jahren dabei gemessenen überlichtschnellen Streckenüberwindungen dieser Teilchen.

Interessant war, dass innerhalb des Tunnels für diese nachweislich keine Zeit vergeht. Egal wie lange der Tunnel letztendlich war: die gemessene Zeit entstand aus dem Zeitraum bis zum Eintritt in den Tunnel und nach dem Wiederaustritt aus dem Tunnel! Kim biss sich auf die Unterlippe. Für ihn war es irgendwo unerklärlich, dass die heutige Menschheit sich so auf ihre derzeitigen Wissenschaftsergebnisse verließ, während unser ganzes Universum aus ungelösten Rätseln besteht, die mit der gängigen Wissenschaft eben bisher nicht zu erklären sind. So wusste man heute noch nicht einmal, wie man die Ringbildung des Saturn wissenschaftlich eindeutig erklären und mit unserem Weltbild vereinen kann. Oder warum sich schnell rotierende Kugeln schneller durch den Raum bewegen als nicht rotierende, wenn sie zeitgleich aus einer Vorrichtung, ähnlich eines Flippers, geschossen werden. Moderne Wissenschaftler, die er kannte, sahen darin keinen Widerspruch. Denn für diese war unsere derzeitige Wissenschaft nur ein untergeordneter Teil einer höheren, ganzheitlichen, was gleichzeitig deren Funktionalität erklärt, und auch, warum viele Beobachtungen auftreten, die im Moment nicht zu erklären sind. So zum Beispiel die Tatsache, dass Kugelblitze feste Materie durchdringen und auf diese Weise in Häuser gelangen, ohne in einer Hauswand ein Hindernis zu sehen.

Kim hatte gehört, dass man es daran ablesen kann, ob man auf dem richtigen Weg ist, die Matrix betreffend, wenn man Signale von außen ernst nimmt und nicht abtut. In alltäglichen Situationen. So kann jemand, der auf dem richtigen Weg ist, überall Hilfestellungen bekommen, die für andere zu diesem Zeitpunkt bedeutungslos sind, wie zum Beispiel das Nummernschild eines entgegenkommenden Autos, ein Straßenname, ein Aufkleber, die Jacke einer Person oder die Decke eines Einkaufszentrums.

Geht man diesen Hinweisen nach, ohne sie zu ignorieren, dann werden sich diese immer mehr verdichten, bis sie einen an ein ganz bestimmtes Ziel bringen. Ein Kreuzungspunkt in der persönlichen Matrix! Dies kann eine wichtige Person für das Leben des Betreffenden sein, ein lange verschollener Freund, ein Ausweg aus einer zuerst ausweglos geglaubten Situation, die große Liebe oder ein weiterer Hinweis auf dem Weg in die persönliche Zukunft.

Kim griff zum Telefonhörer. Nachdem es dreimal geklingelt hatte, hob am anderen Ende eine sichtlich verschlafene Person den Hörer ab.

„Ja?" „Hallo Ines". „Kim? Bist du verrückt? Heute ist Sonntag, und ich wollte ausschlafen, bis mich dein gereiztes Klingeln aus dem Schlaf riss!" „Vergiss das mit dem Ausschlafen! Ich muss dich treffen! Es ist wichtig! Wir gehen irgendwo Frühstücken." „Hä? Sag mal, spinnst du?" An Kims Tonlage wurde ihr bewusst, dass es wohl wirklich etwas Wichtiges geben müsse, zumal sie ihn inzwischen so gut kannte, dass er nicht um diese Zeit anrufen würde, wenn es nicht dringend wäre. Ines und Kim kannten sich schon viele Jahre und hatten in der Vergangenheit so manche Disco unsicher und Nächte zum Tag gemacht. Sie hatte lange, blonde Haare und war der Traum vieler Männer, was mit Sicherheit nicht zuletzt an ihrer Figur und ihrer Ausstrahlung lag. Zudem hatte Kim schon einige Male Dinge in ihrem Leben vorausgesehen. „Okay. Wir treffen uns in einer Stunde am Café unten bei mir an der Ecke. Du zahlst!", sagte die langhaarige Blonde und legte auf.

Als Kim das Lokal betrat, sah er Ines schon von weitem in der Ecke sitzen und eine Tageszeitung von letzter Woche lesen, die dort wohl irgendwo herumgelegen hatte. Vor ihr stand eine Tasse Kaffee. Schwarz. Er grinste in ihre dunklen Augenränder. „Und? Ein neues Lebenszeichen von deiner verschollenen Flamme?" Mit dieser Begrüßung spielte Ines auf das Verschwinden von Bea an. „Nein", antwortete Kim kurz und knapp und ließ sich auf dem billigen Holzstuhl, der ihr am Tisch gegenüberstand, nieder. Nachdem dieser sich ebenfalls einen Kaffee bestellt hatte, begann er Ines in Auszügen von seinem Treffen mit Mike zu erzählen. Als er geendet hatte schaute er sie fragend an. Ines lehnte sich zurück und meinte: „Da frage ich mich wirklich..."

Kim konnte nicht mehr von ihren Ausführungen verstehen, auch wenn Ines scheinbar eine längere Erklärung abgab, denn ihre Lippen bewegten sich. Doch er saß nur mit offenem Mund in dem Stuhl und sein Blick schien durch die hübsche Frau hindurch ins Unendliche zu dringen. Irgendwann bemerkte sie, dass er nicht wirklich ihren Ausführungen folgte und hielt inne. Doch auch dies schien er nicht zu registrieren. Erst das unweibliche Rülpsen aus dem schönen Mund von ihr ließ ihn aus seiner Trance erwachen. „Erde an Kim!" Anstelle auf diese Bemerkung einzugehen, beugte er sich nach vorne zu ihr über den Tisch und fragte halb abwesend: „Sag mal, hörst du das nicht?" Ines schaute sich um. „Was meinst du?" „Die Musik! Das ist mein Lied!" Das war wieder typisch. Ines musste lachen. „Wie, dein Lied? Hast du es komponiert?" Wieder saß Kim apathisch auf seinem Holzstuhl, während im Hintergrund leise zwischen den Gesprächsfetzen der umliegenden Tischnachbarn ein Song im Radio lief. Ines versuchte, besser hinzuhören. Eine engelhafte Frauenstimme sang etwas wie `... Be with you ... It`s what I´m longing for … Give me your hand … Give me a chance... Be with you … Be with you...`, oder so ähnlich. Die Musik war zu leise, um alles genau zu verstehen. Dafür verstand sie Kims Worte: „Ich hatte diesen Song bei dem Treffen mit Mike plötzlich in meinem Kopf, obwohl ich ihn noch nie zuvor gehört habe. Und es war, als ich mit ihm über Bea sprach. Ich war mir sicher, dass dieser Song eine Kreation aus meinem Unterbewusstsein ist. Das passiert jetzt nicht wirklich. Verdammt, ich träume! Shit! Ich bin gar nicht wach!" „Doch, das bist du!" Ines stieß ihm unter dem Tisch ihren langen Absatz zwischen die Beine. „Au! Shit! Ja, du hast wohl recht..." Kim sprang auf und lief in Richtung der lauter werdenden Musik in den Nebenraum. Zum ersten Mal drang der Song aus seinem Kopf in der Realität lautstark in den Vordergrund. Er stand neben der Box aus der die Musik kam und hörte so die letzten Töne in voller Lautstärke mit. `Be with you … Be with you... Be-with-you!`. Der Song endete mit einem melancholischen Saxophon-Part. Ende. Gefolgt von einem bekannten Song aus den aktuellen Charts. Kim ging zurück zu Ines.

Diese blickte ihn mit einem Fragezeichen im Gesicht an. Kim winkte ab, als er wieder Platz nahm. Was sollte er dazu noch sagen. Sie würde es ohnehin nicht glauben. „Vergiss es. Keine Ahnung ... Ich ..." Er beendete seinen angesetzten Erklärungsversuch mit Schweigen.

Ines nippte an ihrer Tasse, um die schwarze Brühe in sich aufzunehmen, und sagte: „Wir kennen uns schon sehr lange. Aber was deine Erlebnisse mit übernatürlichen Phänomenen angeht, weiß ich noch nicht sehr viel von dir. Wie wäre es, wenn du mir mehr davon berichtest. Vielleicht gelingt es uns danach, ein gewisses Schema in die Ereignisse zu bringen? Falls eines existiert." Die Kaffeetassen werden auch immer kleiner, dachte Kim, als er nachbestellte, während der Preis im selben Verhältnis ansteigt. „Okay." Kim überlegte.

„Ich war 23 Jahre alt, da hatte ich ein ganz besonderes Erlebnis. Ich habe damals im Ostteil von Stuttgart gewohnt und musste noch einige Lebensmittel einkaufen. Also machte ich mich auf die Socken und steuerte einen günstigen Supermarkt an, der nicht allzu weit von meiner Wohnung entfernt war. Um dort hinzugelangen, musste ich an der Hauptstraße einen Abhang hinunterlaufen. Da der Supermarkt allerdings auf der anderen Straßenseite war, musste ich, als ich mich auf dessen Höhe befand, die Hauptstraße überqueren. Ich stellte mich also in Richtung Supermarkt auf und schaute auf die andere Straßenseite. Dabei fiel mir ein kleines Mädchen mit längeren, blonden Haaren und einem Kleidchen auf, weil sie dort Faxen machte und herumhüpfte.

Da ich es eilig hatte, blicke ich schnell nach links und rechts, um dann zügig die Straße zu überqueren. Mitten auf der zweispurigen Straße fiel mir auf, dass das kleine Mädchen nicht mehr da war, und ich wunderte mich, wo es in diesem Sekundenbruchteil hinverschwunden sein könnte.

Mein Blick nach rechts und links hatte nicht länger als zwei Sekunden gedauert. Also blickte ich verwundert die lange Straße hinauf, die ich eben hinuntergelaufen war – und sah dieses Mädchen oben am Hang (!), mitten auf der Fahrbahn stehen, eine Entfernung, die unmöglich in zwei Sekunden, wenn es überhaupt zwei waren, zu schaffen ist! Ich war sehr verwirrt, deshalb habe ich es einige Tage später extra getestet: Wenn man zügig vorankommt als erwachsener Mensch im ultraschnellen Laufschritt, benötigt man für diese Distanz etwa 35 Sekunden. Im normalen Lauftempo mehr als das Doppelte. Doch weniger als zwei Sekunden? Sie stand dort oben auf der Anhöhe mitten auf der Fahrbahn, auch noch mit dem Rücken zum Verkehr, und schaute mir direkt ins Gesicht, um dann im Zeitlupentempo ihren Kopf von rechts nach links zu bewegen, wie ein trauriges `Nein`.

Als ich nach Hause kam, habe ich zuerst bei meinem Vater hereingeschaut, der im selben Haus `ne Wohnung hatte, und ihm dieses seltsame Ereignis berichtet. Ich hatte damals eine Freundin, Sonja. Als diese mich nachmittags besuchte, erzählte ich auch ihr dieses merkwürdige Erlebnis. Und wie es in solchen Fällen ist, hat sie mir bei dieser Gelegenheit die Geschichte einer Freundin erzählt, die durch eine Ohrfeige aufgewacht ist, aber als sie sich im Zimmer umgeschaut hatte, war keiner da. Sie war alleine in der Wohnung. Sie lief zum Spiegel, weil ihr die Backe durch den Schlag wehtat, und bemerkte zu ihrem Entsetzen, dass diese noch leicht gerötet war.

Drei Monate nach diesem Vorfall trennten sich Sonja und ich. Im Nachhinein denke ich oft, dass dieses langsame, traurige `Nein` des Mädchens bedeutet hat: `Sie ist es nicht. Du hast sie noch nicht gefunden!` Ines blickte auf ihre Hände und meinte dann: „Ja, das ist gut möglich. Hast du das kleine Mädchen jemals wiedergesehen?" „Nein!", antwortete Kim. „Das heißt, ich weiß es nicht. Jahre später habe ich in der Nähe eines Hochhauses im Fasanenhof ein Mädchen gesehen, das genauso aussah wie sie und die gleichen Kleider anhatte. Sie machte auch die gleichen Faxen und schüttelte auf die gleiche Weise den Kopf. Aber das war Jahre später. Das kleine Mädchen von damals hätte inzwischen ganz anders aussehen und viel älter sein müssen. Deshalb habe ich mich zwar gewundert, aber den Gedanken sofort wieder verworfen."

Ines umklammerte ihr Colaglas, das sie zwischenzeitlich bestellt hatte, samt klebrigem Inhalt: „Hmm", kam es aus ihr heraus, „Halt mich jetzt nicht für verrückt, aber darf ich fragen, ob du nach diesem `zweiten Treffen` irgend etwas erlebt hast?" „Wie meinst Du das?" fragte Kim und musste selber nachdenken. „Na ja, das erste Mal hat dieses Mädchen ja vermutlich das Ende deiner Beziehung angedeutet, beziehungsweise den Hinweis gegeben, dass Sonja nicht die richtige ist. Als du Jahre später dieses kleine Mädchen wiedersahst, falls sie es denn war, hat sich in dem Punkt irgend etwas ereignet, nachdem du sie im Fasanenhof gesehen hast?" Kim spürte ein gewisses Unwohlsein in sich aufkommen. Er merkte schnell, dass es sich gelohnt hatte, mit Ines zu reden: „Also, sie kann es nicht gewesen sein. Was soll die Göre denn sein? `Ne Zeitreisende?" Er schüttelte den Kopf und trank einen Schluck aus der halb leeren Tasse. „Moment Mal. So komisch es klingt, es muss kurz vor dem Ende von der Beziehung mit Maya gewesen sein!" Ines kannte Maya. „Komischer Zufall, was?", meinte sie scherzhaft, wobei ihre Augen verrieten, dass es ihrer Meinung nach kein Zufall gewesen sein könnte. Auch Kim wurde etwas unruhiger: „Ja, das ist wirklich komisch. Aber wie soll das gehen? Zwischen den beiden Erlebnissen liegen fast fünf Jahre! Hast du mal gesehen, wie sich Kinder in dem Alter in fünf Jahren entwickeln?" Ines lachte. „Warst du es nicht, der mir groß und breit von seinen komischen Ereignissen berichtet hat, die nach unserem Verständnis der Zeit nicht einzuordnen sind? Aufgrund des genauen Eintreffens der Vorhersagen?"

Kim kaute auf seiner Unterlippe. „Komisch, was?". „Das kommt darauf an, ob du bestimmte Dinge in unserem Leben als normal ansiehst, oder sie wie die meisten nachplappernd verwirfst. Allerdings weiß ich nicht, ob es dir nach allem, was du erlebt hast, noch zusteht, zu zweifeln. Und was war das mit dem Song vorher? Berichte mir mal etwas zu Bea, dass ich noch nicht weiß".

Kim begann Ines näheres von den Begebenheiten über Bea zu erzählen, die er auch schon Mike berichtet hatte. Über die Ankündigungen dieser in seinen Träumen und die Merkwürdigkeiten der Geschichte. Als er geendet hatte, blickte er sie fragend an. „Ich habe dir in einem früheren Treffen einmal erzählt, dass Bea mich in einigen Dingen angelogen hatte und mir erst ein Jahr später die Wahrheit sagte. Wahrscheinlich weil sie dachte, nun sei der richtige Zeitpunkt gekommen." „Nicht der richtige Zeitpunkt. Sie hat festgestellt, dass du der richtige Mann bist. Denn anderenfalls hätte sie dir die Wahrheit nie erzählt, nachdem sie diese eh schon ein Jahr verheimlicht hatte", erwiderte Ines. „Möglich...", kam es zögerlich aus Kim. „Sie war damals erstaunt, dass ich sie nicht fallen lasse wie eine heiße Karotte!" „Falls sie nicht gelogen hat, dann wäre sie stets vor der Entscheidung gestanden: Bleibt sie bei dir – bringt sie dich in Gefahr. Geht sie von dir – verliert sie unter Umständen ihre Große Liebe. Vielleicht wollte sie am Ende, dass du nicht wie ihre Schwester unter die Räder kommst. Und hat dich deshalb aufgegeben. Äußerlich." Kim vergrub sein Gesicht zwischen den Händen: „Blödsinn! Ich wäre lieber gestorben, als sie aufzugeben!" „Und – hat sie das gewusst?" Er lehnte den Kopf zurück und blickte an die Decke. „Ja, verdammt!"

„Vielleicht wollte sie aber nicht, dass du stirbst!" Kim begann die Augen zu verdrehen: „Sag mal, was willst du mir hier erzählen? Das sie mich retten wollte?!"

Ines blieb dabei: „Bea war ein Kopfmensch! Und sie hat dir auch nicht `aus Versehen` das besagte Handysymbol für `Das ist nur ein Spiel` in ihren Sms an die Nachrichten gehängt, in denen sie alles beendete, wenn sie dir damit nicht etwas klarmachen wollte! Wenn sie einfach nur Schluss machen hätte wollen, wäre das ganz anders gelaufen!" Kim lehnte sich zurück und blickte gegen die Decke. „Was soll das! Glaubst du, sie wollte mir Hoffnung machen?! Hoffnung auf was? Sie hat damit genau das Gegenteil erreicht! Hätte sie einfach nur Schluss gemacht und mir die Sachen vor die Tür gestellt, dann hätte ich mir meinen Teil gedacht und sie vergessen!" „Genau!" „Wie, `genau`?!" „Du hast Recht! Und das wollte sie nicht! Sie wollte nicht, dass du sie vergisst!"

„Als wir uns kennenlernten, hat sie ihre eigenen Kinder verleugnet! Sie sagte, sie hat keine!", kam es aus Kim. „Da siehst du es! Willst du jetzt etwa sagen, sie liebt deshalb ihre Kinder nicht – nein! Sie hat es damals getan, weil sie dich nicht kannte. Sie ist im Zeugenschutzprogramm. Sie hat..."

Kims Gedanken schweiften ab:

Es war Herbst im Jahr 2000. Draußen war es dunkel und es regnete in Strömen. Auch in Kims Wohnung war es dunkel. Nur einige Kerzen standen angezündet im Raum verteilt. Der tiefe Bass eines Songs wummerte im Hintergrund vom Wohnzimmer über den langen Gang, in dem Kerzenhalter mit einem Drachen an den Wänden montiert waren, über die hohen Wände ins Schlafzimmer. Whoom. Whoom. Whoom. Whoom. Auf dem großen schwarzen Bett waren schemenhaft zwei Menschen zu erkennen, die gerade Sex hatten. Die Musik im Hintergrund änderte nach einer Weile in langsamere Gefilde. Kim hatte gar nicht mitbekommen, dass der vorangegangene Song irgendwann geendet hatte, und nun das Whoom – Whoom in deutlich größeren Abständen über die offene Tür von außen ins Schlafzimmer drang. Er war vor nicht allzu langer Zeit in eine neue Wohnung gezogen. Von Ost nach West. Altbau. Weit oben. Mit dem Blick über die umliegende Nachbarschaft, die seitdem ebenfalls wusste, welche Musik er hörte. Eine zärtliche Hand strich über sein Gesicht, um danach ihre Reise am Körper nach unten weiter fortzusetzen. Beas Lippen glitten über seine Wange. Er spürte ihre Zunge an seinem Ohr. Sie lächelte ihn an und ihre Stimme flüsterte: „Eines Tages werde ich für Dich sorgen!" Kim blickte sie fragend an. Doch anstelle einer Antwort legte sich ihr Mund zärtlich auf seine Lippen und küsste ihn...

„...Verstehst Du?" Kim schüttelte den Kopf und blickte Ines fragend ins Gesicht, hatte er doch ihre letzten Worte nicht mitbekommen, weil er abgelenkt war. Ein älterer Mann lief an ihrem Tisch vorbei. Das Lokal war zwischenzeitlich halb voll. Trotzdem antwortete Kim ihr: „So ein Blödsinn. Ich bin doch kein Typ, der sie sitzen gelassen hätte, nur weil sie Kinder hat. Ich hätte ihr alles verziehen! Im Übrigen habe ich ihr alles verziehen. Aber wie soll ich ohne sie jemals wieder glücklich werden?! Ich werde nie wieder jemanden wie sie finden!" „Dann soll es so sein." Kim blickte auf. Er verstand die Antwort seiner blonden Gesprächspartnerin nicht. Was meinte sie damit? Vielleicht war er wirklich zu blöd dazu. „Was würdest du tun?" „Wie?!" Ines unterbrach seine wirren Gedanken mit dieser unerwarteten Frage. „Ja! Was würdest du an ihrer Stelle tun? Stell dir vor, die Rollen wären anders herum verteilt. Würdest du mit ihr zusammen bleiben und sie der Gefahr aussetzen, dass sie endet wie deine Schwester?" Kim war sprachlos. Aus dieser Sicht hatte er es noch nie betrachtet! Sie hatte Recht. Diese blöde Ziege hatte Recht. Fuck! Niemals hätte er sie dieser Gefahr ausgesetzt. Nie!

Erneut begannen seine Gedanken abzuschweifen:

Es war dunkel und nass. Überall waren Lichter, Stimmen, Musik und Lärm. Es roch nach gebrannten Mandeln und Pommes Frites. „Da soll ich mitfahren? Niemals! Ich bin nicht schwindelfrei!", drang es lachend an seine Ohren. Sie standen auf dem Volksfest vor einem Freefall-Tower und Kim schaute in Beas wundervolle blaue Augen. Sie war so schön! „Ach, los jetzt! Du bist doch angeschnallt und ich sitze neben dir", antwortete Kim, während er schon auf dem Weg zur Kasse war. Als die Maschine das runde Sitzportal in die Höhe schob, wurde ihm allerdings auch etwas mulmig, so hoch hoben. Bea saß neben ihm und ihre Finger hielten sich krampfhaft an dem sie umgebenden Metallgestänge fest. `Schöner Ausblick`, wollte er noch mit Blick auf den Festplatz zu Ende denken, als es im freien Fall nach unten ging und ein lautes Kreischen von der linken Seite an seine Ohren drang. Nach wenigen Minuten Auf und Ab war es vorbei. „Nie wieder!", kam es aus ihr beim Verlassen des Fahrgeschäfts. Kim zuckte die Schultern und sagte lachend: „Ok, wir suchen uns etwas anderes..." Als er sie beobachtete, dachte er an die Vision mit dem Araber, der etwa anderthalb Jahre zuvor ihr Kommen angekündigt hatte. Und heute waren sie tatsächlich zum ersten Mal in der Realität hier. Bea wusste bis heute nichts von der Sache. Kim blickte sich instinktiv in der Menschenmenge um. Und da stand er!

Direkt neben ihm und Bea! Als er Kims Blick sah, hob der hübsche dunkelhaarige Mann kurz mit einem Lächeln die linke Hand zum Gruß und lief weiter. Bea hatte von alledem nichts mitbekommen. Kim schüttelte den Kopf. Oder war er es doch nicht gewesen...? ER WAR ES! Er hatte ihn ja zudem mit der Hand gegrüßt und war dann wortlos weitergegangen!

Laute Schreie unterbrachen seine Gedanken. Sie standen vor der Achterbahn. Bea blickte Kim an und konnte wohl gut raten, denn sie antwortete erneut: „Niemals! Niemals fahre ich mit dem Ding!"

Als sie in dem Wagen nach oben saßen, der Kim und Bea zum höchsten Punkt der Schienenbahn transportierte, bekam er zum ersten Mal ein schlechtes Gewissen. Aber dieses verflog, bedingt durch den steilen Weg nach unten, den der Achterbahnwagen nun mit voller Fahrt aufnahm, was im chorhaften Kreischen sämtlicher weiblicher Personen im Wagen zur Kenntnis genommen wurde. Er hatte jetzt andere Probleme...

Als die Fahrt beendet war, lachte Kim auf dem Weg zum Ausgang und sagte: „Hey, du warst in der Achterbahn! Revolution!" Und dann hörte er etwas aus ihrem Munde mit dem Blick auf den riesigen Stahlkoloss und den über die Schienen ratternden Wagen, was er eigentlich nur von Baby Sinclair aus der Fernsehserie „Die Dinos" erwartet hätte: „Nochmal!!"

...Oder was meinst Du?", drang plötzlich die Stimme von Ines über den Tisch im Café an seine Ohren. „Ja ... Ne, klar. Was hast du noch mal gesagt?" Ines schüttelte den Kopf. „Aber ich werde das Gefühl nicht los, dass Bea glaubt, du könntest sie jederzeit finden, wenn du es nur wolltest – und du könntest sie jederzeit anrufen. Woher kommt das nur – und vielleicht will sie genau das!

Denn wenn du sie trotz all der Sicherheitsvorkehrungen findest, dann weiß sie, dass sie keine Angst um dich haben muss!" Kim lachte. Ines ignorierte es: „Ich bin mir sicher, wenn es ihr zu lange dauert, dann meldet sie sich unter irgendeiner anderen Nummer bei dir in Form eines Rollenspiels und unter falschem Namen. Sie liebt dich!" „Du wirst mir unheimlich. Vor wenigen Tagen hat sich tatsächlich eine Person über Sms bei mir gemeldet, die angab, sich verwählt zu haben. Und ich dachte noch, scheiße, die reagiert wie sie." Ines klatschte in die Hände: „Na also! Da hast du`s doch!" Kim streckte die Beine aus und legte sie übereinander: „Hör auf! Du willst mich wohl verrückt machen! Sie hat Schluss gemacht und ist weg. Punkt. Bei euch wird man ja wahnsinnig! Mike kam auch schon mit solchen Quantentheorien!" Seine schöne Tischnachbarin lachte laut auf. Dann sagte sie: „Ich weiß, dass du sie suchst! Du wirst sie suchen! Ich weiß es! Versprich es mir!"

37. Loch im Kopf

★★★

Langsam zog die Frau den Lippenstift über den ohnehin schon stark geschminkten Mund. Wenn jemand stark geschminkt war, dann sie. Ihre Augen und ihre Erscheinung waren ein perfektes Kunstwerk, das auf jeder Titelseite der Vogue glänzen würde. Ihre dunklen Haare waren streng zurückgekämmt und ihre langen Fingernägel ließen erahnen, das Rhea noch nie in ihrem Leben wirklich richtig arbeiten musste. Ihr Blick schweifte von der Veranda der hochmodernen Multimillionendollar-Villa auf das schwarze Porsche Cabrio, welches neben einigen anderen Luxuskarossen unten im beleuchteten Eingangsbereich stand. Sie blickte auf die Uhr. Es war 23.12 Uhr und 37 Sekunden. Rhea war das, was andere verabscheuten: Arrogant, eingebildet, durchtrieben, berechnend und äußerst kaltblütig.

Alle schätzten sie auf Mitte 20 und lagen wohl mit dieser Annahme richtig. Der schwarze extrem kurze Leder-Minirock ließ den Blick auf zwei lange, perfekte Beine zu, die wiederum auf zwei sündhaft teuren schwarzen High Heels standen. Rhea liebte die Farbe Schwarz. Sie wurde von ihren Verehrern und Freunden auch gerne als die `Böse Schwester` bezeichnet. Warum sie diesen Spitznamen trug, wussten allerdings nur wenige. Erneut betrachteten Rheas stark geschminkte Augen den tiefergelegten schwarzen Porsche vor dem Haus. Ihr neues Spielzeug. Der Gesang einer Opernsängerin war leise im Hintergrund zu hören. Es war eine laue Sommernacht und es war angenehm mild. „Also?", fragte sie und wandte sich dabei einem älteren markanten Mann zu, der an einem Tisch auf der Veranda saß und mit einer Lesebrille einige Unterlagen zu studieren schien.

Dieser schaute auf und nahm die Brille ab. Er blickte Rhea an, als würde er ihre Erscheinung, die fast jedem Mann den Verstand raubte, nicht zur Kenntnis nehmen, wobei er erwiderte: „Danke, dass du gekommen bist!" Sie antwortete, ohne darauf einzugehen: „Ist er es?" Der grauhaarige Mann, dem dieses teure Anwesen zu gehören schien, hielt einen Moment inne. Dann schüttelte er den Kopf: „Nein! Das heißt, ich kann es mir nicht vorstellen. Unsere Organisation beobachtet ihn nun schon eine ganze Weile. Alles spricht dagegen. Fast alles..."

„Fast alles...", wiederholte Rhea die Worte mit einem süffisanten sarkastischen Unterton. Der schlanke große Mann stand auf und lief zum Geländer der Veranda. Sein Blick durchstreifte die große Parkanlage vor dem Anwesen. „Er verhält sich nicht so, wie man es erwarten würde, wenn er es wäre. Und vielleicht ist es auch vermessen. Eigentlich verhält er sich genau so, dass wir uns sicher sind, er ist es nicht. Auf der anderen Seite...", er drehte sich zu Rhea um: „...Weiß er, dass wir in seiner Nähe sind. Und damit können wir nicht ganz ausschließen, dass dieses Wissen sein Verhalten beeinflusst. Zumal, wenn er es ist oder damit zu tun hat, würde er es ganz sicher nicht offen zeigen."

Rhea griff in ihre Tasche und holte eine Schachtel Marlboro Light heraus. Sie griff nach einer Zigarette und zündete sie sich an. „Du hättest mich sicherlich nicht herbestellt, wenn es nicht etwas zu erledigen gäbe." „Ja. So ist es. Wir sehen derzeit keine Gefahr durch ihn. Aber unsere Organisation will in dieser Phase kein Risiko eingehen. Auch wenn das Risiko gering ist, falls er doch etwas damit zu tun hat, könnte unsere Gegenseite Manipulationen vornehmen, die wir mit der derzeitigen Technologie nicht sofort bemerken. Denn wir können derzeit nicht sagen, wie weit und ob wir tatsächlich unterwandert wurden. Vielleicht ist das alles auch nur eine Taktik, um uns in der letzten Phase ein Bein zu stellen. Und es gibt gar keine Einschleusung ins System. Ich sage nicht, dass er ein Schläfer ist. Aber wenn er einer ist..."

Sie blies laut den Rauch ihrer Zigarette aus und unterbrach ihn: „Gut, ich habe verstanden! Wann soll ich ihn eliminieren?"

Der Mann setzte sich wieder und betrachtete einige der Unterlagen. Rhea trat zu ihm an den Tisch, zog erneut an der Zigarette und meinte: „Warum bin ich hier?"

Er schaute sie an und lehnte sich zurück, während er antwortete: „Du wirst an ihm dran bleiben und bekommst von uns deine Instruktionen. Wenn es notwendig ist, beendest du die Sache.

Ich wusste deine Arbeit immer zu schätzen..."

Rhea lächelte und blickte auf das Bild, das vor ihr auf dem Tisch lag. Dann sagte sie mit den Worten an jene Person auf dem Foto gerichtet: „Genieße deine `Letzten Tage`...", und drückte dabei die Zigarette auf dem Kopf von Kims Bild aus.

38. Schwarz

★★★

Ossiacher See in Österreich. Ein kleiner Junge im Alter von sieben Jahren befindet sich auf einem Waldweg. Es ist der 26.07.1976, 14.32 Uhr nachmittags. Er trägt eine kurze, helle Stoffhose und Sandalen, sowie ein quergestreiftes T-Shirt. Während seine Eltern sich bei dem nahegelegenen großen Apartment auf der Liegewiese sonnten, hatte der kleine Junge mit den blonden kurzen Haaren sich wieder einmal aus der Obhut geschlichen, um eigene Erkundungen in der Umgebung zu machen.

Er kannte das Gebiet. Sie waren schon das dritte Mal hintereinander im Sommer hier im Urlaub. Außerdem war er schon 7 Jahre alt und somit fast erwachsen. Er nickte bei diesem Gedanken und hüpfte von einem Bein auf das andere. Nicht weit von hier gab es einige Wespennester. Und an den nahegelegenen Straßen hatte er bei Regen hunderte von bunten Fröschen gesehen. Hinter ihm lag ein bewaldeter Hügel, wo sich eine Holzhütte befand, an der er eben vorbeigelaufen war. Er erinnerte sich dabei an einen Aufenthalt in Südtirol mit seinen Eltern, als er noch klein war. Dort sah es ähnlich aus.

In der Hütte waren einige Menschen zu hören. Mehrere Fahrräder lehnten an der Holzwand. Der kleine Kim lief den Waldweg hangabwärts Richtung See. Mal schauen, welche Boote heute zu sehen waren. Er war noch nicht allzu weit gekommen, als ihn ein unheimliches Gefühl beschlich. Eine Nacht zuvor hatte er einen eigenartigen Traum. In diesem stand er an jener Stelle wie jetzt in der Realität, was er nun feststellen musste. Als er sich umdrehte, sah er einen Mann, der auf ihn zurannte. Dann endete dieser Traum abrupt.

Aus diesem Grund begann er sich jetzt in der Realität vorsichtig umzudrehen. In der Entfernung sah er noch die Holzhütte oben am

Hang und hörte Stimmen aus deren Umgebung. Vor der Hütte war ein schlanker, großgewachsener Mann mittleren Alters mit kurzen, dunklen Haaren, der eine dunkle Sonnenbrille und eine ebenfalls dunkle Jeans trug. Dieser rief irgendetwas in Richtung der Stimmen, die aus der Hütte oder der näheren Umgebung zu kommen schienen. Sein Blick richtete sich auf den kleinen Kim, der in einiger Entfernung auf dem abschüssigen Weg vereinsamt stand und den Mann vorsichtig betrachtete. Plötzlich bekam Kim Angst und er lief weiter in Richtung des Sees den Waldweg hinunter. Zu stark waren die Eindrücke des Traumes der letzten Nacht.

Während er lief blickte der kleine Junge sich ängstlich um. Und tatsächlich! Der Mann schien durch Kims `Flucht` nicht sonderlich angetan und machte sich auf den Weg, ihm hinterherzurennen. Auch Kim rannte nun, soweit ihn seine kleinen Füße tragen konnten. Mit großen Schritten kam er dem kleinen Jungen immer näher.

Kim rannte, so schnell er konnte! Doch er spürte, es war nicht schnell genug. Er wusste instinktiv, dass der dunkelhaarige Mann nur noch wenige Meter hinter ihm war und er wartete nur darauf, von diesem gepackt zu werden!

Doch dies geschah nicht. Denn es wurde mit einem Mal schwarz um ihn, während er noch rannte. Dunkelheit umhüllte Kim von einer Sekunde auf die andere.

„Hallo Kim!" Als Kim langsam zu sich kam, blickte er in die Augen einer blonden Frau, die ihn mit ihren blauen Augen freundlich angrinste. `Eine uralte Frau!`, dachte Kim, `Sie musste schon mindestens vierzig Jahre alt sein`.

Hinter ihrem Gesicht nahm der kleine Junge eine weiße Umgebung wahr. „Ich heiße Tsita! Und das ist Heron!" Die schlanke, blonde Frau mit der sonnengebräunten Haut und den blonden, halblangen Haaren deutete nach rechts. Dort stand jener Mann, der Kim auf dem abfallenden Waldweg hinterhergerannt war.

Als der kleine Kim ihn ängstlich anblickte, nahm dieser seine dunkle Sonnenbrille ab und lächelte:

„Eigentlich wollten wir dir deine Angst vor dieser Situation nehmen, als wir uns vor wenigen Monaten in deine Träume einschalteten." Kim musste nicht lange überlegen. Natürlich! Kim erinnerte sich nicht nur an den Traum von letzter Nacht. Er hatte vor einiger Zeit bereits einen sich ständig wiederholenden Alptraum, in dem ihm eine unsichtbare Gestalt von seinem Zimmer durch den Flur auf die am anderen Ende befindliche Toilette verfolgte!

Jedes mal riss er sich aus diesem Alptraum, kurz bevor das unsichtbare Etwas ihn erreicht hatte! Beim letzten Mal, als ihn diese nicht sichtbare Gestalt durch den Flur verfolgte, blieb er im Traum einfach stehen und wartete auf das, was auch immer da auf ihn zukommen würde. Und als das unsichtbare Etwas ihn erreicht hatte, vermutete der kleine Junge, das dieses unsichtbare Monster ihn zerreißen würde. Oder etwas Ähnliches. Doch genau dies geschah nicht. Denn als dieses Etwas bei ihm angelangt war, hörte er eine wunderschöne Musik mit dem Klang von Geigen. Und der Traum endete in hellem Licht.

„Ich sehe, du verstehst...", kam es aus dem lächelnden Gesicht des Mannes vor ihm. Auch Tsita schien Kims Gedanken erfassen zu können, denn er dachte an Softeis mit heißem Schokoladenüberzug, das er so liebte. „So so, Softeis mit Schokoladenüberzug. Das schmeckt dir, was? Dann müssen wir dir wohl eines besorgen! Heron hatte die Aufgabe, dich zu uns zu bringen. In vielen Jahren wirst du verstehen, warum dies alles so geschah, wenn du dich wieder erinnerst. Heron ist auf deinem Planeten stationiert und arbeitet in einem ganz normalen Beruf, wenn auch nicht als Eisverkäufer."

Der kleine Kim lachte, den Heron reichte ihm plötzlich ein großes Softeis mit Schokoladenüberzug von der Seite.

„Heron ist sein wirklicher Name. Auf deinem Planeten heißt er allerdings anders.

Dort heißt er Mike."

Kim schlotzte an seinem Eis und blickte die beiden dabei mit großen Augen an, ohne sie wirklich zu verstehen. „Kim!" Tsita beugte sich zu ihm hinunter und ging in die Knie, damit sie die selbe Größe hatte wie der kleine Mann. „Das hier ist sehr wichtig! Du wirst alles vergessen, was du jetzt gerade erlebst. Du wirst dich nicht mehr daran erinnern. Bis Heron in dein Leben tritt und die Erinnerungen langsam wieder in dir in Gang setzt. Dann werden diese zurückkommen. Ganz langsam. Stück für Stück. Schritt für Schritt. Wie ein Puzzle, dass sich langsam zusammensetzt.

All das hat seinen Grund. Denn du bist ein Bote. Und dann wirst du wissen, warum es wichtig war, weshalb du diese Träume haben musstest und warum du letzte Nacht von Heron geträumt hast, der dir auf dem Waldweg hinterher gerannt ist. Denn auch in diesem Traum ist dir nichts passiert, als er dich erreicht hat, wenn du dich erinnerst. Wir mussten deine Wahrnehmung für diese Situation steigern. Damit du in vielen vielen Jahren die Erinnerung zurückbekommst. Genauso wie du dich auch an den Traum erinnern kannst, als dir das unsichtbare Etwas auf dem Gang in deiner Wohnung vom Schlafzimmer über den Flur folgte. Dann wird all das zurückkommen. Bruchstück für Bruchstück.

Du wirst von uns noch weitere Schlüsselwörter und Informationen initiiert bekommen, damit alles so kommt, wie es kommen muss. Vertraue uns.

Das ist ganz wichtig." Kim blickte Tsita mit großen Augen an: „Du wirst dich nicht mehr an dieses Gespräch erinnern, aber wir werden dich durch deine Träume lehren, dass du das nicht vergisst!" Tsita hob belehrend den Zeigefinger. „Das mit der unsichtbaren Gestalt, die dich im Traum verfolgt hat, hast du sehr gut gemacht! Und es ist gar nichts Schlimmes passiert, obwohl du stehen geblieben bist, oder? Wir haben das böse Monster vertrieben. Stimmt`s?" „Ja."

Wieder blickte Kim sie schräg an. Dann fing der kleine Balk laut an zu lachen und schrie: „Ha, ha, ha!"

„Na komm her, du böser kleiner Mann! Was ich dir jetzt erzähle, ist ein ganz großes Geheimnis! Denn ich behüte wirklich einen Schatz! Leg dich bitte auf diesen weißen Tisch!" Kim dachte gar nicht daran. Wo war eigentlich dieser Mike. Hatte sich einfach aus dem Staub gemacht. Zwei weitere Frauen, die jünger waren als Tsita und Kim etwa auf zwanzig Jahre schätzte, betraten den Raum. Ah! Behüteten diese auch den Schatz? Waren sie zwei Schatz-Damen? Komischer Name, dachte er bei sich selbst. Wie kam er nur darauf. „Und jetzt legst du dich da hin!", kam es freundlich aber bestimmt aus Tsita. „Nein!", kam es grölend aus dem kleinen Mann. Es machte ihm Spaß, Tsita zu widersprechen. Das war witzig! Doch nun kamen diese zwei anderen Frauen und deuteten ihm freundlich an, dort Platz zu nehmen. Das war gemein. Drei gegen einen! Eines der Mädchen, eine wunderschöne junge Frau mit langen, blonden Haaren, lächelte den kleinen Mann an. Na also gut. Kim tat so, als würde es ihm zutiefst widerstreben, wie die beiden jungen Frauen ihn auf den Tisch legten. Einige böse Grimassen würden es ihnen schon zeigen! Doch anstelle dessen fingen sie an ihn zu kitzeln und alle lachten. Er auch.

Über sich sah er ein großes, weißblaues Licht an der Decke, das nun an Intensität zunahm. Kim wurde es sehr warm und er konnte seine Augen nicht mehr offen halten. Dann schlief er ein.

„...Ich weiß, dass du mich hörst. Diese Botschaft ist für dich. Wir werden dafür sorgen, dass du dich erst dann an diese Nachricht erinnerst, wenn der Zeitpunkt der Enthüllung gekommen ist. Du hast dich dazu bereiterklärt, an diesem Projekt teilzunehmen. Lange bevor du in deinem Körper geboren wurdest. Doch du wirst nie voll bewusst sein. Erst in den `Letzten Tagen` wird die Erinnerung langsam in dir zurückkehren. Dies ist auch zu deinem Schutz. Für diese Tage ist meine heutige Botschaft an dich.

Wenn der geheime Plan in die letzte Phase der Erfüllung geht. Du wirst von einer Botschaft erfahren. Sie wird die `Offenbarung an Johannes` genannt. Wir haben bewusst eine Person gewählt, die das geschrieben hat und denselben Namen wie der Täufer trägt. Denn dies soll mit als Schlüssel für die Endzeit dienen. Weil der Prophet Elias dieselbe Seele wie Johannes der Täufer ist. Und Elias hat einst das Kommen von Jesus angekündigt. Und so wird es auch in den Letzten Tagen sein. Dann wirst du diese Botschaft wahrnehmen, als wäre sie für dich. Und so soll es auch sein! Denn sie ist für dich! Dies wirst du in den `Letzten Tagen` erkennen, wenn du erwachst.

Diese Botschaft ist nicht verschlüsselt. Aber auf der anderen Seite doch. Denn die Menschen werden deine Botschaft nicht erkennen, solange die Ereignisse nicht eingetreten sind und sich an Namen und Kleinigkeiten aufhalten, die sie auf eine falsche Fährte lotsen. Doch sei unbesorgt. Genau dies ist beabsichtigt und Teil des geheimen Planes.

Aber das ist nicht nur eine Botschaft für die Menschheit, sondern auch eine persönliche Botschaft an dich. Je nachdem, wie du sie liest. Sie wird die Letzten Tage einleiten. Vielen wird dies erst bewusst werden, wenn etwas passiert, von dem alle glauben, dass es niemals passiert. Doch für dich gibt es noch eine zweite Botschaft.

Eines Tages wirst du wissen, was ich damit gemeint habe. Heute wurde ein Grundstein dazu gelegt. Ich übermittele dir heute einen Schatz. Einige Frauen werden ihn bei sich tragen. Sie hüten ihn für dich, bis du am Ziel bist.

Achte also genau auf alles, was du dort liest, wenn Mike in dein Leben getreten ist und sich dir vorstellt. Dann wirst du beginnen, all das niederzuschreiben, was du erlebt hast. Denn er soll dir als Beweis dienen. Deinen Mitmenschen werden niemals einen Beweis für Mike in den Händen halten können. Dafür werden wir sorgen. Denn wir reisen in der Zeit und können so dafür Sorge tragen, dass in deiner Realität für andere nur das existiert und zu sehen ist, was wir beabsichtigen, dass sie es sehen. Nennen wir Mike einfach „den unbekannten Urlauber", der in der Hütte am Wald erstmals in dein Leben getreten ist, um dann wieder zu verschwinden.

In einigen Punkten wirst du falsch liegen, wenn du ihn zitierst – oder glaubst ihn zu zitieren. In diesem Punkt wirst du nicht anders sein, als all die anderen Menschen auf dem Planeten. Denn es geht nicht darum, dass du den Menschen die Wahrheit sagst. Das wäre zu gefährlich. Du sollst sie nur zur Wahrheit führen.

Du wirst durch deine Geschichte zumindest die wichtigsten Teile der Wahrheit finden und aufschreiben. Und wir werden dir dabei helfen, ohne das du es je wirst beweisen können. Du bist Teil der Geschichte. Ein kleines Puzzlestück eines großen, sehr komplexen Bildes."

Schwärze.

„Hallo, kleiner Mann! Hast du gut geschlafen? Hast du schön geträumt?" Tsita blickte den kleinen Kim lächelnd an. Dieser wischte sich mit den Händen über die Augen und blickte mürrisch, als müsse er erst überlegen. Dann kam ein müdes „Nein" aus seinem Mund. „Ich habe nicht geträumt." Tsita lächelte. „Du darfst jetzt wieder nach Hause."

Kim schaute die blonde Frau mit großen Augen an. Dann fragte er: „Werden wir uns wiedersehen?" „Ja. Wenn du nicht vergisst, was ich dir gesagt habe." „Ich weiß nicht, was du meinst", kam es aus dem kleinen Mann. „Du hast von mir einen Schatz erhalten. Vergiss das nicht!" Plötzlich wurde es wieder dunkel um den kleinen Kim.

Er blickte sich verwundert um. Als sich das Schwarz lichtete stand Kim etwas weiter oben am Hang, auf welchem ihm der Mann hinterher gerannt war. Doch niemand war zu sehen. Was war geschehen?

Wo war der böse Mann? Er konnte doch nicht einfach verschwunden sein. Und warum stand er selbst nun wieder oben am Hang? Er war doch eben hinunter gerannt, bevor alles schwarz um ihn wurde. Kim atmete tief durch. Er konnte sich an nichts erinnern. Aber ihm war nichts geschehen. Und das war das wichtigste. Kim lief Richtung See, so schnell ihn seine kleinen Füße tragen konnten. Er würde dieses merkwürdige Erlebnis nie in seinem Leben vergessen. Auch wenn er das jetzt noch nicht wissen konnte.

39. Allergien

★★★

Kim wurde wieder etwas ernster und sagte zu Ines, die ihn auffordernd anblickte, ihre Bitte bezüglich Bea zu kommentieren: „Vielleicht werden sich unsere Wege eines Tages wieder kreuzen. Wer weiß. Sie sagte einmal zu mir am Telefon: `Unsere Zeit ist noch nicht gekommen!`. Unbewusst suche ich sie ja seit sich unsere Wege getrennt haben. In jeder Frau, die ihr etwas ähnlich sieht. In jedem Auto, das aussieht, wie das ihre. Aber richtig suchen würde ich sie wohl erst, wenn ich spüre, dass es wichtig und Altes abgeschlossen ist, das uns derzeit noch trennt. Bis dahin würde ich Bea wohl nur anschauen – und nicht ansprechen – wenn sie mir auf der Straße begegnen sollte... Wusstest du eigentlich, dass Bea eine jüdische Abstammung hat? Auch ihr echter Nachname ist jüdischen Ursprungs. Obwohl sie selbst von Kind auf katholisch aufgewachsen ist, wie sie mir berichtete.“

„Dann muss sie sich ja mit dem Alten Testament gut auskennen...!“, antwortete Ines scherzend. „Naja, wenn ich ehrlich bin, hat sie den Katholizismus ebenfalls schon frühzeitig abgelegt. Zumindest, was ihr Glaubensbild betrifft. Sie konnte mit dem ganzen Quatsch, der uns erzählt wird, nie etwas anfangen. Der Widerspruch zwischen dem Alten und dem Neuen Testament ist einfach zu groß. Würde das alles stimmen, wer sollte einen sich dermaßen selbst widersprechenden Gott ernst nehmen, frage ich dich? Bea jedenfalls nicht. Und über ihre jüdische Blutlinie haben wir eigentlich nie gesprochen. Ist hier in Deutschland ja auch immer so ein Thema für sich. Das jüdische Volk wurde damals Opfer unseres kranken Regierungsregimes. Das ist nicht zu entschuldigen! Aber ich glaube, der Lernprozess sollte in die Richtung laufen, dass menschliches Fehlverhalten generell angeprangert wird, unabhängig von seiner Glaubensrichtung.

Denn letztendlich sind wir doch alle Menschen, egal ob Juden, Christen oder Moslems! Und die Geschichte der Welt hat gezeigt, dass sich keine Gruppe von Fehlverhalten einiger weniger der eigenen Glaubensrichtung freisprechen kann, was die Vergangenheit betrifft. Das fing doch schon bei den Indianern an, die weggemetzelt wurden, damals in Amerika. Wir Deutschen waren die Bad Guys im Zweiten Weltkrieg und im Dritten Reich für einen Großteil der Welt. Und was gerade in Israel passiert, mit den Palästinensern... Na ja, lassen wir das. Würde man alle Länder dieser Welt auf schwarze Punkte in ihrer Vergangenheit durchsuchen, es wäre eine endlose Liste." Eine alte Frau vom Nachbartisch ließ ihren Kaffeelöffel auf die Untertasse knallen und zischte: „Sie sind ja Rechts!" Kim drehte seinen Kopf in die Richtung der älteren Dame. Dabei fiel ihm eine stark geschminkte dunkelhaarige Schönheit auf, die alleine an einem der Nachbartische saß und eine Nachricht in ihr Handy tippte. Er murmelte zu Ines: „Genau das meine ich!" Ines erhob ihre Stimme, damit die alte Dame es auch hören konnte, und sagte: „Vielleicht hätten wir weniger Rechtsradikale in Deutschland, wenn unser Schulsystem damit aufhören würde, die eigenen Kinder für die Taten anderer Generationen zu verurteilen!" Die alte Dame stand auf und verließ ihren Platz, während sie auf dem Weg zur Theke hektisch versuchte, ihren Geldbeutel aus der Handtasche zu kruschteln. Kim wendete sich wieder seiner jungen Gesprächspartnerin zu:

„Oder nimm unser Militär: Wenn uns dort gesagt wird `Da unten auf der Straße ist ein Feind, und sie alle tragen schwarze Pullover!`, dann gehen unsere Leute hin und ziehen alle Leute mit den schwarzen Pullovern raus! Wir sind eben nicht darin trainiert, das Kommando zu hinterfragen! Auch wenn dieses Kommando von einer Gruppe kommt, die uns in die `Neue Weltordnung` führen will. Das hat der Forscher Bob Fletcher damals richtig aufgeführt und angemahnt!"

Kim nahm das lange Besteckmesser, das auf dem Tisch lag. Mit seinen beiden Zeigefingern deutete er einen kleinen Abschnitt in der Mitte des Messers an. „Das ist der Abschnitt, der uns gezeigt wird, den wir sehen, wenn wir den Massenmedien glauben wollen." Er deutete auf den Griff des Messers: „Niemand kennt den `Anfang`, die wahren Hintergründe", um dann zur Spitze zu gehen und zu ergänzen „...Und niemand kennt das wirkliche Ziel, außer jene, die den Plan gestrickt haben!"

Ines nippte von Kims Wasser, „Du sprichst von einer Verschwörung durch dieses Logentum. Was hat es eigentlich mit dem Obelisken auf sich? Die stehen ja überall in der Welt." Kim erwiderte: „Nicht überall. Der Obelisk ist ein Symbol, das ursprünglich, wie die Pyramide auch, ägyptischen Ursprungs ist. Er steht heute überwiegend in den Hochburgen der geheimen Weltregierung, wenn ich es mal so benennen darf. Auch in London, Washington und New York. Der Obelisk zeigt eine in den Himmel gehobene Pyramide, wie dir bekannt ist." „Die ägyptischen Überlieferungen sagen aber etwas anderes!", warf Ines ein. „Die ägyptischen Überlieferungen sagen aber auch etwas anderes über die Pyramiden!", gab Kim als Antwort. „Trotzdem war es kein Ägypter, der die Pyramide mit dem Allsehenden Auge auf die Dollarnote gedruckt hat. Adolf Hitler hat das Hakenkreuz auch nicht erfunden, sondern ebenfalls nur für sein krankes System missbraucht. Eigentlich schade, denn es war ursprünglich mal das Zeichen der Götter. Leider hat unsere Vergangenheit dazu geführt, dass dieses Symbol, welches Jahrtausende lang einen positiven Aspekt widerspiegelte, jetzt nicht mehr in der westlichen Welt zu benützen ist, ohne es negativ zu deuten! In Indien und in anderen hinduistischen und buddhistischen Ländern wird es noch heute positiv besetzt, zurückgehend auf den Jahrtausende alten Ursprung. Aber auch hier sollten wir uns fragen, warum Adolf Hitler das Symbol für seine Zwecke überhaupt benutzt hat!" Ines sah ihn erstaunt an: „Warum?"

„Woher, glaubst Du, kommt dieses ganze Geschwätz von einer blonden und blauäugigen Rasse?" Ines überlegte. „In der Schule habe ich gelernt, dass er wieder eine arische Rasse erschaffen wollte, ohne die genetische Vermischung mit Fremdkulturen. Weil er glaubte, die anderen seien minderwertig."

„Ja. Gut. Aber warum? Hat dir das dein Lehrer auch gesagt? Hitler glaubte an einige Dinge, die dem einen oder anderen von uns auf dem ersten Blick fremd sein werden: Er studierte Mythologien, Sagen, abonnierte Zeitschriften, die ihm den geschichtlichen Hintergrund bestimmter Symbolismen und Erzählungen vermittelten. Wie auch die Mythen und Legenden um das untergegangene Reich Atlantis.

So war er überzeugt durch seine Studien, dass wir in dieser angeblich untergegangenen Kultur unseren Ursprung haben.

Hitler wollte diese Rasse wieder durch genetische Manipulationen und einer rein arischen Rassenpolitik aus den Menschen heraustrennen. Um so aus dem deutschen Volk wieder eine reine Nachkommenschaft der Atlanter zu züchten. Mit all ihren Kenntnissen und Fähigkeiten...“

Ines wirkte etwas verwirrt: „Das ist ja eine ganz andere Geschichte, als ich sie in der Schule gelernt habe. Wie kommst du darauf, dass diese Version stimmt?" „Ich sage nicht, dass sie stimmt. Ich sage, er hat geglaubt, dass sie stimmt. Das ist ein Unterschied!" „Und was spricht dafür? Es gibt doch überhaupt keine Beweise für eine untergegangene Zivilisation wie Atlantis!" „Das sagst du! Die UNO hat mehrere dicke Bücher geschrieben über Uranverschmelzungen, die bei Abbauarbeiten in Gabun in Afrika gefunden wurden. Und diese hätten auf natürlichem Wege nicht stattfinden können. Sondern nur als Abfallprodukt bei nuklearen Kernschmelzungsprozessen anfallen. Auch wenn dies inzwischen offiziell bestritten wird und es doch einem natürlichen Prozess zugeschrieben wird. Denn anders waren die an die Öffentlichkeit gedrungenen Fakten nicht zu erklären, wenn man die Bevölkerung nicht auf offiziell abwegige Gedanken bringen wollte.

Zweitens hat noch niemand wirklich unter die dicken Eisschichten in der Antarktis sehen können, ob dort zerstörte Überreste einer Hochkultur zu finden sind. Und Drittens würde eine Waffe, die eine Polverschiebung zur Folge hat, kaum Überreste einer Zivilisation übrig lassen, und wenn, dann vielleicht relativ zermahlen unter meter-hohen Erdschichten!"

Kim blickte zu dem Tisch, an dem kurz zuvor die dunkelhaarige Schönheit gesessen hatte. Doch diese war inzwischen gegangen. Nur noch eine benutzte Kaffeetasse und eine halb ausgedrückte Zigarette zeigte ihre ehemalige Anwesenheit an.

Er wandte sich wieder seiner blonden Bekannten zu: „Ich möchte dir einen komischen Traum erzählen, an den ich mich eben erinnere. Er hatte mit menschlichen Außerirdischen zu tun, denke ich. Ich war in diesem Traum in einem riesigen Raumschiff. Es wurden merk-würdige Untersuchungen an mir gemacht und ich fühlte mich nicht besonders wohl. Ich kann mich erinnern, dass eine Frau sagte, sie würden mich unter der Kategorie `A` einordnen nach diesen Unter-suchungen. Ich fand das überhaupt nicht gut! Denn ich befand mich in einem riesigen Raumschiff bei einer Menschheit, die mich als primi-tiven Erdling sehen mussten, und so dachte ich die ganze Zeit, `A` ist das `A`llerletzte für diese!

Es würde auf keinen Fall wie bei uns auf der Erde, zum Beispiel wie in der Schule, die Note 1 bedeuten. Dafür hatte ich zu viele Fehler an mir und in mir. Ich dachte mir somit, sie sagten A, weil sie dachten, ich würde denken, dass sei gut. Dabei war es aber in Wirklichkeit die unterste Einstufung. Ich war mir sicher, `A` bedeutet soviel wie `un-terste Priorität` in diesem Bewertungssystem. Die Frau hat meine Gedanken mit Sicherheit gehört, aber nicht darauf reagiert. Sie haben dann etwas gemacht, was sie einen `Allergietest` nannten.

Da waren sie bei mir als `Heuschnupfenkunden` gerade am Richti-gen, dachte ich damals.

Sie haben auch noch andere Untersuchungen und Sachen gemacht, auf die ich hier nicht eingehen möchte. Interessant ist aber, dass sie mich in diesem Traum zurück auf die Erde brachten. Ich habe aus einem Fenster auf die Erde geschaut und jemand, den ich für den `Captain Kirk` dieser Mission hielt, meinte zu mir: `Bei euch ist jetzt Frühling!`

Daraufhin unterbrach ihn die Frau relativ unsanft, als hätte er etwas Falsches gesagt. Ich fragte diese Frau dann, ob wir uns wiedersehen würden, und sie erwiderte ein lächelndes `Ja`, dass sich anhörte wie `Wenn Du wüsstest...` Kurze Zeit später wachte ich in meinem Bett auf. Nachdem ich zuvor das Gefühl hatte, aus geringer Höhe in dieses hineinzufallen. Es war schon hell draußen. Als ich über diesen Traum nachdachte, kam mir dieser komische Satz von `Captain Kirk` in den Sinn, und die noch komischere Reaktion dieser Frau darauf. Und da wurde mir bewusst, ja, wir hatten Frühling! Es war tatsächlich Frühling!"

„Und was denkst du, was dahinter steckt?", fragte Ines verwundert. „Keine Ahnung. Aber wenn die Bibel recht hat und sich die angeblichen Götter einst mit den Menschentöchtern eingelassen und Kinder gezeugt haben, dann könnten viele Allergien in ihrem Ursprung auf ein großes Geheimnis hindeuten. Denn möglicherweise sind sie teilweise die stummen Zeugen der nachfolgenden Generationen einer Mischrasse. Den Nachfahren der gezeugten Kinder, die sich einst mit den Göttern eingelassen haben. Eine Art Unverträglichkeit auf Teile der neuen Umgebung auf einem fremden Planeten.

Vielleicht ist der berühmte `Heuschnupfen` und andere Allergien signifikant ein Zeichen dafür, dass diese Person einst aus einer Blutlinie von jenen abstammt, die sich mit den Göttern einließen und Kinder gebaren. Dabei fällt mir ein, dass ich als Kind auch blond und blauäugig war. Blauäugig bin ich noch immer... Außerdem fällt mir eben noch etwas ein. Man sagte mir, die Untersuchung hätte ihren Zweck. Eines Tages würden die Beschwerden verschwinden. Und ich würde dann einen Hinweis bekommen, dass dies kein Traum war.

Also denke ich, sie lassen sich dazu noch etwas Witziges einfallen...", grinste Kim. „Unglaublich. Dann gäbe es zwischen der Unverträglichkeit, sprich dem Heuschnupfen, und vermutlich auch anderen Allergien, die kursieren, einen Zusammenhang zu der Rassenvermischung zweier Welten, die in der Bibel beschrieben steht." Ines war verblüfft. Aber die Idee hatte etwas. „Vielleicht. Allerdings markieren dann die Allergiker sicherlich nicht ausschließlich die Gruppe der Nachfahren der Nefilim. Zumal viele Nachfahren haben die Vermischung der Gene zweier Welten sicherlich problemlos bewältigt, beziehungsweise schon über die Generationen überwunden." „Hey, dann bist du auch ein Nachfahre der Nefilim!" „Ja, vermutlich fast jeder seit Adam und Eva, der hier auf der Erde geboren wurde...", witzelte Kim.

Ines überlegte: „Sie deuteten dir an, dass bei Dir Frühling sei – und als Du erwacht bist, war es tatsächlich Frühling. Vielleicht waren es keine Außerirdischen, sondern Zeitreisende. Du sagtest ja, sie sahen ganz normal menschlich aus."

„Ja. Vor einigen Jahren wurde in den ganz normalen Tagesnachrichten berichtet, dass eine Wissenschaftlergruppe um Kip Thorne den Beweis erbracht hätte, dass Zeitreisen theoretisch möglich sind!", antwortete Kim, „Aber Stephen Hawking hat letztlich auch einmal ein Argument dagegen aufgebracht, auch wenn er sich inzwischen immer mal wieder `zeitreisefreundlich` äußerte: Er sagte auf jeden Fall, wenn Zeitreisen wirklich möglich werden würden, dann müssten wir jetzt schon die Auswirkungen davon sehen und mitbekommen. Es würde bestimmt eine Art Urlaubstourismus entstehen, um bei dem Bau der Pyramiden mit dabei zu sein oder bei der Kreuzigung Christi. Da dies nicht so wäre, würde es letztlich beweisen, dass Zeitreisen niemals möglich werden!"

„Und, was meinst du dazu?", hakte Ines nach. „Mein erster Gedanke war, er hat Recht. Mein zweiter Gedanke war, er hat Unrecht!" „Warum?" „Ich habe Filme über Mexiko gesehen, in denen regelrechte UFO-Wellen kurz vor dem Ausbruch des Popocatepetl gefilmt wurden. Während der Sonnenfinsternis in Mexiko Anfang der

Neunziger Jahre hat die größte UFO-Welle überhaupt stattgefunden und wurde auch auf Film aufgenommen. Von tausenden unabhängigen Zeugen. Und ausgerechnet für diesen Zeitpunkt kündigte eine alte Prophezeiung der Mayas an, dass sich die Götter wieder am Himmel zeigen würden. Das ist schon ein komischer Zufall, falls es keine großangelegte PR-Aktionen einiger Scherzkekse war. Und so viele geschichtliche Ereignisse haben wir in den letzten Jahren auch wieder nicht erlebt, die eine UFO-Manie aus geschichtlicher Sicht rechtfertigen würde." Ines schwieg. Schließlich fragte sie: „Gibt es noch mehr geschichtliche Ereignisse in den letzten Jahrzehnten, die einen Zeitreisetourismus bestätigen würden?"

Kim überlegte. „Na klar. Die Mondflüge! Von allen Mondflügen existieren NASA-Fotos über unerklärliche Lichterscheinungen und UFO-Sichtungen – teilweise sogar mit der Kamera der Astronauten festgehalten." Ines schluckte. Dann sagte sie: „Ja. Du hast Recht! Und bei der Geburt Christi waren wir ja schließlich nicht dabei, so können wir es nicht wissen."

Kim antwortete, ohne zu überlegen: „Hast du die Bibel nicht gelesen? Über den Stern von Bethlehem, der die drei Könige zur Krippe von Jesus führte?

Und bei der Taufe von Jesus durch Johannes den Täufer finden wir ebenfalls Schilderungen in der Bibel über ein Licht am Himmel, das einen Strahl zum Boden schickt. Es soll sich der Himmel über ihnen aufgetan haben. Alles wichtige Ereignisse, die sich mit Sicherheit gut machen würden in einer Art Weltraumtourismus! Und diese Fälle sind dokumentiert. Möglicherweise sind die offiziellen Behauptungen von angeblichen Asteroiden und anderen natürlichen Erklärungsversuchen zu diesen Ereignissen falsch!"

Fortsetzung in Band 2

THE SECRET CODES

Nichts um uns ist so, wie es auf den ersten Blick scheint. Als ein junger Mann eine schöne verführerische Frau trifft, ist ihm nicht bewusst, welch großes Geheimnis sich hinter ihrer makellosen Fassade verbirgt. Ein Szenario aus Mord und Gewalt hinter grauen Großstadtfassaden beinhaltet den Schlüssel, der die Jahrtausende zurückliegende Vergangenheit mit der Gegenwart und der Zukunft verbindet. Dabei tritt erschreckendes für die Menschheit zutage.? **Hinweis:** Viele geschilderten Ereignisse in diesem Roman-Zweiteiler haben tatsächlich so oder so ähnlich stattgefunden! Entdecke den geheimen Schlüssel zu den geheimen Codes in den Büchern von Dan Davis!

€ 19,99

Dan Davis

Softcover, 333 Seiten
ISBN 978-3-947048-19-9

Die etwas anderen Horror-Romane

Unheimliche Flugobjekte am nächtlichen Himmel, Widergänger, Jenseitsstimmen aus mysteriösen Apparaturen, Tesla-Technik, Vamyrterror und sonderbare Geheimwaffen aus dem Zweiten Weltkrieg. Das und mehr ist die Welt von: Leutnant Ron Brenner – Sonderoffizier des BMI. Moderne Pulp-Stories im Stil der legendären Horror-Romane. Ein Mann und seine phantastische Einsatzgruppe.

€ 19,99

Martin O. Badura

Softcover 288 Seiten
ISBN 978-3-947048-17-5

Exposition 1 - Zombies in Borgfeld

Exposition 2 - Schutzraum des Wahnsinns

Exposition 3 - Der Geist auf 29 Megahertz

Die schöne digitale Zukunft

€ 16,99

Hugo Palme

Softcover, 220 Seiten
ISBN 978-3-947048-16-8

Lockdown, leere Straßen, Homeoffice, Heimkino und Lieferservice: In einer nicht allzu fernen Zukunft wird der Prozess der Digitalisierung abgeschlossen und diese „Maßnahmen" zum Alltag geworden sein. Die Zivilisation hat sich in Großmetropolen zurückgezogen und das öffentliche Leben findet mit aufwendiger Technik in den virtuellen Welten statt, in denen die echte Welt nahezu komplett abgebildet ist. Doch es gibt eine kleine Minderheit, die dieses Leben nicht mitmachen will und auf dem Lande mit der Natur lebt und spirituelles Wissen bewahrt. Der Autor führt den Leser durch beide Welten und die sich anbahnenden Auseinandersetzungen um die Zukunft der Menschheit.

Terrorstaat - Die Dunkle Seite der Macht

€ 22,99

Dan Davis

Softcover 372 Seiten
ISBN 978-3-947048-12-0

Die Corona Akte

Die Corona-Pandemie hält im Jahr 2020 die Welt in Atem. Doch was steckt wirklich dahinter? In dieser Spezial-Ausgabe des Buches werden Hintergründe und Fakten benannt, die aufzeigen, welche Lügen gezielt verbreitet wurden und warum.

Der Autor Dan Davis hat sich in der Vergangenheit mit Politikern wie der ehemaligen Bundesministerin für Justiz, Herta Däubler-Gmelin, der im Jahr 2002 ein angeblich von ihr gemachter Bush-Hitler-Vergleich in den Mund gelegt wurde, und anderen getroffen, führte Interviews und Gespräche mit Mitgliedern aus Geheimlogen und Opfern verschiedener Regierungsprojekte.

Das größte Geheimnis der Menschheit ist gelüftet

Sind wir allein im Universum? Diese Frage stellt sich die Menschheit seit sie im nächtlichen Himmel die unzähligen Sterne erblickt. Die Wissenschaft ist sich mittlerweile ganz sicher: Es muss dort draußen noch weiteres intelligentes Leben geben, in den Weiten des Universums. Während sich aber die Mainstream-Forscher noch Gedanken machen, was wohl passiert, wenn wir zum ersten Mal Kontakt zu einer anderen intelligenten Lebensform im All haben, erleben Millionen von Menschen weltweit bereits das schier Unmögliche: Sie kommunizieren mit Wesen aus anderen Welten.

€ 24,95
Johann Nepomuk Maier
Softcover, 384 Seiten
ISBN 978-3-947048-13-7

Die UFO Verschwörung

Mit einem Vorwort von Dan Davis

Glauben Sie nicht, was man Ihnen von offizieller Seite sagt. UFOs, Freie Energie und Antigravitationstechnologie sind real. In den vergangenen 70 Jahren sind UFOs zu einem Synonym für Lügen, Legenden und Vertuschung durch die Regierung der Vereinigten Staaten geworden. Die Wahrheit hinter dem Phänomen ist bis heute Verschlusssache und nur einer handverlesenen Zahl von Geheimnisträgern vorbehalten. *Die UFO Verschwörung – Lügen, Legenden, Wahrheit* versucht Fakten von Fiktionen zu unterscheiden und sucht die Wahrheit hinter einer jahrzehntelangen Desinformationspolitik von Seiten der US Regierung.

€ 19,95
Frank Schwede

Softcover, 268 Seiten
ISBN 978-3-947048-08-3

Der Tag an dem die Welt erwachte Band 1

€ 21,99

Dan Davis

Softcover 329 Seiten
ISBN 978-3-947048-14-4

Das was jetzt mit „Corona" unseren Alltag bestimmt, wurde von Dan Davis bereits nahezu 1:1 Jahre zuvor mahnend als Zukunftsvision unter anderem in seinem Buch „7" angekündigt, für den Fall, dass wir nicht rechtzeitig aufwachen. Ein Zufall? Der Autor bringt eine Vielzahl weiterer Beispiele und Fakten, die sich seit der Erstauflage des Buches nachweislich ereignet haben und inzwischen Realität wurden, bringt die beängstigende Geschichte dahinter, die weit in die Vergangenheit reicht und deren Ausläufer und das agierende Netzwerk (der sog. „Deep State") längst alle wichtigen Bereiche unserer Gesellschaft infiltriert haben.

Der Tag an dem die Welt erwachte Band 2

€ 21,99

Dan Davis

Softcover 335 Seiten
ISBN 978-3-947048-15-1

Erleben Sie eine unglaubliche Reise durch die Weltreligionen, die falsche Übersetzungen und bewusste Manipulationen belegen. Heilige Schriften, die nicht ins Konzept passten, wurden einfach aussortiert. Evangelien, die spektakuläre Erkenntnisse lieferten, wurden aus der Bibel verbannt und offiziell zu Fälschungen erklärt. Unglaubliche Ereignisse, die an Kontakte mit Außerirdischen erinnern, wurden unterdrückt und blieben im Verborgenen.

Als Jesus, der ankündigte, in den „Letzten Tagen" mit den Wolken wiederzukehren, gefragt wurde, wo diese so genannten Letzten Tage ihren Anfang nehmen, und wer das so genannte Friedensreich hervorbringen wird, zeigte er angeblich auf einen Germanen, der in einer römischen Legion t

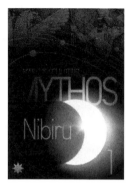

€ 19,95

Markus Schlottig
Softcover 246 Seiten
ISBN 978-3-947048-09-0

Mythos Nibiru

Nibiru – immer, wenn die moderne Astronomie ein neues Objekt am Firmament ausmacht, bringt es gleichzeitig jene Endzeit-Enthusiasten auf den Plan, die sofort damit beginnen, die eigenen Ängste auf andere zu projizieren. Woher stammt diese Ur-Angst vor einem großen Himmelskörper, der Verwüstungen in unserem Sonnensystem erzeugen soll? *Mythos Nibiru* geht dieser Frage auf den Grund und fördert dabei Antworten zu Tage, die sowohl verblüffend als auch beruhigend sind. Während einerseits das erneute Auftauchen dieses Himmelskörpers faktisch unmöglich ist.

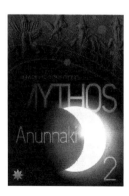

€ 19,95

Markus Schlottig
Softcover 258 Seiten
ISBN 978-3-947048-10-6

Mythos Anunnaki

Die Anunnaki – jene vermeintlichen „Astronauten-Götter, die herabstiegen um unter anderem den Menschen zu erschaffen."

Ein frommes Märchen, mit dem Ziel, den Zeitrahmen menschlicher Entwicklung herabzusetzen – die menschliche Spezies ist sehr viel älter als bislang angenommen – und ihn irgendwelchen Göttern zuzuschreiben, die nichts anderes taten, als eine vorhandene Menschheit genetisch zu manipulieren.

Mythos Anunnaki trägt dazu bei, eine völlig neue Sichtweise auf diese Astronauten zu lenken, die alles andere als "Götter" waren. Das kann kein Zufall sein.

Projekt Aldebaran

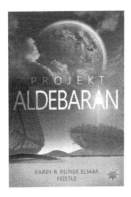

€ 22,00

Reiner Elmar Feistle

Hardcover, 360 Seiten
ISBN 978-3-947048-06-9

Haben Sie sich jemals gefragt, ob in der Unendlichkeit des Universums anderes, hochentwickeltes Leben existiert? Haben Sie sich jemals auch nur im Ansatz vorzustellen gewagt, dass die Außerirdischen bereits auf unsere Erde reisten, und es immer noch tun, um Menschen zu kontaktieren. Können Sie sich vorstellen welche Konsequenzen das für die Regierungen und die gesamte Menschheit haben könnte? In der aktualisierten erweiterten Neuauflage wurde ein zweiter Teil mit neuen Kapiteln integriert, um auf die Gefahren der KI (Künstlichen Intelligenz) hinzuweisen, die immer mehr unseren Alltag dominiert. Welche Erkenntnisse können wir für die Zukunft daraus ziehen?

Aldebaran - Das Vermächtnis unserer Ahnen

€ 21,00

Reiner Elmar Feistle
Hardcover, 308 Seiten
ISBN 978-3-000367-16-8

Mit einem Vorwort von Dan Davis

Sind Sie sich bewusst darüber, dass unsere Ahnen bereits seit einem längeren Zeitraum wieder auf der Erde agieren und viele Menschen kontaktieren? Können Sie sich vorstellen, dass die Alten zum Teil unter uns weilen, uns studieren, analysieren und oft genug auch unsere Dummheiten korrigieren? Haben Sie sich jemals gefragt, ob Zeitreisen existieren und durchführbar sind? Dieses Buch wird Ihnen auf viele Fragen Antworten geben, die Sie vielleicht in dieser Form nicht erwartet hätten. Seien Sie offen, wagen Sie den Schritt in eine neue und höhere Dimension.

Aldebaran – Die Rückkehr unserer Ahnen

€ 19,95

Reiner Elmar Feistle

Hardcover, 294 Seiten
ISBN 978-3-000319-74-7

In diesem Buch kommen verschiedene Autoren mit sehr brisanten Themen zu Wort und gehen einige Schritte weiter als Herr Däniken. Was wäre, wenn die Pyramiden mit dem Mars in Verbindung stehen, wenn dieser und auch der Mond unter der Kontrolle einer irdischen Achsenmacht steht, unbesiegt, im Bündnis mit unseren Ahnen.

Sie suchen Antworten auf viele gegenwärtige „Merkwürdigkeiten" und Probleme? Dieses Buch wird Ihnen Antworten geben, die Sie so nicht erwartet hätten. Doch am Ende werden Sie der Wahrheit zustimmen.

Die Fakten im Buch lassen keinen anderen Schluss zu.

Eine Macht aus dem Unbekannten

€ 19,95

Reiner Elmar Feistle
& Sigrun Donner

Hardcover, 340 Seiten
ISBN 978-3-9815662-1-5

Deutsche UFOs - und ihr Einfluß im 21. Jahrhundert

Werfen Sie einen Blick auf die Spuren geheimer deutscher Geschichte. Warum geheim? Geheim deshalb, weil schon weit vor 1945 die Grundlagen für ein scheinbares Mysterium gelegt wurden, welches heute unter der „Macht aus dem Unbekannten" oder der „Dritten Macht" bekannt ist.